極東セレナーデ

小林信彦

フリースタイル

KYOKUTō SERENADE
by
NOBUHIKO KOBAYASHI

Cover illustration by Hisashi Eguchi
Book design by Daijiro Oohara

First published 2016 in Japan by
FREESTYLE, INC.
2-5-10, kitazawa, setagaya-ku, Tokyo 155-0031
webfreestyle.com

ISBN978-4-939138-79-9

極東セレナーデ　目次

装画　江口寿史
装幀　大原大次郎

極東セレナーデ

序章　ある業界

上野《うえの》直美《なおみ》は校正用の赤いボールペンを投げだして、窓の外に眼を向けた。

季節にはすこし早い台風が東京をかすめ、夏空が戻っていた。駐車場のひろい空き地の向こうに、新宿西口の高層ビル群が見え、ガラス張りのビルが強い陽光を反射させている。

旧式のクーラーが送り出す風に、ストレートのロングヘアをなびかせながら、煙草が吸えればな、と彼女は思った。一時期、女性週刊誌が喧伝した〈いい女〉をせせら笑っていたくせに、髪が長くなるにつれて、なぜか、立ち居ふるまいが〈いい女〉風になるようであった。黒いドレスにストレートロングの〈いい女〉は時代遅れになったが、そういう時に、あえて、意識的にズレてみせるのも、わかる人にはわかるシブさではないかと考えるのだ。――とすれば、型通りの、ひと山いくらの〈いい女〉とは、どこかが微妙にちがわなければならない。

煙草を吸わなくなったのは、そういった美学的事情からではない。医者に止められたのだ。数カ月かけて禁煙に成功したからには、指に煙草をはさむわけにはいかなかった。

新型の〈いい女〉になるための小道具は、なかなかむずかしい。禁煙パイポはどうだろうと、まじめに考えたこともあったが、あまりにも過激、かつ滑稽であった。

これといったアイデアもないままに、いたずらにロングヘアを風になびかせている。なびかせ疲れた彼女は、デスクの引き出しから、いわゆる〈大股開き〉のヌード写真を出して、気怠《けだる》そうに眺めた。

気怠さ、アンニュイ。

そうしたポーズと同性のあられもないカラー写真という取り合わせは、もっと無機的な環境であれば、ポスト・モダンの境地を感じさせないでもなかったであろう。

上野直美には気の毒だが、彼女が属する文化書房の編集部が、幼稚園の建物を借りているのが、不幸であった。

げんみつにいえば、もと幼稚園。平家《ひらや》建ての粗末な建物をとりこわしたくないと地主がいい、五十坪で月額二十万円という、西新宿では考えられぬ安さで、文化書房が借りたのである。

信じられぬことであるが、この編集部では、「ロリコン時代」「Cパワー」といった、知る人ぞ知るポルノ雑誌が月に八冊も作られており、ビデオも生産されている。「ロリコン時代」だけで実売が二十万部以上という景気の良さである。

クーラーの風が完全にはいきわたらない屋内は、無数のデスク、無数のZ《ゼット》ライト、ライトボックス、ファックス、コピーの機械などがところせましとならべられ、もと幼稚園らしさをわずかに感じさせるのは、壁にかけられた、「努力」「飛躍」「元気」「いつも明るく」「大きな声を出して」といった額縁入りの標語だけだった。

「Cパワー」の編集長である上野直美は、依然として気怠そうなポーズで、椅子の背にもたれた。

二十七歳で編集長というと、かっこよくきこえるが——そして自分でもそう思わぬでもないのだが——要するに、便利屋である。部下を二人欲しいと言ったのだが、社長がやとったのは短大出のアルバイト女性ひとりだった。

(忙しいだけで、面白くてたまらないって仕事じゃないな)

考え方までが気怠くなってきた。

(同性のヌードをいくら眺めても、どうってことないし……)

「Cパワー」の活字ページには、穏健な生活人が眼をまわすような名詞、動詞、隠語があふれかえっていたが、そうした文字にも無感覚になっていた。

セックス用語に無感覚になっているのは彼女だけではない。

デスクに向かったり、立ち上がって電話をしている約四十人の男女の大半が無感覚になっている。いちいちコウフンしたり、変な気持ちになったりしていたら、仕事になりゃしない。かといって、まったく無感動なのでは、読者の性的イマジネーションをかきたてるお手伝いができない。

――だから、その中間、すれすれのところで仕事をする……。

(男たちがみんな暗いのは、そのせいだろうか)

彼女はロングヘアをかきあげた。

(それにしても、女たちは明るい)

超過激な刈り上げショートカットに黒ずくめ、ブランドショップのハウスマヌカンと見紛うばかりのや、今様《いまよう》の眼鏡をかけてゲラ刷りと取り組んでいる仏文出――一見、無愛想だが、いずれも根は明るく、ヒョウキンである。セックス用語、それがどないしたん? という感じだ。

上野さん、とビデオ部門の青年が声をかけてきた。

「社長がお呼びです」

とうとう、きたか、と彼女は思った。用件がわかっているので、すぐには立ち上がらず、デスクの上のクリップをいじっている。

創刊後八カ月で、「Cパワー」は九万部に近づいていた。業界的にみれば九万部というのは驚く数字ではないのだが、なにしろ、金がかかっていない。カラー・グラビアの大半は金髪女性で、通信社から借りた写真である。

――十万部を超えたら、きみ、シンガポールへ行かせてあげるよ。それも、ファースト・クラスで。

社長はそう約束していた。

(今度の号が十万部の線に達したんだ)

彼女は呟き、ゆっくりと椅子を離れて、社長室に向かった。

編集部の片隅に暗室があり、左にまわってドアをノックする。

——おう……。

という声がききとれた。

彼女はしずかにドアをあけた。

暗室の裏側にあたるこの部屋は、幼稚園のころ、何に使われていたのだろうか。おそらく、物置だろう。窓が小さく、ガラスには、アラレちゃんのシールが色あせている。六畳ほどの部屋には応接用の三点セットとデスクしかない。昼なのに蛍光灯がともされ、クーラーが低い音を立てている。音が低いので、外の蟬《せみ》の声がききとれる。

「すわりたまえ」

中肉中背、色白で二枚目の社長は、四十を過ぎているはずなのに、年齢がよくわからない。わかっているのは、金があり過ぎて、使い道に困っていることである。出版界の不況なんてものは、この社長には関係がない。

「どうも……」

彼女のポーズが崩れ、唇のあたりが綻《ほころ》びかけた。海外旅行は、グアムとハワイしか行ったことがない。シンガポール——しかも、往復のジェット機がファースト・クラスという条件がしびれるではないか。

「暑いな」

社長はあたりまえのことを言った。椅子に腰かけて、ネクタイをゆるめにかかる。

「どうしてこう暑いのだろう」

知ったことか、と上野直美は思ったが、いや、これはシンガポール行きの話をする前提かも知れない、と考えなおした。

「なにか飲みますか」

社長は不意にきいた。

どうしたのだろう、と彼女は不審に思った。入社いらい、こんなにていねいな口のきき方をされたのは初めてである。いつもは、よう、とか、おまえ、とか、柄《がら》の良くない男であった。

あ、そっか、と彼女はひとりでうなずいた。ファースト・クラスの料金を出すのが惜しくなったのだ。エコノミー・クラスで我慢してくれと言いたいのだろう。

「コーラでいいですか」

小型冷蔵庫をあけながら社長は念を押した。

「それとも、ビールにしますか」

なんだか気味が悪い。昼間から女子社員にビールをすすめる社長があるだろうか。

「顔に出ますから」

「じゃ、コーラね。冷えてないのよ」

社長はコーラを二本出してきて、栓を抜き、コップにそそいだ。

「どうかしたんですか」

彼女は心配になった。ひょっとしたら、なにか、ビョーキが出たのではないか。

「どうもしない。上野君とじっくり話しあいたかった」

「話しあいたい？」

彼女は落ちつかない。シンガポール行きはどうなったのだろう？

「うむ……」

社長はようやく、いつもの調子に戻った。

「上野君、からだの方は大丈夫か。いや、つまり、心臓に故障はないか」

「私、ですか？」

「大丈夫そうだな」

と、社長は勝手に決めて、

「じゃ話そう。――きみは、よく、やってくれた。本当によくやってくれたと思う。『Cパワー』は、十万部に近づいた。この調子なら、まだ二、三万部は伸びるだろう。おれの勘に狂いはない」

「はい」

うなずきながら、彼女は嬉しくなった。なんといおうと、社長は修羅場《しゅらば》を経てきた人物である。この業界でトップの成功者に誉められて、悪い気はしない。

「きみの才能を大事にしてゆきたいと思っている」

「ありがとうございます」

「ところで――言いにくいことを言わせてもらう。雑誌『Cパワー』は、いま書店に出ている号で終わりにする。廃刊だ」

「え？」

なんだかわからなかった。

「残念だが廃刊にする」

社長は眼を伏せた。

「まさか……」と、彼女はひとりごちた。

「冗談だと思ったろ。おれだって、こんなことは言いたくなかった」

彼女は呆然とした。

「きみの気持ちはよくわかる」と社長は重々しくつけ加えた。

「Ｃパワー」は、世にいうポルノ雑誌である。そして、上野直美はポルノ雑誌が好きではなかった。

だが、雑誌づくりそのものは別である。人手不足のせいもあって、彼女は、準備期間をふくめて約一年、「Ｃパワー」にかかりきりで、雑誌を育ててきた。雑誌はこの上なく順調に育ち、売れ行きも上々である。何故、突然、打ち切らねばならないのか。こんなムチャクチャな話ってあるものか。


「どうしてですか？」

彼女は社長の細い眼をまっすぐに見た。

「警視庁がなにか言ってきたのですか」

「先月、『ぺぺ』が発禁になっただろ」と社長は他社の雑誌名をあげた。「発禁だけならいい。社の幹部が逮捕された。一般書店で売っている雑誌の発禁で、人が逮捕されるなんて、おれの知るかぎり、初めてだ。これからは事前警告なしで、抜き打ち的発禁政策でくるらしい。発禁になった雑誌は、即、廃刊にするしかない」

それだけの説明では彼女は納得できなかった。他社の雑誌が発禁になったからといって、「Ｃパワー」を廃刊にする必要があるとは思えない。

「でも、『Ｃパワー』は内容がおとなしいのに」

「これ以上、おれに言わせるのか」と社長は被害者のような眼つきをした。「自主規制だよ。うちのような弱小出版社が警視庁に狙い撃ちされたら、どうなる」

オボロゲながら、事情が読めてきた。「Ｃパワー」を廃刊にすることで、社長は警視庁の心証を良くしようと考えたのだ。

「とうぶん、自粛ムードだ。きみも、外部からの取材には応じないように。『Cパワー』廃刊がおおやけになると、取材記者がくるかも知れない」


ファースト・クラスどころか、シンガポール行きの夢も雲散霧消してしまった上野直美は、自分のデスクに戻ると、やめていた煙草を吸いはじめた。

他の編集部員たちは、どうやら事情を知っているらしく、遠巻きにした感じで、話しかけてこない。

（ったくもう……どいつも、こいつも……）

はらわたが煮えくりかえるとは、このことである。

――しばらく遊んでいたまえ。すぐに新しい雑誌をきみに編集してもらうようになる……。

にこやかに笑いながら社長はそう言った。長年、警視庁とわたりあってきた社長にとって、自社の雑誌一つを廃刊にするなど、さして大きな問題ではないのだろう。

（けったくそ悪い！）


七本目の煙草を灰皿でもみ消したとき、彼女の怒りはピークに達していた。不運な助手が戻ってきたのは、その瞬間である。

「やっと貰えました」

社名入りの封筒からまんがの原稿を出して、彼女の前に突き出した。

「そう……」としか答えようがなかった。Tシャツにショートヘアの小柄な娘の無邪気さが、落ち込んでいる直美には、いつもより応えるのである。眼が美しい以外は平凡きわまりない娘で、この春に、B級の短大を出たばかりのはずだ。

「利奈《りな》に話があるの」

彼女の声は低くなっていた。

様子がおかしいのに気づいた朝倉利奈《あさくらりな》は、灰皿の煙草に眼をやった。

「あれ……吸っちゃったんですか？」

「マリワナでも吸いたい気分よ」

軽く言い放った直美は、コーヒー屋で話そうか、と、なかば怯《おび》えている利奈を誘った。

「まさか……」

利奈はあとの言葉を発せなかった。

「ほんと。要するに、びびったのよ、社長は」

直美は八本目の煙草に火をつけた。古めかしい喫茶店の内部は換気が悪く、けむりがなかなか昇っていかない。

「だけど、いまは取り締まりがゆるんだのじゃないですか。ポルノ解禁ムードとかで」

「とんでもない。大手出版社系の雑誌が無修整の写真をのせたのがきっかけよ。芸術だぞと開きなおれるような写真をならべられて、警視庁はアタマにきたのね。でも、大手出版社に対しては〈警告〉を発しただけ。弱小出版社を徹底的に痛めつけるわけよ。ポルノ解禁はないという意思表示ね」

「でも、『Cパワー』を廃刊にすることはないと思うけど」

利奈はアメリカン・コーヒーを啜《すす》って、

「活字の部分だけでも、もっと、文化的にしたかったですね」

甘い、と直美は思った。下品で猥雑だったからこそ売れたのではないか。

「私も突っぱりようがなかった。あの社長が決心を変えるはずはないし」

「もう、決まったことなんですねえ」

朝倉利奈は溜息をついた。

「そう割り切らないと、やっていけないよ」

この先の話を、どうしよう？　アルバイトの利奈は、とりあえず、解雇されるのだが……。

「上野さんの仕事がなくなるんじゃ、わたしはクビですね」

相手が先まわりしたので、直美は話しやすくなった。

「……社長に話してみたんだけど、アルバイトの人をもっと減らしたいらしいの。だから……」と言葉につまって、「……大学出て、四カ月で失業ってのはつらいだろうけど、女の子が長くいる職場じゃないと思うのよ」

老婆心かも知れないけど、とつけ加えようとして、わたしゃ〈老婆〉か、と思いかえし、「お節介かも知れないけど、カタギの会社のほうが向いてると思うわ」

「カタギの会社は、身寄りのない娘《こ》を採りたがらないんです」

　眼を輝かせた相手は、妙にきっぱりと答えた。

　この娘の仕事を探してやらなければならないな、と直美は思った。いままで叱りつけたり、当たり散らして、ハイ、サヨウナラでは、あんまりではないか。

「どういう仕事を希望しているの？」

「べつに、これといって、ないんです」と利奈は答えた。

「でも、さ……」

「わたし、あんまし、前途に希望とか持たないようにしているんです」

第一章　仕事を探して

1

犬の吠える声で眼がさめた。

うす眼をあけた利奈は、自分がどこに寝ているのか、わからなかった。

（窓が頭の上にある……わたしの部屋じゃない……）

やがて、自分がベッドの上でさかさまに寝ているのに気づいた。


（どうしたのだろう？）

　どうしたわけでもなく、ひどく酔って帰ったからだ、とすぐに気づいた。壁に貼られたプリンスの大きなポスターがいつもと同じうす笑いを浮かべている。

　――「Cパワー」廃刊記念と称して、上野直美と利奈がヤケ酒を飲み始めたのは、新大久保のカフェバーで、それから、大塚、田端、三河島、北千住と飲み歩いた。ゆうべのことなのに、何年も前のような気がする。

　上野直美があれほど歌が好きだとは知らなかった。しかも、「バットマンのテーマ」などというわけのわからぬ歌をうたい、私たちはバットマンとロビンなのよ、悪と戦わなきゃ、と利奈に言った。バットマンとは何なのか、さっぱりわからぬ利奈も、この世の悪をほろぼしたい上野直美の気持ちは理解できた。しかし、二人のどちらがバットマンで、どちらがロビンなのかは見当がつかなかった。

最後のバーで「イエロー・サブマリン音頭」を何度もうたった直美は他の客たちの怒りをかって、店を追い出された。夜空の星に向かって、二人で「せーの、お星様のばか！」と叫んだのは、はっきりおぼえている。

それにしても、杉並区のぼろアパートまで、どうやって帰ってきたのだろうか。部屋のドアとベッドの中間地点に、新しい「とらばーゆ」が落ちているのを見ると、歌声の嵐の中でも、あの一冊だけは手放さなかったようである。

利奈はベッドを抜け出した。

形だけのキッチンがついた四畳半は、小型ベッドを置くと、三分の一が埋まってしまう。あと、机、椅子、本棚、洋服ダンス、冷蔵庫、古い小型ステレオとテレビで、もう一杯だ。月に九万円の収入の人間が住めるのは、こんなところだ。

彼女は窓をあけた。となりの、崩れかかったアパートが鼻先に迫っていて、風が入らず、むしあつい。

仕方がない。冷蔵庫のドアをあけて、そこに扇風機をおいた。思いなしか、冷たい風が送り出される。

冷えたトマト・ジュースをコップに注《つ》いで、味を見た。うす味だが、おいしかった。

扇風機の涼風を感じながら、彼女は「とらばーゆ」の最後のページをみた。仕事情報誌ではあるが、西洋占星術が一ページを占拠している。彼女の星座の〈仕事〉のところには、〈ますます快調、いまのノリで集中力を発揮すべきとき〉とあった。

ベッドに腰かけた利奈は、トマト・ジュースを飲みながら、「とらばーゆ」の〈アルバイト・パート速報〉を調べた。キーパンチャーやプログラマーの求人は多かったが、出版社のは見あたらなかった。

利奈が興味を抱いたのは〈経済新聞の編集補助〉やマイコン関係の〈校正〉であるが、どちらも、自信が持てなかった。経済やマイクロコンピューターの特殊知識を必要とするにちがいない。

（なさけない……）

彼女は「とらばーゆ」を投げ出して呟いた。これでも、学生のころは、家庭教師のカケモチをして、十数万、ときには二十万ぐらいの収入があったのである。

なまじ、出版社にこだわったばかりに、ポルノ雑誌のアルバイト編集者になり、収入も激減したのだ。お星様も、ハレー彗星も、みんな、ばかだ。

しかし、文化書房は会社の雰囲気がよかった。本当は、そんなによくないのかも知れないが、上野直美の下で働いているかぎり、イヤなことはほとんどなかった。一度、社内の別な雑誌のヌード・モデルになってくれという話がきたが、上野直美は決然として断ってくれた。

ヌードを撮らせたら日本一という写真家は、それでもなお、利奈のデスクまで直接交渉にきた。

「冗談じゃないですよ、身体が小さいし……」

高名な写真家を眼の前にして、利奈はアガっていた。

「あんたは小柄だけども、顔がちっちゃいから、均斉がとれてるの。どうしても、イヤだっつうんなら、無理にとはいわないけどね。つい女の子の気持ちを想っちゃうこの優しさが、おれの弱点なんだろうな」

葉巻をくわえた写真家は、クリント・イーストウッドのように、眼を細めた。

（あれも、たのしい想い出だ。おーっと、想い出にふけってる時じゃないって……）

「とらばーゆ」で見るかぎり、とりあえずは〈関西割烹のお運びさん〉か〈和風喫茶のウエイトレス〉しかない。それで、一、二カ月、つないでみるか。

――朝倉さん、電話！

管理人のオバサンの声がした。

こんなぼろアパートでも管理人がいるのである。入り口脇の一部屋に閉じこもって、電話の取りつぎだけをする。

――いないんですかあ？

十秒も返事がないと、階段をおりていって、朝倉さんはいませんよ、がちゃん、と切ってしまう習性がある。

「はいっ」

利奈はドアをあけ、オバサンよりも早く、階段をかけおりた。

下駄箱の脇の受話器に手をのばした利奈は、朝倉です、と言った。

——私よ。

不機嫌そうな声は元編集長である。

——あっ、どうも、ゆうべは。

——どうもじゃないよ。ちゃんと帰れた？

——ええ、なんとか。

とはいうものの、どうやって帰ったのか、記憶がない。

——大丈夫だった？

——なにが、ですか。

——ま、いいや。私はほとんどフツカヨイ。いちおう、会社にはきたけれど。

その声から、相手の惨状が察しられた。「バットマンのテーマ」がいけなかったのだ。

——声が出ないのよ。私、リカちゃん電話の真似、やったかしら？

——盛大にやってました。

——だからだ。どうも、のどが変だと思った。

上野直美は咳払いをする。

——具合悪そうですね。わたし、手伝いにいきましょうか。

利奈が同情すると、

——なに言ってんのよ！

という怒声がかえってきた。

——いま、何時だと思ってるの？

利奈は腕時計を見て、呟いた。

——もう、一時半なんだ。

——忘れたんでしょ、ゆうべの約束。紙に書いてやれば、よかった。片っぱしから、忘れるんだから、もう。

——は？

これはマズい。非常にマズい。なにか、約束をしたのだ。

——アルバイトがあるかも知れないのよ。私の知り合いの人が仕切ってるの。カタギの仕事とはいえないけれども、このさい、無いよりはましでしょう。

――は、はい。

――その人を紹介するために、二時に、新宿駅西口の喫茶店で落ちあう約束だったの。そういう約束を、ゆうべ、したのよ。

そう言われても、覚えていないものは仕方がない。

――店の場所を「とらばーゆ」の表紙に書いてあげたのに……なくしちゃった?

――いえ、しっかり、持ちかえりました。

――じゃ、すぐにきてよ。あまり、タチの良い仕事じゃないかも知れないけど。

――このさい、ぜいたくは言えません。

電話が切られた。

上野直美が〈タチの良い仕事じゃない〉というのは、そうとう、悪いと覚悟しなければなるまい。貯金もないことだし、このさい、大麻の密輸とかいうたぐいの仕事でなければ、とりあえずやってみよう。

指定された喫茶店は新宿駅西口から京王プラザホテルに向かう道筋にあった。

正しくは〈ビジネス談話室〉というようで、広い店内のテーブル群には、いずれも電話機が備えてある。男女のカップルの姿はすくなく、男と男の商談の場らしかった。電話をかけている男、小さな電卓を押している男。〈三割四割引きはあたりまえ〉が売りもののカメラ屋帰りの東南アジアの若い男。色気も素っ気もない店で、殺伐としていると利奈は感じた。

上野直美はいちばん奥のテーブルにいた。店内は冷房がきいているので、淡いブルーのカーディガンを羽織っている。

「遅れてすみません。京王線が遅れて……」

利奈のみえすいた言いわけを直美は無視して、

「いま、別のテーブルに行っているの。すぐに戻ってくるよ」

と言った。

「どういうヒトなんですか」

椅子にかけると、利奈は、いきなりたずねる。

「見ればわかるけど、癖のある男。本職は『ロリポップ』の副編集長でね」

「ロリポップ」は、「ロリコン時代」のヒットに刺戟されて発刊された対抗誌だった。表紙からグラビアまでそっくり似せて作られ、節度のなさが狭い業界では評判だった。

「ひとことでいえば、文章を書ける女の子を探してるの」

「原稿、書かせてもらえるのでしょうか」

利奈は声をはずませた。

そこに和服の女性がやってきて、注文をきいた。殺伐とした空気をやわらげるために和服の女性を配しているとおぼしい。

「コブ茶をください」

と、利奈は年寄りくさく言い、

「『ロリポップ』にも、情報のページがあったと思いますけど」

「あるにはあるけど、二ページぐらいよ。血みどろのホラー映画の記事ばかり」

「演劇と映画の紹介の原稿、書かせてくれないかなあ」

お金は安くてもいい、そういう原稿を書いて暮らせたら、と利奈は思う。

「前途に希望を持たない、とか言ったのは誰よ」

直美は揶揄《やゆ》した。さすがに、今日は煙草をふかさない。

「お待たせ、お待たせ」

現れた男を見て、利奈は吹き出しそうになった。蝶ネクタイに、チャップリンのようなひげ、妙にきびきびした仕種《しぐさ》。深夜テレビの往年の日本映画に出てくる詐欺師が現代によみがえったとしか思えない。手品師がカードを出す手つきで男は胸ポケットから名刺をとり出し、利奈に向かって、にっこり笑った。

名刺にある名前は〈西園寺《さいおんじ》〉と重々しい。その重さと、この上なく軽そうな中年男の姿との落差に、利奈はあっけにとられた。

西園寺は椅子にすわると、ビールを一息で飲んで、

「失業したそうですな。上野君からききました」と言った。

「はい」

「文化書房の社長は、昔の仲間ですがね。やり方が非情過

ぎる。人情ってものが足りない。ねえ、上野君？」

「さあ……」と直美は笑って、「私は、よく知りません」

「いくらアルバイトだからって、もっと人間的に接しなければいけないよ。ねえ？」

同意を求められて、直美は、

「私、そろそろ、社に戻らないと。……じゃ、よろしくお願いします」

と、西園寺に向かって頭をさげた。

利奈は心細くなった。気配を察した直美は、「用があったら、遠慮なく、私に電話して」と囁《ささや》き、去って行った。

「さて、と……上野君はぼくのことを、どう説明してた？」

「月刊『ロリポップ』の副編集長とか……」

「うむ。それはそうなのだが、名刺をよく見てごらん」

利奈は手にした名刺を見つめた。肩書は、〈出版プロデューサー〉となっている。

「実際は、こっちの方が忙しい。つまり、肩書が二つあってわけさ」

彼女はそれほど驚かなかった。文化書房の編集者たちも、ある者はミュージシャンの側面をもち、ある者は現代風俗を鋭くえぐるエッセイを書いたりしている。二足のわらじをはくのは小出版社においては珍しいことではない。

「きみに手伝って貰うとすれば、ぼくが経営するプロダクションの方なんだが……ところで、きみ、高校生じゃないだろうね」

「えっ」

と言ったが、利奈にとって珍しい質問ではなかった。身体が小さいのと、化粧をしないために、よくそんな風に見られるのだ。

「わたし、はたちです。短大を出ています」

「だろうとは思ったが、いちおう、きいてみたの」

西園寺は、チョビひげをなでて、

「先に、金の話をしておこう。きみに原稿を依頼するとすれば、原稿用紙一枚が千円だ。月に百枚は軽く書けるはずだ」

——とすれば、月に十万円。税金を一割とられても、九万円にはなる。最低の収入は得られるわけだ、と利奈は頭の中で計算する。

「あの……どういう原稿を書くのでしょうか？」

「ノンフィクションだ。女子大生の性体験告白ってやつさ」

「それは……」

と言ったきり、彼女は言葉が出なかった。まったく思いもよらぬ要求である。

相手は一方的に喋《しゃべ》りまくる。

「あちこちの週刊誌に、女子大生や人妻の告白手記がのっているだろ。あれは大半、ぼくのプロダクションが提供しているのだ。どれも、変わりばえがしないのだが、需要は驚くほど多い。無限といってもいい。そこで、ぼくがいま、新たに企画しているのは、各大学別の性体験告白カタログの本だ。つまり、性体験や性交体位を青山学院とかフェリスとかいうブランドに分けるわけだ」

この人、頭がおかしいのではないか、と利奈は思った。そんなことをしたら、大学側に訴えられるのではないか。

「どうかね？　すばらしいアイデアと思わないか」

西園寺は眼を輝かせる。

「すばらしいかも知れませんが……」と彼女は遠慮がちに言った。「わたし、お役に立てません」

「どうして？」

「だって、経験が……」

「その点なら、心配はいらない」

西園寺の経営する〈飛翔プロダクション〉のオフィスは、すぐ近くにあった。

気のすすまぬままに、利奈はビルの階段をのぼる。若者やある種の男性をたのしませるために存在する〈女の性の告白手記〉を彼女は莫迦莫迦《ばかばか》しいと思っている。男性社会ならではの差別とさえ考えられる。

しかし、生活費が入る誘惑には抗せなかった。喫茶店のウエイトレスとか、そういう仕事よりは疲れないだろう。

プロダクションの名札が出ているドアを西園寺が引くと、広くはないが、明るい室内が彼女の眼に入った。

四、五人の男女がデスクに向かって原稿を書いている。西園寺が入って行っても、だれひとり、顔をあげない。
「腰かけなさい」

西園寺は利奈に応接用の椅子をすすめて、

「そこで皆が書いているのが、例の告白だ。人妻とか女子高生とか、担当が決まっている。ところが、女子大生のが、いまいち、リアリティに欠けるのだ。きみに期待したいのは、そういうリアリティです」

つまらぬことを期待されたものである。

「これを見たまえ」

かたわらのデスクに積まれた本の山を西園寺は指さした。

「ここ十年間に出版された性の告白集だ。どれもこれもウソッパチだが、ま、参考にはなるだろう。これらを資料にして、女子大生風にアレンジした告白を創ってもらいたい」

利奈は唖然とした。性の商品化がここまできているとは想像もしていなかったのだ。

2

あたえられた机に向かって、西園寺が資料と呼ぶものを、ぱらぱらとめくってみた利奈は、ゆううつになった。

いくらなんでも、それらの告白が〈ウソッパチ〉であるのは、すぐにわかった。あっ、とか、うっ、という叫びが、やたらに多いのも、うそっぽかった。うそっぽい資料を使って、さらにうその告白をでっちあげようというのだから、ゆううつにならざるをえない。

あちこちに電話をかけまくった西園寺は、利奈のそばに戻ってくると、

「なんとかいけそうかね？」

と、声をかけた。

「はい……なんとか……」

「今日は練習のつもりでおればいい」

西園寺は蝶ネクタイの位置をなおして、出て行った。

利奈は、依然として、空白の原稿用紙を眺めている。仕事をしようという気がおきないばかりか、悲しくなってきた。

「初めてかい？」

右どなりにいる青年が声をかけてきた。凡庸さが夏服を着ている、という感じだ。

「ええ」

「ぼくは昨日からなんだ。カメラマンとして応募してきたら、ここにまわされちゃった。詐欺だよ」

青年は苦笑してみせて、

「西園寺さんは、二時間は帰ってこない。『ロリポップ』の編集部はこの近くにあって、そこで二時間働いて、また、こっちに帰ってきて二時間。あの人の生活パターンはそうなっている。……アイスコーヒー、飲まない？」

と、立ち上がりかけて、あ、そうそう、と名刺を出した。

西田実《にしだみのる》という名と住所だけが書いてあった。

「カメラマンなんですか」

利奈はきいた。

「フリーのカメラマン志望さ」

西田はインスタントの粉を溶かして、アイスコーヒーを作った。

「少し苦いかも知れない」

そう言って、コップを利奈に渡した。

「カメラマンだったら、仕事はいくらでもあるんじゃないですか」

「そうはいかない。石を投げると、カメラマン志望者に当たる時代だもの。ま、こんなことでもして、チャンスを待つしかない。……コーヒー、苦くない？」

「大丈夫です」

じつは苦かった。

「ぼくが書かされているのは、ソープランドの体験記だよ。大の男が恥ずかしいや」

挨拶代わりに、西田はいきなり、利奈にカメラを向けて、たてつづけにシャッターを押した。

「たこ部屋にようこそ」

〈飛翔プロダクション〉のオフィスは、文字通りのたこ部屋であった。

黙っていると、西園寺は食事の時間もくれなかった。食事をする時間があったら、一枚でも多く原稿を書けというのだ。三日ほどは我慢した利奈も、さすがに堪えきれなくなり、自宅で書かせてもらえないか、と申し出た。

「それでもいいよ、できるならね」

西園寺はなんともいえぬ笑みを浮かべている。

「きみのアパートはクーラーがあるのか」

「いえ……」

「能率が上がらないんじゃないか」

そう言われると、自信がない。たしかにアパートの部屋は、むしあつさが堪えがたい。

「クーラーがないと、頭が働かない。これが日本の夏の欠点でね。冷房病とか、いろいろ問題はあるが、クーラーがなければ知的労働はおぼつかない。――このオフィスは大したとりえもないが、明るくて、涼しい。つまり、知的労働にはぴったりの環境だ。流行作家がシティ・ホテルにかんづめになっているのと同じだと考えればいい」

立て板に水の説明だった。流行作家うんぬんは怪しいが、東京ではクーラーがなければやれないというのは確かだった。

やはり、ここで書くのか、とウンザリして、椅子にかけると、近くの電話が鳴った。

上野さんて方《かた》、と受話器を渡された。

――どうなった？

上野直美の声である。

――はあ、なんとか……。

西園寺に気をつかいながら利奈が答える。

――やめちゃってもいいのよ、ロクな仕事じゃないんだから。

直美はミもフタもない決めつけ方をした。

――はあ、でも……。

――私の立場なんか考えなくてもいいよ。いやだったら、やめちゃいなさい。

——いやー、そう言われても……。

——西園寺の唯一の長所は、お金をきちんと払うことなの。それは保証できるわ。

——ま、それが第一です。

——心配してたのよ、なにも言ってこないから。とにかく、不愉快だったら、やめちゃいなさい。

電話が切れた。ブアイソウではあるが、自分のことを心配してくれていたのか、と利奈は嬉しかった。

「西田君と朝倉君……」

西園寺が呼んだ。

「ちょっと、きてくれ」

オフィスの片隅が板で囲まれて、形だけの社長室がある。スイング・ドアに〈社長室〉と書いてあるのだから、これほど確かなことはない。

社長室に呼び込まれた西田と利奈は、来客用の椅子に腰をおろした。

「きみたちは、ぼくが、くだらない仕事を強制すると思っているにちがいない。おっと、なにも言うな。顔に書いてある」

西園寺は、いきなり、そう言った。

「朝倉君の原稿を読んだ。ぼくの見たところ、きみには文才がある。むろん原稿は合格だが、ああいうものを書かせておくのが惜しい気もする」

利奈は気を許さなかった。才能がない、といわれるよりはマシであるが、相手が相手である。なにを考えているのか、信用できなかった。

「青山学院大学生の処女喪失のシーンが、〈いかにも青学《あおがく》〉という風に書けている。仕事もつづけて欲しいが、才能を他の方面にも伸ばしたい」

西園寺はインドネシアの煙草をくわえ、金色のライターで火をつけた。

「さて、西田君だが、きみは大学生のころに、いろいろな出版企画をたてて、あちこちの出版社に持ち込んだと言っていたな」

「ものになりませんでしたけどね」

西田は頭に手をあてて、

「イヴェントのプランは、だいたい、当たったのですが、出版の企画はダメでした。それで、カメラに転向したのです」

「出版企画というのは、独特の才能がいるものだ。わが社の場合は、ぼくが考えればいいのさ」

西園寺は自分のこめかみを指さした。

「ぼくの頭にピンとくるものがあれば、だいたい、ヒットする。つまり、ぼくが頭脳なのだ。頭脳は一人いればいい。きみたちは手足になって動いてくれ」

利奈はまばたきをした。なにを言いだしたいのだろうか。

「ところで、ぼくの頭に、すばらしい企画がある。これを、ただちに、実行にうつしたいのだ。時代の最先端をゆくナウい企画だ。ジャーナリズム、マスコミ——どこも、まだ、手をつけていない」

いいとしをした男が〈ナウい〉と叫ぶのが、利奈は恥ずかしかった。〈ナウ〉とか〈ナウい〉という言葉は、たまらなく恥ずかしい。彼女も「ナウい」と言ったりするけれども、それは、時代遅れのこの言葉に代わるべき表現がないから、仕方なく、「ナウい」という部分だけを小声にしたりするのだが、西園寺は逆に大声を張り上げる。中年男が流行語と信ずるものを覚えると、ろくなことはない。

「何ですか」

西田は首をひねる。

「わからんだろう。一九八五年の夏にもっともナウいもの——それはラッコだ。ラッコの写真集を出すのだ！」

「ラッコ、ですか」

利奈と西田は、きょとんとした。

「なにがおかしい」

西園寺は唇をゆがめる。

「きみたちは、若いくせに、ラッコがブームになっているのを知らんのか！」

「それは……」

知ってますよ、と言いかけて、利奈はやめた。コトバが通じない相手だと判断したのである。

広告業者が仕掛けたことであるが、ここ数年、エリマキトカゲに始まって、さまざまな珍獣がブームになってきた。

正確にいえば、ブームを作ろうとして、大半は失敗していた。

つぎに、オーストラリア観光ブームに乗って、コアラがやってきた。珍獣かどうかは別として、コアラは愛嬌のある動物であるが、木につかまったまま動かないのが弱点である。いうならば、〈パフォーマンス性〉に欠ける。――そこで現れたのがラッコである。〈パフォーマンス性〉ゆたかなラッコは、すばらしい速度で泳ぐ。食事のときは、腹を上に向けて浮かび、石を腹にのせてアワビを打ちつけ、アワビのカラを割る、といった芸まで見せる。

(でも、いまさら……)

子供たちが放送作家といっしょにラッコを見るイヴェントをラジオ局がおこなったのが、今年の春か初夏であった。利奈の眼からみても、いまさら、ラッコ写真集でもあるまいと思う。

「よろしいですか」と西田が発言した。「お言葉をかえすようですが……ラッコってのは、ちょっと遅いのじゃないでしょうか」

「と、思うだろう。みんながそう思っているから、ラッコだけの写真集は出ていない。せいぜい、週刊誌のグラビアになる程度だ」

「はあ」

「きみは時代の先端を走っていると思い込んでいる。六本木のディスコも、西麻布のカフェバーも、もう超えてしまったと思っている」

「冗談じゃありません。そんな所で遊ぶ余裕はないです」

「いや、行ったとか行かないという問題ではない。情報を耳にしたとたんに、もう行った気になってしまうのだ。そのあげく、あの店はもういい、と言い出す。そういう思考パターンなのだ。それはそれでいい。そういうパターンを、ぼくは認める。しかし、情報を、そういう風に消費しない大衆も、断乎として存在するのだ。テレビのチャンネルをつねにＮＨＫに合わせている人たちといってもいい。この人たちがディスコやカフェバーに興味をもつとは思えない。では、彼らは、いま、何に興味をもっているか。――答えはラッコさ。彼らにとっては、ラッコこそ、もっともナウいのだ」

イタチ科に属する海獣についての西園寺の怪弁は、たっぷり三十分はつづいた。

そこにはフランスの哲学者の名やアメリカのアイスクリームの銘柄がちりばめられており、それらのすべてがラッコに結びつくのだった。

「わが社の企画はポルノ関係だけではない。今後は、ラッコやグルメの本も手がけていきたい」

西園寺は純白のハンカチで汗をぬぐい、溜息をついた。

フシギなことに、利奈は、あえて反対しない気持ちになっていた。決して賛成ではないが、うっかり反対すると、またしても演説を三十分きかされるだろう。それなら、黙っていたほうがいい。

「なんといっても、だな。ラッコという動物は、年輩の人たちの心に呼びかけるものがある。ノスタルジーだ。きみたちのお祖父《じい》さんのインバネスの襟には、たぶん、ラッコの毛皮がついていたはずだ」

西園寺はとどめの一撃をくわえる。


しばらくして、西田が口をひらいた。

「ぼくは、どうすれば、いいのでしょう?」

「きみはラッコの写真を集める。朝倉君は、写真に応じて、ユーモラスな文章を書く。皮肉なタッチが加わってもいい。漢字をすくなくして、子供でも読めるようにしてもらいたい」

「わかりました」

ようやく、利奈は気が動いた。「Cパワー」のころもそうだったが、条件の悪い仕事の中で、なんとか自分が乗れる点を見つけだすように心がけているのだ。

「主な読者は、なんといっても、子供だ。三十二ページぐらいの、薄い、絵本風のサイズを考えている。子供が買って、一家そろって読めるものを作りたい」

「ぼくが写真を撮るのですか」

西田が質問すると、待ちたまえ、と西園寺はきびしく言った。

「カメラマンは、いくらでもいる。きみを起用したのは、まず、この企画を出版社に持ち込んでもらうためだ。これから、ぼくがリストアップする出版社へ行って、交渉するのだ」

「そういう交渉、下手なんですよ、ぼく」

「だろうな。うまいとは、お世辞にも見えない。……安心したまえ、ぼくがコツを教える。本当は、ぼくが出向けばいいのだが、立場上、そうもいかない」

チョビひげの西園寺が出向いたら、まとまるものもまとまるまい、と利奈は笑いだしそうになった。ラッコの写真集とは、いかにもキワモノ中のキワモノであり、相手にしてくれる出版社があるかどうか。用件を話したとたんに失笑を浴びせられるのではないだろうか。

「企画を持ち込むためには、見本があったほうがいいのですが……」

西田がおそるおそる言いかけると、

「当然だ」

西園寺は大きくうなずいた。

「それを、これから見せようと思っていた」

本棚から薄いスクラップブックを抜きだした。

「どうだ、かわいいだろう」

スクラップブックには、週刊誌や雑誌のグラビア・ページから切り抜かれたラッコのさまざまなポーズが貼ってあった。

「子供がいますね」

「鳥羽の水族館でラッコの子供が生まれた。たしか、日本では初めてのはずだ」

西園寺は重々しく説明をする。

「わ、かわいい!」

利奈は思わずスクラップブックを引き寄せた。

「社長の意図がわかりました」と西田が感心してみせる。

「この子供はかわいい。親が腹の上に子供をのっけている写真一枚で売れますよ」

「そのつもりだが、ラッコの子供はすぐに大きくなる。つまり、自分で泳ぎだす。早いうちに撮影しないと間に合わない」

「じゃ、鳥羽へ行かなきゃ!」

西田は元気が出てきた。

「それは考えている。だが、問題が一つあるぞ。ぼくがきいたところでは、鳥羽の水族館では、ラッコの親子の撮影を禁止しているそうだ。もしそうなら、隠し撮りをしなければならない」

西園寺の話はキナくさくなった。

「それでは、良い写真は撮れませんよ」

「だろうな」

と、西園寺はびくともしない。

「鳥羽へ行かなくても、いいかも知れない。費用が節約できる。実は、そのつもりで、ラッコの写真を集めてある。これはという写真はデュープ（複写）して、ネガが保存してある」

利奈は、はっとした。

西園寺は初めから、かっぱらった写真だけでラッコの本を作るつもりだったのだ！

彼女はがっくりしたが、考えてみれば、これは三流のヌード写真集を作るときの方法である。業界では、驚くことではない。

西園寺がユニークなのは、この〈かっぱらい写真集〉のノウハウを、女性のヌードからラッコに転用したところにある。その点だけをとり上げれば頭が良いといってもいい。ただし、ラッコの写真の権利をめぐる訴訟でも起こったら、大変である。写真家が高名な外人だったりしたら、いよいよ大変だ。

（とんでもない会社だ、これは……）

利奈は息を大きく吐いた。

3

利奈と西田は黙ってしまった。西田だって、プロのカメラマンをめざしているからには、ネガの盗用がどんなにアブナイことか、承知しているはずである。

二人の気配を察した西園寺は、

「妙なことを考えとるんじゃないだろうな」

と言った。

「きみたちが深く考えることはない。社の頭脳はぼくなんだから」

そう言われても、はあ、そうですか、と話に乗るわけにはいかない。ラッコの本を作るというメルヘン的かつキワモノ的な企画は、とんでもない方向に発展しそうである。

インドネシア煙草をくゆらしていた西園寺は、鼻をくんくん鳴らして、「どうかね？」と乗り出した。

「ヤバいスよ」

と西田が答えると、

「責任はすべて、ぼくがとる。それに、きみたち、金がいるのだろう」

西園寺は余裕のある口調で言った。若い二人の心底を見抜いているかのようである。

利奈も西田も答えなかった。この場合、答えないのは肯定の証拠である。

「どうだろう。印税払いということで協力してくれんか」

「印税ですか？」

西田の口調が柔らかくなる。

「うむ。ぼくとしては太っ腹な扱いだ。ほやほやの新人に、こんな待遇をしたことはないぞ」

「いくらぐらいの本にするつもりですか」

「子供に買わせるのだから、九百円がいいところじゃないか。千円でおつりがくるのがいい」

「どのくらい印刷するのですか」

西田がたたみかける。

「そうだな。正確な数字は原価計算をしてみなければわからんが、五万部は印刷するだろう」

「はあ」

「印税は、まあ、七パーセントかな。もちろん、二人あわせてだ」

ポケットから薄い電卓を出した西田は、計算してみて、

「三百十五万円ですか？」

「そんなものだろう」

西園寺は涼しい顔である。

「あの……原稿ですけれど、何枚ぐらい必要でしょうか」

利奈も協力を申し出た。

「そうだな。まあ、五十枚はいるだろうなあ」

西園寺の答えに、利奈はやる気になった。

一枚千円の原稿を五十枚書いても、五万円。税金をとられて、手どりは四万五千円である。印税になると、三百十五万円のうちのいくらか、三分の一としても、百万円は貰えるのだ。

「わかりました」

金の話が明確になったとたんに西田はうなずいた。現金とはまさにこれである。

「印税で支払われるのは初めてですが……七パーセントってのはどうかな?」

西田は利奈の顔を見た。利奈は異存がない。

「七パーセント、ねえ。ふつうは十パーセントじゃないんですか」

西田は西園寺の顔を見つめる。凡庸にみえて、こととしだいでは粘り抜くタイプのようである。

「欲ばるな」

西園寺は突き放しにかかる。

「きみがラッコ研究の権威だったり、有名人ならば、十パーセントを支払うこともあるだろう。しかし、きみは無名だ。七パーセントというのは、ずいぶん好意的なつもりだが……」

「ありがとうございます」

西田はペコリと頭をさげた。

「三百十五万円てのは、かなりなものだぜ」

客の数がまだすくない焼き鳥屋で、二人はチューハイのグラスを合わせた。

「とらぬ狸の皮算用をしても仕方がないから、かりに二百万入ると考えよう。それでも、百万ずつはとれる」

「わたし、半分貰えるのですか」

利奈は、思わず、ききかえした。

「そうとも。半分は貰わなきゃ、やる気がおきねえだろ」

唇を手の甲でぬぐった西田は、親父さん、クーラーが強すぎるよ、と言った。

「だいたい、きみは、どうして、あんなプロダクションの仕事をするんだ。ぼくには理解できない。社会の裏側を観察して、ノンフィクションでも書くつもりか」

「とんでもない」

利奈は笑いだした。

「じゃ、どうしてさ?」

「ほかに、できることがないから」

「そんなことはあるまい。きみは演劇とか映画の批評を書きたいのだろう」

「ええ。あんまし、大きな声では言えないけど」

「じゃ、性の告白とかラッコの本なんかに、かかずらわっている時じゃあるまい。好きなことをやるべきだ。『新劇』とか『キネマ旬報』なんて雑誌の編集部にはぼくの知り合いがいるよ」

「でも、まだ……もっと勉強しないと」

「古い古い」と西田はせせら笑った。「実力をつけてから、なんて時代じゃないぜ、いまは。ルックスとかアイドル性が先行するんだ。きみの武器は、二十歳という年齢と、その小さな顔だ。批評なんか書けなくたって、テレビにばんばん出て、舌足らずの意見を述べれば、いっぱしの映画評論家で通用する。実力は、あとから身につければいいのさ」


翌日、利奈は池袋にある地上四十メートルの高層水族館へラッコを見に行った。夏休みのせいか、水族館は満員で、とくにラッコのいる水槽の前は子供の群れで身動きがとれなかった。ラッコの人気は圧倒的で、テレビCMで有名になったウーパールーパーはさほどでもない。

西新宿の〈飛翔プロダクション〉オフィスに戻ると、ネガの整理をしていた西田が、どうだった、とたずねた。

「まあまあです」

と、利奈は答えた。

「かわいいかい?」

「ゆっくり見れば、かわいいんでしょうけど、子供に押しまくられて、餌付けを見るどころじゃなかった」

「ふーむ。やっぱり、人気があるんだなあ」

西田は首をかしげた。

「どうしてだろう？」

利奈はその問いには答えずに、

「わたし、考えがあるんです」

「なんだい、急に」

「文章は、ラッコの目から見た人間世界にしたらどうかしら。そうじゃないと、五十枚も書けないし」

「社長がOKすれば、それでもいい」

「だって、ラッコにしてみれば、迷惑だと思うんです。人間につかまって、売りとばされて、結局、水族館の人寄せの道具にされてるわけでしょう」

「そりゃそうだ。だけど、そういう視点で、社会というか、人間を批判するってのは、よくあるパターンなんだよな。そういうパターンにはまらなければ、ぼくはいいと思うよ」

「そう念を押されると、わたしのはちがうって言いきれなくなっちゃう」

やがて、西園寺から電話が入った。利奈がこんな風に書きたい、と話すと、西園寺はよろしい、と答えた。

——それを三日間で書いてくれ。

——えっ、三日ですか！

——三日間だ。金曜日までに仕上げてもらう。ただし、だ。仕上げてくれたら、来週の月曜日に、印税の仮払いをする。朝倉君にだけ、三十万円、支払おう。このことは、西田君には言わないように。

電話はあわただしく切られた。

〈西田君には言わないように〉というのが気になったが、とにかく、三十万円、入るのだ。とりあえず、上野直美にフランス料理でもオゴろう。

利奈は原稿用紙を抱えて立ち上がった。

「喫茶店で、ラッコの物語を書きます」

西田にそうことわると、元気な足どりでオフィスを出た。

朝倉利奈に取り柄があるとすれば、集中力なのかも知れない。

喫茶店で半日、オフィスと自宅で二日——計二日半で、ラッコの物語五十枚を書きあげたのである。素人としては、かなりのスピードといわなければなるまい。

自信がないので、彼女はまず、西田に原稿を見てもらうことにした。

「本当にできたのかよ」

ダブルクリップではさんだ原稿用紙を見て、西田は信じられない顔をした。

「三日間て、念を押されたから……」

利奈はおどおどと答える。

「念を押されたってさ、相手はどうせサバ読んでるんだぜ。半分だけ耳に入れとけばいいんだ」

西田は自分の仕事をやめて、原稿を手にした。ものごとをマジメに受けとり過ぎる娘が気の毒になったのである。

——それはアラスカ半島南方の海で捕獲された二匹のラッコが、東京に運ばれてきて、水族館の人気者になる物語だった。二匹のあいだには赤ん坊が生まれ、日本で最初に生まれたラッコの赤ん坊としてマスコミが殺到するが、やがて、親と引きはなされ、地方の水族館に売られてゆく。

ストーリーだけをとり出せば、いわゆる〈くさい〉話であり、活字にできるようなものではなかった。

そうしたストーリーであるにもかかわらず、全体にユーモアと明るさがあり、かすかに笑わせる部分もあった。ラッコのブームを作り上げるために文化人たちが駆り出される場面がそうであり、未熟ではあるが、ユーモアの才能がある、と西田は感じた。ラッコの子供が親とはなればなれになる結末には、暗さよりも透明な悲しみがあった。

「イケるんじゃないか」

西田は原稿から眼をあげた。

「きみは小説を書く練習でもしたことがあるのかい」

利奈は首を横にふった。

「わたし、ああいうの、好きじゃないんです」

「でも、うまく書けてるぜ。今度の写真集に使えると思う。この物語に合う写真をさがせばいいのだから、ぼくも仕事が楽になった」

「嬉しいです」

利奈は顔をあからめた。

「練習もしてないで、こんな風に書けるものかなあ」

「わたし、すぐに、ラッコの気持ちになってしまえるんです。後半では、ラッコの子供の気持ちになりました」

利奈は恥ずかしそうに言った。それは本当であるが、西園寺が約束した三十万円が心理的なテコになったのも事実である。不純な動機だが、西田にほめられるようなものができたのは嬉しかった。


次の月曜日は、いつもより早く眼がさめた。

利奈の原稿をほめた西園寺は、改めて、三十万円を渡すのを約束してくれた。利奈は銀行に振り込んでくれればいいと言ったのだが、西園寺は小切手を渡すというのである。ただし、西田には内緒で、社の近くの喫茶店であいたいと念を押した。

(今日、お金が入る……)

そう思うと、寝ていられなかった。FENを流しながら部屋を掃除して、冷蔵庫のなかを片づけた。

新宿に出たが、まだ時間が早かった。ジャッキー・チェンの映画の一回目の上映をみて、冷やし中華を食べると、ようやく約束の時刻になった。

指定された場所は、初めて西園寺にあった〈ビジネス談話室〉である。意外に混んでいたが、西園寺の姿はなかった。

コーヒーを飲みながら三十分待ったが、西園寺は現れなかった。忙しい人だから仕方がない、とさらに三十分待ったが、いっこうに姿を見せない。

利奈は不安になった。〈飛翔プロダクション〉に電話を入れたが、誰も出なかった。

(誰もいないなんてことがあるだろうか)

喫茶店を出た彼女は走りだした。プロダクションのあるビルに入ると、階段をかけのぼった。

〈飛翔プロ〉のドアの前には、西田と数人の男女がいた。

「どうかしたのですか?」

利奈は反射的にたずねる。

「これを見ろよ」

西田はドアの貼り紙を指さした。下手な字で〈わけがあって、しばらく留守にします　西園寺〉とだけ書いてある。

利奈は蒼白になった。

「きみがくるのを待ってたんだ」と西田が言った。「これからどうするか、善後策を講じたい」

「あの人は『ロリポップ』の副編集長でもあるんだから、電話してみたら？」

「そんなことは、とっくに、やっているよ」

西田はうんざりしたように答えた。

「『ロリポップ』が突然、発売禁止になったんだ。電話できいたところでは、編集長は先手を打って行方不明、西園寺さんが警視庁に出頭したそうだ。始末書ですむ事態じゃないから、とうぶん、ごたごたするらしい」

「それは向こうの事情よ」と、女性が怒りをこめて言った。「このオフィスを休みにするのなら、今までの原稿料をきれいに払ってもらわなきゃ」

「そうですとも」と、別な女性が賛成する。

（これはダメだ）と、利奈は力が抜けてきた。（三十万円はおろか、原稿料のほうも、あぶない）

一同は近くの喫茶店に入って、どうふるまうべきかを考えた。

問題は、西園寺が逃げてしまったのではないことにあった。第二に、利奈たちは〈飛翔プロ〉となんらかの契約を結んでいるわけではない。第三に、〈仕事〉の性質がおおやけにしにくいものであること。

「残念だけど、あの人からの連絡を待つしかあるまい」

という西田の言葉が、とりあえずの結論になり、おのおの、コーヒー代を払って店を出た。

「いちばんショックを受けたのはきみだろう。日も浅いしな」

五十枚の原稿が宙に消えたのを知っている西田は利奈の肩に手をかけた。

「どうする、これから？」

「京王プラザホテルで、ひとにあうんです。西園寺さんの件で電話したら、きてくれるというんで」

「そうか。じゃ、ぼくは消えたほうがいいね」と西田は呟くように言って、「そうだ。さしつかえなかったら、電話を教えてくれないか」

利奈は手帖を破いて、アパートの電話番号を書いた。

「今度のことで、連絡することがあるかも知れない」

片手をひらひらさせた西田は、新宿駅の方に歩き出した。

上野直美はホテルの中の小さな書店にいた。

「うちの雑誌、けっこう、積んであるね」

と、愛社精神を示して、

「厄介なことになったわね」

「大厄介ですよォ」

利奈は甘える口調になった。

「『ロリポップ』の編集部は、しばらく、がたがたするから、あの男も、副業どころじゃないな。さっききいた噂では、『ロリポップ』、つぶしちゃうみたい。自粛の意を表明するんでしょうね」

「最悪の気分です」

「原稿料なら、私がとってあげる」

直美は責任を感じているようだった。利奈は、すみません、と頭をさげて、

「実は、もう一口あるんです」

「え？」

「ラッコの写真集を作るっていわれて、五十枚、書いちゃったんです。三日で書いたら、とりあえず、三十万円くれるって。印税払いといわれて、張り切っちゃって……」

「印税払い？　西園寺にそんなボランティア精神、あるわけないじゃない」と直美はわらった。「それに、原稿をワープロに直して、元の原稿をシュレッダーにかけちゃえば、利奈が書いた証拠もなくなる。ま、そこまではやらないだろうけど、悪いほうに考えとけば、まちがいないのよ」

第二章　地獄と天国

1

その夜から、利奈はひどいウツ状態におちいった。テレビも見たくない、人にあいたくない、電話にも出たくない、という〈ないないないづくし〉の日々がつづいた。

食欲もないのだが、なにも食べないと身体が衰弱してしまうので、カップヌードル一個で一食をすませ、食べたあとのカップは、部屋の隅の段ボール箱に投げ込んだ。

ひまになったら読もうと思っていた文庫本が山をなしていたが、手を出す気にならなかった。大好きなルース・レンデル女史の推理小説さえ、おっくうだった。まんが本も手にとる気がしない。

こうした時は音楽に限るのである。エアチェックしたまま、積み重ねてあるテープの中から山下達郎を選んで、古いミニコンポ・ステレオにセットする。達郎のコンサートのあと、気分が盛り上がったまま、友達と湘南まで車をとばし、翌日のアルバイトに遅れた学生時代を想いだした。

やや気分が持ちなおした利奈は、ファッション雑誌を手にした。

これがいけなかった。〈わたしに似合う部屋に住む!〉という特集が巻頭にあって、スタイリストとかスーパーバイザーといった女たちが、おのおののマンションを、カラー・グラビアで公開しているのである。四千万円から六千万円のマンションに独り住まいのかっこよさ。家具はすべて輸入物で、ベッドルームにはミラーを置いて広く見せる工夫を、などと、勝手なことをホザいている。室内は緑が一杯でなければ、とか、白いペルシャ猫を飼って、とか、とんでもないことの言い放題に、利奈はかっとなって、ファッション雑誌を手洗いのドアに投げつけた。

それはまあ、スタイリストも編集プロデューサーとやらも、それぞれ苦労を重ねて、〈女の城〉を手に入れたのだろうけれども、なにも〈週末はルーフ・バルコニーで二人だけのパーティーを〉なんて気取らなくてもいいではないか。〈青山墓地に面した窓をあけてパーティーを〉というけれども、いつのまにか、人数がひとり増えていることがあるかも知れない。〈出窓のある部屋がいい〉というけれども、出窓を掃除していて、外に落っこちることもあり得るのではないか。

といった具合に、ひがみ、そねみ、やっかみ、の三み一体で、そんな風に嫉妬する自分がかわいいとはとても思えず、利奈のウツはいよいよ激しくなった。

こうした〈女の城〉は、なぜか、南青山、西麻布、広尾、白金、目黒のあたりに集中しているようで、杉並区の、甲州街道に近い一角の四畳半で汗まみれの利奈とはまったく関係がない。東京に生まれて、東京に育ちながら、この〈差異〉は、いったい、どうしたものか。

利奈は、広尾の2LDKのマンションに住みたい、などと、大それた望みを抱いているわけではない。

彼女のささやかな願いは、バスルームつきのアパートに入ることにある。外で働こうと、部屋で原稿を書こうと、とにかく、汗をかく。今のように、一日、寝っころがっていても、やはり、汗をかくのである。文化書房で働いていたころは、帰宅すると、もう銭湯がしまったあとであった。

(でも、どうしようもない……)

幼いころ、母親の姉の家にひきとられた利奈は、自分の感情をおもてに出さない訓練ができている。ほんらいは感情の起伏がはげしいのだが、ウツ状態の時は人にあわないようにしたので、他人には彼女の明るく、陽気な面しか見えないのだった。暗い、といわれるよりは、自分にとってプラスだろう、と、考えている。

上野直美はよく、「利奈はボーッとしているから」と、ぼやいていた。どうやら、ボンヤリした人間に見えるらしく、それもいいのではないだろうか。

幾日めかに銀行に行くと、〈飛翔プロ〉からの入金が記帳されていた。その金額は、彼女が書いた原稿の枚数にふさわしかった。

カップヌードルにお湯をつぐ気力もなくなっていた利奈のウツは、これによって、やや持ち直した。〈ウツ〉といっても病気ではないのだから、金銭によっても左右されるのである。

急に熱が下がった病人のように彼女は身軽になり、文化書房に電話を入れた。

——どうしたの？

上野直美は怪訝《けげん》そうだった。

——電話しても出ないっていうから、心配してたのよ。

——今日、原稿料がふり込まれました。

——よかった。西園寺を怒鳴りつけてやったのさ。

——助かりました。

利奈は礼の言葉を述べた。

——ラッコの方は、いま、交渉中よ。

——すみません。気分的に落ちこんじゃって……。

——よっぽど、アパートへ行ってみようかと思った。ただ、私は私で、きりきり舞い。社長が、急に、スプラッター映画の雑誌を作れって言いだしたの。血まみれのホラー映画専門誌なんて、売れるかどうかわかんないけど、言い出したら、ひとの言うことなんかきかないから。

直美の口調から見て、利奈の出番はなさそうだった。ホラー映画マニアの青年たちを、編集の下請《したう》けに使うらしい。

胃がしくしく痛む、といって、直美は電話を切った。

部屋に戻った利奈は、ベッドにあお向きになって、東京区分地図帖をひろげた。

ファッション雑誌を投げすててはみたものの、なにかの幸運で収入がふえ、バスルームつきのアパートに住むとしたら、やはり、広尾がいいと考えたのである。たんに語感の問題にすぎないのではあるが。

広尾は港区にあるとばかり思っていたら、まちがっていた。西麻布、南麻布と道路一本へだてて、渋谷区に属している。山手線の内側に住んだことがない利奈は、こうした地理にうとかった。

（大して希望はもてない……）

心の中で呟いた。

八月はもう大丈夫としても、来月からどうやって生活したらいいのか。喫茶店でコーヒーを運んだり、ハンバーガーのチェーン店で制服を着てにっこり笑うのか。

その気になれば、べつに、むずかしいことではなかった。短大のころは、ハンバーガーやドーナッツの店で働いたこともある。べつに恥ずかしいわけではない。


うとうとしていると、電話ですよ、と呼ばれた。ロックを流していたFENは、スポーツ中継にかわっており、観客の声がすさまじかった。

ラジオのボリュームをさげた利奈は、階段をおりながら、腕時計を見た。一時間半ばかり眠ったようだ。

——おこしちゃったかな？

西田の声だった。

——いえ……いいんです。

利奈の声に相手はほっとした様子で、

——急用だったから……。

——なにか、あったのですか？

——西園寺はまだつかまらない。みんな困っている。おまけに、きみのアパートに何度、電話しても、女の人が、留守ですよ、というんだ。

——すみません。

——こんな時間に電話したのは、べつのことだ。仕事といってもいいだろう。できれば、お宅の近くであって、話したい。

——今夜ですか……。

ウツ状態から脱しきれない利奈は、力のない返事をする。

——うん。つまり、就職試験が明日なんだ。ことわっておくけど、いかがわしい仕事ではないよ。

——でも……もう、喫茶店もスナックもしまっちゃってますよ。うちの近所には、あいてるお店がありません。

——二十四時間営業の牛丼屋がないか。

——それなら、あります。でも、牛丼屋でいいのですか?

着たきり雀という言葉があるが、ウツのあいだじゅう、利奈はTシャツとスエット・パンツで寝たり起きたりしていた。西田にあうといっても、べつに着がえる気にはならず、Tシャツの上に薄いトレーナーを羽織り、スニーカーを突っかけて、夜の町に出た。

京王線・代田橋駅から甲州街道を渡って数分というこの辺《あた》りには、まず食べ物屋らしいものがすくない。深夜ともなれば、なおさらである。

指定した牛丼屋に入ろうとした利奈は、店内のカウンターに西田がいるのに気づいた。ずいぶん早いではないか。お新香でビールを飲んでいた西田は、利奈の顔を見ると、

「やつれたな」

と、痛々しそうに言った。

「早いですね」

「104番（電話番号案内）を逆用して、きみのアパートの場所を調べておいた。さっきの電話は明大前駅のボックスからかけたんだ」

「はあ……」

「今日は車なんだ」

西田が車を持っているとは知らなかった。

利奈が椅子に腰かけると、

「きみ、牛丼を食べないか。ぼくは晩めしを食ったのがおそかったから」

そう言って、西田はビールを飲んだ。

「それとも、ビールにするか」

「ひっくりかえっちゃいます」

カップヌードルやカップに入った揚げヤキソバで、一週間、つないだのである。

「牛丼とお新香とミソ汁」

利奈はカウンターの内側の男に注文した。しがない牛丼が、今夜ばかりは特別料理のように輝いている。

牛丼が出され、彼女が食べ終わるまで、西田は沈黙していた。四百円でおつりがくる牛丼がうまいはずはないのだが、利奈はうまそうに、ぺろりと平らげて、〈安い牛丼を食べたあと特有の虚しさ〉をかみしめる風情がなかった。

「ひどくやせたね」

二本目のビールを飲みながら、西田は、ようやく言った。

「そうですか」

「自分でそう思わないか」

同情的につぶやき、いくら食べてもただのベニショウガを箸《はし》でつまんだ。

「お茶をください」

利奈は店員に言い、すぐに、出がらしというほかない茶が出される。彼女はベニショウガをつまみ、茶を飲む。

「こういうところで話をするのも、妙なものだけど」

西田はなんだか居心地が悪そうだ。

「ぜんぜん、妙じゃありませんよ」

利奈は平気である。

こういう話はこういう場所でなされなければならない、というジョーシキのようなものが世の中にはあるが、そうしたジョーシキにおよそ無頓着《むとんちゃく》なのが朝倉利奈である。

相手がどんな話をしたいのか、なんてことは、あまり興味がない。この瞬間、彼女が考えていたのは、次のようなことだ。

〈この店で、ごはんだけもらって、お茶づけにしたら、どういうことになるだろうか。ベニショウガとお茶はただだから、いくらでも食べられる。そんな注文をしたら、店の人はイヤがるだろうか？〉

それはもう、イヤがるに決まっているのだが、ひょっとすると、実行しかねないところに彼女の〈ヒジョーシキさ〉があった。

しかしながら、ヒジョーシキは外見からはうかがえない。

じっさいは、ベニショウガのことを考えているのだが、外見はなにやら人生について思いつめているようでもある。

ついでに、作者《こちら》の手の内を明かしてしまおうか。朝倉利奈が物語に登場してきたとき、作者は〈眼が美しい以外は平凡きわまりない娘〉と紹介したのだが、こんな風に控えめに表現するのは、作者が近代小説の作法に毒されているからで――いや、もっと下世話にいえば、高価なプレゼントをするときでも、つまらないものですが、と、わざわざことわるようなものであって、二百年まえの英国の小説であれば、〈一見、平凡には見えるが、彼女の澄んだ大きな眼と状況に応じて活潑に変化する表情は、男性の心を魅了せずにはおかないであろう〉といった具合に描写されたはずである。

さて――。

心にヒジョーシキを秘めた娘に対して、西田は肚《はら》を決めた。といっても、大したことではない。プラスティックの大きなケースに入ったベニショウガが存在する、日常的であると同時に、なにやら抽象的でもある狭い空間において、話をしてしまおうと決意しただけである。

「きみ、たしか英文科を出たんだったな」

「ええ」

利奈は茶をすすった。

「じゃ、英会話は堪能《たんのう》だろう」

これは愚問である。かの碩学《せきがく》・林達夫がヨーロッパのホテルで、「電球が切れた」のひとことを英語でホテルのフロントに伝えられなかったという有名な故事がある。数カ国語に通じた碩学にしてしかりとせば、短大でブローティガンあたりを辛うじて読んでいた程度の利奈に、英会話ができるだろうと迫るのはオロカというものだ。

「ほとんどダメです」

利奈の返事はにべもない。

「ほんとう？」

「ショッピングぐらいはできるかも知れないけど、会話はムリですよ」

利奈は茶をおかわりした。

「ま、ショッピングができる程度でもいいさ、まるでできないよりは」

西田は汗をかいている。

「というのは、この仕事は、少しでいいから、英会話ができないと困るんだ」

「わたし、お役に立てませんよ」

利奈は気がなさそうに言う。こんな質問のために呼び出されたのかと、いささか気を悪くしている。

「簡単な会話ができりゃいいんだ」

と、西田はあたりを見まわしたが、店員以外に人影はない。

「もう一つの条件は、問題がないと思う。演劇とか映画に好奇心を持っていなければ困るのだけど……」

「どういう仕事なのですか」

利奈は西田の眼を見た。彼女は単刀直入な言い方が好きであり、遠まわしの質問が苦手だった。

「それは、ぼくの口からは言えない。きみが明日、面接試験を受けてくれれば、そこで説明される」

「明日、ですか」

そんな風に急《せ》き立てられても困る。心の準備ができていない。

「ずいぶん、急ですね」

「結果として、そうなった。いくら電話しても、きみが留守だというのだもの」

ウツ状態で、受話器を手にしたくなかったのだ、とは答えかねた。

「速達を出すか電報を打つか、迷っていた。でも、留守じゃ、しょうがないしね。往生したよ、ぼくも」

利奈は申しわけない気持ちになった。

「……でも、お役に立てるかどうか。映画好きといっても、わたし、ミーハーですからね。演劇といっても、主にミュージカルだし、本当は、国産のミュージカル、好きじゃないんです」

「だから、いいんだ」

西田はうっかり口を滑らせて、

「いや……つまり、自分の感性だけで判断するところがいいと思うんだ。それをミーハーと呼びたいのなら、それでもいい。だいたい、学生が、ハワード・ホークスとか山中貞雄とか、リアルタイムで見ていない映画作家ばかり論じたがる今の流行は異常なんだ。スピルバーグの大衆性、けっこうじゃないか」

「わたし、スピルバーグ、いまいち信用できないんです」

と、利奈は愛想がない。

「個人的な感想はどうでもいい。ショウビジネスに関心があるかどうかが、この就職のポイントなんだ」

西田の言葉に、利奈は眼をあげた。生気が顔に戻り、眼が輝いていた。

「あの……わたしも、ビールもらって、いいですか」

2

このごろは、世田谷区や杉並区までが〈東京の山の手〉に考えられているようだが、たかだか二十年前には、そうした習慣はなかったといってよかろう。

山の手といえば、むろん、山手線の内側と考えられ、なかでもトップクラスは麹町《こうじまち》という名の町であった。

そもそも、というほどのことでもないが、麹町は一つの区であった。ウソだと思う人は、昭和初年の〈東京市全図〉を探しだして、ひらいてみてください。東京の東の外れは本所区、深川区。西の外れは牛込区、四谷区、赤坂区であり、代官山は豊多摩郡《とよたまぐん》に属した。そして、東京市の中心は宮城《きゅうじょう》（皇居）になっており、そこには堂々、麹町区と太い文字が印刷されている。いうまでもなく、麹町区は東京の中心だったのである。

第二次大戦後、麹町区は神田区と合併して、千代田区というわけのわからぬ名前の区になった。それでも、高度成長期の前までは、東京でも最高の高級住宅地であり、成功者が住むならば、一に麹町、二に青山といわれたものである。

そうした面影は、いまでも、麹町、一番町、二番町、三番町のあたりに残っている。イギリス大使館があり、ベルギー大使館がある。大邸宅があり、高級マンションがある。どこにでもある〈高級マンション〉ではなく、チェックのきびしい本物の高級マンションである。ちなみに、このあたりにはスーパーマーケットがない。買い出しをするときは、運転手つきの自動車で、赤坂のホテル内の食品売り場や、青山の食品スーパーへ出かければすむというわけ。

そうしたマンション群の中でも、ひときわ目立つ、渋いつくりの超高級マンションの前に、セコい自動車がとまり、麴町の歴史とはなんの関係もない男女、利奈と西田がおり立った。

「氷川《ひかわ》さんのお客さんですね」

受付の管理人が念を押して、

「いちおう、お名前をお書きください」

と、ノートをさしだす。

「きみ、サインして。ぼくの役目はここまでだから」

西田の言葉に、利奈は自分の姓名をノートに書く。初老の管理人は、朝倉さんか、と呟いて、氷川なる人物の部屋に連絡を入れた。

「ぼくは車の中にいる。がんばれよ。就職できなくても、もともとだ」

明るく笑って、西田は外に出ていった。

「どうぞ、こちらに」

管理人はエレベーターまで利奈を案内する。超高級マンションともなると、ちがうものだ。

エレベーターの中には鏡があった。落ちつかぬ利奈は、鏡に向かって、テクマクマヤコン、テクマクマヤコン、と呪文をとなえる。

エレベーターは九階でとまった。

赤い絨毯《じゅうたん》が敷きつめられた廊下に出た利奈は、左右どちらに行くべきかわからない。管理人はルーム・ナンバーを教えてくれたかもしれないが、アガっている利奈の耳にはなにもきこえていない。

この廊下がまたすごい。純白の壁のところどころに飾りのついたキャンドル型の灯がともって、さながらベルサイユ宮殿。利奈は宮廷にまぎれ込んだ乞食王子かシンデレラ、はたまたコネティカット・ヤンキーといった体《てい》である。

（やー、これは……広尾の〈女の城〉なんか、めじゃない！）

利奈は溜息をついた。

（だけど、趣味としてはどうかな？）

面接をする男が氷川という名であることは、西田からきいていたが、何歳ぐらいの、どういう職業の人物なのかは、教えてもらえなかった。あえばわかる、と西田は言うのだ。それはそうかも知れないが、紹介者として、いささか不親切な気がする。

「朝倉さんですか？」

突然、声をかけられて、びくっとした。

おそるおそる振りむくと、遠くの白いドアがあいて、眼鏡をかけた女が立っていた。

返事をしようとしたが、はしたないふるまいはよくないと思いかえし、利奈は、ぺこり、と頭をさげた。

「早くいらっしゃい」

叱られるように言われて、利奈は小走りになる。分厚い絨緞は彼女の足音を吸収し、廊下は気味がわるいほど静かである。

「十三番の朝倉利奈さんね」

ふちの大きな眼鏡をかけた女の人は、ボールペンを片手に、カルテ状の書類を見た。

「あなたが最後なのに、十五分の遅刻よ」

「乗ってきた車が故障しまして……」

本当のことなのだが、相手はうす笑いを浮かべて、

「まあ、そう答えるしかないでしょうねえ」

「申しわけありません」

十三番というナンバーがよくない。こりゃダメか、と内心、つぶやきながら、秘書風の女のあとにつづいた。

ドアをしめ、グレイ一色のホールに入ると、秘書風は、

「いつも、そういうTシャツを着ているの」

と、詰問するように言う。

「は……夏はほとんど」

「こういう時でもTシャツを着てくるなんて、心にゆとりがあるのね」

毒のある言葉だった。

「このTシャツ、好きなんです。ブドウの絵のところを爪でこすると、ブドウの匂いがしてきて……」

「詩人なのね」と秘書風は冷笑して、「はたちにもなって、少女みたいなこと言えるなんて、いわゆる一つの才能ね」

利奈は、むかっとしたが、ここで喧嘩を始めるわけにもいかない。

それよりも、ひっかかるのは、書類に自分の写真が貼ってあることだった。氷川という人物に顔写真を送ったおぼえはない。

気配を察した秘書風が鋭く言った。

「なにか、気になるの？」

「写真が……わたしの顔写真が貼ってあるもので……」

「あたりまえじゃないの」

「その写真、どこから？」

「西田君が持ってきたのよ」

あ、そうか、と利奈は納得した。西田は初対面のときに利奈の写真をとり、その後も、ビデオカメラなど、まわしていたように思う。

秘書風は突きあたりのドアをノックして、

「最後のひとが見えました」

と声をかけた。

「よろしいですか？」

「どうぞ……」

うんざりしたような、男の声がきこえた。

ドアがあけられ、利奈は背後から押される感じで足を踏み入れた。

見晴らしのいい明るい部屋の窓ぎわに、三十代後半ぐらいの日焼けした顔の男がいた。ひとを値踏みするような冷ややかな視線を意識した利奈は怯《おび》え、かちかちになった。

「すわりたまえ」

デスクの向こう側の男はつまらなそうに言って、秘書風の女に渡された書類に眼を向けた。

利奈は柔らかく、すわり心地のよさそうな椅子にかけた。

(広い部屋だけど、天井が低い。マンションなんて、結局、こうなんだ……)

緊張感とたたかうために、彼女は欠点を探し始めた。

（わたしは、こういう天井の下では、息がつまって、暮らせない）

だいたい、ここはオフィスなのか、自宅なのか。オフィスにしては棚や書類がすくないし、住宅にしては人が住んでいるあたたかさに欠ける。

男は椅子から立ち上がり、スーツの上着を脱いだ。背が高く、百八十センチ近いのではないかと思われた。

椅子に戻り、ネクタイをゆるめると、

「朝倉利奈って本名？」

と、いきなり、言った。

「本名です」

失礼な奴だと思いながら、利奈は答える。背が高く、まあ二枚目風なので、なにかカンチガイしているのではないか。

自分が思っているよりも、利奈は感情が顔に出る。それを認めたらしい男は、面白そうに言った。

「写真のほうが美人だな」

利奈はあいまいな笑いを浮かべただけだった。就職試験ではよくあることだが、こちらの反応をためすために、わざと刺戟的な言葉を吐く男がいる。どれほど人の心を傷つけるかも考えずに。

「それとも、写真うつりが良いというべきかな」

男の眼に皮肉な笑いが浮かんだ。

（大きなお世話だ！）

と心の中で怒鳴りながら、利奈はしとやかな笑みをくずさない。

「失業中という風に、西田君からきかされているが。……彼は私のオフィスにも出入りしているのでね」

「失礼ですが……」と利奈は言葉をはさんだ。「あなたが氷川さんなのですか」

「これは失敬した。私が氷川秋彦《ひかわあきひこ》だ。今まで十二人にはちゃんと挨拶していたのだが、きみがひどく遅れたので、つい、礼儀を失した」

（ふん、キザな名前！　少女まんがじゃあるまいし！）

「私は人を待たせることはあっても、待たされることには馴れてない。だから、少々、不機嫌になっていた」

（いよいよキザ！　思い上がり！）

利奈は心の中で罵倒《ばとう》をつづける。

「失業するまえに、どういう仕事をしていたかも、西田君からきいた。ポルノ雑誌ということだが」

「はい」

「それは生活のためかね？」

「まあ、そうです」

「変わった経歴だな、ポルノ雑誌編集とは」

「好きってわけじゃないんです」

「だれも、そんな風には思わない。大変だったろうと私は思う。私に娘がいたら、そういう仕事にはつかせないだろう」

氷川はふたたび書類に眼を落として、

「一九六四年十二月生まれで、二十歳か。……ご両親は亡くなっているのだね」

西田が喋ったのだろう。利奈は自分の生い立ちは、ほとんど明かしていないし、明かしたくもない。


「いちおう記入しておきたいのだが、さしつかえなかったら、ご両親の亡くなった日と病名を教えてくれないか」

利奈は答えなかった。

「なにか、具合の悪いことでもあるのかね」

「一九六六年二月四日です」

かたい語調で利奈は答える。

「どちらが？」

「二人いっしょです」

「二人いっしょ？」と、氷川はさすがに驚いた様子で、「一九六六年というと、昭和四十一年だな。……まさか、きみ、あの航空機事故の犠牲者では……」

「そうなんです」

3

一九六六年という年は、人気絶頂のビートルズが東京公演をおこなった年として一般に記憶されている。

だが、三つの航空機事故がたてつづけにおこった年としても忘れがたい。

二月四日　全日空機、東京湾に墜落。百三十三名死亡
三月四日　カナダ太平洋航空機、羽田で防潮堤に衝突し炎上。六十四名死亡
三月五日　ＢＯＡＣ機、富士山付近で空中分解。百二十四名死亡
こんな連続事故はめったにないだろう。

――当時の記憶を呼びおこされたのか、眉間《みけん》に左こぶしをあてていた氷川は顔をあげると、

「知らなかった。知っていれば、こんな質問はしなかった」

「いいんです。わたしは一歳で、記憶がないんですから」

利奈は冷静に答えた。

「話題を変えよう」と、氷川は沈んだ声でつづける。「今度の仕事は、人によっては魅力的なものだと思う。とくに、アメリカのショウビジネスに興味を抱いている人にとっては……」

「はあ」

「そうだ、これをきいておかなきゃ……」

氷川は早口になって、

「ききにくいことだけど、きみ、飛行機に乗るのは平気かね？」

「……たぶん――平気だと思います。一度も、乗ったことがないんです」

「国内線も？」

「ありません」

「きみにとって不快な質問かも知れないが、飛行機恐怖症ではないかね」

「そんなこと、ないと思います。たんに、チャンスとか必要がなかっただけです」

「そうならいいが……」

氷川は大きく息を吐いた。

「ただ、仕事が決まってから、飛行機に乗りたくないと言い出されると困る。迷惑するのは、私だけではない」

「飛行機に乗る仕事なのですか？」

「そうではないが、乗る必要があるのだ。合格したら、ニューヨークへ行ってもらう。そのさい、客船で、というわけにはいかない」

一瞬、利奈は言葉を失った。

ニューヨークへ行く仕事だなんて、知らなかった。いや、だいたい、なにをするのかも、給料も、教えられていないのだ。

「行けるんですか、ニューヨークへ？」

利奈の声が上ずった。希望と怯《おび》えが、洗濯機の中の衣類のようなスピードで攪拌《かくはん》されている。

「行くのではない。住むのだよ、朝倉君」

氷川は初めて白い歯をみせた。

「応募の条件として、英会話ができること、とあるのは、そのためだ。ニューヨークに住むんだよ」

（大変だ、こりゃ……）

一般的日本人として、利奈が抱いているニューヨークのイメージは、〈犯罪都市→マフィアが暴れる→レイプの恐怖〉というパターンであった。もちろん、〈ブロードウェイ→ミュージカル〉という別パターンもあるが、なんといっても〈犯罪都市〉のイメージが強い。

「アパートは、安全なのを、こちらで用意する。また、そうしたことの支払いは、こちらでやるから、心配はいらない。生活費とはべつに、かなりの高給があたえられる」

（どうも、話がうま過ぎる）と利奈は警戒した。（ひょっとしたら、日本の女を売りとばすシンジケートではないか）

「心配しているな」

氷川は苦笑を浮かべて、

「高給を支払うからには、こちらも、ある程度の要求をする。のんびりしてはいられないぞ」

「なにをするのでしょうか」

「とりあえずは、ショウビジネス関係の情報を私あてに送ることだ。実は、私は、ある広告代理店につとめている。いまは、それ以上は言えないが」

「でも……」と、利奈は口ごもって、「広告代理店でしたら、ニューヨーク支社とかがあって、そういう情報が送られてくるんじゃないですか」

「良い指摘だ。たしかに、そんなものはくる。情報のようなものだ。新聞や雑誌の切り抜き、テレビ番組をコピーしたビデオ——そういう、ありきたりの情報に価値があると思うかね？　私が欲しいのは実感だ。ショウビジネス好きの一日本人の〈目〉を通した情報だ。……そうしたものを、支社の者に要求するのは無理なのだよ。英会話ができたり、ビジネスで切れることと、〈ショウビジネスがわかること〉は、まったく別だからね。……本当は、私自身がニューヨークにいればいいのだが、そうもいかない。つまり、私は自分の分身が欲しいのさ。直行便で十二、三時間、電話は直通という〈近さ〉にあるニューヨークの情報が、どうして、こう、ひどくズレるのか、私には信じられない。この〈ズレ〉を無くさないと、私の仕事にさしつかえるのだ」

　そう言い切った氷川は鋭い眼で利奈を見て、「もう少し、ていねいに説明しよう」と、語調をゆるめた。「これだけでは、何のことか、わかるまい」

「はあ……」

　利奈は、きょとんとしている。

「たとえば、だな。『コーラス・ライン』というブロードウェイ・ミュージカルを知っているだろう」

「日本人が演じたのを見ました」

「あの『コーラス・ライン』だが、ちょうど十年まえ、私がたまたまニューヨークに短い滞在をしたとき、オフ・ブロードウェイの小さな劇場で上演されて、内輪《うちわ》でたいへんな話題になっていた。私はなんとか切符を手に入れようとして、裏のルートまでたどってみたが、駄目だった。滞在の期限がきて、私は帰国した。——それから間もなく、『コーラス・ライン』はブロードウェイに進出して、大成功した。十年後のいまでも上演されていて、ブロードウェイでのロングランの記録を作った……」

　氷川はボールペンでデスクの隅を叩いて、

「この話の流れでいえば、〈ブロードウェイに進出して大成功〉してからは、日本の新聞やテレビでも報じられる。最近は、ＣＮＮニュースのような産地直送風の情報番組もあるから、情報伝達は非常に早い。しかし、ニューヨークの業界の内輪で、あれは凄《すご》い、と噂になっている——その段階では、日本にいるわれわれのところには情報が入ってこないのだ。ほんとうは、うちの支社の連中がキャッチしなければいけないのだが、さっき話したような理由で、彼らにはできない。その方面に、情報のアンテナを張りめぐらしていないからだ」

利奈は、まだ理解できなかった。そうした〈情報〉になんの価値があるのだろうか。

「『コーラス・ライン』に関していえば、私が鈍かったのだ。内容をきいて、日本の観客向きではないと判断した。たとえ、舞台は見られなくても、日本での上演権の交渉はすべきだったのだ……」

あ、そうか、と利奈は気づいた。早いうちに上演の権利をおさえておけば、それが大きな利益をうむようになるのだ。日本版「コーラス・ライン」や日本版「キャッツ」はそうだ、ときいている。

「これは、ほんの一例だ。映画でも、日本に輸入されない面白いアメリカ映画が、いくらでもある。アメリカのテレビ界の動向や、刻々かわるビデオ業界の状況も、われわれは、かなり遅れて、知らされるわけだ。しかも、皆が知ってしまえば、その情報にはなんの価値もない……」

氷川が口にする〈情報〉の意味が、ようやく、わかってきた。金の卵をうむかもしれない鶏たちなのだ。

（でも、わたしは、とてもじゃないけど、そんな情報のアンテナを持っていない）

「素人のきみに、いきなり、むずかしい要求なんかしないさ」

利奈の心の動きを見抜いたように、氷川は言った。

「西田君からきいたところでは、きみはなかなかシビアな見方をするそうじゃないか。映画監督のスピルバーグを信用できないと言ったとか……」

「いやあ……」と利奈は舌を出して、「うちうちの話です。あの人、なんでも喋っちゃうんだなあ」

「いいじゃないか。これはテストなのだ。——どうかね？スピルバーグをどう思う？」

「やー、困ったなあ。……大した人だとは思いますよ。あれだけ人材を集めて、次々に映画をヒットさせるのは大プロデューサーだとは思いますけど……」

「けど……そのあとが、ききたい」

「監督としては、どうなんでしょうか。サスペンスの演出はうまいけれど、それだけって気もします」

「しかし、『E・T』という〈心あたたまる映画〉もあるだろう。きみは、認めないのかね」

　氷川は上体を乗りだした。

「わーわー、泣きましたよ。わたし、ミーハーですもの。でも、二度目に見たとき、シラーッとしちゃったんですよ。当時、喫茶店でアルバイトしてたもので、キャッシュ・レジスターの音が耳にこびりついてて、その音が、映画を見てるあいだじゅう、きこえてました」

「こいつは手きびしい」

　氷川は面白そうに言った。

「ミーハーであって、同時に手きびしいというのが、変わっている。……では、これからのスピルバーグはどう出ると思う？」

「アカデミー賞の監督賞が欲しいんじゃないですか」

　利奈の言葉に氷川の表情が変わった。

「ど、どうして、わかる？」

「だって、三十代の若さで、欲しいものは、全部、手に入れた人でしょ。あとは、監督としての評価だけじゃないですか」

「きみの言う通りだ。スピルバーグの次の作品『カラーパープル』は社会派風のドラマで、アカデミー賞狙いという評判が私の耳にとどいている」

「ほんとですか？」

　利奈はびっくりした。たとえ外人でも、順風満帆の人間がきらいなので、いいかげんなことを口走ったのだが……。

「ほんとうだよ」

「じゃ、アカデミー賞向きに、けっこう泣かせてくれるんじゃないですか。笑わせるのは下手だけど、泣かせるのは、そつなくやれる監督だから」

　利奈はにこにこしながら、ひどい言葉を口にする。

「それだけさりげなく、批判を口にできるのは珍しい。しかも、きみの批評には悪意がないのだ」

氷川は感心したようである。

「悪意、あるんじゃないですか」

と、利奈は笑った。

「西田君は、きみの映画の見方がシャープだと言っていた。ぼくも、そんな気がしてきたよ。映画については、このくらいでいいだろう。……あとは舞台関係の情報を、どの程度、持っているか知りたい」

利奈はいささか神経質そうな顔つきになる。日本にくるアメリカのダンス・チームを追いかけて見ている程度だから、ほとんど自信はない。

「ニール・サイモンという劇作家がいるのは知っているね？」

「はい」

ニール・サイモンの喜劇は、日本でも、しばしば上演されている。もっとも、利奈は一つとして見ていない。

「彼の台本を読んだかね？」

「はい、翻訳で」

分厚い戯曲集を古本屋で買って、読んでいる。

「どれが面白かった？」

「は、あの……喧嘩別れした漫才コンビの老人の話が……」

「つまり、『サンシャイン・ボーイズ』だな」と、氷川はうなずいて、「これは無理な質問かも知れないが、いま、ブロードウェイで、ニール・サイモンの芝居が、いくつ上演されているか知っているかね」

「えっと……」

利奈は考えた。

「ロングランの『ブライトン・ビーチ・メモワール』が一つ。これは自伝的なもので、その続きの、ニール・サイモンの分身である主人公が陸軍に入るのが『ビロクシー・ブルース』ですね」

「二つだな」

「二つです。あっ、そうだ。ジャック・レモンが映画でやった『おかしな二人』を女性に変えて、女性版『おかしな二人』を上演しているから、全部で三つだ」

「驚いたな……」

氷川は大きな声を出して、

「そういう知識をどこで仕込むのかね？」

「月に一回ぐらい、向こうの情報週刊誌を買いますから。でも、あくまで知識で、なにも知らないのと同じです」

「いや、好奇心旺盛だ。これ以上、質問する必要はあるまい」

氷川は書類を脇にどけて、

「テストは、これで終わりだ。あと、気になることがあるとすれば、きみの服装だな。きみが、いつも、そういう軽装ですむと思っているとすれば、まちがいだぞ」

就職試験にTシャツでくるのは、ヒジョーシキである。しかしながら、ヒジョーシキな人間が、自分のヒジョーシキに気づくのには時間がかかる。さすがの利奈も、Tシャツはまずかった、と、内心、思い始めていたのである。

しかし、そういう時に、おまえはヒジョーシキだと指摘されて、へへえ、とおそれいるかというと、そうではない。ヒジョーシキな人間は、自分のヒジョーシキを指摘されると、感情を抑制できなくなるのである。

（よけいなお世話だ！）

利奈は心の中で叫んだ。

同時に、親が生きていれば、と思わぬでもない。こういう時にTシャツを着て行ってはいけない、と、父親か母親に叱られたかった。もし叱られれば、（だって、この方がラクなんだもーん！）という利奈の論理は、たちどころに崩れ去るのだが……。

「きみは変わった子だ。しかし、ものの見方は、しっかりしているように思える。ポルノ雑誌の編集以外に、やりたいことがあったんじゃないかね」

氷川は、なおも、質問をつづける。利奈は反抗的な眼つきをした。

「怒ったのかね？」

「怒ってなんかいません」

「きみの眼は、怒ってるよ」

と、氷川はしずかに言った。

「もし、きみが、ポルノに何らかの積極的意味があると考えているのなら、それは間違いだ。日本はタブーの多い国で、その一つが、いわゆるヘアなのだが、これはまったく官憲の意地にすぎない。意地というか偏執というか、そんなものだ。その圧力に対抗する側としては、性表現の自由イコール反体制という発想になり、性表現の解放に過度の思い入れが生じる。——かりに、すべてが自由になったとしよう。ニューヨークを例にとると、解禁されてから、ポルノ映画、ビデオ、雑誌、すべてが盛り上がった。しかし、これらのポルノ産業は、あっという間に衰退した。たちまち、あきられたのさ。ところが、日本では、警察が介入するために、ポルノのブームがつづいている。結果からいえば、警察がポルノ産業を保護する形になっている。じつに皮肉なことだが……」

利奈は、不意に、立ち上がった。そして、怒りに燃える眼で氷川を見つめて、

「あなたは頭のいい人だと思います」

と、早口で言った。

「でもニューヨークと東京はちがいます。あなたには、日本に住んでいる人間の気持ちがわからないんです。……さよなら」

くるりとドアの方に向くと、止めに入った秘書風の女を片手で突きとばして、部屋を出て行った。

「どうして、そう、かっとなったんだろう」

文化書房のそばの古めかしい喫茶店の奥で、上野直美は利奈の顔を見た。

「私と仕事してたときは、そうでもなかったでしょ」

「わたし、合う人とは、なんでもないんです。合わない人だと、たまに、感情をおさえきれなくなっちゃって」

これらの会話は、喋られた通りに書きとれば、

——うちにいたときも、そーだったかねー。

——んー、合う人とは、いいんですねー。合わないいっつーと、(ったくもー、ちくしょー) とか思っちゃうんですよねー。

という風になるのだが、こんな風に忠実に活字で再現す

ると、さきゆき、女性の言葉か男性の言葉か、読者がわからなくなる恐れが生じる。とりあえずは、もうすこし、わかりやすくアレンジして、読者に提供するほうがよかろう。

「だけど、氷川秋彦って、どこかで見たか聞いたかした名前だな」

「もう、いいですよ、あんなキザな男。ハーレクイン・ロマンスから抜け出たみたいな」

「氷川の言ってる話、本当だと思うよ。マジで考えたほうがいいみたい」

七年早く生まれただけあって、上野直美の判断は冷静である。

「ニューヨークでの生活が保証されるなんて夢みたいじゃないの」

「レイプされて、殺されるのがオチですよ」

利奈の言葉には夢も希望もない。

そのとき、上野さーん、お電話でーす、とウエイトレスが呼んだ。

うるさいな、とつぶやいて直美は立ち上がり、レジの横の電話に近寄った。

――もしもし。

男の声である。

――文化書房の上野さんですか。初めてお電話します。会社にかけたら、そちらにいらっしゃるというので。

――あんた、だれ？

――西田と申します。朝倉利奈さんを探しているんです。

――ああ、利奈ちゃんね。

――どこにいるか、ご存じないでしょうか。至急、連絡をとりたいのですが、アパートにいないようで。

――心あたりがなくはないけど……。

直美はそっと舌を出して、

――どういう用件？

――彼女、きのう、就職試験を受けたのです。

――そうみたいね。

――十三人に一人の試験なのですけど、みごと合格したのです。ところが、試験の会場から怒って出て行っちゃったもので……。外で待ってたぼくには黙っていたのですが、たしかに様子がおかしかったです。

4

明治四十三年（一九一〇年）に発表された「門」の初めの部分に、夏目漱石は次のように記している。

——彼は年来東京の空気を吸つて生きてゐる男であるのみならず、毎日役所の行通《ゆきかよひ》には電車を利用して、賑やかな町を二度づゝは屹度《きつと》往《い》つたり来たりする習慣になつてゐるのではあるが、身体と頭に楽がないので、何時《いつ》でも上《うわ》の空で素通りをすることになつているから、自分が其賑やかな町の中に活《い》きてゐるといふ自覚は近来頓《とん》と起つた事がない。（中略）……必竟《ひつきよう》自分は東京の中に住みながら、ついまだ東京といふものを見たことがないんだといふ結論に到着すると、彼は其処《そこ》に何《い》時《つ》も妙な物淋しさを感ずるのである。

ここには、東京に生まれて、育った人間の心情がストレートに吐露《とろ》されている。

東京に生まれた人間にとって、東京はまず、〈生活の場〉である。漱石がいうところの〈賑やかな町〉で浮かれていたのでは、生活がおぼつかない。〈賑やかな町〉で浮かれているのは、「門」のころも、現代も、多くは、地方出身者である。なぜなら、東京を知らない者ほど、〈東京＝遊ぶ場所〉という固定観念にとりつかれ、〈ここで遊ばないと、時代に遅れる〉と考えがちなのである。

こうして、江戸時代にも、明治以降にも、〈いかにして江戸＝東京の人間らしくふるまうか〉というハウツウ物が無数に出版された。江戸時代の多くは遊里《ゆうり》のあそびの指南書であり、現代のハウツウ物は、麻布十番のディスコやアイスクリームはどれが〈ナウい〉かといったブランド指南書である。江戸時代と現代がちがうのは、消費社会における流行のスピードであって、〈先端のナウ〉が、活字になるころには、すでに時代遅れになっているという光景さえ見うけられる。

　六本木の交差点から坂を下りつつある利奈は、ひるまの盛り場のわびしい眺めに眼をやるいとまもなく、（ここらは、わたし、なんも知らないもんね）と思った。

　この思いをつきつめてゆくと、〈自分は東京の中に住みながら、ついまだ東京というものを見たことがない〉という、「門」の主人公の結論に到達するはずだが、さすがに、そこまでは考えなかった。

　とにかく、暑い。ものなんて、考えられやしない。

　立ち止まって、西田が書いてくれた地図を見る。

　外堀通りにつづくこの坂の右側に、〈リゾート風のホテル〉があるというのだが、いったい、どこにあるのだろう。見わたしたところ、近くにホテルと名がつくものがあるとは、とうてい思えなかった。

　脇道をうろうろした利奈は、ようやく、ビジネス・ホテル風の白い建物を見つけた。

　意地でTシャツを着ている彼女が、プレッシャーを感じることなく入れるような狭い入り口があり、小さなフロントがあった。フロント・クラークにたずねるまでもなく、壁に貼ってある図で、ホテル内の飲食店のありかはすぐにわかり、小さな階段をのぼった。

　指定されたイタリア料理屋はホテルの中庭のプールに面していた。店の中からはプールサイドのみならず、プールの中までが透《す》けてみえるように工夫されている。

「あの、氷川さんに呼ばれてきたのですけど……」

　利奈の言葉に、マネージャーはにこにこして、

「お待ち申しておりました」

　と、一礼し、

「こちらにどうぞ」

　奥の席に案内する。

　スーツにサングラスといういでたちの氷川秋彦は白ワインを飲んでいた。利奈を認めると、かすかに腰を浮かせて、彼女がすわるのを待つ。

「こないかと思っていた」

と、氷川は表情を変えずに低い声で言った。

「そのつもりだったんです」

プールの中で入り乱れる若い男女のゆるやかな動きを眺めながら、利奈はブッキラボウに言う。

「気が変わったのか？」

「ことわるのなら、自分でことわってくれと西田さんにいわれて……」

「そうか。ま、ここはレストランなのでね。なにか食べないか」

ボーイがメニューをひらいて、利奈に見せる。

「食べなきゃいけませんか」

「いけないとは言わないが……」

「お昼、食べてきたんです」

氷川は、むっとした様子で、

「昼食をいっしょに、と西田君に言っておいたのだが……」

「だって、もう、二時ですよ」

「二時から昼食を食べてはいけないという法律はあるまい」

氷川はボーイに、とりあえず前菜を二人前くれ、と言った。ワインかビールかときかれて、利奈は、キールをください、と答えた。

「きみは、いつも、あんな風に怒るのか」

「あの時だけです。いつもは、表面に出さないようにしてるんです」

「私は間違ったことを言ったとは思っていないが……」

「正論だと思います。だけど、正論ていうのは、ツマラナイってことでしょ」

「こいつは、いい」

サングラスを外した氷川秋彦はかすかに苦笑する。

「日本の警察は、ときどき手入れをする形で、実は、ポルノ産業を庇護《ひご》しているという私の論は駄目か。そういう正論は〈ツマラナイ〉か」

「正論そのものが〈ツマラナイ〉んじゃありません。オモシロイ正論とツマラナイ正論があるんです」

キールが運ばれてきた。

「ここ、涼しいですね」

と、利奈は初めてふつうの感想を述べた。

「きみは、面白い子、いや、面白いひとだな」

氷川は冷えたワインのグラスをあげて、

「そんな風に本音を口にして、よく、やっていけるね」

「ふだんは、こんなじゃありません。愛想笑いもしなくちゃならないし……」

利奈は、なぜか、顔をあからめる。

「さて、ビジネスの話に入ろう。面接テストの結果、きみがもっとも適任だと私は思った。個性が強すぎるのも、ニューヨークでは、プラスに作用する。なんといっても、ものごとがはっきり見えるのがいい。ニューヨークで、ショウビジネス関係の日本人に接触し、良い舞台をみて、感覚を磨けば、さらに、数段良くなる」

氷川の喋り方は断定的である。利奈も断定的と評されることがあるが、この男ほどではない。

「さらに事務的なことをつけ加えれば、成田を発《た》つのは、九月初めのＪＡＬだ。あと、二週間ちょっとある。それから、仕度金として、三十万円、わたすことになっている」

おーっと、と利奈は口に出しそうになった。三十万円といえば、ラッコの本の印税仮払いと同じ金額ではないか。

「この三十万円は、どう使おうと、きみの自由だ。旅費というか、成田からのこまかい費用はドルで、別に用意する。それから、アメックスのゴールド・カードを一つ作ることだ。ゴールド・カードの効果は、日本にいてはわからないほどだからね」

氷川はワインをひとくち飲んで、

「以上は、私のサイドの事情だ。きみがことわるつもりだったとは意外だが、私の態度が不愉快だったのかも知れない。だとすれば、私は無視して、仕事の内容と条件だけを考えて欲しい。こんなチャンスはめったにないし、きみのプラスになって……」

「わたしが考えなかったと思うのですか」

利奈の声は硬かった。

「なにも考えずに、ことわりにきたと見てるんですか」

「じゃ、なにが、気にいらんのだ?」

氷川は不審そうである。

「あなたがわからないからです。あなたは、いったい、何者ですか？」

不意打ちを受けた氷川は利奈の眼を見つめた。

「そういうことだったのか」

氷川はなんともいえぬ笑いを浮かべる。

「またしても失礼をしたことになるな、私は……」

「広告代理店につとめている、とは、おっしゃいました」

「それだけでわかると思っていたのだ」

そういえば、上野直美は、どこかできいた名前だと言っていた。つまりは、半有名人なのだろう。当人は、けっこう、相手に知られているとウヌボレているのだ。

「私はこんなことをやっている」

と言いながら、氷川は名刺を出した。名刺の肩書は、

〈極東エージェンシー　総合事業局企画部長〉とある。

「電通や博報堂ほど大きな会社ではないが、元気だけはいつもりだ」

「はあ……」

「まだ疑うのかい。車のライセンスを見せようか」

「けっこうです」

利奈の声は小さくなる。

「きみが疑うのも無理はない。面接試験を会社でやれば、問題なかったのだが、私は、単独でも、いろいろな試みをするのでね。——会社の名前が大きければ、なにかとやりやすい。うちの場合は、社名では勝負にならない。私個人の人間関係と力で仕事をするしかない。きみにはわかりにくいことだろうが……」

利奈は答えなかった。

会社が大きいとか小さいというのは、彼女には、どうでもいいことであった。知りたかったのは、氷川秋彦なる人物とその背景である。それらは、まあ、信じてもいい気持ちになった。

「そこらの事情は説明してもいいと、西田君に言っておいたのだが——私に遠慮したのだろう」

「西田さんと〈極東エージェンシー〉はどういう関係なのですか」

「〈極東エージェンシー〉に入社したくて、私のところに、よく現れるのだ。……しかし、あの程度の技術ではね」

氷川はわらった。西田は、どうやら、氷川個人の便利屋的存在になっているらしい。

「さて、これでも、きみはことわるのかな」

と、氷川はプールに眼を向けた。

「パスポートやビザの申請が必要だから、タイム・リミットぎりぎりなのだ。きみがことわるのなら、次のひとにあわなければならない。きみの方にも事情があるだろうから、無理にとは言わない」

利奈は、しばらく、黙っていた。

やがて、キールの残りを飲み干して、

「わたしを採用してください」と言った。


利奈は忙しくなった。

その日のうちに、〈極東エージェンシー〉出入りの旅行代理店の男にあい、手続きを始めた。相手は、飛行機が落ちたときの生命保険をいくらにするか、とたずねた。

「これは、まあ、形だけのものですが」

(そうでなかったら、たまんない)

と、利奈は思った。

アパートに戻る途中で、文化書房の上野直美に電話を入れて報告した。

——だから言ったでしょ、マジで考えろって。そうなると思ってたんだ。

直美は早口でまくしたてる。

——世の中、ツキだからさ。ツイてる時は、すべて、うまくいくんだ。利奈は、いま、そうなのよ。シンデレラみたいなもんじゃない。

——留守中の荷物をどうしようかと思って……。ベッド、いりませんか?

——いるいる。

——あとは、どうしようもないものばっかです。

——アパートの管理人にあげちゃえば? 本棚とかステレオなんて、古いものでも、引きとると思うよ。

——あ、そうか。

——なんか、オゴってもらいたいね。

——オゴりますよ、こうなれば。京風懐石なんて、どうですか。

利奈は気が大きくなっている。バッグの中には、仕度金の三十万円が入っている。ええい、世界はわたしのものなんだぞ。

電話を切ると、タクシーをとめて、井ノ頭通りを突っ走った。ラッシュには少し早いせいか、ほとんど渋滞しなかった。

アパートに戻ると、西田から電報がきていた。たったひとこと、ジャーネ、とあった。サヨナラの意味だ。

心が舞い上がっている利奈も、さすがに、しゅんとなった。

西田とは表面的なつきあいしかなかった。利奈は西田の私生活について何も知らず、関心もない。しかしながら、氷川秋彦のプロジェクトと利奈を結びつけたのは、ほかならぬ西田なのである。

西田は氷川にすり寄っているが、軽蔑されている。一方、利奈は、奇妙なシンデレラとして渡米する。生まれてから、ずっと負け犬だった利奈は、〈ジャーネ〉としか、別れを表現できない人間のココロが、痛いほどわかった。

西田の名刺を探してみると、住所が書いてあった。

Tシャツを着がえた利奈は、机に向かい、西田あてに礼状を書いた。丸っこい字で、横書きだが、利奈としては、めったに書かない、ていねいな文面である。ただし、最後の一行は、〈じゃーねー〉で決めていた。

西田あての手紙を投函してきた利奈は、テレビをつけた。

六本木のホテルで、前菜にピザまで食べてしまったので、食欲はまったくない。世界の動きに興味はないのだが、部屋にいる限り、七時のニュースはみる習慣になっている。利奈の関心は、ニュースの最後にとってつけたようにある天気予報にあるのだが。

(一雨、降ればいい……)

と思う。そうすれば、いくらか涼しくなるだろう。

彼女はベッドに横になって、小瓶の冷えたペリエをゆっくりと飲んだ。

ニュースが終わろうとするとき、〈唐突ですが……〉という感じで、キャスターが、大阪行きの日航機がレーダーから消えました、と告げた。あとがあるかと思う間もなく、ニュースは終わった。

日本中の視聴者を震撼させた日航機消失の特別番組を、利奈は夜中まで見ていた。

次々にもたらされる情報からみて、墜落しているのは、まず間違いないのだが、現場が長野県か群馬県かさえ不明だった。自衛隊機がとったという〈機体が燃えているらしい〉映像が流されていて、なおかつ現場が不明とは、素人考えでもおかしかった。テレビカメラがとらえる日航側の対応は、鈍く、利奈はいらいらさせられた。

（昼には、パスポートの件で、旅行社の人とあわなければならない）

夕方には、ナチュラル・ハイに達していた利奈の気分は、いっきょに落ち込み、ウツに近づいた。

いつのまにか、焼酎のオンザロックを手にしていた。

眼がさめた時は、頭が痛かった。

午前十時を過ぎている。テレビをつけると、飛行機の墜落現場は群馬県の山中であった。

生存者があるというニュースを利奈ははじめ信じなかったが、四名の生存が確認された。死亡は五百二十名。

生存者である少女がヘリコプターに吊り上げられてゆく映像が、くりかえし流される。利奈はテレビのスイッチを切った。

……両親が飛行機事故で死んだとはいえ、それは利奈にとっては〈伝説〉に近いものであり、世界のどこかで事故がおきるたびに傷口をこじあけられるようなことはなかった。三年半まえの羽田沖の事故のときでも、痛みはさほどではなかった。

今度は、ちがう。両親を失った少女が、クロース・アップされているせいかも知れないが、ただ、もう、やりきれなかった。

しかも、同じ会社の飛行機で、もうすぐ、十時間以上の旅をしなければならないのだ。
（こんなシンデレラって、あっか！）

第三章　カントリー・ガール

1

窓の外の景色が動き始めると、利奈はシート・ベルトを確認して、眼をつむった。

彼女が乗っているのは、群馬県の山中に墜落したあのジャンボ・ジェット機と同じボーイング747である。事故が起こらぬ保証はまったくない。

……八月十二日の大惨事のあと、利奈は旅行代理店の男に電話をかけて、自分が乗る飛行機が安全かどうかをたずねた。

——絶対に大丈夫とは言えないんですよ。

と、男は困惑したように答えた。

——どうしましょう？　別な会社の便にしますか？

逆に質問されて、利奈はうろたえた。

——あの……どうしたら、いいんでしょうか？

——そう言われても困ります。お客様のお決めになることですから。

——わたし、初めてで、わかんなくて……。

——私どもも、こんな事態は初めてなんですよ。実は、十月、十一月の団体のお客様のキャンセルがつづきましてね。みなさん、大丈夫か、と念を押されるんですが、正直に言って、〈絶対安全〉てことはあり得ないのです。

日航機の大事故のあと、内外の航空機の小さな事故がつづき、関係者は神経をとがらせていた。電話の相手の答えが慎重なのは、当然である。

（まっ、なんかあったら、そん時はそん時だ……）

彼女は覚悟を決めた。

かくて、九月一日、利奈は機上の人となった。

——と書くと、かっこいいのだが、実際は、エコノミー・クラスの片隅で、蒼白になり、身体を緊張させている。眼を軽くつむったつもりが、機体が揺れるごとに、まぶたがかすかにけいれんする。

うす目をあけて見ると、まだ成田空港の滑走路にいた。次に、うす目をあけると、緑の大地が斜めになっていた。しばらくして、〈禁煙〉のサインが消えたが、禁煙席にいる利奈には関係がない。

だいたい、こんなに重たい金属のカタマリが空中を飛ぶことじたい、信じられないことだと、利奈は怯《おび》えつつ思う。で、それが何によって飛ぶかといえば、灯油の一種である。こういう危険な環境で煙草に火をつけるとは自殺行為ではあるまいか。

やがて、ベルト着用のサインも消えたが、座席ではベルトをしているように、とアナウンスされた。

つづいて、〈万が一の場合、どうしたらよいか〉がスライドで図解される。大事故から三週間とたっていないいま、その説明はブラック・ユーモアに近く、外人客が無遠慮な笑い声をあげた。

利奈はベルトを外して席をはなれ、週刊誌を二冊とってきた。

どの週刊誌も、日航機事故のグラビアと特集が巻頭にある。

（この機内でページをおっぴろげて、いいものだろうか？）

そうしたタメライが心に浮かんだ。

（でも、機内に備えつけてある週刊誌だもん。いいんだ、

いいんだ）
ひとごとではない思いで、利奈が特集ページをひらいた瞬間、「おしぼりです」という声が頭上でした。
顔をあげると、硬い微笑を浮かべたスチュワーデスがおしぼりをさし出している。〈硬い微笑〉の原因は、利奈のひざの上にある〈戦慄のダッチロール32分間の謎！〉なる見出しであろう。この見出しゆえに、スチュワーデスの〈職業的な微笑〉が〈なにやら硬めの微笑〉に変化したのである。
利奈は、にっこり笑った。（あまり気にしないでね）と言う代わりだった。（わたし、もっと読みたいんだもん）
おしぼりで手をふきながら、上野直美が教えてくれた〈ファースト・クラスとエコノミー・クラスの差〉はホラだったようだ、と思った。
——エコノミーだと、おしぼりの代わりに、新幹線の弁当についてるお手ふきみたいなものが配られるよ。食事はパンひときれとスープ。スープはバケツに入っていて、みんな、行列をして、皿に入れてもらうんだ。
上野直美は、ほかにも、いろいろ教えてくれた。
1　エコノミーでは、老人が電気コンロでサンマを焼く。
2　冷暖房がないので、冬場は自前《じまえ》の毛布が必要。
3　ファースト・クラスではアメリカの最新の映画が見られるが、エコノミーでは戦前の日本のサイレント時代劇映画しか上映されない。
——その他その他。すべては利奈をおどかすためだったらしい。

成田発が正午で、一時間後にはデザートつきの食事が出て、二時半からは「プレイス・イン・ザ・ハート」というアメリカ映画が上映された。日本のサイレント映画ではなかった。

すでに日本でも公開された映画だが、利奈は見そびれていたので、イヤホーンの日本語吹きかえをききながら、熱心に見た。

アンパンが泣きべそをかいたような女優サリー・フィールドが、アメリカの田舎で農場を守るために奮闘するけなげな未亡人を演じ、〈生涯一ミーハー〉をもって任じる利奈は、ミーハーぶりをいかんなく発揮して、盛大に涙を流した。われながら、どうしてこう、泣けるのかと思った。

映画が終わると、スクリーンは壁にはめこまれ、乗客たちは、おのおの窓のシェードをあけて、あくびや伸びをした。

〈機内上映のあとというのは、こういう白けたものなのか〉

感動しまくっていた利奈は、肩すかしを食った感じだった。どんな場末の映画館でも、それなりに〈上映のあとの余韻〉があり、これほどドライではない。

だが、考えてみれば、機内を暗くして、約二時間の映画を見せるサービスは、映画嫌いの人にとっては迷惑この上ないものだろう。利奈のとなりのアメリカ女性は眠ってしまい、その向こうにいる日本のビジネスマンはスポットライトを点《つ》けて、リポートを書きつづっていた。

さっきのスチュワーデスがオレンジ・ジュースを運んできた。〈職業的な微笑〉とともに、「お疲れになったでしょう」と利奈に声をかける。

映画に感動したからといって、べつに疲れはしない。利奈は足元の旅行用バッグを引き寄せて、一通の手紙をとり出した。

その手紙は、今朝、利奈のおんぼろアパートまで彼女を迎えにきたハイヤーの運転手が届けてきたものだ。ハイヤーをさし向けてくれたのは氷川秋彦であり、手紙はワープロで書かれ、氷川のサインがあった。

利奈は冷たいジュースを飲み、眼をこすった。成田を発ってから四時間半だから、まだ疲れてはいないが、夢の中にいるようである。こんな風になったら、すばらしいだろうと考えていたことが、あまりにも易々《やすやす》と実現したので、かえって、こわい気がする。

彼女は手紙を読みかえした。

――初めての外国行きで、なにかと神経をつかうだろうが、そう心配することはない。

機内では、なるべく眠りなさい。といっても、初めての飛行機では、神経がたかぶって、なかなか寝つけないと思う。もしそうなら、無理に眠ろうとしないほうがいいだろう。

ケネディ空港には、うちの支社の羽賀《はが》という男がきみを迎えにくるはずだ。困ったことがあったら、なんでも彼に相談しなさい。

ニューヨークでの生活に馴れるまでは、あまり無理をしないこと。私へのリポートも、初めは焦《あせ》らなくていい。情報誌を参考にして、興味がある舞台、新作映画、各々《おのおの》二つについて、長めの感想を毎週書いてくれればいい。それから、日常生活のこまかい情報を一つ、つけ加えるようにして欲しい。

私へのリポートは支社に届けてくれたまえ。もっとも早い便を使えば、私は翌日、それを読むことができる。

——ボン・ヴォアヤージュ!

良いことが二つつづいたら、三つ目にはドンデン返しがある、と利奈は信じている。

(なにか悪いことが起こるのではないか)

利奈は立ち上がり、機内用の小タオルを水で濡らし、しぼった。

椅子に戻って、シート・ベルトをしめ、濡れタオルをまぶたにのせる。実に、気持ちがいい。

——当機、これから、気流の悪いところを通過します。

急にアナウンスがあった。ほどなく、ずしん、ずしん、と突きあげるように揺れた。

(始まった!)

気持ちが悪いどころではなかった。身体の奥に眠っていた恐怖の感覚が呼びさまされた。

(いよいよ、ドンデン返しかな)

そん時はそん時、と、ひらき直っていたつもりだが、いざとなると、こわい。脂汗《あぶらあせ》が出てきた。

濡れタオルを外して、顔をあげると、スチュワーデスの姿が通路になかった。全員、席について、シート・ベルトをしめているのだ。

スチュワードというのか、なんというのかわからないが、男の乗務員がよろめきながら歩いてくる。

「あの……」

利奈は話しかけた。

「はい」

「焼酎、ありますか」

利奈の席はエコノミー・クラスであるから、アルコール類は只《ただ》ではない。

相手は不審そうな顔で、

「焼酎は、ちょっと……」

「ジンは？」

「ございます」

「じゃ、ジン・トニック、ください」

なんでもいい。酔っぱらって、恐怖から逃れようという算段である。

「ジン・トニック、ですか？」

この揺れるなかで、と相手は呆れ顔である。

〈呆れ顔〉とは、利奈が思ったものである。男の顔は、意外にシリアスになって、「お暑いですか？」と、小声できいた。

「は⁉」

今度は、利奈がききかえす番である。

「実は、外人のお客さんが、機内が異常に暑いとおっしゃいまして。そう言われると、私も自信がなくなって……。いかがですか？　やはり、お暑いですか？」

「いえ……」

口ごもりながら、利奈は慄然とした。……まさか、いや、ひょっとして。

ずしーん、と大きいのがきた。

制服の男はヨッパライのように前に斜めになって、つぶやいた。

「わかりました。ジン・トニックを運ばせます」


どのくらい眠ったのだろうか。

利奈が眼をさましたときは、夕食が配られていた。

気分はそう悪くはない。揺れは、まったく静まって、〈快適な空の旅〉がつづいている。

夕食は軽食で、それでも、利奈は、ほとんど手をつけなかった。

　ケネディ空港に着くのは、だいたい（日本時間で夜中の）十二時前後のようである。ところが、困ったことに、肉体の外側、つまりニューヨーク市は、同じ九月一日の午前なのである。肉体は九月一日の夜中に入っているのに、外側は同日の午前中、市内の空気は活気にみちているだろうから、このギャップは問題だ。

　彼女はまた眠った。ナイアガラの滝が見えます、というアナウンスをかすかにきいたように思う。

　突然、ゆりおこされた。例のスチュワーデスが、もうすぐ、着陸です、と言った。

　窓の下を見ると、日本の団地のような茶色い建物が無数にならんでいる。近くに海岸があり、人々が泳いでいた。

　利奈は昂奮してきた。自由の女神像が見えたとき、昂奮は頂点に達した。彼女の頭の中では、ライザ・ミネリが熱唱する「ニューヨーク、ニューヨーク」が響いていた。

　必要な入国手続きの書類は、すべて、代理店がタイプで打ってくれていた。入国審査のさい、ビジネスか観光か、ときかれたら、必ず、観光と答えること、と教えられている。

「ビジネスって答えると、アラバマで強制労働をさせられるよ」

　と、上野直美がおどかしたが、はて、彼女はニューヨークにきたことがあっただろうか。

　機内の窓々のシェードはすべてあけられ、きこえるのは噴射音とムード・ミュージックだけである。飛行機は空港めがけて、ゆっくりと旋回しているらしい。

　ジェット機がアブナイのは、離陸時の数分と着陸前の数分といわれる。八月十二日の大事故は例外で、一般的にはそう言われている。

　市内の温度は二十二度と告げられた。予想より、はるかに低い。

　スチュワーデスが毛布や枕を片づけ、利奈の旅行用バッグを前の椅子の下に押し込んだ。

　利奈は腕時計を見た。そろそろ、アブナイ数分に入るのだ。

高度が、ぐんぐん、下がった。利奈は電気椅子にかけられたように硬直し、唇をなめている。

滑走路が近づいてきた。こればかりは、成田のと、ほとんど変わらない。

やがて、どん、というショックが腰にきた。

2

入国手続きは利奈が心配していたようなものではなかった。スーツケースはすぐにベルトに乗って出てきたし、税関の黒人は荷物の中を見ずに、通っていい、という手つきをした。

利奈は車のついた大きなスーツケースをひっぱって、出迎えの日本人たちが群がっている場所に出た。

(おや？……)

だれも声をかけてこないのである。羽賀という人が迎えにきているはずなのだが。

(わたしの顔がわかんないのかも知れない)

このさい、あわてても仕方がない。建物の外から吹き込む風は涼しいし、まあ、そのうち、ハロー、とか言ってくるだろう。

——や、どもども！

——よっ、ども！

などという日本語がビシバシ飛び交《か》っている。ぼんやりしていると、自分がどこにいるのかわからなくなる。

ココハドコ、ワタシハダレ的心境を楽しんでいた利奈も、周囲の日本人が消えてしまうと、心細くなった。どうやら、いっしょに乗ってきた客たちも出迎えの人も、すべて、空港から出て行ったようだ。

(そうだ！)

彼女はおそるべき事実に気づいた。

(今日は日曜日だったのだ！)

ニューヨークは日曜日の午前中である。羽賀という人は、まだ眠っているのではないか？

（大変だ、こりゃ）

羽賀という人のオフィスの電話番号も自宅の電話番号も知りゃしない。連絡のとりようがないではないか。

近くにＪＡＬのカウンターがあった。そこで電話帖を借りることはできるだろう。だが、カウンターの中にいるのは白人女性である。

（うーん、日本語が通じるだろうか……）

利奈は情けなくなった。

「タクシー？」

小柄な男が近づいてきて、にっこりした。

「ノー」

利奈は右手で制して、

「わたし、ともだち、待てる」

と英語らしきもので答えた。

オー、とつぶやいて去っていったが、これぞ、ケネディ空港名物の雲助タクシーである。

利奈はそんなことは知らない。初めて外国に着いたフツーの日本人のおちいる心理状態として、ガイジンと口をききたくなかっただけである。外国へ行って、ガイジンと話したくないというのは無理なのだが、これはもう、ハシカみたいなもので仕方がない。

税関を通過して、三十分たった。利奈は泣きたいばかりか、オシッコがしたくなった。しかし、スーツケースをひっぱって、トイレに行くわけにはいかないではないか。

「タクシー？」

と、別の男がやってきた。

ノー、とことわっても、男はにやにやしながら、利奈のそばを離れない。

「どこ、行きたい？」

変な英語で言う。すくなくとも、利奈が習った英語とはちがう。

自分が住むアパートの番地はわかっている。思いきって、行ってしまおうか。

「ここ、知てる？」

彼女は怪しい英語とともに紙切れを見せた。運転手は、じっと眺めてから、もちろん、と言い、利奈のスーツケースに手をかけた。

不意に現れた中年の日本人がスーツケースをひったくった。運転手より背が高い、白髪の紳士で、金ぶちの眼鏡をかけている。

「朝倉さんですね」

鼻にかかった事務的な声とともに、片手をさし出した。

「羽賀と申します。遅くなってすみませんでした」

「いえ、こちらこそ……お休みのところを……」

利奈はアガっていた。相手は良いスーツを着ている。正式の出迎えではないか。

「飛行機が定時より早く着きましたでしょう。それに、私はニュージャージーの自宅からきましたもので」

ニュージャージーがどこかわからないままに利奈は、

「助かりました。どうしようかと思っちゃって」

「申しわけありません。あなたが雲助タクシーに乗らないでよかったです。市内まで三十ドルぐらいなのに、二百ドルから三百ドルもふんだくります。日本人旅行客専門なのです」

「悪いんですねえ！」

「それに、アパートに直行されても困るのです。家具が不足しておりまして、明後日にならないと、入らない。明日はレーバー・デイで休日ですから」

（レーバー・デイってなんだ？　勤労感謝の日みたいなもんだろうか）

「こちらは連休なのです。だから、朝倉さんには、二、三日、ホテルに入っていただいて、それからアパートに移る段どりになっています。まいりましょう」

あ、いいんです、と利奈が言っても、羽賀はスーツケースを軽々とさげて、歩きだした。

「市内まで、どのくらい、かかりますか？」

「今日は道が空いてますからね。四十分ぐらいで行くかな」

それなら、オシッコ、我慢しよう、と思う。とっつきにくいこの紳士に、いきなり、お手洗いに行かせてください、とは、さすがに言いにくかった。

空港を出て、道をわたったところに、羽賀の車はとめてあった。

車に乗ると、羽賀は改めて名刺を出した。休日なのに、こんな風に出迎えてくれるのは、やはり日本的働き蜂なのだろうか、と利奈は思う。

「昨日から涼しくなったのです」

と、羽賀はハンドルを握りながら言った。

「東京はどうですか」

「とても暑いです」

「この涼しさは異常ですよ。またすぐ、暑くなります」

羽賀は日航機事故を話題にしたが、利奈は通り過ぎてゆく道ばたの看板の一つ一つに胸をときめかせていた。

やがて――。

絵に描いたような、というか、CMで見たような、というか、マンハッタンの摩天楼群が迫ってきた。

四十四丁目のホテルは、一九四〇年代の白黒のハードボイルド映画に出てくるような古い建物で、探偵が五ドル札《さつ》をちらつかせれば、なんでも喋りそうな男がフロントにいた。

ひどく無愛想な男は、利奈がアメックスのゴールド・カードを出すと、けわしい目つきをした。あとでわかったのだが、少女がゴールド・カードを持っているのはおかしい、と思ったらしい。羽賀が大きな声を出すと、男は首をひねり、カードをコピーして、それから愛想がよくなった。

「私のほうの支払いにするのは簡単なのですが、カードを一度使ってみたほうがあなたのためだと思ったのです」

エレベーターの中で羽賀は説明する。

「日本人は、だいたい、としより若く見られるんですよ」

エレベーターがとまった。廊下に出ると、葉巻の強い臭いがした。

利奈の仮の宿は、廊下の外れにあるスイート・ルームである。

薄暗いが、かなり広い、応接セットのついた部屋があり、奥が寝室、さらに奥が浴室である。

「私の役目はこれで終わりですが、あなたが街に出るのなら、ご案内いたします。どうしましょう?」

「あ、出たいです」

「では、顔でも洗ってください。私はここにおります」

羽賀はソファーに腰をおろして、部屋の中を点検している。やがて、ボーイが利奈のスーツケースを運んでくると、一ドル札を渡した。

（とっつきは悪いけど、親切そうな人だ）

浴室にかけ込んだ利奈は、白ペンキの臭いでむせかえりそうになった。壁から天井まで、めったやたらに塗りたくってある。乱暴というか、デリカシーに欠ける浴室だった。

寝室の鏡のまえで、汗ばんだシャツブラウスを脱いだ利奈は、Tシャツに着がえた。外の温度を考えたが、日があるうちは大丈夫だろうと思う。

「よろしいですか」

羽賀はていねいな口調で念を押すと、立ち上がった。

エレベーターでおりる途中で、

「トラベラーズ・チェックやパスポートはお持ちになりましたか」

「はあ」

利奈はショルダー・バッグをさげている。

「おどかすわけではありませんが、バッグのベルトに親指をかけていてください。ひったくりがありますから」

いよいよ暴力の世界か、と利奈は緊張する。

フロントの男は、奇妙な日本人男女に見向きもしなかった。

ホテルの外に出ると、

「どちらに行きましょうか。右へ行くと五番街、左は六番街ですが……」

「は、あの、どちらでも」

利奈はびびっている。

「ブロードウェイ方向にしますか」

羽賀は左に足を向けた。

六番街（アメリカ街）は歩行者天国みたいで、道の両側に屋台店がならび、古めかしい音楽が鳴っていた。明るく派手な服装の親子づれが多く、だれかの手を離れた風船が空にのぼってゆく。お祭りと歩行者天国を混ぜたような賑わいだった。

「わあ、すてき！」

利奈は解放感にひたった。

「毎日、こうなんですか？」

「今日と明日だけです」

そう答えた羽賀は、急に立ちどまった。

「朝倉さん、あの歌を知っていますか」

大きな屋台の上にアマチュアらしいバンドがいて、のんびりした曲を演奏している。

「いえ……」

「知らんでしょうなあ」

羽賀の声は人間みを帯びた。

「〈ユー・ビロング・トゥ・ミー〉——私が若かったころ、大学生のじぶんに日本でも流行した曲です。一九五〇年代の前半ですね」

突然、そんな大昔の話をされても困るのである。

「わたし、まったく……」

「知るわけがないですね。いや、失礼しました」

歩き出しながら、羽賀はひとりごとのように言った。


「あのころは、自分がアメリカにこられるなんて、考えてもみなかった……」

その想いは利奈も同じだった。〈暴力の世界〉どころか、夢の中でしか出あえないような街を自分は歩いている！

時差ボケの頭は、しばしば現実感覚を喪失するが、このときの利奈がそうであった。風景が現実か夢かわからない。そんなことはどうでもいいと思いながら、ふっと気を失いそうになる。

日本では考えられないような、トッピなTシャツばかりを集めた店がある。シルベスター・スタローンが「ランボー・怒りの脱出」で身につけた戦闘用の小道具を売る店がある。BONSAIと書いてあるから盆栽《ぼんさい》を売るのにちがいないのだが、日本人からみると（ちょっと、ちがうんじゃないかなあ？）と思わざるをえない鉢植えの草木をならべた店がある。これらは、すべて、屋台である。

（Tシャツがユニークだ）

利奈は感心した。原宿あたりの〈変わったTシャツ〉とは、発想や、原色の使い方がまるでちがう。翔んでいるとか、超えているといった古い形容詞の世界を、もう一つ超えている。

（でも、いきなり、Tシャツ買うってのも、お上りさんみたいだし……）

そう考えて、はっとした。自分は典型的なお上りさん、カントリー・ガールなのだ。上京して、とりあえず、原宿にかけつける田舎の高校生とおんなじだ。

「そうか。〈ユー・ビロング・トゥ・ミー〉は、ジョー・スタッフォードのほかに、パティ・ペイジも歌ってたな」

立ちどまった羽賀はそう呟き、低い声でうたいだす。こういう人たちは演歌しかうたわないと思い込んでいた利奈には、新しい発見だった。

「ポップスにおくわしいのですか」

利奈がおそるおそるきくと、

「ビートルズまでは」

と、羽賀は答えた。

「あの四人組がポップスの輝かしい歴史をぶちこわしてからは、興味を失いました。ですから、朝倉さんのお役には立てませんよ」

ビートルズまでは、ってのが凄い。

パレードかなにかがくる前らしく、群衆の数はいよいよ増えている。利奈は人間の谷間に落ちた思いで、（アメリカ人はでかい！）と、あたりまえの感想をかみしめる。とくに、黒人は大きくて、すらりとして、かっこいい。

「冷たいものを飲みたい気がしますが、先に、ビデオ屋へ行ってみませんか。日本のビデオ屋とはずいぶん違うそうです」

利奈は、もう少し、お祭り気分をたのしみたかったが、案内役に向かって、いやとは言いにくい。

四十九丁目の角を左に曲がり、七番街を渡る。この辺りには日本料理屋やラーメン屋がある。七番街のすぐ先がブロードウェイで、ビデオ屋は左の角にあった。

ビデオ屋ときいて、利奈がぴんとこなかったのは、日本のいじましいレンタル・ビデオ屋を考えていたからである。

角の入り口のドアを押すと、でかい倉庫のような建物で、強い冷房がゆきわたっていた。客の影はまばらである。

踏み込んだところに、いきなり、黒い板があり、最新入荷ビデオと近日発売予定ビデオの題名が白いアルファベット文字でならんでいる。

ビデオデッキを持っていないせいもあって、映画のビデオ化になんとなく敵意を抱いている利奈だが、そこにならんだ題名に、思わず、眼がくらくらっとした。なんとか見たいと思っていた三〇年代の映画からウディ・アレンの日本未公開の最新作までが、きわめてそっけなく記してある。

（シブい……）

利奈は息をのんだ。

ショウケースをのぞくと、ふたたび、くらくらっとする。何十、何百というビデオソフトが、魅力的な包装とともに、おいでおいでをしている。フランク・キャプラとかレオ・マッケリーといったハリウッドの黄金時代の監督作品は利奈のあこがれの的であるし、フレッド・アステアのビデオがまとまってあるのも、生唾《なまつば》が出る。

立ちくらみが終わると、店内の構成が見えてきた。

入って右側のショウケースは、〈ご家庭向き〉というか、「市民ケーン」のような名作と、アボット&コステロの喜劇、および「絹の靴下」のようなミュージカル映画のビデオがならぶ。

それから、会社別の新作旧作入り乱れてのコーナーがあり、ホラー映画のコーナーがある。正面の棚は、馴れているはずの利奈もぶっとびそうなポルノ・ビデオが大はばに占拠している。

左にうつると、白黒映画のコーナーがあり、ケーリー・グラントやチャップリンの喜劇がまとめてある。これらは包装が悪く、値段も安い。

さらに左に動き、入り口の近くに戻ると、新しい音楽映画と往年のテレビ番組、ロック・スター、ジャズ・ミュージシャンたちのビデオがかたまっている。〈趣味人〉向きのコーナーなのだろう。

（うーむ……）

できることなら店ごと欲しい、と利奈は思った。ポルノはいらないが、あとは全部、欲しい。

東洋人風の顔だちのオバサンが出てきて、くせの強い英語で利奈に話しかけた。

「なにかお見せしましょうか、と言ってるんです」と羽賀が言った。

利奈はウディ・アレンの新作の題名を口にした。

オバサンは眼を細めて、わからないという表情をする。それから、利奈の英語を真似てみせたが、それは、どこの国の言葉ともつかぬようなものであった。

「わたしの英語、通じません」

途方に暮れた利奈は羽賀の顔を見上げる。

羽賀はオバサンになにか言い、オバサンはレジの方に戻って行った。

「自信を失うことはありませんよ」

と、羽賀は笑いかける。

「あのオバチャンはプエルトリコ人ですから、英語がおかしいんです。あなたの発音はごくふつうですから、通じなかったら、相手が悪いと思えばいいのです」

「でも……」

そうも言いきれない、と利奈は思う。それほど自信があるわけじゃないし。

「そう考えなかったら暮らしていけませんよ。いろいろな人種、方言が入り乱れていて、まともな英語を喋れる人間は、ごくわずかなんですから」

利奈は答えない。これからの生活が面倒くさそうだ、とユーウツになっている。

「ビデオをあわてて買うこともないでしょう。気になるのでしたら、全ソフトのカタログがあるから、買ってらっしゃい」

すすめられて、利奈はレジの脇につみ上げてある田舎の電話帖ほどの厚さのカタログを買うことにした。四ドル九十五セント。目次をみると、冒険、コメディ、アダルト・エンタテインメント（ポルノ）といった具合に分類されている。

「昼めしを食べませんか」

外に出ながら羽賀が言った。考えてみると、利奈は機内で一食たべただけで、腹が空いていた。

「この辺は、ろくな店がありませんがね」

ホテルの方に戻りかけたところにあるコーヒーショップに入った。タイムズ・スクエアの近くに多い、アメリカのお上りさん相手の店だが、利奈は気がつかない。

ウエイトレスが近づいてきて、「コーヒー？」ときいた。

二人は、とりあえず、ペプシを注文する。

「何にしますか」

羽賀は金ぶち眼鏡を外して、汚れたメニューを見た。

「いろいろありますが、ハンバーガーなら安全でしょう」

「じゃ、わたし、ハンバーガー」

「私はホット・パストラミ・サンドイッチにしようかな」

眼鏡をかけ直した羽賀は、ウエイトレスに注文をすますと、「朝倉さんに確認しておきたいことがあります」と言った。

3

「は？」

利奈は思わず、ききかえした。

「いきなり事務的な話でなんですが、あなたの立場についてです。あなたが何のためにニューヨークにこられたかは、ほぼ想像がつきます。あなたのために便宜をはからうようにと、本社からテレックスが入っています。言われた通りのことを、私はしました」

羽賀の眼が細くなる。

「これからも、お手伝いできることはするつもりです。ただ、少人数の支社が、もうすぐ当地で開かれる〈ジャパン・フェア〉のためにひどく忙しいことをご理解いただきたいのです。今日も、これから、打ち合わせがひらかれます」

なにを言いたいのだろう、この人？

「つまり、あなたが期待されているほどには、充分なお世話をできないのではないか、と思うのです。まあ、私が留守でも、電話番の女の子は——アメリカ人ですが——ひとりいるので、連絡はつくと思いますが……」

これは大変だ、と利奈は思った。氷川からの手紙には、困ったことがあったら、なんでも羽賀に相談しろ、とあったのだが、話がちがうみたいだ。

「ここだけの話ですが……」

羽賀はペプシを少し飲んで、

「あなたの立場・資格がきわめてアイマイなのです。企画部長はアイデアが豊富な方ですが、その思いつきに、われわれはついていけないことがある。あなたに、なにか肩書をくれればよかったのですが……」

利奈はのみ込めてきた。要するに、なるべく、支社をたよらずに、ひとりで行動してくれと言いたいのだ。

「氷川さんに送るリポートは、どうしたらいいのでしょうか」と利奈は沈んだ声でたずねた。「支社に届けるように言われているのですけど……」

「あなたのアパートから支社までは、かなり遠いですよ。曜日を決めておいて、通信社の者がアパートへ行って、ピックアップするようにしましょう。それでも、翌日には、日本で配達されます」

羽賀は〈能吏〉という表現がふさわしいほど、てきぱきしている。有能なビジネスマンの典型であろう。こういう人は、お上りさんにつき合っているひまなどないのだ。

アメリカでの最初のハンバーガーは、とにかく、量があった。食べ終えると、コーヒーが飲みたくなるのが妙である。

「明日の休日はどうしますか」

店を出ながら羽賀が儀礼的にきいた。

「買い物はできませんよ。どこも休みですから」

「わたし、休みます。お芝居を見るのは、明後日以降にします」

ホテルに戻ると、羽賀はドラッグストアで新聞と「TVガイド」と週刊誌「ニューヨーク」を求めた。

「これで、スケジュールをたててください。アパートに移るのは、たぶん、しあさってになると思います」

羽賀はエレベーターに乗ろうとはしない。利奈だけが乗って、

「わたしが無事に着いたことを、氷川さんに連絡していた

だけますか」

「すぐに、テレックスを入れます」

「ありがとうございました」

彼女は頭をさげた。

部屋に戻ると、新聞と週刊誌をデスクにおき、ブラインドをおろした。だれかに覗かれているように感じたのだ。

（とにかく、眠らなければ……）

機内からつづいた感情の混乱を整理できそうになかった。金銭的な心配がないとはいえ、たよる人なしに、この街で暮らしていけるかどうか、自信がもてない。

（お湯につかってから、すぐ、ベッドに入ろう）

ペンキの臭いがする浴室に入り、湯を出してから、はっとした。バスタブに栓がなく、湯はそのまま排水孔に吸い込まれてしまうのである。

（どうなってんだ、こりゃ？）

栓がとれたのではなく、初めから湯をためるようにできていないのだ。バスタブの形はあるけれども、これはシャワー専門の浴室らしい。

（こういうの、あり？——かなあ）

シャワーだけでは汚れが落ちにくいし、疲れもとれない気がする。

あれこれ考えたあげく、利奈は排水孔の上に丸めたタオルをおき、それをお尻で押さえることにした。

（ええい、これでもニューヨークか！）

湯と水を同時に出すと、みるみるバスタブにたまり、とりあえずは快適になる。その代わり、お尻を動かせず、身体を洗う動きが制限される。

（ずっと、これじゃ、たまんない）

アパートのバスタブがこんな風では困ると思った。まったく、外人はどういう生活をしているか見当もつかない。

風呂から上がると、パジャマに着がえ、ベッドに倒れた。そのまま、熟睡し、夢も見なかった。

利奈の特技の一つは、放っておかれれば、いくらでも眠れることである。

ふだんは、あまり自慢できることではないのだが、こうした時には、絶大な効果を発揮する。翌日の朝は七時に眼がさめたが、じつに十数時間、眠りつづけたことになる。

歯をみがいて、寝室を出ると、テレビのスイッチを入れる。

天気予報をやっていた。たぶん、ニュースでも始まるだろうと見ていると、天気予報がえんえんとつづく。ソファーの背にもたれた利奈は、また、うとうとし、眼をあけると、九時の表示が出ていた。

（天気予報だけのチャンネルなのだ）

お上りさんは、初めて気がついた。

アナウンサーが喋りつづけている下の方に、摂氏と華氏で温度が表示される。九時現在、二十二度。この街にしては、依然低いだろう。おかげで、室内はクーラーを動かさないで丁度いい。

チャンネルをまわしてみる。

朝だというのに、やけにさわがしい番組がある。なんだかわからない番組に興味をひかれるのは、好奇心が強いせいであろうか。バンドが演奏し、男たちが踊っている。

司会者らしい中年の紳士の顔がアップになった。どこかで見たような顔だが、利奈は想い出せない。

やがて、CMに入る前のテロップでわかったのだが、〈レーバー・デイのテレソン〉であった。日本でいう〈二十四時間テレビ〉である。司会役の紳士は、ジェリー・ルイス。利奈が生まれるはるか前に、コメディアンとして人気があったときかされている。

CMが終わると、ふたたび、ジェリー・ルイスの顔がアップになる。スタイルのよい、気むずかしそうな顔の人物で、ジストロフィーがなんとかかんとかと喋った。進行性筋《きん》ジストロフィーの子供たちのためのチャリティー番組らしい。

利奈は空腹をおぼえた。昨日の午後、ハンバーガーを食べただけだから、あたりまえである。しかし、外出するためには、パジャマを脱いで、着がえなければならない。

もう少し、テレビを見ていたかった。日本のテレビとは、どうも様子がちがう。どこがどうちがうのか、まだ、わかるはずはないのだが、気になることである。

利奈はスーツケースから、カップヌードルと煎茶《せんちゃ》のティーバッグ一箱をとり出した。ホテルの備品のコーヒーカップに浴室の湯をそそぎ、ティーバッグを入れてみる。あまり好ましい状態ではないが、お湯にうっすらと色がついた。

　飲んでみると、うまくない。カップヌードルにも蛇口の湯をそそぎ、ふたをする。なんとか、麺《めん》がほどけ、かろうじて食べられる状態になった。プラスティックのフォークで麺をすくいながら、利奈はテレビを見つづけた。


　利奈の行為は、お上りさんが東京のホテルにとまって、チャンネルが七つもある、ＵＨＦを入れればそれ以上ある、と感心するのと変わらぬものかも知れない。

　ニューヨークの場合は、映画だけを流すケーブル・テレビを含めて、チャンネルは、もっと多いだろう。とにかく、新旧の映画の放映がやたらに多く、「ＴＶガイド」の有料《ペイ》ＴＶムービーのページをみると、一週間に百七十本の映画が送り出されるようになっている。無料で見られる映画も数えきれぬほどあり、まめに見ていれば、映画史にくわしくなるはずである。

　ミーハー的行為といってしまえば、それきりであるが、利奈の異常な集中力は、この日、テレビに向かって発揮された。

　途中で、新聞、ジュース、サンドイッチを買いに出たが、それ以外は、じっとテレビを見ていた。

　ただ、見ているだけではない。新聞のテレビ欄と「ニューヨーク」誌の一週間ぶんのテレビ紹介、「ＴＶガイド」誌をチェックして、彼女なりのリサーチをこころみた。その結果――

　a　古いテレビ番組の再放送が多い。
　b　局はスペシャル番組だけに力を入れている。
　c　ニュース・ショウが面白い（男女のキャスターがカメラに笑いかけず、事実のみを報じて、情緒的な主観を入れない）。
　d　昔の「11ＰＭ」のような夜のトーク番組「トゥナイト」は、平気で、一年前のものを再放送する。

――といった感想がノートに記された。

たった一日の観察としては、そう大きなまちがいがない、といってよかろう。クイズ番組の多さ、が抜けていると指摘するのは、一日だけの観察者に対して酷《こく》である。また、a・b・c・dからは、必然的に、アメリカのテレビ番組の衰退、あるいはテレビ産業の不振といった問題がひき出されるはずなのだが、利奈は〈アメリカのテレビの黄金時代〉を知らないのだから、これも、いたし方《かた》ない。テレビの強力な攻撃がハリウッド映画を追いつめ、ワイド・スクリーンを生み出させた事実を、書物の上では知っていても、実感としてはわからないのである。

（大したこと、ない）

夜中まで見て、利奈はため息をついた。

（休日の番組がこれじゃ、他の日は、もっと、つまんないな）

しかし——。

そうも決めつけられない番組が、十二時半から始まった。NBCの「デビッド・レターマンと深夜を」である。

アメリカのテレビ、あなどれない、と利奈は身がまえた。

利奈が風変わり、かつ鋭いのは、こういうところである。

おことわりしておくが、利奈はデビッド・レターマン（発音通りに書けば、デービッド・レラマン）の名前さえ知らなかったのである。ましてや、この男が、毎週四日（月〜木）、十八歳から三十四歳までの男女を深夜のテレビに釘づけにしているなど知る由《よし》もない。

スーツにネクタイをした平凡なサラリーマン風の三十代後半の男が親しみ易い笑顔で画面にあらわれた時、利奈は、おっ、と思った。

（こ、こいつ、何者だ？）

予備知識がないために、焦ってしまう。

レターマンの深夜のトーク・ショウは一九八二年二月一日に始まっている。この物語の〈現在〉である一九八五年九月初めには、レターマンはすっかり自信を身につけていた。天気予報キャスター、ホーム・コメディの台本作家、挫折したコメディアンを経て、ようやくつかんだ人気の座である。

お金がかかっていないセットと安上がり風のバンドをバ

ックにして、レターマンは軽く一発笑わせて、司会者用のテーブルについた（残念ながら、そのジョークは、利奈の能力では理解できなかった）。

その夜のゲストは、ニューヨーク・ヤンキーズのオーナーである。

レターマンはいきなり、こう質問した。

——あなたとビリー・マーチン監督は、うまくいっているのですか？

スタジオ内の観客は大爆笑である。このオーナーとビリー・マーチンの仲の悪さは、知らぬ者がない。日本人である利奈だって、ビリー・マーチンが何度か同じオーナーに解任され、いままた、なぜか監督をやっていることを知っている。

——私たちの仲は、世間で誤解されている。

オーナーが重々しく答えると、レターマンは笑いをこらえて、

——本当ですか？

——そうとも。われわれぐらい、うまくいっている友人はいないだろう。きみは信じないかも知れないが、私とビリーが喧嘩をしたことは、ただの一度もないのだ。

観客席はまたしても大爆笑。レターマンはにやにやする。

——すると、彼の采配《さいはい》ぶりに文句はないわけですね？

——もちろん。私は彼を信頼しておる。

——すばらしいですね。では、これから、私がビリー・マーチンに電話をかけますから、あなた、電話に出てください。ただし、スタジオからということはないしょにして、話して下さいよ。

——え、ここから!?

オーナーは困惑する。

これこそテレビだ、と利奈は吹き出しながら思った。

4

翌々日、利奈は、リバーサイド・ドライブ104のアパ

ートに移った。

灰色のかなり古めかしい建物の入り口には黒人のガードマンがいた。建物は十四階まであるが、利奈の部屋は八階だと、極東エージェンシー文社から手伝いにきた若い日本人に教えられた。

エレベーターはひどくのろかった。今後、毎日、このエレベーターを使用するのか、と利奈は暗い気持ちになる。

エレベーターをおりると、すぐにドアがある。ドアの内側には、防犯用の大きな鍵が二つもついていて、これまた、ふつうの日本人にとってはショックである。

部屋に入る。キッチンのついたリヴィング・ルームには中古の家具が配置され、テレビだけがパナソニックの新品であった。日本式にいえば、十畳以上の広さである。

奥の部屋はやや狭く、それでも八畳ほどはあるだろう。入って、左側がクロゼット、右の手前側が浴室で、どちらの部屋の窓からも、ハドソン川が眼下に見えた。

「川の向こう側がニュージャージーです」

と若い男は説明した。

「すぐ前に公園がありますが、昼間だったら散歩しても大丈夫です。十ブロックほど北に歩くと、コロンビア大学があります」

治安が悪くないことを説明したいらしい。

利奈は電気ポットで湯をわかして、ティーバッグのお茶をいれた。日本風の湯呑み茶わんがキッチンに用意されていたのだ。

「これで、ひと月、いくらぐらいですか」

自分がはらうわけではないが、いちおう、たずねてみた。

「そうですねえ」

若い男はペンキを塗りかえたばかりの室内を見渡して、

「千ドルってところでしょうかね」

当時の円に換算すると、二十三万円。

「高いのでしょうか」

利奈には当地の物価がさっぱりわからない。

「ふつうじゃないですか。このところ、マンハッタンのアパート代は、やたら値上がりしていますから」

「えっと、それから……」

利奈は地図を見ながら、おろおろする。

「食事とか買い物は、どこでしたらいいのかしら」

「食事ですか」

やれやれ、お上りさんが、という顔をして、相手はボールペンを出し、地図を示した。

「南へ少し歩くと、ブロードウェイの九十六（丁目）に出ます。この交差点です。安い食べ物なら、ここらですみます。もう少しまともなものを食べるなら、コロンバス・アベニューまで歩くのですな。朝倉さんがお金を持っていれば、コロンバス・アベニューの方がいいでしょう」

若い男が帰ると、利奈はスーツケースをあけて、衣類をクロゼットに移した。

身体を少し動かすと、汗が出る。どうやら外気が上がってきたらしい。彼女はクーラーのスイッチを入れた。

観なければならないミュージカルや芝居が多かったが、幾つかのチケットは入手できていた。だが、どうしても手に入らないものもある。「ハックルベリー・フィンの冒険」をミュージカル化した「ビッグ・リバー」がその一つだ。

利奈は羽賀のオフィスに電話を入れた。

——羽賀です。

英語を喋りなれているといわんばかりの鼻にかかった声がかえってくる。

——朝倉利奈です。今日はお世話になりました。

と、早口で言った。

——お忙しいところをお邪魔してすみません。もうひとつ、お願いしたいことがありまして……あの、「ビッグ・リバー」のチケットが欲しいのですが、席が一杯で……。

——わかりました。

羽賀は感情を失った声で応じた。

——うちの方でやってみます。

電話が切られた。

（ほかにもたのみたいチケットがあったのに……）

がっくりした利奈はソファーに横たわった。

（こんな単純なことで、いちいち頭をさげるんじゃ、やってらんない。もう、いやだ、こんな生活！）

つくづく英語ができぬ自分が情けない。かといって、英語ができるのがなんぼのもんじゃい、という気もする。

電話が鳴った。

受話器をとると、羽賀の声で、

――チケットは一枚でよろしいのですか？

――はい。

――劇場の窓口でわかるようにしておきました。今日、とりに行ってください。ユージン・オニール劇場、わかりますか？

――わかると思います。

利奈は礼の言葉を述べた。

週刊誌でみると、ユージン・オニール劇場は四十九丁目である。地下鉄の知識がないので、タクシーで行くしかない。念のために、劇場の番地をメモ用紙に書いて、外に出た。

タクシーがこないので、ブロードウェイまで歩き、イエロー・キャブに乗ったが、利奈の英語が運転手に通じない。しからば、とメモ用紙をみせると、老眼らしく、眼を細めている。

ようやく、劇場に辿りついて、ほっとする。とたんに、切符売場の女が、あんたの名前での予約、ないもんね、と冷たく言い放った。

（もう、我慢できない……）

利奈の顔はこわばり、心は泣いていた。

（銀座や浅草の仲見世でアメリカ人に道をきかれたとき、わたしが一度だって、意地悪をしたか？ いいや、してはいない。いつも、なけなしの単語を動員してまで、ちゃんと道を教えてやったんだ。それが、もう――この恩知らずは何なんだ！）

ロジックめちゃくちゃ、八つ当たり気味ではあるが、こうした感情は、利奈だけのものではない。インテリをもって任ずる人たちも、けっこう、些細なことで怒ったりして、挙句の果ては、とんだ〈愛国者〉になって帰国したりする。

さて――。

公衆電話にコインを入れて、利奈は羽賀を呼び出した。

――なにかあったのですか？

羽賀はびっくりしたようだ。利奈の語調がタダゴトではなかったからである。

――わたし、そちらに行きます。支社は四十九丁目から遠くないでしょう?

――それはそうですが、オフィスにはこないでください。私がすぐに出向きます。

――どこにいたら、いいでしょう?

――劇場の前にいてください。

命令口調であった。

(どうして、わたしが支社へ行っちゃいけないんだ? なんで、そんなに嫌われるんだ?)

利奈には解《げ》せなかった。

(なにか理由があるんだな)

羽賀はスーツ姿で現れた。利奈に向かって軽く会釈すると、劇場の窓口に近づいて、別人のように怒りだした。

窓口の女も負けてはいない。両者が派手に怒鳴り合い、結果として、羽賀はチケット一枚を手にした。

「四十五ドル、はらってやってください」

と、羽賀は利奈に言った。


利奈は四十五ドルを支払い、チケットをもらった。

「向こうのチョンボなのですが、失敗を認めたくないので、突っ張っているのです。私は怒鳴りたくなかったけど、仕方がないですな」

「申しわけありません」

利奈は心から頭をさげた。

「気にしないでください。それより、ニューヨークで、一度ぐらい拒まれて、がっかりしては駄目です。欲しいものが手に入るまで、足を運ぶことです。がっかりしたり、めそめそしたりは、いけません。朝倉さんが正しいんですからね」

気が強いわりには、人と喧嘩するのを好まない利奈は、しゅんとなった。

(わたし、やっていけるかどうか……)

それから一週間ほど、利奈はブロードウェイの舞台を見つづけた。

どういう作品を見たかということは、読者にとって、あるいはどうでもいいことかも知れないが、利奈の自信喪失にかかわることがらだから、短かく記しておく。

「ビッグ・リバー」——まえにも述べたように「ハックルベリー・フィンの冒険」のミュージカル化。利奈のノートには〈舞台全部を川にしてしまい、イカダや舟が自在に往き交う装置だけがすばらしい〉と書いてある。

「ビロクシー・ブルース」——ニール・サイモンの自伝的作品の第二作。利奈のノートには〈役者はみんなうまいけど、会話のこまかいとこが、わたしにはわかんない〉とある。

「雨に唄えば」——ミュージカル映画の古典の舞台化。〈もとになった映画はあんなに楽しかったのに、舞台はちっとも楽しませてくれない。ガーシュイン劇場の巨大な舞台をもて余しているみたいな気がする。劇場が大きいせいもあるが、空席と日本人の姿が目立つ〉

以上は新作についてである。つぎに、ロングラン作品についてーー。

「キャッツ」——〈日本人が演《や》ったのは見ていないけど、これは舞台の仕掛けでびっくりさせるもので、ミュージカルとしては、いまいち。ゴミすて場にすてられたビールびんのラベルが《キリン》なのは、あのマークが外人にはエキゾティックに見えるせいだろうけど、日本版ではどうしたのだろう？〉

「コーラス・ライン」——〈日本版を見ていたので、会話がなんとかフォローできた。これだけきびしいオーディションをやったわりに、ラストの踊りがセコいのは何故でしょうか？　マービン・ハムリッシュの音楽と良い歌でポイントが高くなったとしか思えない〉

「四十二丁目」——〈日本の若い劇作家がこれを《商業主義の堕落ミュージカル》という風に書いているのを読んだことがある。そういう人は、型通りの筋書きやハッピー・エンドが嫌いなのだと思う。でも、このミュージカルは、そういう《型通りミュージカルの原典》である映画の舞台化なのだから、そこに文句をつけても仕方がない。オープニングの数十人のタップダンスに乗れるかどうかが評価の分かれ目だけれど、まる五

年上演しているのは、舞台と観客の乗りがよかったからだ。わたしは乗った〉

利奈が見た作品は、あと三つほどあるが、ここでは省略する。彼女の感想からは〈幻滅〉の二文字が浮き上がってくる。

日本人のミュージカル症候群にも、すでに三十余年の歴史があるのだが、いまだに〈本場〉ブロードウェイのミュージカルを見て向かっ腹を立てる人間が絶えないのは困ったことである。

彼らは映画「ウエスト・サイド物語」あたりをミュージカルのイメージにしているから、小さな劇場で演じられるミュージカルに接すると、「これはちがう!」と怒りだす。映画のミュージカルと舞台のミュージカルが本質的にことなるものだという基本認識に欠けているのである。

朝倉利奈の場合、その程度の認識は持っているはずだが、時期が悪かった。舞台はナマモノだから、秀作が出そろう時期もあれば、不作の時期もある。彼女はたまたま不作の時期にぶつかったのである。

そういう時には、さっさと諦めてしまえばいいのだが、お上りさんの悲しさで状況がわからない。

(なんか、いまいち気分が盛り上がらないのは、わたしのヒアリングが貧しいせいだろうか?)

(わたしがイメージしてたミュージカルそのものが、まちがっていたのだろうか?)

(わたしの鑑賞能力が変なのだろうか?)

あれこれ思い悩んで、たのしむどころではない。気分を変えるために映画館へ行ってみたが、これまた、夏のシーズンが終わったあとで、穴うめに、「ゴーストバスターズ」や「グレムリン」といった旧作が上映されている。面白かったのは、「バック・トゥ・ザ・フューチャー」という、むちゃくちゃノリのよいコメディだけであった。

(日本に帰っちゃおか)

まわりまわって出てくる結論はこれである。

精神的に混乱した彼女は、上野直美あてに、泣きごとめいた手紙を書いた。氷川秋彦へのリポートも、なんだか自信のないものになった。

夜になると、テレビばかり見た。

十一時半からの「トゥナイト」は、司会のジョニー・カースンがお休みで、ジョーン・リバースという中年女性が代役をつとめていたが、しゃがれ声で人の悪口をならべたてるこのユダヤ芸人が面白い。毎晩、狐のような顔を見ているうちに、利奈はなんだか友達のような気がしてきた。ジョーン・リバースが一時間つとめて、ひっ込むと、おなじみのデビッド・レターマンとのデートが始まる。利奈はヒステリックに笑いこけながらビールを飲んだ。

気温はまた下がりはじめ、湿度は（天気予報チャンネルによれば）九十パーセントをこえていた。テレビを消すと、顔がじっとりして、洗わずにはいられない。ベッドに入っても、精神疲労ですぐには寝つけず、悪夢ばかりみた。

いくらでも眠れたはずの利奈が、四、五時間しか眠れなくなった。

朝、鏡を見ると、眼の下に隈《くま》ができている。

（どうなっちゃうんだろ、わたし）


氷川秋彦から電話一本こないのも不安のもとだった。

（わたしのこと、忘れちゃったんじゃないか……）

ためらった末、羽賀に電話を入れた。

——ミスター・ハガはサンフランシスコへ行っています。

英語の返事がかえってきた。

羽賀にあったら、日本に帰ろうと思う、と言ってみるつもりだった。反応によっては、本当に帰ってしまう気である。氷川には、お役に立てませんでした、と詫びるしかない。

——いつ、こちらに戻られますか？

——五、六日先でしょう。

利奈は受話器を置いた。

孤独な女子留学生が、つまらない日本の男にひっかかる気持ちがわかった。ひっかかる、というよりも、ひっかけて欲しいのだ。なんでもいい。いいかげんな人間でもいいから、言葉のコミュニケーションが欲しかった。

がっくりしたせいか、ソファーで眠ってしまい、眼をさました時は夕方になっていた。

（もう、なにも見る気がしない）

その夜、見る予定だった「ダブルス」という芝居のチケットを破りすてた。

（どーんと、食べよう）

天気予報チャンネルで外の温度をチェックしてから、ジャンパーを着て、アパートを出る。低温高湿は変わらず、高層ビルの上の方が黒雲のようなものにおおわれている。

コロンバス・アベニューには韓国料理屋があったはずである。焼き肉、食べるっきゃない、と利奈は心に決めた。

その店は意外に混んでいた。合い席ならあるとボーイにいわれて、出てしまおうか、と思ったが、肉が焼ける独特の匂いに抗せなかった。

案内されたテーブルには、東洋人の青年がいた。ネクタイの色彩からみて、日本人とは思えない。

（この方が気楽でいいや）

ボーイがくると、ビールと焼き肉のコースをたのんだ。

向かい側の青年は、黙々と、わけのわからない、辛そうな料理を食べている。東京の韓国料理屋では見かけない料理だ。

青年はゆっくり、ビールを飲んだ。よく見ると、色の白い二枚目なのだが、服装のセンスが良くない。

「失礼ですが、日本の方《かた》ですか」

青年は遠慮がちに、鮮やかな日本語で問いかけてきた。

第四章　ひとりぐらし

1

「はあ……」

利奈はうなずいた。向こうも、利奈をみて、どこの国の人間かと考えていたらしい。

「ご旅行ですか」

青年は、なおもたずねる。

「ゴリョコウってわけでも……」

と、利奈は言葉をにごす。

相手は沈黙してビールのグラスを手にした。

バドワイザーの小瓶とキムチが運ばれてきた。利奈はビールをグラスに注《つ》ぎ、居心地悪そうに飲み始める。

「食事に困りませんか」

青年は、ぽつり、と言う。

「ぼく、アフリカから、こっちにまわされてきたのです。ニューヨーク支店にまわされると、日本では華やかなように見られるんですが、そんなもんじゃないことがわかりました」

噛みしめるように言った。

「とくに食べ物に困ります」

利奈は同感であった。東京ではロクなものを食べていなかったくせに、ファースト・フードでは物足りないのである。ピザひときれとか、そういうのでは、なんだか心が充たされない。

「べつに、うまいものを食べたいってわけでもないのですが……」

肉が運ばれてくる。

焼き肉なのに、ひらひらしたものではない。日本でいう、小間切れ肉風である。肉の質はかなりいい。

「わたしは、観光みたいなものですから」

肉を焼きながら、利奈は予防線を張った。

(同情を求めているみたい。用心しなくっちゃだわ)

肉が焼ける。それを酢醬油につけて食べるのも珍しかった。わりに、さっぱりした味である。

「じゃ、いずれ、日本に帰るわけですね」

「え、まあ……」

「うらやましいなあ！」

青年は無邪気そうな微笑を浮かべた。

「お肉、召しあがりませんか」

利奈はすすめた。アメリカ人を基準にしているから、小間切れ肉の量が多い。日本での〈焼き肉〉の三倍ほどあって、食べきれやしない。

「む、うまい」

青年は思わず口走って、

「ぼく、定食じゃなくて、こっちにすればよかった！」

「わたし、半分も食べられませんから」

「いいんですか」

と言いながらも、青年は肉を口に運ぶ。

「アメリカは、肉だけはうまいなあ」

利奈はバドワイザーをもう一瓶もらい、ネギを焼いた。うまい、うまい、と呟きながら、青年は肉をつまみつづけた。

やがて、青年は苦笑を浮かべて、

「ひとり暮らしをしていると、こういう店にくるしかないんです」

と、恥ずかしそうに言った。

「高級なレストランは一人では入りにくいし、日本料理屋はとてつもなく高いので……」

「日本料理、高いんですか?」

利奈はフシギそうにききかえす。

「高いですよ。だって、この街では、日本料理が〈外国料理〉なんですから」

「あっ、そうか」

「安いのもありますよ。だけど、うまい和食を食べようとしたら、高いですよ。日本とまったく変わらない味の店もありますが、そういうところは、眼の玉がとび出るほど高いです」

「へえ……」

感心しながら利奈は、キムチでカリフォルニア米を食べる。どうして、と思うほど、うまい米である。

「同じ商社マンでも、おえら方はのべつ日本料理屋へ行ってますが、ぼくは下っぱですから。この店が、いいところですよ」

しゃべり過ぎたと反省したのか、青年は口をつぐんだ。

利奈は不愉快には思わなかった。孤独な状態にあれば、時として冗舌になるのが当然だろう。

「ニューヨーク、長いんですか」

ご飯を食べ終えた利奈は、茶をすすりながら、上品にたずねる。

「一年半です」

「じゃ、もう、慣れましたね」

「いくらかは」

青年も茶を飲んだ。

「でも、天候が激変するのには、まだ、ついていけません。このところ、ひど過ぎます。今日だって寒いでしょう」

「風邪をひきそうです」

「そうだ、女優の夏目雅子がなくなりましたよ」

「えっ、なんで?」

「さあ。それから三浦和義が逮捕されたそうです」

日本を離れて二週間にもならないのに、利奈の知らない出来事が次々に告げられる。とくに、夏目雅子の死はショックだった。

「病状がよくないという噂はきいてたのですけど、なくなるなんて！」

「今日の午前中、会社でも大変でした。夏目雅子と阪神タイガースの快進撃の噂で、一時間はつぶれました」

どういう会社なんだ、いったい？

「ひまなんですか」

利奈はからかった。

「とんでもない。うちが共催する〈ジャパン・フェア〉の準備でてんてこまいなんですが、ああいう情報が流れると、商社マンだって、しゅんとしますよ」

〈ジャパン・フェア〉の名称は、いつか、羽賀の口からもきかされている。

「〈ジャパン・フェア〉って、どういうイヴェントなんですか」

利奈はたずねた。

「ご存じでしたか？」

わずかなアルコールで青年の眼のふちは桜色になっている。

「イヤー・オブ・ザ・ドラゴン」という映画に出ている中国系の俳優ジョン・ローンに似たところがある、と利奈は思う。

「名前だけは」

「ありがたいことです」

青年は笑って、

「日本との貿易摩擦で怒り狂っているアメリカ人の心の底には、日本と日本文化に対する認識不足があるというのが、われわれの考えです。ひとことでいえば、もっと日本を知ってもらおう、という狙いのイヴェントです」

「そのイヴェントには、〈極東エージェンシー〉が加わってますね」

「〈極東エージェンシー〉だけじゃなくて、いろいろな代理店が嚙んでいます。日本文化の紹介となると、商社も一社だけではまずい。数社の共催になり、これはこれで、けっこう大変なのです」

青年は腕時計を見た。

「いや、一方的に勝手な話をして失礼しました。お詫びに、ここの支払いはぼくがします」

そう言って、利奈の伝票をとろうとする。

「困ります、それは」

利奈は伝票を押さえた。

「そういうの、やめてください」

「恰好《かっこう》がつかない」

と、青年はボヤいて、

「もし、あなたがそろそろ立たれるのなら、コーヒーをつき合ってくれませんか。近くに、気のきいたコーヒー屋があるのです」

ことわる理由もなかった。あとは映画を見に行くか、アパートに帰るしかないのである。

(そう感じも悪くないし……)

利奈は自分に言いきかせた。

それに、この店は、のんびり話しこめる場所ではない。空席待ちの客がバーの方にかたまっている。

ショルダー・バッグを肩にかけ、伝票を持った利奈はチップを置き、青年のあとについてレジへ行った。

「韓国人のパワーは凄いですよ」

青年は利奈にささやいた。

「ハーレムの中まで進出していますからね。魚屋なんかやってます」

利奈は支払いをすませた。

外はまだ明るく、レストランのテラスが人で埋まり始めている。日本風のコーヒー屋ってすくないんですよ、と言いながら、青年は近くのビルの二階を指さした。


南北に細長いマンハッタン島の中央部に、これまた短冊状に細長いセントラル・パークがあり、その西側を南北に走っている道が、コロンバス・アベニューである。

セントラル・パークの西側は、東側にくらべて、なんとなく野暮ったく、古いアパート群が多かったのだが、ここ数年のあいだに再開発がおこなわれ、新しい街づくりがすすんだ。その象徴がコロンバス・アベニューといえよう。

どこの国にも通人というのがいるもので、「いや、もう、コロンバス・アベニューは古い。いまや、イースト・ビレッジの時代です」などというかも知れないが、ま、放《ほ》っとけばよろしい。それでもなお気になる人は、「ニューヨーク」誌一九八五年五月十三日づけの特別号〈ヤッパー・ウエスト・サイド〉をごらんください。〈ヤッパー〉は、〈ヤッピー〉（若い知的職業人）と〈アパー〉をかけた言葉だと思います。

だけど、こんなこと書いても、「わし、外国、カンケイないもんね」と、そっぽを向く人が多いのね。「物語の舞台が外国になったら読みませんから」と、わざわざ作者《こちら》に念を押す読者もいたりして、ほんとに困る。

考えれば、無理もないのね。作家という種族は、取材してきたことを、全部、書きたいと思うわけ。でも、読者から見れば、そんなのは、どうってことないんで、モスクワの裏街を説明されたり、南米のどこかの町をくわしく描写されたりすると、ほんと、関係ないって気持ちになる。

だから、作者《こちら》も、コロンバス・アベニューの描写なんかしません。だれが描写なんかするものか。いいえ、とめないでください。しないと言ったら、しないのですっ。――読者は自分の身近にある〈新しい街〉を自由に想い浮かべてください。東京の読者だったら……代官山かな。ちがうか。

濃紺に塗られた階段を二人はのぼった。

コーヒー屋の中は、床、壁、天井までが濃紺一色で、まあ、たんに汚れを塗りつぶしただけなのだろうが、これが妙におしゃれで、二人は窓ぎわの席にすわる。

「わたし、エスプレッソ」

利奈はメニューを見ずに言う。

「ぼくも、そうしよう」

「この音楽……」と、利奈は眼を輝かせて、「喜多郎じゃないかな」

「〈シルクロード〉ですよ」

青年は笑った。

「アメリカ人は好きなんですよ、この曲が」

斜め下が街路だから、人々の流れがよく見える。にもかかわらず、利奈は新宿の喫茶店にでもいるように落ちつけた。この青年のおかげである。

「いちおう、名刺を……」

照れくさそうに青年は名刺をさし出した。

——木村章《きむらあきら》。三松商事ニューヨーク支店。あと、社の住所と電話番号が印刷されている。

「ボールペンでつけ加えてあるのが、ぼくのいる分室の直通電話です」

利奈は名刺の裏側を見た。裏には、住所もなにも書いてない。

「ぼくでお役に立てることがあったら、電話してくださ い」

「いいんですか」

利奈の声が低くなる。

「いいですよ。夜は、日本からきた人を接待しているか、劇場へ行っているか、ですから」

「劇場、ですか」

「ええ」

「芝居を見に？」

「シバイとは古い言葉を使う」と木村は好意的に笑って、「ぼくの祖母はシバヤって言ってたなあ。なんか変ですか？」

「変じゃないけど、商社の方って、なんとなく、劇場へ行く、ってイメージじゃないから」

「そうバカにしてはいけない」

木村は利奈の眼を見て、

「ご存じでしょうが、ニューヨークって街は、観光的要素はなにもない。唯一の売り物は、ブロードウェイのミュージカルです。これだけは、ほかの国の人間が逆立ちしても、かなわない。だから、ニューヨークにいるあいだに、片っぱしから見てやろうと思ったのです。今は夏枯れというか、淋しいのですが、いずれ、面白いものが出てきますよ」

「いま、夏枯れなんですか？」

「ええ。いくつか、ごらんになりましたか？」

利奈は自分がみたミュージカルの名をあげる。

「いちおう見てるじゃないですか。ニューヨークに着いたのはいつです?」

「九月一日……」

「じゃ、『ドリームガールズ』は終わってたんだな。あれがいちばん良かったですがね、初めての人には」

そんなこと言われても、しょうがない。

「で、どうです、感想は?」

「生意気にきこえると困るんですけど、こんなもんなのかなあ、という感じで」

エスプレッソがきた。木村は自分のカップに砂糖を入れて、

「そうでしょうね。日本からきた人は、やたら感動するか、失望するかのどっちかです。芸の本質がわからなければ、感動も失望も、実は同じことなんですがね」

木村と話しているうちに利奈は元気が出てきた。

闇の中をさまよっている者がわずかな光を見出したかのようだった。英語をききとる能力には欠けるものの、自分はそう見当ちがいな感想を抱いたわけでもない、と思った。〈芸〉という日本語があらわれたとたんに、利奈は、なにかしら、心がすっとしたのだ。自分がつかみかけている世界の糸口が見えた気がした。

「『雨に唄えば』なんてのは、悪い例ですからね。あれは駄目だというように、心の中でバッサリ斬らなきゃ」

木村ははっきり言った。

「わたしも、そう思いました」

「それでいいんです。あなたは間違っていない。あなたの……お名前をききましたっけ?」

「すみません。朝倉です」

「朝倉さん、もう少し自信を持っていいですよ」

「まだまだです」

「朝倉さんの話をきいてると、なんか武者修行みたいなんだけど、なぜ、そんな風に舞台を見まくっているのですか」

木村は利奈を見つめた。

当然の疑問である。この疑問に答えるのはむずかしい。

「それは……えっと……やー、説明しにくいんですねえ。どう言ったらいいのか……」

「むりに言わなくてもいいです」

木村はグラスの水を飲んだ。

「それより、日本の話をきかせてください」


その夜、ニュージャージーの自宅でベッドに入ろうとした羽賀は、電話が鳴るのをきいた。

夫人はもう眠っている。羽賀はリヴィング・ルームに出て、受話器をとった。

——起こしたかな。

氷川の声である。

——いいえ、まだ起きていました。

——例の娘からのリポートを読んだ。文面からみて、だいぶ、動転しているようだ。

——はい。

——私が満足していた、と彼女に伝えてくれないか。あまり、自信を失わせてもよくない。

——承知いたしました。

——きみの逃げ方が冷たすぎるのじゃないか。芝居なんだから、ほどほどにしてくれないと。

——うまく演《や》っているつもりですが。

羽賀の声は不満そうである。

——あとは、うまくいっているかね？

——はい、そのつもりです……。

——よろしい。つづけてくれたまえ。

東京からの電話は切れた。

2

感じのよい青年と日本語の会話をかわしたせいか、その夜、利奈は熟睡できた。おかげで、デビッド・レターマンとのデートはすっぽかした。

翌朝十時に電話が鳴った。すでに眼をさましていた利奈は、さわやかな声で、イエス、と答えた。

——羽賀ですけど。

電話線の向こうの声は妙にやさしい。

――おはようございます。もう、サンフランシスコから帰られたのですか？

利奈は、ほっとしてたずねる。

――いえ、は、はい。急いで戻りました。

羽賀はうろたえたが、利奈は疑惑の念を覚えなかった。

――あちらも、こんなに寒いですか？

――いえ、その……暖かいです。こちらはもう、異常ですな。異常気象がつづきすぎます。

――いつもは、こんなじゃないのでしょう？

――ほんらいは、まだまだ暑いのです。朝倉さんは大変でしょう。

どうも、いつになく、やさしい。それでも、自分のことを心にとめていてくれたのが嬉しかった。

――お電話をしたのは、東京の企画部長から連絡があったからです。あなたのリポートを読んだ、満足している、とのことでした。

――ほんとですか！

利奈は嬉しかった。自分は忘れ去られたのではないか、と、ヒガんでいたのである。

――ほかに、なにか、おっしゃってましたか？

思わず、声が弾む。

――いまの調子でつづけて欲しい、とだけ、つけ加えていました。

――よかった！　二度目のリポートを書くところだったんです。

――面白いミュージカルがありましたか。

――ないんです、これが。困ってるんです。

――ミュージカルではないのですが、「ダブルス」という芝居のチケットが一枚、手元にあります。よろしかったら、さしあげましょうか？

――あ、ぜひ！

ゆうべ、その「ダブルス」のチケットを破いたばかり、とは言えなかった。

――ただ、この芝居には問題があります。テニスクラブの話なのですが、男の役者が下半身を見せてしまうのだぞうで、あなたのようなお嬢さん向きではないと懸念《けねん》されます。

――えーっ！

生まれて初めて〈お嬢さん〉と呼ばれた利奈は、思わず、のけぞる。この「えーっ！」を羽賀は誤解したらしく、

――驚かないでください。

と言った。

――こちらでは、舞台で裸になるのがふつうでして。そんなことで驚いたわけではないが、利奈は、

――はあ、さようでございますか。

と、急に、お嬢さんぽく答える。

――そういう下品な面もありますが、いちおう、見ておいたほうがよいそうです。明晩の切符ですから、郵送しましょう。

――わたし、受けとりに行きます。

――いえ、郵送します。

そう念を押して、羽賀は電話を切った。利奈は、依然として、〈歓迎されざる客〉のようである。


ブロードウェイの〈劇場地区〉では、再開発が盛んである。大ざっぱにいえば、一九一〇年代に建てられた劇場が老朽化したわけで、ただし、劇場をとりこわしたあとに、必ずしも劇場が建つわけでもなく、ホテルが建ったりする事情は、日本と似ていないでもない。

「ダブルス」を上演している劇場も古めかしい建物で、その古色蒼然とした味わいが、利奈には好ましく思えた。

(今回のリポートは、「おかしな二人」とこれにしよう。映画はぜったい、「バック・トゥ・ザ・フューチャー」と「コクーン」。それから、生活情報をどうするかな？)

氷川秋彦の手紙には、〈日常生活のこまかい情報を一つつけ加えるように〉とあった。これが、けっこう、むずかしい。利奈が見た範囲では、あらためて報告するような発見はないのである。

(困ったな……)

幕があくまで、まだ十五分ほどある。利奈は飲み物を買おうとして、席を立った。

ペプシを買い求めて、近くのソファーにすわる。客の入りがよくなさそうな劇場のロビーで、ペプシをストローですするのは良い眺めではない。

「朝倉さん！」

不意に、声をかけられて、利奈は容器をおとしそうになった。

顔をあげると、一昨日とは別人のようにスマートな木村が立っていた。

「日本からきた客のおともです。この芝居はオープンしてすぐに見ているので」

そう言って、かすかに笑う。

「幕があくと、きっと、びっくりしますよ」

「あ、きいてます」

「他人《ひと》のおともじゃなきゃ、きません。ぼくは男性の裸を見る趣味はない」

木村は利奈のとなりに腰かけた。

「金曜の夜に、女性がひとりで見るものじゃないなあ」

「手あたりしだいに見ているんです」と、利奈は言った。

「もっと良いものがあったら、教えてください」

「主な舞台は、だいたい、見ちゃったのでしょ。街は歩いたんですか？」

「エンパイアステート・ビルとか、世界貿易センターとか、自然史博物館とかは……」

「たんなる観光コースじゃないですか、それは……」

木村の笑いは苦笑に近くなる。

「お上りさんのやることを、なぞってるだけじゃないですか」

「だって、わたし、お上りさんだもん！」

利奈は必殺技をくり出した。

「本当は、いろいろ案内してもらえるはずなのに、〈無い話〉になっちゃったんだもん。仕方ないじゃない」

迫力負けした木村は、失礼、と言った。

「まあ、世界貿易センターなんかも、いちおう、おさえとく必要はありますがね。なにが面白かったですか」

「てっぺんのカフェテリアで売ってた玉ネギがおいしかった。輪切りにして、衣《ころも》をつけて、揚げたの」

「景色は見ないんですか」

「あんまし、興味ない」

お嬢さんとも思えぬ言葉づかいになってきた。

「絵葉書と変わりないもん」

「それも、一つの見識だな」

木村は思いっきりのフォローを試みる。

「つまり、ショウビジネスにしか興味がないのかな」

「はっきし言って、そうですね」

耳なれない日本語を連発されて、木村は不審そうな顔をした。

(この娘の日本語を直してやろうか。いや、それじゃ「マイ・フェア・レディ」のヒギンズ教授になってしまう)

「この街が面白いのは、あなたのように偏《かたよ》った好みの人も満足するであろう場所があることでね。たとえば、放送博物館を知っていますか」

利奈は首を横にふる。

「明日は開いているはずです。よかったら、案内しますよ。ひとことでいえば、昔のテレビ番組を見る博物館です」

「つれてってください!」

と、利奈は叫んだ。

「そういうの、好きなんです。わたし、日本にそういうのができないかと思ってたことがあるんです」

「明日は土曜日で、ぼくもひまです。念を押しときますが、メトロポリタン美術館なんて興味ないのでしょう」

「美術は、日本でも見れますから」

利奈はむちゃくちゃなことを言う。

「見れます、はないでしょう。見られます、と言って欲しいな」

木村は立ち上がりながら注意をあたえた。

(考えてみれば、わたしは点と点のあいだを往復していたにすぎない)

土曜日の正午近く、コーヒーを飲みながらハドソン川を眺めていた利奈は、はたと気がついた。

(アパートから劇場へ行き、またアパートに戻る。それ以外のむだな散歩・寄り道をしなかった。いや、できなかっ

たんだ〉

これでは〈生活者の視点〉など持ちえないのは当然である。

その不自由は、木村章の出現によって、どうやら解消されそうだ。どこかで待ち合わせをしますか、と利奈がたずねると、あなたはまだ街を知らないから、お宅まで迎えに行く、と木村は答え、利奈は住所と電話番号を教えた。

〈親切そうな人だから、大丈夫とは思うけれど……〉

彼女はドアの鍵を眺めながら、真剣に考えた。流行のスプラッター映画《ムービー》だと、好青年がヤニワに殺人狂に変貌し、電動ノコギリで女性をバラバラにしたりする。前夜、芝居が終わってから、恐怖《ホラー》コメディ映画を見たせいもあって、妄想がすぐ、そっちの方へゆく。

ほんらいならば、〈胸をふくらませて好青年を待つ〉という時なのだが、そうはならずに、ゴシック・ロマンのヒロインみたいな恐怖に呪縛《じゅばく》されている。これは利奈が臆病なせいもあるが、ニューヨークという都会の魔性のなせるわざである。アパートにいても、一日に一度は救急車のサイレンを耳にするのだが、あれは、いったい何だろうか？テレビのニュースを見れば、ニューヨークにひろがるエイズと犯罪事件が、いやでも眼と耳に入ってくる。多くの幼児がエイズに感染しているというのが利奈にはわからない。とにかく、疫病と暴力——ほとんど中世の都市とかわらないではないか。

ドアがノックされた。

いよいよノコギリの出番か、とおびえながら、チェーンをかけたまま、利奈はドアを細くあける。

「五分ばかり早かった」

白っぽい顔の木村が立っていた。

「今日は、特に寒い。セーターを着ないと、風邪をひく」

利奈はチェーンを外して、

「コーヒー、いかがですか？」

「いいね。はい、プレゼント」

木村は抱えている紙袋をさし出した。

「え？」

気がきいてるぅ、と思いつつ、のぞき込むと、なんと日本製の丼型のインスタント・ラーメンが五つ重なっている。

（この生活臭……）

利奈はがっかりした。なんという夢のなさ！　プレゼントなら、クッキーとかチョコレートとかあるだろうが、ほかに！


厚着をした利奈と木村は、タクシーで放送博物館に向かった。

土曜日なので、オフィス街の人通りはすくない。見たようなところでとまったと思ったら、五番街五十三丁目のダブルデイ書店の横だった。この書店には、演劇関係の本とレコード探しで、二度ほどきている。

放送博物館は書店の裏側に、きわめて、つつましやかにあった。大人はひとり三ドル。木村は六ドルをわたしてエレベーターの方に向かった。

「ここを利用するのなら、会員になるのがいちばんさ」

学生らしい一団とエレベーターに乗りこみながら、木村はいままでとちがう口調で説明する。

「アメリカ人だって、自分たちの文化遺産にそう早くめざめたわけじゃない。ここができたのは一九七五年だから、まだ十年の歴史しかないんだ」

エレベーターを出ると、ライブラリーに足を踏み入れる。右側に受付があり、左側の壁ぎわは図書館にあるカード入れと同じもので占拠されている。

「ラジオのコレクションは、一九二〇年のローズベルトの演説——これは大統領になるまえ、副大統領候補だった時のものだけど——そこらから、主なものは、すべて、そろっている。テレビの方は、一九四〇年前後のものから、シド・シーザー、エド・サリバン、ミルトン・バールのショウ……」

「ぜんぜん、知りません」

「『チャーリーズ・エンジェル』は知ってるだろ」

「よく見てました」

「そこらまで、全部、そろっている。しかも、ラジオもテレビも、コレクションは年々増えつづけるわけだ。三大ネットワークをはじめ、地方局までが作品を寄附するから」

学生たちはカードで作品の番号を調べ、用紙に記入して、受付の女性に渡す。それから、椅子に腰かけて呼び出しを待つのは、図書館と同じである。

「日本にも、こういう博物館があればいいのに」

利奈は嘆息した。

「できないかしら」

「作品が残ってないいんじゃないかな。このあいだ、日本のテレビ関係者をつれてきたら、一九六〇年代初期はビデオテープが高かったので、放送が終わった番組は片っぱしから消して、次の番組に使っていたというんだ。放送ずみのテープを局内に置いておくと、場所をとって仕方がないという問題もあったらしい。きみは知らないだろうけど、『シャボン玉ホリデー』という人気番組があってね。五百数十本オンエアして、いま残っているのは、十本にみたないというのだから」

木村は別室へのドアを指さした。

防音ドアを押すと、そこは〈ひとりでテレビを見る〉部屋であった。

図書館でいえば読書室にあたるのだが、小型テレビがはめこまれた、キャビネット風の机が二十以上ある。ヘッドホーンをつけた学生たちは、画面にうつし出される古いテレビ番組を見ながら、ノートをとっている。一つのキャビネットを二人で見られるようになっているのが便利だ。

「受付で呼び出されたら、ここに入るというわけさ。こういう場所があれば、きみも自分が生まれるまえのテレビを見ることができる。ぼくも、このあいだ、一九五〇年代の番組を見て、ささやかにタイム・トリップした」

小声で説明していた木村は、出ようという手つきをした。いかにヘッドホーンを使用しているとはいえ、第三者の話し声は迷惑になるだろう。

二人はライブラリーに戻った。

「こうした設備のほかに小劇場もある。いまは……」

と、木村は受付のテーブルからちらしを一枚とって、利奈に渡した。

「『ハネムーナーズ』という五〇年代の番組を上映している。ジャッキー・グリースンという役者を人気者にしたヒット番組でね。——そうだ、『バック・トゥ・ザ・フューチャー』って映画を見なかった？」

「見ました」

「あの中で、主人公の父親が笑いこけていた再放送番組、あれが『ハネムーナーズ』さ。わかる？」

「あ、主人公が一九五五年へトリップすると、最新番組としてやっている……」

「そう。あの番組も完全に残っているわけじゃない。ところが、欠けていたぶんが発見されたんだ。いま上映してるのは、その発見された『ハネムーナーズ』なんだ。これが、やたら、人気がある。ぼくらには理解しがたいくらい……」

（これだ！）と利奈は思った。氷川が要求している〈日常生活の情報〉にぴったりではないか。こんな博物館があることじたい、氷川秋彦は知らないのではないか。

「ここには、あと、珍しいラジオ台本が二千四百もある。その中の千六百はマイクロフィルムになっていて、いつでも読むことができる。きみも会員になっておいた方がいいんじゃないか」

「そうします」

「アメリカの映画や舞台の歴史を調べていると、必ず、テレビがからんでくる。ぼくは二十九だから、ジャッキー・グリースンなんて知らないけれど、映画では地味な脇役でパッとせず、この『ハネムーナーズ』でスターになった、ぐらいはわかってきた。ここにくると、テレビが文化遺産になる凄みを納得させられるんだ」

（む、テレビは文化遺産か……）

利奈は考えこんだ。

日本にも放送博物館ができないだろうか、と彼女が言ったのは、文化遺産とか、そういうムズカシイことからではない。

利奈が生まれて、モノゴコロついたときには、テレビが盛んであった。テレビのない日常生活なんて彼女には考えられないのである。アニメのキャラクターといっしょに育った利奈は、一九七〇年代のテレビ番組が、やたらになつかしい。それらの番組をもう一度見たい、そのためには放送博物館が必要だろう、といった単純な願いから出た言葉である。

（だけど、今の日本のテレビ番組が〈文化〉とは、とても考えられない）

二人は放送博物館を出て、となりのダブルデイ書店に入った。

さほど大きくはないが、感じのよい店で、ノスタルジックな歌声が流れている。軽い歌声がフレッド・アステアのものであることに利奈は気づかない。

「FENって知ってるだろ」

と木村が、不意に言った。

「ええ」

「あのF・Eが何の略か、わかる?」

「ファー・イースト（Far East）でしょ」

「そう、ファー・イースト――つまり〈極東〉だね。なぜ、〈極東〉なのか、わかるかい?」

利奈は首をかしげた。〈極東〉とはなにか、と改めて問われると、適切な答えを持ち合わせていない。

「さあ?」

「これを見てごらん」

入り口の近くにある地図の棚から、木村はポケット・サイズの世界地図帖を抜いて、利奈に見せた。

その世界地図は、利奈が今まで見たことがないものであった。あるべき位置に、日本がないのである。

左のページにはカナダや南北アメリカ大陸があり、右のページには、ソ連、中国、東南アジア、オーストラリア、インド、アフリカがある。そして、日本は、当然のこととして、右端の、文字通り、東の果てに存在している。太平洋は大はばにカットされて、ハワイなど存在してもいない。

軽いショックをおぼえた利奈は、かろうじて、

「ほんと、日本は極東なんですね」

と、溜息をついた。

「元来は、英国から見た日本・中国・韓国・タイが〈極東〉だと辞書にはある。とにかく、これが欧米人の考える世界地図なんだ。彼らが日本を、遠くにある理解不可能な

国と考えるのは、子供のころから、この地図を見ているせいじゃないかとも思う」

　利奈がなじんでいる世界地図は、全体の中央やや左に日本があるもので、赤く印刷されている。

　そういう在り方しか見たことがないのである。小さくはあるが、真っ赤な色で存在を強く主張しているのが日本だと思っていた。

　しかるに――。

　この地図帖では、韓国と日本はピンクで印刷され、ひとかたまりのような印象を受ける。ほかの国では、オーストラリアがピンクである。東の外れの国をピンクで統一してみました、という感じがした。

「ぼくらが、ふだん見る地図は、太平洋をはさんでアメリカと日本が向かい合っているのが多い。だから、アメリカと日本は近いと思いがちなんだ。だけど、こうやってみると、はるか遠いばかりか、日本はまったく、どうしようもない島国っていう感じがする」

「わたしが中学のころ、地図はどうなってたかなあ」

　利奈は記憶に自信がない。

「中学校社会科の地図も、いろいろ変化したからね。実は、今度の〈ジャパン・フェア〉のために調べてみたんだ」

　と、木村は面白そうに言う。

「昭和三十五年ごろの社会科の地図はこれと同じで、日本が東の外れにあるんだ。ところが、もっとも新しい版では、日本が中心になっている。東にアメリカがあり、西にヨーロッパがある。日本が経済大国になるとともに、地図が変わってきたとしか思えない」

「世界の形が変わったわけでもないのに」

「教科書をつくる人や、チェックする役人の意識が変わったんだね。日本が世界地図の真ん中にないと、不愉快なのだろう」

　利奈はもう一度、英語の地図を見た。太平洋が存在していないかのような地図は、たしかに英国中心に作られている気がした。同じ世界地図でも、どこの国を中心にするかによって、まるでちがう感じになってしまう。いや、感じがちがうだけならいいのだが、見る者の意識、大げさにいえば世界に対する認識を変えてしまうのではないか。

「大多数のアメリカ人にとって、日本は遠い未知の国なんだ。ＦＥＮ〈極東放送〉という名称が象徴している」

3

やがて、書店を出た木村と利奈は五番街を歩き始めた。

「イースト・ビレッジまで下《くだ》って、昼食にしたらどうだろうか」

木村が言うと、

「ちょっと待ってください」

利奈は立ちどまった。

バッグから手帖を出してみる。まちがいない。〈極東エージェンシー〉の支社は、この近くのビルにあるはずだった。

「わたし、寄りたいところがあるんです」

「いいよ、べつに急がないから」

木村はのんびりと答える。

「〈極東エージェンシー〉のニューヨーク支社です。知っている人がいるんです」

ふつうであれば、ニューヨークにきて、まず、この支社に顔出しをするのが礼儀のはずであった。すくなくとも、一度は挨拶をするのが常識だ。しかし、羽賀という人は、利奈が支社に近づくのを好まないようにみえる。

（なぜだろ？……）

不意に、オフィスをたずねてみたら、どうなるだろうか。

「土曜日は休みじゃないのかい」

「さあ。でも、のぞいてみたいんです」

「じゃ、つきあおう。〈極東エージェンシー〉なら、よく知っている」

サックス（デパート）の角を左に曲がった二人は、ワン・ブロック先のビルの回転ドアを押した。

黒人のガードマンが冷ややかな視線を利奈に向ける。売店のシャッターがおりていて、多くのオフィスが休みであることを示していた。

「たしか、十七階だったね」

木村はエレベーターのボタンを押した。

利奈は胸を圧迫されるようだった。ニューヨーク支社なるものは、本当に存在するのだろうか。それとも……。

エレベーターのドアがあき、大柄な男が吐き出される。入れちがいに、二人はエレベーターにのった。

木村は十七階のボタンを押し、あくびをした。なぜ、〈極東エージェンシー〉をたずねるのか、不審に思っているにちがいない。

(羽賀さんは怒るかも知れない)と利奈は思った。(でも、いいんだ。わたしの眼で確認したいんだもの)

十七階でエレベーターをおりる。

古いビルにしては廊下がひろく、蛍光灯が明るい。土曜日なのに、人の動きも活潑である。

「こっちだよ」

と木村は先に立って、

「この階《フロア》は、外国の通信社やテレビ局が入っているから、にぎやかなんだ」

廊下をしばらく歩く。右折したり、左折したりして、ようやく、ガラスに金色の横文字で〈キョクトー・エージェンシー〉と書かれたドアの前に立った。

「ここと、次のドアと、二部屋を占拠している。さあ、入っていきなさい」

いざとなると、利奈はドアを押す勇気が出ない。いきなり入って、アメリカ人ばかりだったらどうしよう、とも考える。

「どうしたんだい?」

木村は呑気そうに眼を細めている。

「日本人がいなかったら、どうしようかと思って……」

利奈は心細げに答えた。

「じゃ、ぼくがきいてやろう。だれにあいたいんだい」

「羽賀さんていう人です」

「HAGAさんか」

木村はドアをノックした。ドアの曇りガラスに人影がうつり、内側の鍵が外された。

木村はドアの向こうに吸い込まれたが、すぐに顔を見せて、

「きみのたずねる人はいないそうだ。ちょっと、入ってみないか」

と言った。

利奈はこわごわドアを押した。

窓が大きい上に、壁が白いので、部屋は予想したよりも明るかった。

入ってすぐのデスクで仕事をしていた金髪の女性が、ハーイと利奈に声をかけた。軽く笑いかけて、テレックスに視線を戻す。

広い部屋にはかなりの数のデスクがあるが、日本人社員の姿は見えない。ずっと奥の窓ぎわに眼鏡をかけた白人男性がもう一人いるだけだ。

「HAGAさんは休みだ。週末にはアトランティック・シティへ行ったはずだ、と彼女は言っている」

「アトランティック・シティ？」

「車で三時間ぐらいの海岸にあるギャンブルの街だ。ぼくも、よく行くよ。月曜日には出社するそうだ」

利奈はうなずいた。なぜ、ここにきていけないのかはわからないが、オフィスの内部を見て、いくらか安心できた。

「メッセージを残すなら、どうぞ、と彼女は言っている」

「いえ、いいんです」

利奈は手をふって、

「お邪魔をして申しわけないと伝えてくれませんか」


ひとむかしまえまでは、ニューヨークの名所といえば、グリニッチ・ビレッジであった。グリニッチ・ビレッジのあちこちにたむろしていた芸術家の卵がエラくなってしまうと、観光客が押し寄せてきた。観光客相手のチャイニーズ・レストランができ、Tシャツ屋が栄えた。

時代によって、盛り場は移りかわる。東京の盛り場は、昭和史とともに、浅草→銀座→新宿→赤坂→六本木→原宿・青山通り・渋谷——と移りかわった。

いまや、グリニッチ・ビレッジには、往年の賑わいは見られない。地下鉄のアスター駅を出た人々は、西のワシン

トン広場へは向かわず、東側のセント・マークス通りを散策する。とてもせまい所だから、たちまち、行き過ぎてしまうし、はっきりいえば、どうってことはないのだが、それでも（いちおうは歩いてみたい）と思わせるのが、〈ナウの罠〉である。

――自分たちは時代に遅れるのではないか！

そうした強迫観念から、アメリカの若者はイースト・ビレッジに足を向け、ウィンドウ・ショッピングをたのしむ。日本の若者は女性ロック歌手の深夜放送を五時まできいて寝不足になる。中越国境前線ぞいの中国軍の若者は塹壕《ざんごう》のなかで海賊版テープのディスコ・サウンドに合わせて踊る。

「ここらで、食べようか」

セント・マークス通りの途中で足をとめた木村は、舗道から一段下がった店を示した。

その店は、これぞジャパネスクというべきか、カフェテラスを赤い提灯の群れでかこい、昼間は奥のレストランで食事をするようになっている。

古い建物をわずかに手入れしただけの、昼なお暗い店内には、テーブルが七つか八つあり、ほぼ満杯である。わずかに残されていたテーブルについた木村と利奈は、まずバドワイザーを、と注文したが、白人ウエイトレスは、日本製のビールしかありません、と答える。

「日本のビールは濃くてなあ」

と木村はぼやき、じゃ、ペリエだ、と言った。利奈はビールが欲しかったが、ペプシにした。

「ここはいちおう、豆腐の専門店なんだ」

と、木村は和紙に印刷されたメニューを利奈に渡した。〈東洋風を意識した横文字〉で書かれたメニューを見て、利奈は食欲を失った。

トーフ・イン・ココナッツミルク・ソース
トーフ・イン・マッシュルーム・スープ
トーフ・イン・ピーナッツ・スープ
トーフのコーン・チャウダー
テキサス風焼きドーフ

〈豆腐の専門店〉ときいて、悪い予感がしていたのが的中した。

(だいたい、東京でさえ、お豆腐の専門店なんて珍しいのに……)と利奈は思った。(イースト・ビレッジ風情《ふぜい》がせんえつな)

それにしても――。

(テキサス風焼き豆腐って、なんだろ。お豆腐がテキサスにあるのかしら)

「ええっと、テキサス風って、どういうんですか」

「この店の特別料理だよ」

木村は落ちついている。

「オリーブ・オイルとレモン・ジュースを使うんだ。豆腐に、大きなニンニクをつぶしたのをまぶして、じっくりと焼きあげる」

利奈は泣きそうになった。生ニンニクをまぶして、オリーブ・オイルとレモン・ジュースをかけた豆腐の味など、想像したくもない。

(ふつうのハンバーガーやホットドッグの店のほうがよかったのに……)

ペプシを飲みながら、利奈はひそかにつぶやく。

「トーフ・ストロガノフってのも、いけるよ。ビーフ・ストロガノフのビーフの代わりに、トーフを使ったものだ。まったりした味のものさ」

木村はレモン入りのペリエを飲みながら説明する。

「辛いものがよければ、メキシコ風のチリ・コン・トーフもある。あっさりしたほうがよければ、スタッフド・トマトなんて、いいんじゃないかな」

「どういうもんですか、それは?」

溺れる者がワラをもつかむ気持ちで利奈は質問する。〈あっさりした〉ものならば、このさい、仕方がなかろう。死んだつもりで、食べてやろう。

「スタッフド・トマトってのは、トマトの中をくり抜いて、トーフを詰めたものさ。むろん、ただのトーフじゃない。トーフをすりつぶして、マヨネーズが混ぜてある」

だめだ、こりゃ。

「ふつうのお豆腐をもらいます。手を加えてないのを」

利奈ははっきりと言った。さいわい、どのテーブルにも、キッコーマンの印のついた醤油の小瓶が置いてある。これをぶっかけて食べりゃいいんだ。

「プレーン・トーフか。それもよかろう。じゃ、ぼくは、トーフとマッシュルームのクレープをもらおう」

木村はウエイトレスを呼んで、注文をする。

やがて、大きな皿一杯の豆腐がはこばれてきたが、その上に、わけのわからぬ黒いかたまりがのっていた。

利奈は息を殺して、皿の上のものを見つめる。

予想もしていないものが出されるのは初めてではない。

小学校のころ、友達のお母さんにつれられて喫茶店に入った。みんなはジュースを注文したが、利奈だけは、ボイルド・エッグを注文した。オレンジ・ジュースの脇にならべて書いてあったから、なにか変わった飲み物だろうと思ったのだ。だから、茹で卵が妙な容器に入れられて、うやうやしく運ばれてきたときは、目一杯うろたえた。冷や汗をかき、それでも、初めから知っていたようにふるまったものだ。

さすがに、オトナになってからは、そういうことはない。今回が初めてである。

「この……」

利奈の声はかわいている。

「お豆腐の上にのっかってるの、何でしょうか？」

「心配することはない。ヒジキだ」

えーっ、と声を出しそうになる。

利奈の記憶にあるヒジキは、もっと弱々しく、はかなげで、存在していることを恥じているような、かよわい食べ物である。こんなに太くて、猛々しいものではなかったはずだ。ほとんど凶暴といってもいい感じで、豆腐のうえ一杯にのさばっている。

「どうやって食べるのですか」

「醤油か塩をかければいい。いま、これがはやっているんだ。健康食品として」

割箸でつまんでみたが、ひどくかたい。なんだかゴワゴワしている。

「やめときます」

利奈はヒジキをかき分けて、豆腐に箸を入れた。口に運ぶと、思っていたほど、ひどい味ではない。

（そうだ！　これで、リポートに書く生活情報が一つできた！）

やがて、トーフのクレープ包みがきた。木村はナイフとフォークで器用に口にはこぶ。

「安心したまえ。あとで、うまいウクライナ料理屋へ案内するから」

木村は面白そうに笑う。

「アメリカ人の日本趣味、ジャパネスクが、どの程度のものか、きみに教えたかっただけだ。みんな、こういうものを〈正しい日本料理〉と考えて食べているわけだ。ひどい話だろ」

利奈はあたりを見まわした。利奈のと同じ料理を食べているアメリカ女性がけっこういた。

「冷《ひ》や奴《やっこ》を食べている人が多いですね」

「冷や奴なんてあるものか。きみがたべたのは、トーフ・サラダってやつだ。ふつうは、ブルー・チーズのドレッシングがかかっているんだが、ぼくは、ドレッシングはいらないとことわった。それとも、ブルー・チーズのドレッシングがかかってたほうがよかったかな」

4

気味の悪い軽食を終えた利奈と木村は、すぐ近くにあるアンティック・ショップに立ち寄った。

午前中が寒かったとはいえ、温度はあがって、汗ばむほどになっている。ジャパネスク豆腐レストランでさえ冷房が入っていた。しかるに、通風窓がないこの骨董品店には冷房装置もないのである。

「珍しいだろ」と木村が指さした。「ここで売ってるジュークボックスは、五〇年代、六〇年代のものばかりだ。古い、こわれたジュークボックスを買いとって、新品同様に仕立てあげるのさ」

奥深い店内には、かなりの数のジュークボックスがあった。コインを入れて、好みの曲を鳴らすジュークボックスの需要は、近年の六〇年代ブームと無縁ではあるまい。

見るからにごついクラシック・ジュークボックスに顔を寄せた利奈は、曲名リストを見た。〈アット・ザ・ホップ〉とか〈ロック・アラウンド・ザ・クロック〉といった曲名がならんでいる。映画「アメリカン・グラフィティ」で利奈もなじみがある曲ばかりだ。

「十年ぐらいまえには、立川《たちかわ》や福生《ふっさ》の米軍払いさげの古物屋で安く買えたのに」

木村は感慨深げにつぶやいて、

「きみは、ジュークボックスへの思い入れなんてないだろう」

「そうですねえ、とくには……」

「ぼくなんかが、そういう思い入れをもつ最後の世代かも知れないな」

木村はジュークボックスをなでまわしている。ほかに、初期のものらしい丸っこいテレビ受像機やスロットマシーンなどが置かれてあるが、木村は見向きもしなかった。

「十年まえは、大学に入ったばかりだったから、ジュークボックスを買っても、置き場所がなかった。アルバイトの金をためれば、買えたのだけれども」

「いま、買えばいいじゃないスか」

利奈はすすめる。

「ひどく値上がりしたようだ。むかし、ジョン・レノンが、部屋にジュークボックスを置いて、初期のプレスリーばかりきいている噂を読んだことがあった。うらやましかったな」

「これ、いくらぐらいかしら」

利奈は別のジュークボックスを叩いてみる。電気の入っていないそのジュークボックスには、シナトラ、ペリー・コモ、エディ・フィッシャーといった歌手名が記してある。

「おい、そんな風に叩いちゃいかん」

日本語で叱られて、利奈はびっくりした。

白い口ひげをたくわえた背の高い老人が立っていた。髪も白く、日焼けしているので、メキシコ人のように見える。それだけ、こちらの生活にとけこんでいるのだろう。

「あの……日本の方《かた》ですか」

利奈は無邪気にたずねた。

「日本の方じゃなかったら、どこの方だというんだ」

老人は気むずかしげに答える。

「だいいち、八千ドルの品物に気軽にさわられちゃ困る。それはもう、買い手がついてるんだ」

「ほう、高いものですねえ！」

木村が割り込んでくる。

「どういう人が、八千ドルも出すのでしょうか」

「ブロードウェイで成功したプロデューサーだよ」

と、老人の声は、やや、やわらかくなる。

「あなたがなでまわしていたほうは、日本へ行く。東京のデパートが装飾用に買ったのだ」

そう答えながらも、老人は利奈を眺めている。

（どこかで、こんな風に見られたことがある）と利奈は記憶の奥をまさぐる。（いやらしくはないけれども、わたしを裸にしてしまう視線なんだ。なんか鑑定するみたいな、きびしい眼つき……）


「古いジュークボックスを探すのは大変でしょう」

と木村がつづけた。

「そうだな。アメリカ人と共同でこの店を始めて二年になるが、アメリカ国内には、もう、ほとんど、ないな」

「日本はどうです？」

「基地の町の近くで出ることがある。このまえ、三沢で、かなり買いつけた。あとは韓国か。——朝鮮戦争でアメリカ兵がいたところだな、つまり」

「横浜の小さなバーにも、ずいぶん、ありましたけど」

「それは昔の話だ。どうして知っている？」

「中学・高校が横浜だったのです」

「一九七〇年前後までは、横浜にもあったな。……が、もう駄目だろう。米軍の映画館やＰＸもとりこわしたそうじゃないか」

「横浜には、もう、古いものはなにもありません。ナッシングです」

（あっ、そうか！）

利奈は想い出した。

（からみつくようなあの視線は、氷川秋彦と同じだ。……でも、どうして、あんな風にわたしを見るのだろう？）

老人は木村の態度が気に入ったらしく、ジュークボックスのコードをコンセントにつないで、明かりを入れた。オレンジ色の灯がともり、〈ロック・アラウンド・ザ・クロック〉が鳴り始める。

（なぜ？　なぜなんだろう？）

利奈は考えつづけた。

老人の鋭い眼は、利奈の躰《からだ》を見通すようであった。

「すみません……」と、木村はあくまでも明るい。「ほかのジュークボックスにも電気を入れてもらえませんか。微妙に時代がちがうのが面白くて」

「買ってくれるのかね」

老人はからかうように言う。

「安くしてあげてもいいよ」

「ぼくの給料じゃ無理です」

「じゃ、見るだけか」

「今度、お客さんをつれてきます。日本から金持ちのお客さんがきて、珍しい店に案内しろと言いますからね。どうしてあんなに金を持っているのか、不思議ですよ」

「私の得意先は日本人が多いから、そう不思議でもないね。日本ではカフェバーとかいうものがはやっているようで、その種の店に売れる。日本のミュージシャンもよく買いにくるよ」

老人は機嫌がよくなったらしく、幾つかのジュークボックスに明かりを入れた。木村は曲名を丹念に読んでいる。

「彼はジュークボックス・フリークらしいね」

利奈に粗末な椅子をすすめながら、老人はウインクした。

「この店は暑いだろう」

「はあ、ちょっと」

「男なら、上半身、はだかになってしまえばいいのだが……」

老人は胸ポケットから名刺を出した。裏側に〈瀬木直樹《せぎなおき》〉と漢字で印刷されている。

「わたし、名刺がなくて……朝倉と申します」

利奈はじいくじたるものがある。なんらかの肩書がないと、とかく不自由であった。

「あなたは旅行客ですか」

「いえ、そういうわけでも……」

「タレントさんか」

「タレントじゃありません」

「よけいなお節介と思うかも知れないが――よかったら、話してくれませんか」

　老人は椅子を引き寄せながら言った。

「日本人の客は、ときどきくるが、あなたのようなひとは初めてだ。つまりは、年寄りの好奇心です」

「困ったな」

　利奈はうろたえる。

「初めてって、どういう意味ですか」

「なるほど、そちらの質問に答えるのが礼儀でしょうな」

　老人はためらって、

「〈オーラ〉って、わかるかな？」

「〈オーラ〉？」

「独特の雰囲気というか、霊気だ。その人が現れるだけで周囲の空気が変わってしまう。あなたには、その〈オーラ〉がある。店に立っているあなたを見て、そう感じた」

　老人は当然のように言う。

　利奈はオカルトっぽいことに、興味がないわけではない。背後霊とか守護霊を冗談としては口にする。しかし――。

「〈オーラ〉があるなんていわれたの、初めてです」

　利奈は呆然とした。

「ああ、そうかね」と老人は笑って、「ふつうの人間にわかれば苦労はないからね。私は特殊な人間だから」

「特殊なんですか」

　きわめてさりげなく言った。

　利奈は皮肉をこめた。

「特殊だね。かりに歌手のコンテストがあったとして、歌のうまい・下手にかかわらず、スターになる素質の人間がいれば、私にはすぐにわかる。コーラスの女の子の一人が妙に光って見えたとすれば、その子はアイドルになる。スター性とかアイドル性ってのは、歌の上手・下手に関係がないんだ。むしろ、歌がうまくなると、人気は下降する」

「じゃ、一瞬にして、〈オーラ〉を見抜けるわけですね」

「見抜けるさ。しかし、そんな能力は私を幸せにはしなかった……」

「面白い！　どんどんスカウトして、プロダクションでもつくればいいのに！」

「プロダクションを作るのは、簡単だね。そして、まあ、かなり、成功はするだろう。問題は、そのあとのことだ。タレントは生身《なまみ》の人間だから、恋愛をしたり、病気になったり、事故をおこしたりする。プロダクション・サイドが完全に管理できるのは、三人までだな。しかし、いったん、〈会社〉になれば、三人以上はあつかわない、とは言い切れない。タレントの数が増え、マネージャーや事務員の数も増える。そうなると、今度は、経営者としての能力が要求されてくる。その点で、私は失格だね」

「まるで、体験談みたいですね」

　利奈は笑った。老人の空想力、妄想力は大したものである。

「からかっているのじゃないだろうね」

　老人の視線が鋭くなる。

「えっ、どうしてですか」

「あなたが――いや、知るはずはないか」

　と、老人は首をふった。

「二十年近い過去だ。あなたは生まれてもいなかったろう。古い、古いお話だ」

「どうしたのですか？　あ、そうか。実際に、プロダクションをやってたんですね」

「名刺にある私の名前を見ても、表情が変わらなかった。私は完全に忘れられた存在になったと思ったよ。そのほうがいいのだが……」

　老人はつぶやくように言う。

「そんなに落ちこまないでください。わたしはものを知らないんですから」

「おかしなものだな。世間から忘れられたいと願いながら、いざそうなると、淋しくなる。完全に枯れてはいないのだな」

　話題を変えたほうがいい、と利奈は判断した。

「わたしのことをお話しします。実は、ショウビジネスの勉強をするために、こちらに滞在しているんです」

「やはり、タレントさんだな」

老人は病んだ象のような眼で利奈を見る。

「ちがいます。瀬木さんの言葉を借りれば、一種のフリークです。舞台のダンスを見るのが好きなのです」

「もったいない！」

老人の声が高くなったが、幸い、ジュークボックスのサウンドにさえぎられ、木村の耳にはとどかない。

「歌でも踊りでも、自分でやりなさい。ええい、瀬木プロが存在していたら、この場できみと契約してしまうのに……」

（〈瀬木プロ〉？）

利奈はびくりとした。

雑誌の編集をしていたころ、七〇年代回顧のページをつくったことがある。とはいっても、六〇年代後半のグループ・サウンズについての文章がまぎれ込んだりした。三十代後半のライターにたのむと、とかく、そういうことになるのだが、その中に、〈瀬木プロ〉の名があったように思う。

「じゃ、あの〈瀬木プロ〉の社長さんですか」

利奈は、おそるおそる、たずねた。

「社長だった」

老人は唇を動かした。

「あなたは知らないだろう、その時代を」

「ええ」

「知ってるはずはないな。進駐軍相手のバンドのマネージメントからスタートしたのだから。……ロカビリー・ブームは知っているかね」

「深夜放送でレコードをききました。大瀧詠一の番組で」

「何者だ、それは」

「ミュージシャンです」

「知らんな。私が日本にいたころは、まだ名前が出ていなかった」

「ロカビリー・ブームの話をしましょう」

「うむ、あれは私が仕掛けたのだ。当時の週刊誌のグラビア特集は、ロカビリー一色に埋めつくされた。私が仕掛けたブームの中では、最大のヒットだな。――順を追っていえば、昭和二十年代後半のジャズ・コン（コンサート）・ブーム、三十年代初めのロカビリー・ブーム、三十年代半ばのポップス・ブーム、すべて当たったものさ」

「グループ・サウンズのブームは、どうでしたか」

「これも、悪くはなかった。しかし、不愉快なことがあってな――つまり、私がこちらにくる原因になる事件がおこった……。ロカビリー・ブームだけは今でも夢のなかに出てくるな」

「へえ……」

利奈は二の句がつげなかった。

プレスリーたちの登場に刺戟されて日本にもロカビリー歌手がつぎつぎに生まれ、それらの歌手が一堂に会《かい》してロカビリー・ブームが爆発した。利奈が深夜放送から得た知識はそんなところであるが、なにぶんにも昔の話だし、自然発生的なものだと思っていた。

（そのころでも、イヴェントやブームには仕掛け人がいたのか）

新しい発見であった。老人の態度からみて、嘘とは思えなかった。

「それから、ずっと、ニューヨークですか」

「初めはロスにいた。ロスは暖かいし、日本人も多い。GIとして日本にきていたアメリカの友人もいた。当時は犯罪もすくなかった」

老人の眼が優しくなる。

「友人の世話で永住権もとれた。六十になる男がひとりで暮らすには良い環境だった」

「お仕事はしなかったのですか」

「アメリカは銀行利子が高いからな。つましく暮らせば、生活に困ることはない」

老人はかたわらの古い冷蔵庫をあけた。シュウェップスをとり出して、利奈に一本わたす。

「唯一の不満は、ショウビジネスに関して田舎、という点だった。そんなことはない、と若い人は反対するだろう。しかし、私は古い人間だからな。ロックとか、そういうものには興味がない」

「でも、ロカビリーを……」

利奈が口をはさむと、

「あれは商売さ」

と老人はひとことで片づけた。

「私は戦前派だからね。ボブ・ディランとか、ああいうのは好かない。洗練されたショウビジネスに接したければ、ニューヨークにくるしかなかった。……物価が高く、冬が寒い。年寄りにとっては悪い環境だったが、私は移住したのだ」

利奈はうなずいてみせた。

「だれがなんといおうと、ここは世界のショウビジネスの中心だ。小さな劇場で生まれたミュージカルが、数年後には世界中で上演されるようになる。ながいあいだ消えていたタップダンスも、十年ちょっと前から復活してきた。どんな辛いことがあっても、タップの音をきけば、いっときは忘れられる。あなたは信じないだろうが、私の若いころは、日本でもタップダンスが盛んだったのだ」

「それは、いつごろですか？」

利奈には見当がつかない。

「太平洋戦争が始まるまえだ。五十年も昔の話だよ。いやつまらぬ話をした」

「つまんなくないです」

と、利奈は答えた。

「たいていの人は、戦前の話をすると、うんざりする。無理をしなくてもいいよ」

老人は笑った。

「無理なんかしてないです。ほんとうに面白いです」

利奈は熱っぽく言った。

「気をつかってくれて、ありがとう。とにかく、ポップ・カルチュアに関しては、ここは世界の中心だ。日本でも、このせつは、〈パフォーマンス〉などと言ってるらしいが、遅れている。東京はひどいローカル都市だ」

（この人の発想は氷川秋彦と似ている）

利奈はそう思った。ニューヨーク中心主義というか、そうした考え方だ。

「あなたの名前をきかせてくれないかね」

「はい」

利奈は手帖のページを破いて、名前を書いた。

老人は手にとって、ながめる。

「これ、本名?」

「ええ」

「良い名前だ。まるで作ったみたいだな。リナってのは、こちらでも、そのまま、通用する」

「リナ・ホーンて、えらい歌手がいますね」

利奈は笑った。間もなく、木村が近づいてきた。


アパートに戻ると、上野直美からのプレゼントが届いていた。

ソファーにあぐらをかいて、袋をあけると、文庫本や雑誌がどっと溢れ出た。コミック・ファン用の情報誌「ぱふ」の最新号を手にした利奈は、涙をながしそうになる。

ながい時間をかけて「ぱふ」を読み終えた利奈は、(わたしって、なんのために、ニューヨークにいるんだろ)と思った。

木村章はビジネスのために、瀬木直樹は精神的亡命者として、ニューヨークにいる。それぞれ、必然性があるのだ。

だが、利奈はちがう。ここにとどまる必然性があまりないのである。一週間や十日の滞在ならともかく、ここは、あまり住み易い街ではない。

英語の会話が不自由だという問題はある。氷川秋彦との約束では、その点を支社がカバーしてくれるはずであった。約束が大きく狂ったいま、利奈は孤立した。

(わたし、根性がないからな)

寒くなってきた。部屋にはまだ暖房が入っていない。

(あっ、そうだ!)

木村がくれたインスタント・ラーメンがあった。

(どうして、あんなものを持ってきたのかフシギだったけど、やっと、わかった)

湯をわかして、ラーメンのふたをはがす。それだけで、妙に心が落ちついた。

(親切なひとだったんだ)

やがて、フォークで麺をすくった。

ニューヨークの天候は暴力的である。

翌日の日曜日は気温がぐんぐん上がり、夏が戻ったようだった。利奈は真夏の服装でセントラル・パークの動物園に行った。

それから映画を二本見て外に出たが、まだ明るかった。

(この街の人々のファッションが個性的といわれるのは必要性からだな)

アパートのある方角に歩きながら、利奈は考えた。

この暑さの中でセーターを着ているプエルトリコ女性がいる。原色のTシャツ一枚の黒人がいる。黒い帽子、フロックコートに長いヒゲのユダヤ教の男たちが歩いてくる。男女の服装がてんでんばらばらである。

日本人の服装が〈多様化した〉といわれるが、これほどではない。なにしろ人種がちがい、寒暖の感じ方がちがう人間が、まったく自己流の恰好をしているのだから、ばらばらにならざるをえない。若者はファッション性を重んじるが、老人は見てくれよりも必要性を優先させるから、色なども、めまいがするほどちがう。

一夜あけた月曜日、利奈は木村のオフィスに電話を入れた。

――どうかしたの？

木村は不審そうである。

――インスタント・ラーメン、助かりました。寒いのと心細いので、死にそうになって……。

――おいおい、大げさだぜ。

――ほんとうです。ジュークボックスのお店を出てから行ったウクライナ料理屋もおいしかったです。

――そいつはよかった。あの店は、もうすぐ閉店する。イースト・ビレッジは家賃が高騰していて、ああいう店はやっていけないんだ。

――今夜、お忙しいですか。

――どうして？

――日本料理屋にご招待しようと思って……。おとといのお礼です。

――気持ちはありがたいけど、まともな料理を出す店は高いぜ。

――大丈夫ですよ。

――強気だな。

――へへへ。

――ちょうど、いい。実はこっちも相談したいことがあったんだ。話したほうがいいかどうか迷っていたのだが。

――どこで落ち合いますか。

――アルゴンキン・ホテルのロビーにしよう。わかるだろ？

――わかります。

――念のために注意するけど、今夜はまた寒くなるそうだ。

第五章　極東少女

1

木村が案内してくれた日本料理屋は、アルゴンキン・ホテルから歩いていける距離にあった。

いかにも高級割烹料理風の店構えで、黒人がホースで外の水まきをしている。

「いいのかい？」

と、木村は念を押した。

「大丈夫ですってば」

利奈はかすかに笑う。

格子戸をくぐり、ドアを押す。奥深い店のなかは、ビジネスマンらしい日本人でいっぱいである。大半は男性であり、高笑いを発している。

「お二人さんですか」

和服の女性がたずねた。

「テーブル、あいてないか」

「お二人ですと、カウンターになりますが……」

「カウンターでいいかい？」

木村は利奈にきいた。

「仕方ないでしょ」

と利奈は答える。

「混むんだよなあ、ここは」

そうつぶやいて、木村は和服の女性にうなずいてみせた。

二人はカウンターのいちばん奥に通された。

「とりあえず、酒で身体をあたためるか」

木村は酒を注文して、品書きを利奈にわたした。

(高い！)

利奈はとび上がりそうになる。この種の店には日本でもめったに入らないのだけれども――だから値段などあまり知らないのだが――、それにしても高いと思った。

(自分のお金だったら、とてもじゃないけど、払いたくない)

しかし、彼女が持っているのは、氷川から銀行にふりこまれた金である。有効に使わなければ、かえって損をする。

「高いだろ」

と、木村は小声でささやく。

「でも、おいしいんでしょ」

「うまいことはうまい」

「じゃ、いいじゃない」

「うーむ。きみは金持ちなんだなあ」

利奈は悪い気持ちではない。日本にいれば〈その他大勢〉の扱いを受けるのが、ニューヨークでは〈お嬢さん〉、〈金持ち〉、あるときは〈オーラがある人〉である。

「適当に注文していいかい」

「どうぞ」

利奈はおうように答える。こういうの、一度、やってみたかった。

カウンターの向こう側には、気むずかしげな老主人と若い板前がいて、休むひまもない。だが、板前は、気配を察して、「何からいきますか」と木村を見た。安い料理を口にすると、わらわれそうな雰囲気である。

板前は水槽から魚をすくいあげる。

「それはニューヨークの近くでとれるものかい」

木村がたずねると、板前はにこりともせずに、

「琵琶湖です」

と答える。

木村は憮然とした表情になった。まさか、〈琵琶湖〉とくるとは思わなかった。

「じゃ、もずく」と急に元気がなくなって、「あと、お刺し身の盛り合わせと鮎の塩焼きをください。二人前ね」

女性がお銚子を運んでくる。

「さっそくだけど、相談したいことがある……」

木村がきりだした。

「ずばり、きくけれど、きみは忙しいひと?」

「忙しかったら、夕方からお酒なんか飲んでないわ」

「だろうね」

木村は真顔《まがお》になって、

「とは思うけど、きみの正体がわからないので……」

「いいじゃない、べつに」

「話そうかどうか迷ってたのは、そこのとこさ」

「相談したいことがあったら、すればいいのに……」

「そりゃそうだ」

木村は利奈の眼を見つめた。

「ぼくが〈ジャパン・フェア〉で飛びまわってることは知っているね」

「ぼんやりと……」

利奈は答えた
「日本の古い文化と新しい文化をアメリカ人に知ってもらおうというイヴェントなんだ。ぼくの担当は、日本の現代文化のほう——たとえば、モダンダンスとか、アニメーションとか、ジャズとか……」

環境がまるで日本にいるようなので、利奈の頭脳は鋭く働き始めた。この店の空気は、銀座うらと少しも変わらないのだ。

「生意気を言ってもいいですか」

利奈は念を押した。

「え?」

「意見があるんです」

「あ、どうぞ」

木村は少々おどろいている。

「日本の現代文化を紹介することが、アメリカとの貿易摩擦解消にプラスになるかどうか、わたし、疑問なんです」

「いや、それは……」

「建て前だと言いたいのでしょう」

利奈は平然という。

「わかるかね？」

「わかりますよ、中学生にだって」

利奈はわらった。

「建て前かどうかはともかく、上のほうの人はそう思っている。たぶん、本気でそう思っているんだ。そこのところを衝《つ》かれると、ぼくも弱い……。弱いけれども、仕事はしなければならない。プロジェクトは、もう進行しているんでね」

木村は弁解するように言う。

「正直にいえば、日本のモダンダンスをニューヨークに紹介することに、どういうプラスがあるかは疑問だよ。ぼくだって、そんなことはわかっている。ぼくの担当でいえば、ファッション・ショウってやつもある。しかし、もう、やるっきゃないんだ」

「相談て、何なんですか？」

利奈はじりじりする。男がぐじゃぐじゃ言ってるのは好きじゃない。

「ファッション・ショウは、当然、ジャパネスク・スタイルだよ。純粋の日本じゃない。いわゆる〈日本風〉――はっきりいえば〈西洋人の見る日本〉てやつだ」

「それじゃ、日本文化の紹介にならないじゃないですか。〈誤解された日本〉を日本人が演じるだけじゃないスか」

利奈は鋭い眼つきをする。

やや間《ま》をおいてから、木村は、

「そうだね」

と言った。

「ぼくは全体の構想そのものに反対したんだ。何億という金をかけるのは無駄だと言ってね。日本の現代文化を理解してもらうのだったら、映画や絵画や指揮者が、もっともふさわしいと思う。若手の演劇人をつれてくるのもいいだろう。やることは、いくらでもある。いまさら、ファッション・ショウはないだろう、と力説したんだ」

「へえ」

「ところが、さ。こういうプロジェクトになると、お偉方に近い中年の文化人どもがからんでくる。きみは知らんだろうが、政界や財界に近い文化人てのが、けっこう、いるんだよ。とくに、今度のプロジェクトには、〈反体制〉とか〈前衛〉を自称する文化人どもまでが何人も加わって、やれパフォーマンス、やれビデオアートとか、うるさかったんだ。そこらの連中は、ぼくたちが切り外した。かなり、もめたけれどね」

「はあ」

「パフォーマンスの本場にきて、パフォーマンスを見せようなんて良い度胸だよ」

木村は苦笑して、杯を口にもってゆく。

「ジュークボックス屋の瀬木さんも、そんなことを言ってました」

「あのお爺さんが、かい」

意外そうに木村が言う。どうやら、瀬木直樹の素性《すじよう》を知らないらしい。

「そりゃまあ、外人騙しの巧妙なパフォーマンスってのもあるわけだが、すべて、お引き取りねがった。……しかし、事情があって、ファッション・ショウはやらないわけにはいかない。ただし、たんなる〈ジャパネスク〉にはしないつもりだ。デザイナーを説得して、〈アメリカ化しつつある日本の若者の風俗的混乱〉を入れてもらうことにした。デザイナーは頑固な男ではあるけれども、商売人だ。ぼくたちの主張を部分的に受け入れてくれた……」

つまんない話だ、と利奈は思った。いいトシをした大人のやることじゃない、という気がする。高校の文化祭のもめごとと大して変わらない。

「ここからが、きみの出番だ」

と木村は力をこめた。

「わたし？」

「そう、ファッション・ショウのモデルをやって欲しいんだ」

一瞬、利奈はからかわれているとしか思えなかった。

「冗談はやめてください」

「いや、冗談じゃない」

木村の声が高くなる。

「まじなんだ。ぜひ、モデルをやって欲しい」

この人、正気だろうか、と利奈はわからなくなる。

「ひと晩だけだ。アルバイトのつもりで、ひきうけてくれないか」

「いやー、そう言われても」

利奈は困惑ぎみで、

「ショウのファッション・モデルは、背が百七十センチ以上ないと、駄目じゃないですか。わたしがつとまるはずないですよ」

「そこがちがうんだ」

木村は利奈の杯に酒を注《つ》ぐ。

「原則をいえば、きみの言う通りだ。こちらで好まれる日本人モデルは、顔が平べったくて、胸がぺちゃんこというタイプ。ぼくたちが使うのも、その手のモデルたちだ。——ただ、それだけじゃ、ぼくたちのポリシーに反するのでね。一人だけ、ふつうの日本の娘《こ》を混ぜることになった」

「それが、わたしですか」

「そうなんだ」

木村はびくともしない。

「型にはまったモデルじゃない人が欲しかった。ニューヨーク在住者のなかで探していたのだが……」

「わたしには無理ですよ。かりに、わたしが〈ふつうの日本人〉だとしても、この手のタイプを何人か、まとめて出さなければ……」

「そんなことは、とっくに考えた」

木村は低い声で言う。

「イタリア系の演出家とディスカッションしたあげく、一人にしぼることに決めたのだ。ご存じと思うけれども、ショウが成功するかどうかは演出家しだいだ。はっきりいえば、〈ふつうの日本人〉が目立つように演出すればいいのさ。小さな劇場を使ってのショウだから、彼は自信があると言っている」

「でも……歩き方とか、そういうのが駄目ですよ」

「明日、やるんじゃない。三週間先なんだよ。練習時間は十分にある」

利奈は溜息をついた。ことわる理由がなくなったのである。

「プロのモデルのことなんか、気にしなくてもいい」

「演出家がわたしを見ると、がっかりするんじゃないですか？」

「その心配はない。彼はもう、きみを見ている」

「どこで？」

「おととい、放送博物館のライブラリーで。当然のだんどりじゃないか」

利奈はおどろいた。木村の気まぐれではなく、あらかじめ計画されたことだったのだ。

「わたし、気がつきませんでした」

「そりゃそうだろ。目立たない若い男だから、あそこにいても違和感はなかった」

「ひとがわるい……」

「気にしないでくれ。こちらにも事情があってね」

「試されてたんだ、わたし」

「深く考えないでくれよ。むしろ、軽い気持ちで手伝ってほしいんだ。ファッション・ショウは、〈ジャパン・フェア〉全体のほんのプロローグなんだから」

「でも……」

「きみの気分にもプラスになると思う。どういう狙いでニューヨークにいるのか知らないけど、きみは顔色がよくない。明確な野心がないからじゃないか」

「さあ……」

とは答えたものの、たしかに利奈には野心がない。氷川に言われたスケジュールをこなすのは〈野心〉のうちに入らないだろう。

「野心がなくてこの街にいるのは身体によくない。大なり小なり野心がなければ、面白くもなんともない。ぼくたちといっしょに、ショウを成功させてくれないか」

熱っぽい木村の言葉に、

「はあ……」

と利奈はうなずいた。アルバイトなら、氷川に報告するまでもあるまい。

「これで、ひとつ片づいた。もうひとつ、頼みがあるんだ」

「えっ、まだ、あるんですか」

「きみ、〈バローネ〉を知っているだろ」

〈バローネ〉は、ニューヨーカーにとって高級品を意味するデパートである。映画や小説の中で、「〈バローネ〉の匂いのする男」といった形容が使われるほどである。

「〈バローネ〉は、よく、中国フェアとかイタリアン・フェアといった催し物をやる。そのたびに、全階をその国のカラーで埋めてしまう。徹底したものだ。この〈バローネ〉が、われわれの〈ジャパン・フェア〉に合わせて、大々的なフェアをおこなう。日本製の品物で全店を埋めつくすのは、いうまでもない。紙袋にまで、〈波浪音《バローネ》〉と漢字で印刷される」

木村は箸の袋に書いてみせる。

「これで〈バローネ〉と読ませるのは苦しいんだが、アメリカ人にはわかりゃしない」

「考えたのは木村さんですね」

「鋭い。わが社は全面協力しなければならないんでね」

「日本の商社はすごいですねえ」

利奈は呆れかえる。

「ところで、〈バローネ〉の日本フェアの広告に、マダム・バタフライの恰好をした少女のモデルが要《い》るというわけだ。——これだけいえば、あとは分かるだろ」

2

分かるだろ、と言われても困るのである。

〈マダム・バタフライの恰好をした少女〉なんて、矛盾撞着《むじゅんどうちゃく》もはなはだしい。マダム・バタフライの衣裳そのものがかなり奇妙なのに、そんなものを少女がまとったら、これはもう、ふざけたCMとしか思えない。

「わかりませんよ」

利奈は、刺し身の中トロをつまみながら答えた。

「ぼくの説明が悪かったかな」

木村は宙をにらんで、

「〈外人の眼にうつる日本風〉の少女ってわけだ」

（要するに、例のジャパネスクか）

と、利奈は思う。

（わたしには関係ない……）

「まだ、わからないかな。その少女の役を、きみにやってもらいたいんだ」

「えーっ！」

利奈は木村を見つめた。

「本気ですかあ」

「本気だよ」

「信じられないですねえ」

利奈は杯を置いて、

「からかうんだったら、ここらがやめどきですよ。ファッション・ショウの件だって、わたし、からかわれてると思ったんですから」

「からかう？　どうして？」

「コメディ・リリーフに使われるのかな、と思ったんですよ。はっきし言って、道化役ですね」

「きみは、どうしてそう僻《ひが》むのかね」

木村は重い吐息をして、

「サーカスじゃないんだぜ。ファッション・ショウに道化役が要ると思うのか」

「いまは思ってません。だけど、少女の役は、無理があるんじゃないスか。それとも、わたし、少女なんですか」

「一般のアメリカ人には、きみは少女としか見えないだろうね」

木村はそう応じた。

（あっ……）

利奈は思いあたるふしがないでもない。例のビデオ屋でビデオソフトをまとめて買ったとき、トラベラーズ・チェックを使用した。型通りにパスポートを要求されたのだが、店のオバサンは、若い店員を二人呼んできて、パスポートについて、あれこれ言い合っていた。

（失礼しちゃう……）

　と、そのときはフンガイしたのだが、あれは年齢を不思議がっていたのではないか。

「きみに限らない。日本人は、たいてい、若く見られるのだ。ぼくでさえ、二十二、三に見られることがある。まして、きみは顔が小さいから、十五、六に見られるんじゃないか。だから、少女役のモデルは堂々とつとまるってわけだ」

　木村は自信ありげに保証する。

　利奈にとっては、嬉しいような、情けないようなものである。ガキに見られるのは、日本にいたときからのことだ。もう、勝手にしろ、としか言いようがない。

「でも、わたしがやらなくても、日本の少女なんて、いくらでもいるんじゃないですか。わたし、色もの風に扱われるの、いやですよ」

「決して、お笑いの扱いじゃない。格調の高さが売り物の〈バローネ〉が、そんな真似をするはずがないじゃないか」

「わたし、〈バローネ〉、まだ、行ってないんです」

「とにかく、行ってごらん。一に格調、二に格調、三、四がなくて、五に値段、という店だ。このデパートのフェアのキャンペーン・ガールになるのは、ニューヨークでは大変なステータスなんだが……」

「それだったら、いよいよ、まずいですよ。日本人が見て大笑いするような恰好の晒《さら》し者は、勘弁してください」

　利奈はあくまで拒否する姿勢である。

「それじゃ、ほんとのことを言おうかね」

　木村は深刻な顔つきになって、

「こんな席で口にすることじゃないし……ぼくも照れるんだけど、いきがかり上、仕方がない。はっきり言おう。……きみは、たぶん、自分のことが分かっていないんだ。……ぼくはあの焼き肉屋で初めて会ったとき、はっとしたんだ。きみの顔全体は幼さを残しているのだけど、眼は完全に大人で——いや、大人はあたりまえだな——つまり、きみの眼の輝きは他の女の子とちがうんだ……」

（おーっと……）

　利奈は心の中でつぶやいた。自分の眼にひそかな自信をもっている利奈としては、悪い気持ちはしない。

「きみの眼は美しい。ぼくのボキャブラリーでは、それだけしか言えない。きみの眼に見つめられると吸い込まれそうに感じる」

（場所がわるかったな）と利奈は思った。（この人も、気がきかない。ナイトクラブとか、セントラル・パークの入り口とか、もう少し、ふさわしい場所があるだろうに）

「木村さんはそう思うわけね」

「ぼくの思い込みだけじゃない。ファッション・ショウの演出家――あいつも、そう言っていた。ファッション・ショウの隠しカメラできみをうつしたんだ。じつは、スパイ用も、みんな、乗っていた。きみにあったこともない連中が、写真を見たスタッフたちまち、きみのファンになる。きみは、なにか特殊な光線を放射するみたいだ」

（なんでもいいから、もっと、喋って、喋って、喋って）

利奈の顔はあかくなっている。

（瀬木さんの言ったことは正しかったんだ。わたしには、どうやら、〈オーラ〉とやらがあるらしい）

「どんなものだろうか」

しどろもどろ、呂律《ろれつ》が怪しかった木村は、いよいよ重い口調になる。

「えっ、どんなものって？」

利奈は脳天に抜けるような声を発した。

「キャンペーン・ガールの件だよ」

「あ、やってみます」

あっさり答えられて、木村は裏切られたような顔をした。

「助かった……」

と、ひとまず、うなずいてから、

「ところで、きみの名前をきいてたっけ」

利奈です。利益の利に、奈良の奈、とあっさり答える。

「これはいい。リナって呼べばいいんだから、アメリカ人のスタッフは大喜びするだろう」

（氷川秋彦にきいてみなくて、いいのだろうか？）と、利奈は考えている。（ファッション・ショウは一晩だけだから、いいとして、こっちの話は許可をとらないと、まずいんじゃないかな……）

「どうかしたの？　浮かない顔をして？」

「いえ……」

「なんか、まずいことでもあるのかい」

（せっかく面白くなりそうな話がきたのに、氷川秋彦にとめられると困るな。リポートを送る約束は守ってるんだから、あとは、何をやってもいいか。そうだ、いいことにしよう！　やっちゃって、あとで、羽賀さんに事後報告をすればいいんだ……）

「大丈夫かい？」

「あ、大丈夫です。考えごとしてたもんで」

「いやあ、よかった。とくに、〈バローネ〉のほうは急いでるもので、きみの了解がとれなかったら、どうしようかと思ってたんだ。きみ以上の極東的少女を探すなんて、できっこないし」

気持ちのいい言葉だった。夜明けに、ティファニーの前とか、どこか適当な場所で、こうした言葉をささやかれたら、どうしよう？

「じゃ、契約成立だ」

木村は右手をさしだした。なんだなんだ、握手か。

「がんばろう」

なんだか、中学生同士みたいである。相手が照れまくっているのはわかるが、もう少し、レディを遇するマナーがありそうな気がする。その点、きのう名画座でみた三〇年代のケーリー・グラントは、とぼけていて、しかも、抜け目がなかった。

「ほっとした。鴨の肉でも貰おうかな」

相手は食欲に走るようである。

「どうぞ」

と言いながら、利奈は物足りない。わたしの眼をがんがん誉めておいて、これは、ないんじゃない？

ご機嫌になった木村は徳利を次々に空にしたが、やがて、「きみ、ナルセの映画がアメリカで評価されていることを、どう思う？」と、きいた。

いきなり、ナルセなんて言われても、戸惑うだけである。

「え？」と利奈がききかえすと、木村は、「成瀬巳喜男監督だよ。去年、成瀬作品がまとめて上映されて、こちらでは、えらい評判になったのさ」と説明する。

「へえ、あんな地味な映画が……」

十数年まえに亡くなったはずの成瀬巳喜男の映画を、利奈は二、三本しか見ていない。

「成瀬巳喜男が、黒澤、溝口、小津につづく〈日本映画の第四の男〉として注目を集めるようになったのは最近だけど、アメリカの若い監督は、十年ぐらいまえから、成瀬作品をひそかに研究していたと思う」

木村はカタい話をし始めた。

「不審そうな顔をしなさんな。ぼくは経済学部の出身だけど、大学時代、映画研究会にいたんだ」

「ほんとですか」

利奈は親近感をおぼえた。こういう商社マンもいるんだ。

「むかし、フィルムセンターで成瀬巳喜男の特集を見てたから、好きだったんだな。そのころは、日本でも成瀬作品はあまり話題にならなかった」

「わたし、『浮雲』あたりしか見てません」

「それが、ふつうだよ。日本で、成瀬巳喜男の古い映画を見ようとしたら、大変だろ。そういう映画をまとめて上映するのがニューヨークさ。ぼくたちは経済戦争でアメリカに勝っても、文化戦争では敗《やぶ》れている」

「ふーむ」

利奈はうなった。

「たとえば、さ。『アリスの恋』ってアメリカ映画があった。知らないか？」

「東京の名画座で見てます」

「旦那を自動車事故でなくした勝ち気な女が男の子をつれて生きてゆく話だった。女がウエイトレスをやる西部のカフェテリア、あそこでのウエイトレスたちの描写のこまかさといったら、まったくアメリカ映画らしくなかったろ」

「なんか、ぐちゃぐちゃしてましたね」

「あ、成瀬巳喜男だ、と、ぴんときたね。もちろん、あてずっぽうさ。――でも、こっちにきて調べたら、あの映画の監督は十年以上まえに、ニューヨーク大学で、自分は日本映画の影響を強く受けた、と語っているんだ。いま、アメリカ映画界では若者映画がのさばっているから、逆に、成熟した男女の心理のあやみたいなのを見たいという大人の希望があるんだよ。……本当は、〈ジャパン・フェア〉で、ポスト成瀬の日本の監督たちを大々的に紹介したかった。強硬に主張したのだが、おまえの趣味に過ぎないと上司に往《い》なされてしまった」

　木村は黙って杯を口に運ぶだけだったが、利奈は感動していた。

（そうだ。ファッション・ショウなんかやるより、日本映画の旧作を上映するほうが、ずっと日本文化を紹介するのに役立つんだ）

「森田芳光の『家族ゲーム』でさえ、きちんと評価されるんだからね、ここでは。成瀬巳喜男の映画は、日本の底辺に沈んでいる小市民や水商売の女性の世界を描いて、一見、アメリカ人には理解できないように見える。でも、映画的魅力さえあれば、ちゃんと評価されるんだ。アメリカ、いや、ニューヨークではほんものは受け入れられるってことさ」

　さすがに酔いが出たようである。

「それなのに、日本から売り込みにくる映画ときたら、ぼくたちが見ても、顔から火が出そうなものばかりだ。世界のレベルってことを少しは考えて欲しいよ」

　愚痴っぽくなってきた。

　利奈も酔いがまわり始めている。素面《しらふ》だったら、ききにくいことまで、ずばりときけるようになった。

「木村さん、独身なんですか」

え、という顔をした木村は、つまらなそうに、

「そうだよ」

　と言った。

「主義ですか」

　利奈はスルドク切りこむ。

「主義でも、趣味でもないよ。まだ、二十九だぜ」

「へええ」

「考えてもみたまえ。インドネシアでの生活が二年だ。それから、アフリカのドンパチの多いところで二年。ここが一年半。独りなのは、あたりまえだろうが……」

「そうですか」

「そうですよ。そういうものです」

いつの間にやら、二人の会話は〈成瀬巳喜男の世界〉風になっている。

初歩的な映画ファンは、ジャッキー・チェンの映画を見たあと、やたらに身軽になり、シルベスター・スタローンの「ランボー」を見ると、意味もなく電柱のかげにかくれたりする。

これが重症のファンになると、奥さんが夕方の買い物に行くときいて、「そうか……もう行くのか……行ってしまうのか」と小津映画の笠智衆のようにつぶやいたりするのだが、小ぎれいなカウンターのはしにいる二人は、話題のせいか、〈成瀬巳喜男の世界〉風になり、知りあったばかりなのに、なんだか別れ話でもしているような重いムードになっている。

店はいよいよ混んできて、ぽつり、ぽつり、と話をつづけられる雰囲気ではない。

「出ましょうか」

利奈は声をかけた。木村はのっそりと立ちあがる。

チェックを手にした利奈はレジの脇に立った。

計算されて出てくる金額は、このあいだまでの利奈だったら、卒倒するようなものだった。さりげなくカードを出し、サインをすませる。

外はビルの谷間の闇である。グランド・セントラル・ターミナルに向かってまばらに歩くビジネスマンの姿が目立つほかには人影がすくなく、紙屑が風に舞っている。

「寒くなりましたね」

利奈が話しかけても、木村は答えない。

無言で佇《たたず》む男——それが何を意味するか、おぼろげながら察しはつく。映画や小説から得た知識によれば、こうしたとき、まじめな男の心のなかでは葛藤《かっとう》がおこなわれているはずである。

（キスまでいくのかな、今夜のうちに）と利奈は不安を覚えた。（それだけなら、わたしのほうも、やぶさかではないのだけど……）

「すこし、歩きません？　アルゴンキン・ホテルのバーにでも行きますか」

「きみは酔っている」

と、木村はそっけなく言う。

「それに、風邪でもひかせたら、ぼくの責任になる。タクシーでアパートまで送るよ」

「まだ、宵《よい》の口《くち》です」

「きみは自由の身だから、いいけど、ぼくはちがう。まだ、仕事が残っているんだ」

（仕事、だって……）

と利奈は思った。

（そういうものだろうか……）

木村は片手をあげてタクシーをとめた。利奈を先に押し込んでから、自分が乗りこみ、運転手に行き先を告げた。

タクシーのシートに腰かけた瞬間、利奈の眼の前に花火があがった。酔いがはじけたのかと思う間もなく、ネオンが——たぶんラジオ・シティ・ミュージック・ホールのものだと思うが——なだれ落ちてきた。


気がついた時には、アパートのソファーに横たわっていた。

心配そうな木村の顔が近くにあった。

「バーへ行くどころじゃないぜ」

木村は首を横にふって、

「きみを担《かつ》いで、ここのエレベーターに乗った。ガードマンが妙な眼でじろじろ見るので参ったよ」

「……もう、大丈夫です」

利奈は胸に手をあてた。

「そうだろう。たっぷり一時間は眠ったもの」

「日本茶をいれましょうか」

利奈は横たわったままでたずねた。

「自分でいれて飲んだ。じゃ……」

上着の襟を立てた木村はじっと利奈を見つめた。そして、不意にドアをあけ、去って行った。

3

瀬木直樹は鼻歌をうたいながら、店の商品にハタキをかけていた。

日本人観光客が置いていったスポーツ紙で阪神タイガース連勝の詳報を知り、気を良くしていたのである。

戦前からの野球ファンである瀬木は、たまに日本へ帰ると、後楽園球場へかけつけた。年季の入った巨人びいきであったが、長嶋茂雄が監督を解任されてから、巨人軍に興味を失い、今年はにわか阪神ファンになっている。

（王はどうも監督に向かんようだな）

それでも、いささか、巨人の動向が気になるのである。

（篠塚にバントをやらせるとは……）

孤独な老人として幸いなことに、彼は手近に熱狂の対象を持っていた。地元チーム、ニューヨーク・ヤンキーズの動向である。店をしめてから、ヤンキー・スタジアムに通うのが習慣になっている。

「ごめんください」

入り口で日本語がきこえた。ハタキを手にしたまま、顔をあげると、数日前にきた娘が立っている。

「おお……」

瀬木は顔をほころばせた。

「お邪魔じゃないですか」

と、利奈がきく。

「ごらんの通り、客はひとりもいない。全然、邪魔じゃない」

瀬木は両手をひろげてみせた。

「おききしたいことがあったのです」

利奈はぶっきらぼうに言う。

「私でお役に立てることがあるかな。まあ、おかけなさい」

自動ピアノの脇にある木の椅子を瀬木はすすめ、自分も椅子にかけた。

「このあいだ、わたしに〈オーラ〉があるとおっしゃいましたね」

「ああ、言った……」

「あれ、本当かも知れません」と、利奈は抑揚のない声でつづける。「わたし、今でもわからないんですけど」

「当人にはわからないものだ。なにか、あったのかね？」

「え、ちょっと……」と言葉を濁《にご》して、「でも、うかがいたいのは別のことなんです。……あの……わたしって、女としての魅力がないでしょうか」

瀬木は表情を変えなかった。

はるかな過去ではあるが、彼は若いタレントたちの無数の質問に囲まれていたのである。

——私には才能があるでしょうか？

——才能があって人気がないのはなぜでしょうか？

——私には色気がないのでしょうか？

どんな質問にも、瀬木は即答できた。それらの質問は、彼にとって、1＋1は、と訊かれるのと同じだった。しかし——。

「いきなり、そんなことを言われても答えようがない。どうして、そんな質問をするのかね？」

瀬木は相手の表情を観察した。一度あっただけの人間に、こういう質問をするのは、トッピでヒジョーシキである。ヒジョーシキを装う演技もあるが、この娘の場合、そうとは思えない。

相手は沈黙してしまった。

あまり、黙っているので、

「女としての魅力となると、私には、まだ、なんとも言えない」と瀬木は言った。「しかし、不思議な魅力があることは、先日の私のはしたない発言からわかるだろう。瀬木プロが存在していたら、ただちに契約したい、などと、われながら錯乱しておった。あとで思い出しては、冷や汗をかいている。年寄りにあんな言葉を叫ばせるだけのなにかが、あなたにはある。これで充分だろうが……」

娘は急ににっこりした。この変化もフツーではない、と瀬木は思う。

「わたし、眼がきれいでしょう——なんて……」

まんざら冗談でもなさそうである。冗談風にしてしまったが、明らかに本気である。

「自分で心得ていれば世話はない」

瀬木は不機嫌そうに言った。不機嫌ではなく、照れたのだが。

「年寄りをからかいにきたのかね」

「人生の達人とみて、相談にきたんですよ」

〈達人〉のひとことが効いたのか、

「調子のいいひとだな」

と、瀬木は悪い気がしないようである。

「とにかく、もう少しくわしくきかないと、事情がわからない」

彼は冷蔵庫から、バドワイザーを出して、利奈にも渡した。

利奈は木村との出会いから月曜の夜の木村の〈冷静さ〉までを語った。瀬木はうなずきながら耳を傾けている。

「あの男は、ときたま、店をのぞきにくるが、商社マンだったのか」

「そうなんです」

利奈の眼には怒りがあらわれている。

「あなたはわかっとらんようだが、〈バローネ〉のキャンペーン・ガールにえらばれるのは、スターへの道だ。つまり、あなたはすでに価値ある商品になっている。木村君は商品に手を出さないだけの理性の持ち主じゃないのかな」

(むむ、深い!)

自分の立場からのみ物事を判断する傾向がある利奈はうなった。

(すると、彼は、理性があって、根性がないのか)

「〈バローネ〉のキャンペーン・ガールとは、思いきった起用だな。木村君は眼があるじゃないか」

瀬木は感心した。

「じゃ、これから撮影をするのかね」

「昨日、やったんです。一日がかりで、参りました」

さすがに、マダム・バタフライはとりやめになり、ポニー・テールにキモノという、ほとんど訳《わけ》のわからぬ恰好でスタジオにいたのである。

「参りました、と、あっさり言うけれど、これからが大変だ。テレビカメラがきたり、大騒ぎになるんじゃないか」

娘の無防備・無邪気さが心配だった。おれが仕切れさえしたら、と瀬木の腕がうずく。

「カメラがくる代わりに、わたしがテレビ局へ行くんです。明朝の日本人向けの放送に出ます」

「おいおい」

「これから打ち合わせがあるんです」

「それは木村君が仕切っているのか」

「そうです」

「しかし、あなたの個人的な〈勉強〉のほうはどうなるのかね?」

「それはまた、それで」

利奈はいいかげんな返事をする。羽賀には、社会見学のためにデパートでアルバイトをしたいのだが、と伝え、よろしいでしょう、という返事をもらっている。

喋ってしまったので、ストレスが解消したらしい、と瀬木はみた。日本人のツーリストは、だいたい、こんなものである。真剣に考えてやったりすると、損をしてしまう。

「木村君は、なかなか、やり手のようだ。いままでの話をきいた範囲では信用できるように思うが……念のために、そのうち、チェックしてみよう。彼の名刺があるかい」

利奈はバッグをあけて、木村の名刺をとり出した。

「エリートのようだな」

瀬木はメモ用紙をひきよせて、社名や電話番号を書きうつす。

「仕事人間ですよ」

利奈はまだ感情を害しているようだ。

「明日、テレビに出たら、初めと終わりは、カメラをじっと見るように。二、三台あっても、赤ランプがついているカメラがあなたを狙っているのだから、まちがえなさんな」

「なぜ、カメラを見るんですか」

利奈は意味がわからない。

「視聴者に強い印象を残すためだ。あの時間は、在留邦人が出勤まえに必ず見るからね」

瀬木に注意されても、利奈は大して気にとめなかった。日本人向けのテレビ放送は、この街ではマイナーなものであるし、視聴者も多くはない、と木村に説明されている。

「短いインタビューに答えるだけみたいですよ。タレントじゃないから、カメラを見つめる余裕なんかないと思います」

「なるほど」

瀬木は受け流して、

「しかし、軽いインタビューにしても、だ。アナウンサーに紹介されたら、カメラに向かってお辞儀をしなさい。新人はそうやって、自分をアピールするのさ」

「わたし、タレントじゃないんですよ」

「それは間違いだ」

と瀬木直樹は指摘する。

「文化人だろうが、ツーリストだろうが、テレビに出た瞬間から、タレントになるんだ」

翌朝、六時に木村はタクシーで利奈を迎えにきた。

「眠いだろう」

欠伸《あくび》をかみ殺す利奈を横目で見ながら木村は言った。

さすがに車の数はすくない。タクシーは北に向かっていた。

曇天で、いくぶん寒い。

「〈バローネ〉の写真は、うまくいった。テレビ出演が終わったら見せるよ」

「そうですか……」

利奈はただ眠かった。荒っぽい運転のタクシーの中でも、瞼《まぶた》が垂れ下がってくる。

うとうとしかけたとき、身体が前のめりになった。眼をひらくと、木村が料金を払っている。

「この建物だ」

タクシーをおりた利奈に木村は指で示した。

やたらに彫刻や飾りの多い、古い、巨大な建築物がそびえていた。お化けが住みついていても不思議ではない、かつては宮殿みたいだったにちがいない建物だ。——が、一歩入ると、内部は倉庫に近かった。

「テレビ局は二十七階にあるのだが、まっすぐには上れないのだ」

二人は十五階でエレベーターをおり、迷路じみた長い廊下を歩いて、もう一つのエレベーターに乗る。早朝のせいもあるが、利奈が見た範囲では廃墟のようだった。

二十七階でおりても、まだ廃墟はつづく。またしても長い廊下を歩いて、ようやく人の気配のする空間に出る。

「ここが控室なんだ」

木村は折り畳み式の椅子を利奈にすすめて、無料《フリー》のコーヒーをとりに行った。

利奈の頭にたちこめた霧は、やっと、晴れはじめた。

熱いコーヒーを入れた紙コップを両手に持って木村が戻ってくる。

「ずいぶん早いじゃないか」

ポロシャツにブルゾン姿のプロデューサーが現れて、木村に声をかけた。

「まだ六時半だぜ」

そう言って、利奈に会釈した。

「ここまで、四、五十分はかかると思ったんですよ」と木村は答える。「こんな時間に、こっちへきたのは久しぶりだもので」

〈朝です！　ニューヨーク〉は、七時に始まって八時に終わる番組のようである。ようであるとは無責任な言い方だが、利奈は昨日の午後の日本料理屋での打ち合わせで初めて知ったのだから、仕方がない。番組の構成についてプロデューサーとディレクターの意見が合わず、なんのための打ち合わせか、よくわからなかった。利奈はホスト役のアナウンサーに挨拶し、上等な弁当を食べて帰ってきたのだった。

「ディレクターが構成を変えちまった。頑固者でしようがねえ」

とプロデューサーはぼやく。

「おまけに、日本から芸能ニュースが入ったんで、さっきまた、構成が変わった」

どうやら、専門の構成者はいなくて、ディレクターが構成を兼ねているらしい。プロデューサーの権限が弱いみたいに見えるが、少人数でやっているので仕方がないのだろう。そういえば、アナウンサーは取材も兼ねていると語っていた。

「芸能ニュース？」

木村はききかえした。

「そうなんだよ」

プロデューサーは煙草をくわえて、

「大物スターの離婚とかいうのなら、わかるけれど、浦辺粂子だぜ。いや、浦辺さんがいけないいんじゃないよ。だけど、あの人がハレー彗星を子供の時に見て、今度、もう一度見るってのが、どうして、ニュースなの。長生きしてりゃ、そんなこともあるわな」

「すると、出番が遅くなるんですか」

「悪いねえ。朝倉利奈さんは冒頭《あたま》で出るはずだったろ。それがけつになっちゃった。あと一時間ぐらい待ってもらわなきゃならない」

「一時間ですか」

木村はがっくりした様子で、利奈に、

「きいたかい」

と言った。

利奈はおどろかなかった。仕事で日本のテレビ局に行ったことがあるが、一時間、二時間と待たされるのは、ふつうである。

「仕方ないですね」

そうつぶやいて、黒人女性が小道具の水盤《すいばん》に菊の花を生けるのを眺めている。

利奈は生け花の心得がないが、それでも、もう少しは恰好がつけられると思う。

「スタジオを上から見てみるかい」

だれにともなく皮肉な笑いを浮かべながらプロデューサーが言った。

「かなり珍《ちん》なものだよ」

ことわる理由もないので、利奈と木村はプロデューサーのうしろについて歩き出した。途中で紙のコップを屑入れの箱にすてる。

小さな階段を上ると、ドアもなにもなく、いきなり、モニター・テレビのならんだ部屋があり、複数の日本人がいた。

「お早うございます」

きのうあったディレクターが椅子にかけたまま、声をかけてきた。

「この器械の古いこと、見てごらん」

プロデューサーは利奈に説明する。

「テレビの初期のものさ。これでも、電波が出るからオドロキだよ」

「すごいですなあ」

木村は呆れている。利奈は、どこがどう〈すごい〉のかわからない。

ガラス越しに見おろせるスタジオは、とても狭い。正面にテーブルが一つ、椅子が二つあって、左側の椅子に腰かけたアナウンサーが台本代わりの一枚の紙を眺めている。その手前では、日本人と黒人と白人が怒鳴り合っている。いずれも、照明やカメラの技術者だが、なにを口論しているのか、ここでは聞きとれない。

「こんなことを、毎朝、やってるんだ」

プロデューサーは自嘲的に言った。

やがて、黒人女性が〈生け花〉を運んできて、テーブルに置いた。

「すべてを日本のテレビ局なみにやろうとしたら、ノイローゼになる。どこかで、アキラメの境地に達しないと、駄目だね。……あなた、この番組、見たことがある？」

不意に質問されて、利奈は、

「いえ……すみません……」

「それは幸いだ。毎日、見ていると、身体が悪くなる」

プロデューサーはわらった。

この人は皮肉なポーズをとっているだけではない、と利奈は感じた。〈生け花〉ひとつとってみても、なにか本物と〈ちがう〉のだ。しかし、番組の現場の協力者が外人である以上、それらを我慢して、のみ込むしかないのではないか。

「朝倉さん、インタビューの時間がのびましたから、よろしく」

ディレクターが陽気に言った。

「えっ」

利奈はうろたえる。

「まだ、きいていなかったですか。あなたへのインタビューをメインにしたのです。だから、三分じゃなくて、十五分になりました。たっぷり、喋ってください」

利奈は蒼白になった。

4

――テレビに三分ばかり出てもらうけど、アナウンサーの質問に適当にうなずいていればいいんだ。三分間なんて、あっという間《ま》だからね。

木村の依頼はこうだったのである。

だから、利奈は承知したのだ。好奇心の強い彼女は、テレビ局の裏側も見られるし、と思った。


ところが、本番が始まるまえに、いきなり、話が変わった。それも、十五分間の喋りとは、むちゃである。

「メインにしてくださったのはありがたいのですが……」

と木村は早口で言った。「ずぶの素人に、十五分はきついんじゃないですか」

「安心してください」

ディレクターは白い歯をみせて、

「アナウンサーのインタビューに答えてくれればいいのです。彼のインタビューはもう一年近くつづいてますから、馴れたものです」

「でも、心配だなあ」

木村の声は沈みがちだ。

「大丈夫ですよ。アナウンサーの話では、利奈さんはよく喋るそうで、本音をポンポン言うとか……」

「それは打ち合わせの席でのことでしょう。スタジオに入ると、そうはいかないですよ」

「わたし、十五分なんて、とても……」

利奈も弱々しく反対する。

「だって、一時間番組の四分の一をわたしの喋りで埋めるわけでしょう」

「アナウンサーがうまく話題を引っ張り出します。少しぐらいオーバーランしても、彼がフォローします。プロですから」

「しかし」と木村が言いかけると、ディレクターは決然とした態度で、

「〈ジャパン・フェア〉を成功させたいから、こういう構成にしたのですよ。木村さんのためを思って、です。今から、構成を変えるなんて、できやしません！」

「そう怒鳴るなよ」

プロデューサーが割って入って、

「大丈夫ですよ、木村さん。アナウンサーは成算があるんです。あいつ自身、タレント性の強い奴で、日本に帰ったら、トーク番組のホストとして売り出そうと計算している男ですから」

三人は階段をおりて、廊下兼控室の椅子に腰かけた。

「わたし、できそうもありません」

利奈は小声で木村に言う。

「しょうがない。ここまできたら、やるしかないよ」

木村は腕を組み、眼をつむった。

そんなこと言っても、と反論しようとして、利奈はあきらめた。テレビ出演を承諾したのがまちがいだったのだ。

利奈の出演は、七時四十分から五十五分までである。そして、七時四十分までは、あと、五十分ほどある。

この五十分は、彼女が生きてきた二十年間でもっとも長く、苦痛にみちた五十分であった。

スタジオへの厚いドアの右脇にある飲用水冷却器《ウォーター・クーラー》の水を小さな紙コップで何杯も飲んだ。口の中がかわいてたまらなかった。

やがて、控室のモニター・テレビの画面には、摩天楼の俯瞰《ふかん》撮影がうつり、〈朝です！　ニューヨーク〉のタイトルが日本語で白く浮き出た。左上の隅には、時計がわりの時刻表示が出る。

外国における日本語放送など興味がないという読者もおられるかも知れないが、物語の進行と関係があるので、番

組の構成を記しておこう。

タイトルが消えると、ＣＭである。ＣＭは大半が日本語であるが、某自動車会社のＣＭのみ英語である。

つづいて、アナウンサーの挨拶。どうもお天気が不安定で、というふりがあって、天気予報に入る（天気予報は、一時間番組の中に、なお二回入る）。

つぎは、日本から送られてきた映像で、プロ野球のニュース。十二球団の現状と順位をアナウンサーが手短に説明する。

さらに、日本からの映像がつづき、さいきんの出来事と季節の話題、少し早めの秋祭りなど、視聴者の望郷の念をかきたてるような映像が紹介される。――ここまでのニュースは、日本と時間差がある。

ＣＭをはさんで、つぎは、日本の夕方のニュースがライブで伝えられる。声のみが日本から生《なま》で送られてきて、映像は、有楽町、渋谷、原宿などの風景である。その日のニュースは、日本の首相が防衛費を増やすのに熱心であることと、日航機事故の原因究明のその後であった。

オープニングからここまでで、ＣＭ込みの、三十分。表示時刻は7・30になった。

さらに、絹ごし豆腐と自動車のＣＭをはさんで、八十二歳の浦辺粂子が洋装で登場する。日本から送られてきた芸能ニュースの一部である。

「そろそろだ」

水を飲んできた利奈に木村がささやいた。

「落ちついて行けよ」

利奈の眼はうつろになっている。プロデューサーはスタジオへのドアをあけ、左手で利奈を招いた。

芸能ニュースがうつっている間に、ゲストをセッティングするという、なんでもないだんどりなのだが、かっとなっている利奈には強いライトしか見えない。Ｔシャツ姿のたくましい黒人に導かれて、ゲスト用の椅子のほうに、ふらふらと歩き、ヒールが滑って、前のめりになった。

テレビの生番組は妙なもので、びくともしない素人がいるかと思えば、プロのくせに目一杯舞い上がって、放送禁止用語の尻取《しりと》りを叫び出しそうになる者もいる。

利奈の場合は、(どうせ、ローカル番組なんだ)と嘗《な》めていた素人が、現場にきて舞い上がるという、ありがちではあるが、もっとも困ったケースである。

倒れかけた利奈を片手で支えたのは、プロレスラーなみの肉体の黒人で、そのまま、セットの台の椅子に運ぶ。

「あ、すみません……」

まっかになって、椅子に腰かけようとしたが、狙いが外れて、セットに尻餅をついた。

それだけならいい。急いで起き上がろうとして、足をバタつかせるものだから、テーブルを水盤もろとも蹴とばし、ひっくりかえす。二本のマイクが鈍い音をたてて転がり、黄菊白菊が床一杯にとび散るという惨状である。

さすがにアナウンサーはあわてたが、フロアにいるスタッフはびくともしない。テーブル、水盤を片づけ、床をモップで掃除する。生け花は飾りというよりは、スポンサー名を出す時の背景なので、改めてテーブルが据えられ、数冊の洋書が積まれて、「ザ・グレート・アメリカン・トーフ・ブック」という白い本の表紙がカメラに向けて置かれ、マイク二本がセットされた。

「大丈夫ですか……」

ようやく、椅子に腰かけた利奈に向かって、ネクタイ姿のアナウンサーは不安そうにたずねた。

「はい。眼がくらくらっとしたもので」

「ライトのせいですよ」

モニター・テレビを横眼で見ながら、アナウンサーは宥《なだ》めるように言う。椅子にすわるだけで、こんなに手のかかったゲストは初めてである。これから十五分、どうなることやら。

「日本のテレビ局で、こんなに強いライトを使っているところはありません。頭が禿げるんじゃないでしょうかね」

軽くジョークをとばしたつもりが、相手はにこりともしない。深刻に思いつめたような顔で、

「暑いです」

と答えただけである。

「ま、よろしくお願いします」

アナウンサーは初めてほんらいの挨拶をした。

「きのう打ち合わせた線で……私なりに、いろいろな質問をしますから、答えてください。十五分ては長いですが、自在に喋っていただいてけっこうです」

——あと十秒でいきます、と声がきこえた。

利奈は蒼ざめ、脂汗を浮かべている。それでも、カメラが三台あることは確認できた。

アナウンサーは、すでに職業的な微笑を浮かべている。ヘッドホーンをつけた白人が右手でキューを出すと同時に、

「本日は、スタジオに、若くてチャーミングな朝倉利奈さんをお迎えしました。朝倉さんは、今度、〈バローネ〉デパートがおこないます日本フェアのキャンペーン・ガールにえらばれた方です」

カメラに向かって一息に言い、上体を利奈に向けて、

「どうも、朝早くから……」と頭をさげた。

「こんにちは」

と、利奈は愛想がない。本当は、ていねいに挨拶するつもりだったのだが、いざとなると舌がもつれた。

「〈バローネ〉のキャンペーン・ガールになるのは非常に幸運だと思うのですが、率直な感想はいかがですか？」

「はあ……」

そう受けたまま、利奈はあとの言葉が出ない。適当な返事を考えてきたのだが、強烈なライトに照らされて、頭のなかが空白になってしまったのである。

困惑したアナウンサーは、

「深く考えないでください。思ったことを、すっと言ってくだされば……」

と救いを出したが、利奈は依然として沈黙している。

アナウンサーは焦りだした。

「テレビに出るほどの騒ぎになるとは、まさか思っていなかったのでしょう？」

「ええ」と利奈は答えた。「木村さんにたのまれたもので、つい……」

（やだね、素人は）とアナウンサーは軽くうろたえる。（〈木村さん〉なんていったって、視聴者は、なんだかわからないじゃないか）

「つまり、お友達にたのまれた、というわけですね」

「友達と言えるのかなあ」

利奈は首をひねる。

「ちがうのですか」

あまり自分が莫迦《ばか》に見えても困るアナウンサーは、余裕のある皮肉な口調になって、

「失礼ですが、ボーイフレンドですか」

「なんでしょうか」と利奈はひとりごとのように、「焼き肉屋で知り合ったんです」

「まあ、それはいいでしょう。とにかく、すごい幸運ですよ。日本のシンデレラ誕生と話題になっています。——ところで、朝倉さん、ニューヨークに滞在しているのは、何のためなのですか。演劇の勉強とうかがったような気がしますが……」

「いえ……そんなんじゃないです。ただのミーハー気分で、ミュージカルを見にきただけです」

アナウンサーは返答に窮した。

しかし、ここで詰まってしまっては、プロの誇りが許さない。「ご謙遜ですな」と、アナウンサーは切りかえした。「ミュージカルを見にくる日本の観光客は、年に何万人もいるはずですが、シンデレラ物語を見て帰るだけで、自分がシンデレラになった人はいない。朝倉さんが初めてです」

ずいぶんしゃれた台詞《せりふ》を口にしたつもりであったが、

「そうでしょうか」

と、利奈は気のない返事をする。

スタジオ内の空気が白けてしまったので、アナウンサーはいよいよ焦る。

「いまのお気持ちはいかがですか？」

「頭がボヤッとしてるんです。寝不足の上に、頭の上のライトが熱いもので」


そのとき、ニュージャージーの羽賀の自宅では、出勤前の主人がテレビの中の利奈を見つめていた。ビデオデッキのテープ走行ランプが赤くなっているのは録画をしているためである。

「コーヒーをもう少しくれないか」

デッキチェアにもたれた羽賀は、画面から視線を動かさずに、夫人に声をかけた。


同じ時刻に、ブルックリンのアパートの一室では、瀬木がテレビの画面をにらみつけていた。

（私の注意をまったく守っていない。たとえ、うまく喋れなくてもいいから、カメラの方に視線を投げかければいいのだ。……ええい、じれったい。こんな簡単なことが、どうしてできないのだ。……それに、いくら眠いとはいえ、もう少し笑顔を見せたらどうだ？　ほら、その調子で、いまひとつ歯を見せて笑うがいい。……ちぇっ、せっかくの素質があっても、これじゃ、アイドルにはなれんぞ……）

「最後に、ニューヨークの印象をおきかせねがえますか」

根負けしたアナウンサーは、ようやく、それだけ言った。どんな大物ゲストが出ても、互角でわたりあった自分のキャリアをひどく傷つけられた気がする。

「寒いです」

利奈の答えはあまりにも短い。

「たしかに、このところ、寒い夜もありますが、こんなものですよ、ニューヨークは」

「しかし、ミュージカルは、東京とはくらべものにならないでしょう」

アナウンサーはからかう口調で言った。

「ええ。でも、なんか、いまひとつですね」

「手きびしい批評ですな」

アナウンサーはカメラに苦笑してみせて、

「おかげさまで私もいろいろ勉強になりました。朝倉利奈さんのたいへん貴重なお話を終わります……」


モニター・テレビにスポンサー名が流れ始めると、利奈は椅子から立ち上がった。アナウンサーはひとことも言わずに、さっさとスタジオを出て行った。

木村に対してすまないと思う利奈は、スタジオから外に出られなかった。

「なにをしてるんだ」

とびこんできたプロデューサーが叫んだ。

「ごめんなさい」

利奈はそう言うしかない。

「なに？……」

プロデューサーは怪訝そうな表情になる。

「わたし、かーっとして、なにを喋ったか、わからないんです。番組、めちゃくちゃにしちゃって……」

「なに言ってるんだ、面白かったから誉めにきたんだぞ」

「でも、アナウンサーのかたは、おっかない顔をしていました」

「きみに食われたからさ。なにを言っても、躱《かわ》されてしまうから、あいつがデクノボーに見えた。われわれには大受けだったよ」

「わたし、本当に、喋れなかったんです」

「わかってるよ、それは」とプロデューサーは、く、く、く、と笑った。「意識的に、ああいう応答をしたら、いやみになる。きみは、無邪気で、軽いから、いいのだ」

「いやー、久しぶりに笑いましたよ」

と、ディレクターが近づいてきた。

「正直な話、あのアナウンサー、ちょっと、これもん（と、鼻の前に拳《こぶし》をあてて）になってたんでね。朝倉さんにお灸《きゅう》をすえられた感じですよ」

「久しぶりに意見が一致したね」

プロデューサーは気持ちよさそうに言って、

「あいつの醜態のビデオを日本に送ってやろう。われわれは笑ったし、言葉がわからない外人は朝倉さんの態度がキュートだったと言っている。廊下で一休みしてから、朝食を食べにいこうじゃないか」

三人は廊下に出た。

木村は外人のスタッフと話していたが、利奈を見て、片手をあげた。

利奈は走って行って、

「どうでしたか？」

と、おそるおそる、木村にたずねた。

「日本語のわからん連中は、きみの言葉に無駄がないとか、シニカルとか、ソフィスティケートされているとか、言っている。まあ、誤解だよ。――しかし、面白かったのは確かだ。これは誉めてるんだぜ。面白い、おかしいってのは、テレビでは誉め言葉なんだ」

「あの……お役に立てたんでしょうか」

「うん」と、木村は考え込んで、「テレビを見ていた日本人に、ある種のインパクトをあたえたのは確かだろうね」

誉められたのかどうか疑問であったが、どうでもいいや、と利奈は思った。

第六章　からくり

1

三週間が過ぎた。

「ニューヨーク・タイムズ」にのった〈バローネ〉デパートの広告には、ポニー・テールに竹久夢二調のキモノを着た利奈が大きくレイアウトされていた。〈波浪音〉という怪しい漢字もそえられて、一瞬、なんの広告かと戸惑うほどである。

同じ写真が、〈バローネ〉の紙バッグにも印刷されていた。そのバッグをさげた人々に利奈はしばしば出あった。利奈は紙バッグの写真が自分のように感じられなくなった。自分とは関係のないなにかが無限に増殖しているようである。

日本料理屋へ行くと、「テレビに出ていたでしょう」とか「〈バローネ〉のモデルじゃないですか」と声をかけられ、そのたびに、利奈はちがうと答えた。

同胞の好奇の眼をのがれるために彼女は素通しの眼鏡をかけることにした。

――ブロードウェイの〈劇場地区〉の外れの小劇場でお

こなわれたファッション・ショウは、木村に言わせると〈かなりの成功〉らしかった。〈アメリカ化しつつある日本の若者の風俗的混乱〉のほうは必ずしもうまく表現し得たとはいえず、白人のモデルが着たら〈ただのジャパネスク〉になってしまったが、利奈だけは点を稼いだ。小柄な彼女をクロース・アップするように、演出家が配慮したからである。

たとえば〈古都の春〉とか〈ヨコハマの雨〉といった一つの景の終わりごとに、白人、黒人、日本人のモデルをひっ込めて、一拍《いっぱく》置き、大正ロマン調の着物を着た利奈がしずしずと現れる。これで目立たなかったら、どうかしている。

〈大正ロマン調〉というのは木村の表現であり、利奈はよくわからない。薄いアズキ色の肩に桜を散らした着物、抹《まっ》茶色《ちゃいろ》の裾《すそ》に雲型に梅を散らした着物に錆色《さびいろ》の帯という、およそ若い娘に向かぬ着物がかえって今様《いまよう》に見えるのは、流行のせいもあるが、利奈が小づくりだからである。彼女が現れるたびに、嘆声と拍手がおこったのは、成功と見てよいだろう。

この夜の光景は、米国有数のケーブル・テレビ局〈CNN〉によって全米に伝えられ、日本でも深夜のCNNニュースで放送されて話題になった、と木村に教えられた。日本で放送されたとすると、氷川秋彦も見たのではないだろうか。

だが、ファッション・ショウが終わると、利奈は、またしても劇場に通い、生活リポートを書くフツーの人となった。〈ジャパン・フェア〉のまっさいちゅうなので、木村は忙しいらしく連絡がない。羽賀がなにも言ってこないのが少々ブキミだが、利奈に興味がないのではないか。

十月半ばともなれば、アパートの部屋にもスチーム暖房が入っている。

（テレビに出てから、もう三週間か）

利奈はそうつぶやいた。もうすぐ、冬がきそうな天候だった。

ソファーでうとうとしていると、電話が鳴った。

——もしもし……。

受話器に向かって、情けない声で話しかける。

——朝倉利奈さんか？

——はあ……。

——瀬木です。おぼえているかな。

——あ、どうも！

眠気が吹っとんだ。なんたって、〈オーラがある〉と言ってくれた人だ。

——ごぶさたしてます。

利奈は嬉しそうに言った。

——ごぶさたはお互い様だ。もっとも、私は遠慮していたのだが……。

——は⁉

——テレビ出演を見た。ファッション・ショウも見せてもらった。なかなか面白かった。

——からかわないでください。ひどいものです。

——テレビで喋るのは、ちょっと苦しそうだったな。しかし、ファッション・ショウでは別人のように輝いていた。


私の予言があたっただろう。

——でも……いまは地道な生活に戻りましたから。

——まさか？

瀬木はわらった。

——いえ、本当です。地味も地味、大地味《だいじみ》な毎日です。

——おかしいな。電話や取材が殺到しとるはずだが……。

——だって、わたしの電話番号を知っているのは二人ぐらいですよ。あ、瀬木さんにも、このあいだ、別れぎわに教えたんだ。

——では、だれかが……たぶん、木村君だろうが……取材を抑えているのだろう。そうとしか考えられん。あなたがスターになりつつあると思って、私は遠慮していた。

——そんな！

——いや、本当だ。しかし、心配になったので、電話をしたのだ。今日発売されたばかりの「ニューヨーク」を見たか。

——いえ。

——あなたが表紙になっている。

――ほんとですか！

利奈の声は上ずっている。

――もっと重要なことがある。心配というのはこれだ。

……あなたは、木村君の素性を知って、わざとつき合っているのかね。

――素性って？

――彼が三松商事につとめるとかいうことさ。名刺にもそう刷ってあった。

――……ちがうんですか？

利奈は狐につままれたようである。

――電話で話すことがらではない。食事でもしながら、ゆっくり検討しよう。

瀬木は重々しく言った。


ネオンが輝くタイムズ・スクエア近くでタクシーをおりた利奈は雑誌や新聞を売るスタンドに近寄った。

思わず、立ちどまる。

積み上げられた週刊誌「ニューヨーク」の表紙は、〈バローネ〉の広告に使われた利奈の顔写真、日本製のカメラ、CDプレイヤー、ウォークマンなどのコラージュで、手にとるまでもなく、いわんとしていることがわかった。〈日本が攻めてくる〉とか〈日本製品はニューヨークを占領するか？〉という特集であろう。

一冊求めた利奈は、大きめのバッグに入れた。

黒ぶち眼鏡をかけたまま、彼女は四十四丁目の角を曲がり、〈サーディズ〉に近づいた。

演劇関係者の溜り場として知られるレストラン〈サーディズ〉は、芝居が始まる時刻が過ぎたせいか、空席が目立った。瀬木の名を告げると、ただちに奥の席に案内される。

瀬木直樹は別人のように派手なジャケット、蝶ネクタイ姿で、赤ワインを飲んでいた。

「失礼して、先にやっている」

「『ニューヨーク』を買いました」

利奈は椅子にかけながら言い、壁にかざられた名士たちの似顔絵をながめた。ジョン・アップダイクは、鼻の形で、すぐにわかる。

メニューがきた。

「肉にするか、カネロニとかスパゲティにするかだな」

瀬木は大声で言う。利奈はスパゲティをもらうことにした。

「久しぶりだね」

二人はワインで乾杯をした。

「料理がくるまで、時間がかかる。なまぐさい話をしようか」

と、瀬木は声を低くして、

「木村君についてチェックすると言ったものの、探偵まがいの真似をするのは気がすすまないので、先のばしにしていた。……ところが、一昨日、日本からきたツーリストが、あなたの名を口にしたのだ。つまり、あなたは、この街よりも日本で有名になっておる。どう考えても、これはおかしい」

利奈は息を殺している。

「あるスポーツ紙が〈ニューヨークのシンデレラ騒ぎ〉と書きたてたというのだ。風聞とはいえ、情報が先まわりし過ぎるじゃないか」

瀬木はワインでのどをしめして、

「ところで、あなた、木村君の会社をたずねたことがあるか」

「いえ……遠慮して……」

「だろうね」と、瀬木は意味ありげにうなずく。

「どうしたんですか？　はっきり言ってください！」

利奈はかっとなった。

「木村さんがどうかしたんですか」

「日本でのあなたの評判が頭にひっかかって仕方がないので、昨日、私は木村君に電話を入れてみた」

瀬木は念を押すように利奈を見て、

「あなたから教えられた電話番号だ。すると、日本人の男が出て、木村さんは外出中です、と答えた。どちらへお出かけですか、とききかえすと、〈極東エージェンシー〉です、と答えた。……おかしいとは思わないか」

「べつに」

と利奈は答える。

「木村さんは〈極東エージェンシー〉とつきあいがあると言ってましたから」

瀬木は、かまわず、つづけた。

「〈極東エージェンシー〉ときいて、私は、さらにひっかかるものを感じた。このこだわりは私だけのものかも知れない。そこで、〈極東エージェンシー〉にいる羽賀という男を呼び出した」

「あ、羽賀さんをご存じですか」

「もちろん。私が日本で芸能プロダクションをやっていたころの部下だもの。あなたは、なぜ、知ってるの?」

ここにいたって、利奈は若干の説明をせざるを得なくなった。

「私がニューヨークにきたのは、〈極東エージェンシー〉の関係なんです」

「ふむ、そうなると、だいぶ、わかり易くなるな」

瀬木は硬い表情になって、

「羽賀は凡庸な男だ。その上、用心に欠けるところがある。晩めしを食いながら、おたくの木村君がよくジュークボックスを見にくるが、どういう人かね、と鎌《かま》をかけてみた。羽賀はこう答えた――彼は〈極東エージェンシー〉の若手中のきれものです、と」

利奈は信じられなかったが、顔から血がひくのがわかった。

「むろん、私も不審に思った。そこで、木村君の名刺にある〈三松商事ニューヨーク支店の分室〉の直通電話のことをきいてみた。羽賀は、こともなげに答えたよ。その番号は〈ジャパン・フェア事務局〉の電話の一本です、とね」

利奈の頭は混乱してきた。

「羽賀と別れてから、私は〈ジャパン・フェア事務局〉について調べてみた。じつに単純なことだった。この事務局は、三松商事ニューヨーク支店の一室につくられたもので、数社の人間が集まって、仕事をしている。〈極東エージェンシー〉の木村君がいても、何の不思議もない。かりに、あなたが電話をかけて、当人が出なかった場合、木村さんをお願いしますと言っても、少しも不都合ではないわけだ。――問題は、なぜ、木村君が三松商事の人間などと嘘をついたのかということだ。名刺を偽造し、しかも電話をかけられてもいいように、あとからボールペンで直通電話を書き加えるなど、念が入りすぎている」

利奈は呆然としている。……そんなにしてまで〈極東エージェンシー〉の社員であることを隠す必要があったのだろうか。

「まだ、わからんことが多い。あなたはあの男と、いつ、どこで知り合ったのかね？」

瀬木の眼が鋭くなった。

「ニューヨークに着いて……そう、十日目ぐらいかしら。コロンバス・アベニューの焼き肉屋で合い席になったんです」

「木村君があとからきたのか」

「いえ、わたしの方があとです。木村さんは先に席に着いていました」

「じゃ、偶然だね」

「はあ」

利奈はそうとしか思えなかった。意図的に先に席に着いている、などということはできっこない。

「偶然にしてもだ。結局は、恋愛に近い感情をもつようになったわけだ……」

瀬木はそうまとめた。

（わたし、騙されていたんだ）と利奈はつぶやいてみる。

（でも、何のためだろう）

いずれにせよ、裏切られたのは確かだった。

「〈極東エージェンシー〉の支社に、わたしが顔を出すことを、羽賀さんはとても嫌がったのです。あれは、わたしをきらってるんじゃなくて……」

「うむ、木村君がいる光景を見られるのを避けたのだろう。たぶん、木村君は支社と〈ジャパン・フェア事務局〉をかけもちしているのだ」

「ばかみたい……」

利奈はワインをがぶりと飲んで、

「わたしったら、木村さんをつれて〈極東エージェンシー〉まで行ってるんです」

あのとき、羽賀はアトランティック・シティへ行っていたが、おそらく、木村はあらかじめ、羽賀の不在を知っていたのだろう。

（――とすれば……）

怒りと哀しみが利奈の心をみたし、溢れ出そうになる。

（きっと肚《はら》の中で、わたしを冷笑していたにちがいない）

彼女の記憶にある、色の白い青年は、しかし、そうした意地悪をたのしむタイプではないのだった。

（「きみの眼に見つめられると吸い込まれそうに感じる」って言ったのは嘘だろうか？　ひとを騙すために、あんな、ぞくぞくするような言葉を口にできるものだろうか）

「あなたが〈極東エージェンシー〉がらみでニューヨークにきた、ときいて、私には大ざっぱな戦略が読みとれたような気がする」と、瀬木はおもむろに言った。「木村君も、羽賀も、この戦略の中では、駒の一つに過ぎない。これから話すのは、あくまでも私の推理だが、そう大きくまちがってはいないはずだ」

利奈は、思わず、瀬木の顔を見つめた。

「私が疑問をおぼえたのは、あなたが〈バローネ〉のキャンペーン・ガールにえらばれるプロセスがあまりにも簡単すぎたことだった。テレビ出演は当然の成りゆきとしても、あれが在留邦人に朝倉利奈の存在を印象づけた。日本の新聞社の支局の人たちも注目したはずだ。――加えて、あのファッション・ショウだ。かわいらしくて、本物の日本を感じさせた。いまどき日本にも存在しないような古風な日本娘があそこにはいた。日本のテレビでショウの一部が放送されて評判になったとしても、さほど不思議ではない」

瀬木は遠くを見るような眼つきになって、

「ここで、元アイドル・メーカーとしての感想を述べておくと、だんどりが鮮やかすぎるということだ。このシンデレラ物語は……」

「失礼ですが、わたし、全然、シンデレラじゃないんですよ」

利奈は不満を述べた。

「いや、あなたは台風の目の中にいるからわからんのだよ。げんに、羽賀が、あなたについての日本からの問い合わせで電話がヒートしている、とボヤいていた。私が無関係な人間だから、ぽろりと喋ったのだが、〈バローネ〉と〈極東エージェンシー〉が組んでいることはまちがいない。というよりも、今度のキャンペーンに必要な日本娘を探してくれ、と、〈バローネ〉が〈極東エージェンシー〉本社に依頼したと見るべきだろう。どうかね？　なにか、思いあたることはないか？」

さあ、と言いかけて、利奈は気づいた。――ニューヨークの情報を蒐集できる人間を探すと称した氷川秋彦のあの面接試験、あれはモデル探しではなかったか。

「よく、わかんないですけど……」

利奈は麴町の高級マンションの一室でのテストの光景を、できるだけこまかく、瀬木に話した。

「きみ、テストの前に、顔写真をとられていないか……」

「とられてます」

そう答えてから、利奈はどきっとした。ふつうのカメラ、ビデオカメラの両方で西田にとられている。

「その青年は、〈極東エージェンシー〉本社に出入りしているのだね」

説明をきいてから、瀬木は念を押した。

「十中八まで、まちがいない。あなたはニューヨークにくる前から、〈バローネ〉のキャンペーンに起用されることが決まっていた。氷川秋彦らしいやり口だ」

「氷川さんをご存じなんですか！」

思わず、利奈は叫んだ。

「氷川は私の弟子だった。アイドル作りのノウハウを私に習い、私を追い出して、瀬木プロを乗っ取ったのだ。奴の手口を私ほど読める人間は、ほかにおらんだろう」

2

あまりの意外さに利奈は眼を瞠《みひら》いている。

瀬木の言葉をにわかに信じることはできなかったが、根拠のないものとも思えない。

「氷川さんはお弟子さんだったのですか……」

当然だ、というように瀬木は表情を変えなかった。

「大学中退で、仕事もなく、街をうろついていた氷川をひろい上げたのは、この私だ。が、いまは、そんな話はどうでもいい。私の推理のほうが問題だ。思いあたることがあるかどうか、聞いてくれたまえ」

瀬木と氷川秋彦の発想が似ている、と、いつか、利奈は直感した。初めて、瀬木の店に立ち寄った時だ。（ニューヨーク中心主義）という風だったと記憶する。ロカビリーとか、いまではオールディーズと呼ばれるポップス関係の仕事を二人がいっしょにやっていたとすれば、当然すぎるほど当然ではないだろうか。

「しつこいようだが、もう一度、くりかえすよ。……日本の高級製品を一堂に集めて売りさばくために、〈バローネ〉デパートは日本フェアの計画を立てた。この計画に〈極東エージェンシー〉支社がどの程度からんでいるかはわからないが、キャンペーン用の日本女性の良いモデルがニューヨークにいなかった。こうなれば、東京の本社がモデル探しに乗り出すのは当然だ。とくに、氷川秋彦はこの方面のプロときている。……西田という青年があなたの写真をとっていたのは、たぶん偶然だろう。青年は〈極東エージェンシー〉本社に出入りするうちに、モデル探しの話をきき、あなたの写真をまとめて持ち込んだ……」

瀬木は利奈の顔をまじまじと見て、

「おそらく、あなたの写真は、全部、ちがう顔にうつっているはずだ。表情の変化がはげしいからね。これは非常に珍しいことなのだ。氷川秋彦が、写真を見ただけで、あなたの〈オーラ〉を感じとったとしても不思議はない。その程度の能力はある男だ。ただちに、写真をニューヨークに送り、〈バローネ〉デパート側に見せる。何人かの中から選ばせたのかも知れないがね。——とにかく、デパート側がOKしたのは、あなただった。……ここから先は私にも納得できぬ部分があるのだが、とにかく、氷川は西田という青年を手先にして、ニューヨーク行きの面接試験なるものをおこなった。あなたが採用になることは初めからわかっているのだから茶番劇さ。ひょっとしたら、面接の相手はあなた一人だけだったのかも知れない」

とくに反対すべき点は見当たらなかった。むしろ、利奈が怪しんでいた部分が納得できるものに変わってくる。

「なぜ、そんな、ややこしいことをしたのかしら。モデルならモデルでいいのに……」

「私が納得できないと言ったのも、そこだよ」と瀬木。

「が、だいたいの察しは、つかぬでもない」

〈推理〉と自分では言っているが、これは氷川秋彦に対する瀬木の執念だ、と利奈は思った。この老人は氷川秋彦の計画を探らずにはいられないのだ。

「氷川さんて、そんなにひどい人なのですか」

「ひどい、というのは私の側から見ての話だ。一九六〇年代の芸能プロダクション経営では、氷川のような男は、むしろ、ヒーローだった。独身で、プレイボーイで、冷酷という在り方は、いまは、はやらんだろう」

「笑っちゃいますね、とりあえず」

利奈はオードブルを口に運びながら評した。

「いまは、芸能プロダクション同士がテレビ局を巻き込んで、熾烈《しれつ》な戦いをくりひろげる時代ではない。グループ・サウンズのブームのさなかに、私を追い出した氷川は、七〇年代に入ってから、〈極東エージェンシー〉に迎えられた。人脈が豊富だから、どこにでも行けたろうがね。羽賀も、そのあとから、〈極東エージェンシー〉に入った」

「羽賀さんは、どっち側についたのですか」

「凡庸な実務家だから、強い側についたのさ。つまり、氷川の側だ。羽賀については、そういう男だとわきまえているから、腹も立たなかった」

「いまも、ご交際があるのですね」

「交際なんてものじゃないよ。羽賀が私に対して抱いているのは、あわれみだろうね。それから、優越感。だからこそ、気をゆるして、なんでも喋ってしまうのだろう。なにしろ、たかがジュークボックス屋の親父だからね」

「羽賀さんも、性格わるいです。わたしに対しても冷たいし……」

「待てよ！」

瀬木はテーブルを叩いた。

「そうか！　そうだったのだ！」

「どうしたんですか」

「羽賀と木村の役割がわかったのさ。なぜ、もっと早く、気づかなかったのだろう！」

利奈は息を殺している。

「……ニューヨークに着いて、西も東もわからないあなたに、羽賀が冷たくする。そりゃ、支社にこられちゃ困る事情もあった。だが、それだけではない。――冷たくされたあなたは、途方にくれる。そこに、〈優しい青年〉木村が登場する。この役は若くなくてはできないのだ。彼は、外見に似合わぬ〈監視役〉であり、さらにいえば、氷川の分身だ。あなたを予定通りに動かし、ひきまわすのが仕事だから。……どうかね。私の見方は邪推にすぎないだろうか？」

「考えられることですね」

と、利奈はうなずいた。もう、なにもかも、信じられない。

「でも、木村さんと知り合った日のことを思うと、計画的にできるものだろうか、という気がするんです。わたしが木村さんと合い席になる確率は、非常に低いでしょう」

「そこは私も気になっている」

瀬木は首をひねった。

「たしかに、あなたの指摘する通りだ。あの焼き肉屋は私も行ったことがあるが、やたらに広い。……ひとつ、考えられる手は、ボーイにチップを渡しておいて、あなたを彼のいる席に案内させることだが」

「でも、わたし、ほんの思いつきで、あそこへ行ったのです。前もって、わたしが行くなんて、わかりっこないんです」

「そうか。じゃ、すべて、私の邪推だったか」

「いえ、あとは全部、辻褄《つじつま》が合います。とくに、木村さんに二度目にあった時は、〈偶然〉みたいになっていますけど、羽賀さんと木村さんが組んでいれば、簡単にできることです」

「ほう！」

瀬木は驚いた。

「どういうやり方かね」

「焼き肉屋で声をかけられた木村さんとはコーヒー屋へ行って、大いに元気づけられました。その晩は、久しぶりに、ぐっすり眠れたんです。というのは、わたし、徹底的に落ち込んでいましたから」

「よくあることだ」

「ところが、翌朝、いつも冷たい羽賀さんから、妙に優しい電話がかかってきたんです。大変でしょう、なんて言っちゃって。しかも、『ダブルス』って芝居のチケットまでくれたのです。あれは、わたしの精神状態を、木村さんから報告されたんですよ」

「しかし、それだけでは……」

「まだ、先があるんです」

と、利奈は制した。

「翌日、『ダブルス』を見に行ったのです。そうしたら、ロビーで、木村さんと〈再会〉したんですよ。小さな劇場のひとけのないロビーだから、そんなこともあるかと思っていたんですけど……」

「なるほど。題名通り、ダ、ブ、ル、スだね。それから、木村君と親しくなったわけか」

「ええ」

「やるじゃないか、奴らも。劇場のロビーなら、そう不自然じゃないしね。広いニューヨークで、なか一日置いて、木村君に二度会っているわけだ」

「おや、と思ったんですけど、日本からきた客のおとも、とか、とっくに一度見ている芝居とか言われて、向こうのペースに巻き込まれちゃったんです」

「まちがいない。羽賀と木村は組んで、ダ、ブ、ル、スをおこなっている。私には、手にとるようにわかる」

瀬木は利奈のために、口あたりのよいロゼ・ワインを注文した。

が、利奈のほうは、ワインなど、どうでもいい。

「羽賀さんと木村さんの動きのかげに、氷川さんの指示があるとお考えなのですね」

「そう考えるのが妥当だと私は思う。じつに、氷川秋彦らしいやり口だ」

瀬木の顔と言葉には長年の怨念がにじみ出ている。

「だいたいの察しはついている、とおっしゃいましたね」

「確信はできないが、当たらずといえども、遠からずだろう」

「氷川さんの狙いは何ですか？」

「とりあえずは、あなたにささやかな成功を得させることだ。羽賀と木村はそのための駒だった。そうして、二人の役目はもう終わったと思う。彼らは今でもあなたにコンタクトしてくるかね？」

「いえ……」

「残酷なようだが、そういうことさ。木村は〈ジャパン・フェア〉の仕事に戻り、羽賀は決まりきった毎日の仕事をこなしている。あなたについての日本のマスコミからの質問の電話が多いので、自分の仕事ができない、と嘆いてはいたがね。……もう、あなた、意味がわかったんじゃないか」

　瀬木は険しい表情になる。

「いえ、なんのことだか……」

「しっかりしなさい。あなた自身のことですぞ。あなたは知らないが、日本のマスコミ——といっても芸能ジャーナリズムだろうが、連中は〈ニューヨークのシンデレラ〉を追いかけている。あなたの住所も電話も、羽賀と木村が伏せてしまったから、とっかかりがないだけだ」

「はあ……」

「あなたは、日本にいるあいだに、いやというほど、〈ニューヨークでの成功談〉を耳にしたはずだ。歌手、ミュージシャン、ミュージカル・タレント、画家、映画監督どもが、日本に帰って吹きまくるホラさ。たとえば、ここの名画座で新作映画を三日間上映しただけで、〈アメリカで成功した〉と叫ぶ日本の映画監督がいた。〈ブロードウェイの舞台に立つはずだったけど、金を要求されたので拒否した〉なんて、あり得ない話を喋りまくった元アイドル歌手もおったぞ。あの女など、たんに、ブロードウェイのオーディションに落ちただけなのだ。意地の悪い日本の芸能リポーターでも、この種のホラには、かんたんに騙されてしまうから情けない。日本の大衆も、こうした嘘には、きわめて弱い。——ところがだ、朝倉利奈さんの場合はちがう。

ささやかではあるが、ニューヨークで有名になったのは本当だ。氷川の第一の狙いはこれだった」

「へえ……」

氷川の名が出るたびに瀬木直樹の表情がきびしくなるのに、利奈は閉口気味である。

(ひとに気をもたせて……。だから、どうだっつーのよ)

「ニューヨークでの成功――ふつうは、これが目的だ。しかし、氷川の狙いはちがう、と私は睨んだ。あなたの成功は、氷川の目的ではなかった。あくまでも手段なのだ。〈ニューヨークでの成功〉が増幅されて日本に伝えられる効果を、彼は充分に知っている。だからこそ、あなたをニューヨークにこさせて、みえみえのシンデレラ・ストーリーを実演させたのさ。これで、あなたが日本に帰ってごらん。完全なアイドルだよ」

「まさか……」

と、つぶやいた利奈は、あとの言葉が出なかった。

「おどろくほどのことではない」

ボーイがロゼ・ワインをグラスに注《つ》ぐのを眺めながら、瀬木はつづける。

「日本の代議士や俳優や歌手や学者や評論家がアメリカに一週間ほどいて箔《はく》をつけるのを、昔は、アメションと言った。〈アメリカへ行ってションベンをしてきただけ〉という冷やかし言葉だ。私も、よく、この手を使ったよ。上り坂の歌手をアメリカで休ませる。ボイス・トレーニングとかダンスの練習といった名目はつけるが、じっさいは、ただの休暇だ。写真をとりまくって、アイドルの写真集を一冊つくれば、元はとれる。今でも、けっこう、このパターンは生きているようだが、日本がアメリカに占領されていた時代のコンプレックスから発生したとは、もう、だれも思うまい」

そんな古いことを言われても、しょうがない。

(わたしをチェスの駒かなんかみたいに考えていたんだ!)

氷川秋彦への怒りが利奈の内部で発火した。

(でも……これは……あくまでも、瀬木さんの〈推理〉なんだ。この人の怨みに、わたしが加わることはないんだ)

「もう、わかったろう。これは私――瀬木直樹の〈アイドル作り〉のテクニックなのだ。氷川は、それを、もう少し、現代的にアレンジした。しかし、原理は同じなのだ。〈外国でのアイドル作り〉という点ではね」

「わたしをアイドルにしようなんて、氷川さんが本気で考えるとは思えません」

　利奈はそれだけ言った。

「当人にはわからんものだ」と瀬木は反論する。「落ち目とはいえ、瀬木プロダクションの元社長が、スーパー・アイドルの素質ありと睨んだのだぞ。海の向こう側では、氷川秋彦がそう考え、着々と手を打っているにちがいない。私と氷川の着眼が一致するなんて、めったにないことだ」

　瀬木は誉めているつもりだろうが、利奈は嬉しくもなんともない。アイドルの素質あり、などといわれると、むしろ、莫迦《ばか》にされたような気がする。

（失礼しちゃう……）

　というのが本音だ。

「そうすると、わたしは日本に帰ると、アイドルにならなきゃいけないんですか」

「氷川の真の狙いは、そうだろうね。日本で大々的に売りまくるつもりだと思う」

「ナンセンスですね」

　利奈は冷ややかに言った。

「歌をうたったり、学芸会みたいな芝居したりするの、いやだわ。だいいち、歌なんかうたえないし……」

「日本の事情にはうといのだが」と瀬木は前おきして、「歌や芝居が下手だから、アイドルなのではないかね。歌がとび抜けてうまくなってしまえば、それは、もうアイドルではない。歌も演技も、いまひとつ、ぱっとしなくて、垢抜けない。こんとんとして、しかし魅力的な状態の時が、アイドルなんじゃないか」

「言えてます」

　と、利奈はつまらなそうに、

「だけど、それは十四、五とか、十五、六の子ですよ。二十歳になると、アイドルとしては、変身するか、消えてしまうかってときです。瀬木さんの活躍してた時代は知らないけれど、今はそうですね」

「昔も十六ぐらいでスタートしたが、二十歳がデッドラインてことはなかった」

「それだけ消耗度がはげしくなってるんです。人気がある時だけフル回転させて、少し落ちかかると、ポイですよ。アイドルとは名ばかりの、要するに、消耗品です」

「ひどい状態になっているな、日本は」

「世界でいちばん、ひどいんじゃないですか、その意味では」

「おかしいな。では、氷川は何をするつもりなのだろう」

瀬木は眉をしかめる。

「アイドルではないとすると、何を企んでおるのだ？」

「わたしは、どうでもいいです」

料理がきたが、利奈は手をつける気にならなかった。

「どうした？　ここのスパゲティは、外《ほか》のとは味がちがうぞ」

「けっこうです。わたし、決心したんです」

「え？」

「少なくとも、大人が寄ってたかって、わたしをからかってたのは確かです。そういうのって、我慢できないんです」

利奈の眼は怒りに燃ええている。

「まあ、落ちつきたまえ」

「もう、決めたことです」

利奈は奇妙に低い声で言った。

3

こんなに怒りを隠さない娘を瀬木は初めてみた。笑っているかと思うと、たちまち怒りだす。しかも、それが魅力的なのである。

（氷川の奴、眼力に狂いがないな）

彼は嘆息した。大きな組織に入って、氷川の勘が鈍くなっているのではないかと期待していたのだが。

「決めたって、なにを？」

「これから羽賀さんに会います」

利奈は決然と言い放つ。

「待ちなさい。もう、〈極東エージェンシー〉はしまっとるだろうし……」

「残業をしているかも知れません」

「急ぐことはない。明日にしなさい」

瀬木はゆっくりと言った。

「明日、羽賀をつかまえればいい。なんなら、私が手伝ってもいい」

「こういう不愉快な気分を持ち越すのって、好きじゃないんです」

利奈は瀬木の眼を見た。

「わかってください。わたし、からかわれていたのですよ」

しばらく、黙っていた瀬木直樹は、

「そうか……」

と大きくうなずいた。


「あなたの怒りに火をつけたのは私だった。……よろしい。羽賀を探してみよう」

瀬木は咳ばらいをして腰を浮かせた。

ボーイに電話のありかをきき、長身の背をかがめるようにして歩きだす。利奈はあとからついてゆく。

薄暗いコーナーに、そこだけスポットが当たっていて、電話機があった。瀬木は、さっそく、〈極東エージェンシー〉のダイアルをまわした。

「だれも出ない」

彼はうなるように言う。

「どうする？　自宅にかけてみるか」

「遠くですか」

「ひどく遠いわけでもない。ニュージャージーだ」

つまりは、川の向こう側である。

利奈が答えぬうちに、瀬木はアドレスブックをめくって、べつなダイアルをまわし始めた。

——もしもし。

瀬木は鼻をつまんで、小さな声で呼びかける。

――ジャパン・ソサエティの者ですが、ご主人、ご在宅でしょうか。……あ、そうですか、三田ホテルのほうに？……失礼いたしました。

電話を切ってから、冷ややかに笑った。

「パーク・アベニューに日本人が経営する三田ホテルというのがある。〈極東エージェンシー〉本社の伊吹《いぶき》という人物が泊まっているのだが、その男に会いにゆき、遅くなる、と羽賀は言っていたそうだ」

うっかりしていると通り過ぎてしまいそうな小さなホテルの前で、瀬木はタクシーをとめさせた。

ホテルの前には、数名の白人がうずくまっている。荷物を運ぶつもりなのか、ただうずくまっているのか、わからない。

ホテルに入ると、小さなロビーは外見よりは明るい。

「とりあえず、バーに入ろう」と瀬木は言った。「このホテルはそう悪くはないのだが、格を好む日本人はあまり泊まらない。ただし、年輩者で日本食を好む人は別だ。バスタブなども、日本人好みにできておる」

街路に面したテーブルについた瀬木と利奈はバーボンの水割りを注文する。

「伊吹という男のルーム・ナンバーを調べてくる」

瀬木は立ち上がり、バーの片隅の電話の方へ行った。

利奈は外の暗闇を眺めている。何のために、自分はこんなことをしているのか。銀行の預金をおろして、帰りの飛行機の席を予約してしまえばいいのではないか。羽賀を詰問しても仕方がないような気もするが……。

「わざわざフロントに電話して、きいてみた。十二階のスイート・ルームだ。このホテルの中では、高価な部屋だよ」

戻ってきた瀬木が言う。

「どうも……」

すみません、と口の中で言った。

「どうしようか。ここまできている、といって、羽賀を呼び出すか」

瀬木はグラスを片手にひとりごちた。

「私が個人的に会いたいのだ、といえば、まず、おりてくると思うがね」

「でも、羽賀さん、びっくりするでしょう」

「それは、そうだ」

瀬木は苦笑する。

「非常手段をとったのだからな」

「なにか変だ、と感じて、逃げてしまうかも知れません。わたし、部屋に行ってみます」

「それがいちばん確かだが——しかし、大丈夫かな」

「なにが？」

「若い娘がひとりで、と、つい考えるのさ」

「三十分たって戻らなかったら警察を呼んでください」と、利奈は冗談を言った。

バーを出た利奈は、ロビーに出、フロントの前を通って、エレベーターに乗った。

かっとなり易い性格ではあるが、そのわりに自分を客観視する利奈は、かなり滑稽な状況に入りつつあると感じた。

トラブルを避けるためには、さっさと帰国の準備をし、「わたし、淋しくなりましたから……」と、ひとこと、羽賀にことわればよいのである。それが分別のあるフツーのやり方だ。

羽賀はフツーの人であり、フツーの打ち合わせか歓談をしているところであろう。そこにほとんど〈殴り込み〉のノリで入って行って、「わたし、日本に帰らせてもらいます」というのは、異常ではあるまいか。——その程度の判断は、利奈にもあった。

ただ、〈常識的判断〉と〈怒り〉を秤《はか》りにかけると、〈怒り〉のほうが重たいのである。十二階でエレベーターをおり、廊下を突き進んでゆく彼女の内側からこみあげてくる〈怒り〉は、いっこうに止まる気配がなかった。

だが、めざす部屋の前に立つと、〈常識的判断〉のほうが首をもたげてきた。

——ナミカゼ立つよ、おたく。

——見も知らない人の部屋のドアを叩いて、どうしようっての？

——もしも羽賀さんがいなかったら、ひっこみがつかないだろうが、ほんとに。

　自意識が妙に馴れ馴れしく、ささやきかけてくる。

（納《おさ》まんないんだもん、このままじゃ）

　利奈は自意識に蹴りを入れた。

「失礼します」

　奇妙な日本語がきこえた。

　ふりむくと、ルーム・サービスのワゴンを押してきたボーイだ。いちおう日本語を使うけれど、メキシコ人らしい。

「遅いじゃないの！」

　思いがけない言葉が出た。

「わたし、出かけるのよ、もう」

「ごめんなさい」

　利奈の険しい眼つきにボーイはおそれをなしたようだ。

「さっさと運びこんでよ」

　ボーイはドアをノックして、ルーム・サービスです、と声をかける。

　ややあって、ドアが中からあけられた。ボーイはワゴンを押し込みながら、右手でドア・ラッチを倒し、ドアがしまりきらぬようにする。

　利奈はドアを押してみた。人の姿が見えないので、そのまま、中に入り、右側の、中国製らしい紫檀《したん》の屏風《びょうぶ》のかげに隠れた。

　やがて、ボーイが戻ってくる。ドアがしまる音とともに、人がこちらの部屋にくる気配がした。

　最初にきこえたのは、白人に接触することが多い日本人特有の鼻にかかった声である。

「もう、私には抑えきれません」

　と、羽賀がうったえるように言った。

「オフィスの電話が日本の芸能リポーターとの応答で手一杯なのです。仕事にもさしさわりが出てきます」

「大げさなことを言ってはいかん」

　別な声がたしなめた。

　屏風の隙間から覗くと、羽賀と同年輩ぐらいの、小柄ではあるが、がっしりした体格の男が立っている。短く刈った頭には白いものが目立つが、顔色がよく、皮膚につやがある。

「きみは、すぐ悲鳴をあげてしまう。もっと強気にならなければいかん。芸能リポーターどもが、しつこく電話をしてくるのは、われわれが成功している証拠じゃないか」

「それはそうですが……」

「〈バローネ〉の上層部の連中も感謝しとった。問題はなにもない」

「伊吹さん、私の身にもなってください。もう、あの娘《こ》に打ち明けなければ、まずいですよ」

「甘いな、きみは」

伊吹と呼ばれた男は、ズボンのポケットに両手を入れた横柄《おうへい》な態度で、

「氷川さんが嫌うのは、きみのそういう甘さだ。はたちの小娘に、そう気をつかうこともあるまい」

「私は同じぐらいの娘がいるんです」と羽賀は答えた。

「自分の娘が異国で、あんな風にあつかわれると考えると……」

「子供がいない人間にはわからないと言いたいのだろう。……たしかに、私には子供がいない。作らなかったのだ。子供をもつと、人間が弱くなる。攻撃的でなくなり、つい守りに入ってしまう。くだらないことだ」

伊吹はポケットからハンカチを出して、洟《はな》をかんだ。くしゃくしゃのハンカチを上着のポケットに押し込む。

「それは言い過ぎですよ」

という声に、利奈ははっとした。

片手にサンドイッチ、片手にコーヒーカップを持った木村が奥の部屋から出てきた。

「彼女には〈バローネ〉の件にしても、謝礼の話は、いっさい、してないのです。これは問題だと思っています」

それだけ言うと、木村は残りのサンドイッチを口に押し込んだ。

「……謝礼の件は、脇へのけときましょう。朝倉利奈に手伝ってもらうことは、もう、ないのです。とすれば、お礼の代わりに、彼女を自由にさせましょうよ。これ以上、あの娘《こ》の生活を乱すのは、ぼくはいやです」

「残念ながら、そうはいかない」

伊吹は冷徹な態度をくずさなかった。

（何なんだ、あの大きな態度は……）

利奈はむかついた。

ファッション・ショウのモデル料や〈バローネ〉の謝礼について、木村が何も言わないのが気にはなっていた。だが、こちらから催促してはハシタナイように思われたので、遠慮していただけだ。――だいいち、テレビの出演料さえ貰っていない。ひょっとしたら只《ただ》なのかも知れないが、それならそれで、ひとこと断ってくれなければ困る。

「朝倉利奈には、これから、大いに働いてもらうのだ」

伊吹の言葉は、利奈の理性を吹っとばした。

（いいかげんにしろ！）

心の中でそう叫びながら、我慢しようとしたが、はや、忍耐の糸が切れているのである。

屏風のかげから現れた利奈を見て、三人の男は仰天した。

「き、きみ……ど、どこから入ったのだ？」

羽賀はよろめいた。

「ルーム・サービスといっしょに入ったね」

と、木村は見抜いた。

「羽賀さん……」

と利奈は呼びかけた。

「わたし、日本に帰りたいんです」

「ど、どうして？」

「面白くない噂を耳にしたのです。でも、ここで申しあげるまでもないですね。こうして、羽賀さんと木村さんがいっしょにいるんですから」

「だれが、そんなことを言ったのですか。私や木村君についての中傷を……」

「中傷ではありません。推理したのは瀬木直樹さんです」

「瀬木？　あんな男のいうことを信じてはいけない」

羽賀はうつろな眼をした。昔の上司と利奈がどこでつながっているか、思いもよらぬようである。

「ニューヨークに吹き溜った負け犬だ。でたらめばかり言う男ですよ」

「瀬木って、ジュークボックス屋のお爺さんかい？」

木村が言葉をはさんだ。

「〈お爺さん〉なんて言わないで！」

利奈はぴしりと言う。

「きみが怒るのは当然だけど……しかし、おかしいな。あの人と羽賀さんのあいだに、どういうつながりがあるんだろう」

「どうでもいいことだ」

羽賀は不快そうに言った。

「日本で食いっぱぐれた男です。中傷や名誉毀損《きそん》も辞さないような……」

説明にも何もなっていない。ただ老人の執念に辟易《へきえき》している様子だった。

「朝倉利奈さんだね」

伊吹はソファーにかけながら言った。

「日本に帰りたいのか」

利奈は、この男を相手にしてよいものかどうか、ためらったが、

「はい」

と答えた。

「そう、つっぱりなさんな。自然に、帰るようになるのだから」

伊吹は葉巻をくわえて、ライターをまさぐりながら、

「一週間先の成田行きのファースト・クラスを、明日、予約させる。このごろの飛行機はファースト・クラスから埋まってゆくから、確実に席がとれるかどうか、明日にならんとわからない。ファースト・クラスがとれしだい、私がつきそって帰る」

拍子抜けした利奈は、相手の精悍《せいかん》そうな顔を眺めている。

「私は氷川さんの代理として東京からきた。成田での混乱は私が仕切らねばなるまい」

「混乱？」

利奈はわけがわからない。

「論より証拠だ。羽賀君、スクラップブックを持ってきてくれ」

「はい……」

まだ平静にもどっていない羽賀は奥の部屋に入り、薄いスクラップブックを持ってきた。

「まず、椅子にすわりたまえ。それから、切り抜きを見るのだ」

伊吹は命令口調になる。

利奈は椅子にかけて、スクラップブックの表紙をめくる。

（ひー、何これえ！）

心の中で叫んだ。

すべての切り抜きは利奈に関するものだった。――〈留学生、ファッション・ショウに登場〉、〈噂のシンデレラ、ニューヨークを征服〉、〈謎のシンデレラ、高級デパートのシンボルに！〉といった見出しと不鮮明な写真が、大小さまざまに貼られていて、掲載紙の名前と月日が書き込んである。利奈は耳まであかくなった。

4

「子供じゃあるまいし、もう、きみにも読めてきただろう」

葉巻をくゆらせながら、伊吹は気味悪く笑った。

「東京にいても、氷川さんは、きみの行動を完全に追跡していた。羽賀君が送ったビデオで、ニューヨークでのテレビ出演まで見ることができたのだ。――なぜ、こんな手の込んだことをしたのか、想像がつくだろう？」

「さあ……」

スクラップブックを閉じた利奈は、とぼけてみせる。

「氷川さんには独特の理論がある。いずれ、ご当人からたっぷりときかされるはずだが、私が要約すれば、一人のアイドルを作るのに、何億、何十億と金をかけるのは、効率が悪いということだ。億単位の金をかけずに、アイデア一つでスーパー・アイドルを作りだせると豪語している。きみのケースは、その実験だった」

冗談じゃない。わたしゃ、パブロフの犬か。

「つまり、情報操作によって、アイドルを生み出すのだな。いまごろは、きみが帰国する時の演出を考えているはずだ」

利奈は怒りをおぼえた。

（わたしがアイドルになりたいとかいう女の子ならいいけど、カンケイないんだから。なのに、勝手に計画を進めるのは、どういう神経してるんだろ）

「きみの気持ちはわかっている」

伊吹は先まわりして、

「騙されたと思って、腹を立てている。当然のことだ。氷川さんの強引さには、私だって、むかっとくるときがある。実をいえば、総合事業局の局長さえ、持て余している。……しかしだ。ここは、ひとつ、頭を冷やして考えて欲しい。日本に帰って、きみがどういう仕事につけると思う？　また、エロ雑誌の編集を手伝うか、さもなければ、失業だ。職を見つけたとしても、収入は知れたものだ。まあ、ささやかな幸せが好きというのなら、それもよかろう。だが、私の推測では、きみはもう、元の安アパートでの生活には戻れないように思う」

大きなお世話だ、と利奈は思った。

「私がニューヨークにきたのは、いままでの非礼をきみに詫びるためだ。〈ジャパン・フェア〉のためでもあるが、主な目的はこれだ。さらに相談したいこともある」

伊吹は葉巻の火を灰皿でもみ消した。

「日本に帰ったら、会社にでもつとめる気持ちで、〈ビジネスとしてのアイドル〉をやってみないか。給料が良くて、休日は最低、週一日を保証する。ニューヨークにこられるような休暇も考える。つまり、歌手や女優になるためのプロセスとしてのアイドルではなく、期間をきめて、〈ビジネスとしてのアイドル〉をつとめるわけだ」

利奈は初めて耳にした言葉だが、〈ビジネスとしてのアイドル〉は、そう新しい発想ではない。

たとえば――〈両親のために家を建てる〉と言って健気《けなげ》に働いていたアイドルが、突然、ミュージシャンと結婚し、引退した数年まえの事件などは、そのはしりというべきだろう。

あくまで結果論ではあるが、彼女は芸能界に就職し、才能ゆたかな青年を見つけて、業界をやめたのである。

プロダクション・サイドから見れば、これは憂《うれ》うべき事件であり、こんなことがつづいたらたまらないのだが、その後、もっと大物のアイドルが完全に引退、結婚するにおよんで、〈青春の一時期をアイドルとして過ごす〉のがかっこいいという風潮がうまれた。逆にいえば、二十歳を過ぎて、えんえんとアイドルをつづけているのは、かっこ悪いことになる。

「ビジネスですか」

利奈は呆気《あっけ》にとられている。

「そうだ。高給をとるOLと考えればいい」

伊吹は平然と言い切る。

「そりゃ、むちゃです」と木村がさえぎった。「OLにはプライバシーがありますが、アイドルにはプライバシーがありませんよ」

「完全な自由など、どこにもないさ」

伊吹は一笑に付した。

「高給をとれば、必ず、なにかを失う。プライバシーが不便になるのもその一つだ」

「よく考えたほうがいいよ」

木村は利奈の顔を見おろして、

「アイドルなんて、しょせん、時代の徒花《あだばな》だ。日本に帰ったら、しずかに暮らしたほうがいいと思う。ぼくの立場上、これ以上は言えないけれども」

「やっぱり、瀬木さんの言ってた通りだわ」

利奈はわらった。

「な、なんと、言ってましたか？」

羽賀が咳こむようにたずねた。

「日本に帰ると、わたしは完全なアイドルですって。瀬木さんの読みは正確だった……」

「読みというより怨みです」と羽賀が反駁《はんばく》した。「昔が昔ですから、ある程度は、予測がつくでしょう。しかし、あの男の頭にあるアイドルのイメージは古くさいものです。氷川さんが考えているのは、そんなものじゃないですよ」

「じゃ、どういうのですか？」

利奈が逆襲する。

「歌のキャンペーンで全国をまわったり、デパートの屋上で歌ったり、そんなもんじゃないです……」と羽賀。

「そう、そうした安っぽいものではない」

伊吹は大きくうなずいた。

「朝倉利奈というアイドルが、大衆の前に姿をあらわすことは、めったにないだろう。それをやっては、いかんのだ。氷川さんは、初めから、そう考えていたようだ」

そんな風に言われても、利奈にはわからない。

「だから、ただのアイドルではない。これ以上の説明は、氷川さん自身にしてもらうしかないな」

伊吹はくぎりをつけるように言って、背筋をのばした。

「アイドルとしての在り方はともかく、ビジネスという一点は変わらない。きみは、われわれが決めたプロダクションに所属して、給料をもらうことになる。契約期間が切れるときには、きみとわれわれで相談して、あとのことを決める。スケジュール的にひどくきついことは、まず、ないと思う」

「ずいぶん優雅ですね」

利奈は冷やかした。

「映画の撮影に入ると、必ずしも優雅ではないだろう。OLの生活が決して優雅ではないのと同じだ」

「映画なんて計画があるんですか！」

自分の趣味の領域に入ったので、利奈は興味を示した。

「氷川さんが話すと思うが、わりにすぐ、映画に入ると思う」

「映画に出られるんですか、わたし？」

「主演だよ」

伊吹はうんざりした顔をした。

（この話が本当だとしたら、考え直す必要があるかも知れない……）

映画製作の内側が見られるのは、超ミーハーの利奈にとって、大きな魅力だった。

「でも、いきなり、主演なんて……」

「その前に、きみの知名度を高める。――きれいなＣＭを二つ三つ流して、話題にする。大衆の好奇心をかりたてるわけだ。〈あれ、だれなの？〉という声がきこえてくるようにする。できれば、レコードを出したいのだがね」

「歌は駄目です」

「CMは、きみのイメージからして、ニューヨークがよかろう。ブルックリンからマンハッタンを眺める絵柄《えがら》。そうやって話題にしておいて、いきなり主演映画だ。つまり、プロモーション・ビデオを作る感覚で映画を作ってしまうのさ」

あ、そっか、と利奈は思いあたった。ほとんど無名に近いアイドルたちの主演映画がよく作られるので、首をかしげていたのだが、あれはプロモーション・ビデオの代わりだったのか。

「あの……契約期間はどのくらいですか？」

利奈は小声でたずねた。

「ふつうの新人は二年か三年だが、きみは一年という破格の扱いになっている。マンションも、三十万ぐらいのをプロダクションが貸与《たいよ》するから、帰国してからの住居の心配はいらない。〈ビジネス〉というのは、お互いにメリットがあるから成立するのだ。そうじゃないかね？」

伊吹からみれば、たいがいの人間はコドモ同然である。どんなに突っぱった人間にも弱みは存在する。利奈が映画に関心をもっていると知った伊吹は、切り札《ジョーカー》を手にしたに等しかった。

（生意気な口をききおって……映画に主演できるとなると、ころりと変わる）

彼は肚《はら》の中で、せせら笑った。

ところが――。

利奈の関心のありかは、まるで、ちがっていた。映画作りの内幕――たとえば、フランソワ・トリュフォー監督の「アメリカの夜」のような世界がのぞけるのか、という期待であった。

（面白そうだ、これは）

舌なめずりしてから、自分が中心になることに気づいた。

「あ、でも、わたし、演技の訓練をしていないから……」

「そんなもの、必要だと思っているのかね」

伊吹は意味ありげに笑って、

「まあ、必要なくはないが、変な芝居は覚えないほうがいい。映画は、しょせん、監督が作るものだ。新人指導のうまい監督の手にかかれば、かなり、良い線をいくものだ」

「そうでしょうか」

「脚本と監督で決まるね。そこらは、氷川さんが適切に仕切る。きみは、そういう心づもりでいてくれればいい」

伊吹は利奈の心をしずめようとする。

「あの人が仕切ったアイドル映画は、八割方、ヒットしていることをつけ加えておこう」

立ちどころに、伊吹は、五つほど題名をならべた。いずれも、演技とはほど遠いアイドル歌手によって演じられた作品で、しかも、高い評価を得たものである。

「日本の映画関係者は頭が悪いから、アイドル映画を低級なものと考えている。それで儲けているくせに、心の中で軽蔑している。――しかしだ。田中絹代の『伊豆の踊子』や高峰秀子の『秀子の応援団長』『秀子の車掌さん』はアイドル映画だった。戦後でいえば、石原裕次郎や吉永小百合のヒット作は、すべて、アイドル映画だ。われわれが理解している〈アイドル映画〉とは、そういうものさ。大衆はつねにアイドルに群がってくる」

そう言って、伊吹はソファーから立ち上がった。

「不自然な形ではあるが、きみに早くあえて良かった。ゆっくり考えてくれたまえ。改めて、めしでも食いながら、話をしよう……」

伊吹は羽賀に眼で合図をした。

「階下《した》までお送りいたします」

羽賀が利奈のそばに立った。

利奈も立ち上がった。木村には会釈せずに、ドアの方へ歩く。

廊下に出ると、羽賀は溜息をついて、

「一時はどうなるかと思いましたが、結局はよかった。私も肩の荷がおりました」

と言った。

「私たちのやったことはフェアプレイとは言いがたいです」と、羽賀はつづける。「しかし、さっきの伊吹さんの提案は、一つのチャンスではあります。受け入れるかどうかは、あなたのご自由ですが、瀬木さんには用心なさるように」

エレベーターがきた。

乗りながら、

「どういう意味ですか」

と、利奈は無愛想にききかえす。

「私も木村もアンフェアだったかも知れないが……」

「大アンフェアですよ」

利奈は手加減をしない。

「申しわけありません。あなたが私たちに悪意をもつのは当然です。……しかし、瀬木さんにも、ゆがみがあります。氷川さんを憎むあまり、私らのやることまで、すべて、色眼鏡でみてしまうのです」

利奈は答えようとしない。

「正直にいえば、私も、木村君の説に賛成なのです。あなたには純粋でいて欲しい。いまの清純な気持ちを失ってもらいたくないので」

（あらま）

利奈は驚いた。

（わたしが〈純粋〉だの〈清純〉だのって、どうして、いえるんだろ）

当人としては、けっこうチミツっぽく世渡りを計算しているつもりの利奈にとって、〈清純〉という表現は大笑いだった。

（それに――瀬木さんの言うことをきくな、と言いながら、この人は、瀬木さんがいうのとほとんど同じ生き方を示唆《しさ》している。精神が分裂しているのだろうか？）

エレベーター・ホールで羽賀と別れた利奈は、そのまま外に出るふりをして、内部のバーに逆戻りし、スイート・ルームで起こったすべてを瀬木に話した。

「プロモーション・ビデオの代わりに映画を作るなんて手があったのか」

瀬木は、思わず、うなった。

「日本の芸能界の状況は私にはもうわからん。私がズレたのだろうな」

「あと一週間で日本に帰ります」

利奈はうつむいている。

「伊吹という名前はきいたことがない。おそらく、氷川の新しい相棒なのだろう」

瀬木は水割りのお代わりを注文して、

「……で、あなたは、その映画をやる気になった。顔に書いてあるよ」

「まだ、わかんないですけど……」

「だろうな。しかし、きっと、やるよ。私には読めるのだ。もう、氷川の計画からおりろなどとは言わない」

利奈は黙っている。

「よかったら、ときどき、手紙をくれないか。こんな年寄りでも、お役に立つことがあるかも知れない」

〈哀愁〉や〈憂愁〉といった文字が、およそ似合わない利奈であるが、いざニューヨークを去るとなると、さすがに淋しく、名残り惜しかった。

一週間のうちに、新しくオープンしたミュージカルを二つ見て、ブロンクス動物園やスタッテン島を歩きまわった。五十日強の滞在は、長いというべきか、短いというべきか。


帰りの飛行機は午後一時半にケネディ空港を離れる。

慎重な木村は十一時半に迎えにきた。荷物はスーツケース一つである。ビデオソフトやレコードは先に送ってしまった。

「ぼくを許していないだろうね」

運転しながら木村が言った。

「日本の会社って、いやだわ」

利奈は答えをずらした。

「なんか、昔のサムライの藩《はん》とか、そういうのみたい」

「そう思う、ぼくも」

木村はさからわない。空は晴れ上がり、空港への道は混んでいなかった。

「それにしても、ぼくたちは出会い方がよくなかった。仕事がらみでなく、出会えればよかった」

利奈は答えない。オトメゴコロを玩《もてあそ》んだ奴を許せるか。

「あれは不思議だった。――氷川さんから、きみに接触しろと言われて、まず、きみのアパートを見に行った。その帰りに、焼き肉屋に入ったのだ。そうしたら、あとから、きみが入ってきて、同じテーブルについたので、びっくりした。きみの顔は写真で知っていたからね……」

そういうことだったのか！

これで、唯一のこっていた〈コロンバス・アベニュー焼き肉屋合い席の謎〉が解けた。言われてみれば、実に、なんでもないことである。

「途中で、本当のことを打ち明けようとしたこともある。でも、言えなかった。本当に思っていることも、なにひとつ言えなかった。……ぼくの役目は、きみの身の安全を守ることだけだったから」

空港につくと、スーツケースをファースト・クラスのカウンターにあずける。

「だいぶ、時間があるわ」

「きみはファースト・クラスのラウンジに入ったほうがいい。日本の新聞があるよ」

（ええい、女心のわからぬやつ。空港のカフェテリアで別れを惜しむとか、わたし、したいのに）

そうつぶやく利奈をエスコートして、木村は〈階級《クラス》〉を感じさせるラウンジのドアの前に立った。

「いろいろあったけど」と口下手な木村は言う。「それでも、ぼくはたのしかった……」

第七章　権威なき時代

1

　ファースト・クラスの座席《シート》に案内された利奈は、気分がよかった。スチュワーデスは目一杯、愛想をふりまき、「ニューヨークはたのしかったですか」などとお世辞を言ってくれる。

　利奈は禁煙席の通路側の座席を指定したのだが、シートの大きくて、すわり心地の良いことといったらない。すぐに、セーターを脱いで、軽装になった。

　伊吹は右側の喫煙席にいる。煙草をすうかすわないかの関係で、伊吹と離れたシートにすわれたのは、まことに喜ばしい。あんな脂ぎった男と隣り合わせではリラックスできやしない。

　シート・ベルトをしめて、日本の新聞を手にする。小さな記事ではあるが、日航機墜落事故関係のニュースが出ている。

〈墜落〉の二文字を見ると、利奈は落ち込み始めた。

（なんのために、わたし、ニューヨークにいたんだろう）

　飛行機が離陸するときのいやな気分のなかで彼女は呻《うめ》い

た。

（まじめにリポート書いたのも、まったく、意味がなかったらしいし……）

やがて、シート・ベルト着用のサインが消えた。

――にもかかわらず、〈当機、これから、気流の悪いところを通過いたしますので、お座席ではベルトをおしめになっていてください〉と女性の声でアナウンスされる。

（何なんだ？）

利奈はわけがわからない。

それならば、〈ベルト着用〉のサインを消さなければよいのである。

通路をへだてた右側に、テレビの刑事役専門の中年の男優がいて、座席の背を倒し、足をのばしている。

（あれは楽そうだ）

まず、座席の背を倒してみた。とても気持ちがよい。

よく見ると、中年男優の足は高いところにある。どういう仕掛けなのか、椅子がベッドみたいになるらしい。

利奈はシート・ベルトをゆるめて、椅子の下に入っているカタマリをひっぱり出そうとした。――ところが、ちょっとやそっとでは、動かない。

（出てこい、出てこい）

びくともしないのである。

ひっぱったり、叩いたりしているうちに、シートと同じ色のカタマリは、ものすごい勢いで飛び出してきた。

あやうく、手に怪我《けが》をするところだったが、カタマリはシートと同じ高さで一《ひと》つながりになり、足をのせることができた。

隣の窓ぎわの席にいるのは、神経質そうな白人の中年女性である。バッグから大きなミネラル・ウォーターの瓶を出して、ハンカチをしめらせ、眼にあてている。

スチュワードからシャンペンのグラスを受けとった利奈は自分に乾杯した。

これから何がおこるか、楽観は許されないが、とにかく、いろいろと面白かった。お金の心配がなくニューヨークに滞在できて、一九三〇年代のフレッド・アステアやケーリー・グラントに会うことができた。いろいろ文句はつけたものの、ミュージカルはだんトツで、すばらしい。日本のミュージカル（というものがあると仮定しての話だけれども）なら主役を張れるような伎倆《わざ》の持ち主が、アメリカには無数にいて、あちこちのオーディションを受けているのだ。

（日本人がミュージカルをやろうってのは、アメリカ人が歌舞伎をちゃんとやろうとするようなものだ）

シャンペン・グラスを空にしながら、利奈はうなずいた。

（そういうことなんだ）

やがて、食事がサービスされる。

利奈は和食のコースをオーダーしていたが、オードブルのワゴンがきて、キャビアやフォアグラはいかがですか、とすすめられると、食べてみたくなった。

「一通り、おとりしましょう」

親切なスチュワーデスはにっこりして、和食の前菜といっしょにキャビア、フォアグラ、エビを皿に盛ってくれた。

レモンを絞ったキャビアは、なかなかの味だった。

（ニューヨークでは、ろくなものを食べなかった……）

ひとりで入ったステーキ屋の肉は、靴の底革みたいだった。

こういう感想をもらすと、あなたは真のニューヨークの味を知らない、と叱られそうなので、口にしなかったのだが、本当にうまかったのは、最初にとまったホテルの朝食と、木村と行った日本料理屋だけだった。あとは、どれも、ひどいものである。めぐり合わせが悪かったのであろうか。

シャンペンを注《つ》いでもらった利奈はゴキゲンになった。往きの飛行機のきゅうくつさにくらべて、帰りは王侯貴族のムードである。イヤホーンをつけて、音楽をきこうとすると、

――毎日こうだと、こりゃ泣けてくる……。

という歌声が入った。パンフレットで見ると、〈懐しの歌声〉のチャンネルの植木等の歌らしい。

（やー、ほんとに、毎日、こうであって欲しい）

和食のコースは、一見、豪華に見えたが、食べてみると、それほどでもなかった。これだったら洋食のほうがよかったと後悔しながら、利奈はパサパサの日本そばを、なんと

か呑み込んだ。スチュワーデスが注《つ》いでいった緑茶が救いであった。

食事が終わると、映画が上映される。

劇作家のニール・サイモンが脚本を書いたコメディで、利奈はニューヨークで見ていた。

伊吹を見ると、書類を見ながら、盛大に葉巻のけむりを吐きあげている。仕事人間とか仕事の鬼と呼ばれるにふさわしい勤勉さだ。

（いやなタイプだな）

利奈は思った。

（氷川秋彦にはどこか滑稽なところがあるけれども、あの男には、それさえない……）

利奈の直感がいかに鋭いかは、この物語を最後まで読んでいただければ納得されるはずだが、この時点では、まだ、利奈自身にさえわかっていない。

（木村さんは、いま、何をしているだろう？）

彼女は座席の背をぎりぎりまで倒して、眼をつむった。

イヤホーンをつけ、チャンネルをまわすと、昔なじみの声が響いた。

（おっ、達郎だ！）

残念ながら、機内の音楽は、山下達郎だけではない。うっとりしていると、たちまち、終わってしまい、利奈の好まない歌手の声にかわる。

チャンネルをまわすと、ディスコ・サウンド、ど演歌を経て、なぜか、桜井長一郎の声色《こわいろ》になった。

（これなら、眠れる……）

利奈は、ようやく、うとうとした。

……やがて、眼がさめたときには、映画が終わっていた。機内は暗く、ファースト・クラスのほぼ全員が眠っている。さすがの伊吹も眼をつむっている。

腕時計を見ると、約二時間眠っていたことになる。のどの渇きをおぼえた。ふりかえると、ミニ・バーの脇にスチュワードがいた。

利奈が片手をあげると、スチュワードが近づいてきた。

「ペプシをください」

と利奈は言った。

「はい……」

と答えるスチュワードは、さっきの人とちがう。しかも、どこかで見たような顔である。すぐに、ペプシ・コーラを持ってくると、秘密めかした小声で、「お暑いですか？」とたずねた。

想い出した！　往きの機内で同じ質問をしたスチュワードだ。

「実は、エコノミー・クラスのほうの外人のかたが、機内が異常に暑いとおっしゃいまして……」

「ニューヨークが寒かったからだと思います」と利奈は答えた。「わたしはセーターを脱いだから、平気です。自分で調節しないと」

「なるほど。安心いたしました」

と答えながらも、スチュワードは不安げであった。

あと一時間で、東京国際空港に着くという時、眠っていた利奈は揺り起こされた。

「ほ？……」

利奈はぼんやりしている。

「着替えるんだ」

伊吹の声に利奈はびくんとした。どうも、この男は苦手だ。

「ええっ？」

思わず、相手を見あげると、伊吹は利奈の顔に葉巻のけむりを吹きつけた。

狭いファースト・クラスの場合、禁煙席と喫煙席はきわめて接近している。禁煙席に踏み込んで煙草をふかす野蛮な男もたまにはいるが、伊吹はさらに厚かましい。

「トイレで着替えるんだよ」

そう言って、伊吹は紙袋をさしだした。利奈がのぞくと、男物のジャンパー、ズボン、おしゃれなサングラスなどが入っている。

「これ、わたしが着るんですか」

「そうだ」

伊吹は当然のように言う。

「どうして？」

「芸能リポーターどもが空港に押し寄せる。そこを突破するためには、これしかない」

「男の恰好するんですか」

「うむ。ほかの仕掛けもしてあるが、念のためだ」

「このズボン、長過ぎますよ」

利奈は拒否しようとする。

「長過ぎたら、裾《すそ》をまくればいい。……早くするんだ、時間がない」

利奈は仕方なく立ち上がり、袋を片手に化粧室に入った。

男ものを着るのは初めてである。変装をする快感といったものもなく、サングラスをかけて、ヤンキーズの名入りの野球帽をかぶると、とんと、色物芸人である。

(やっだあ、こんなの……)

サングラスと野球帽を紙袋に戻して、化粧室を出る。

立ったままでビールを飲んでいる伊吹は、

「なかなか似合う」

と、冗談ではなく言った。利奈は、むかっとしたが、我慢しようとする。


「もう少したったら、エコノミー・クラスの空席にすわりなさい。なんとかなるだろう、あとは……」

謎のような言葉をつぶやく。

「エコノミーのほうへ行くんですか」

「うむ。朝倉利奈がファースト・クラスに乗っていることは、おそらく知れわたっている。はっきりいえば、氷川さんが情報をリークしたのだ。きみの帰国を盛り上げるためさ」

利奈は呆れている。

「私もエコノミーのほうへ行き、きみといっしょにおりる」

乞食王子風の利奈は、伊吹につれられて、エコノミー・クラスの座席にうつった。

エコノミー・クラスは、座席がせまく、人間がごちゃごちゃしている。そのごちゃごちゃした中から、一組の男女が立ちあがり、伊吹のそばにきた。

利奈はびっくりした。

カップルの女のほうは、ヘア・スタイルから服装まで、利奈にそっくりである。背は利奈よりだいぶ高く、素通しらしい眼鏡がいかにもタレント風である。男のほうは、ノー・ネクタイで、女のバッグを持ち、いわゆる〈マネージャー風〉である。

「スチュワードに話してある。この席にすわっていてくれ」

伊吹はファースト・クラスの搭乗券二枚を男にわたした。

二人は前方のファースト・クラスのほうへ歩いてゆく。

「あの女はきみの替え玉だ。〈ジャパン・フェア〉を手伝いに日本からきてくれたスタイリストだよ。男はうちの社の人間だ。どうせ、すぐに、バレることだが……」

成田空港のゲートにおり立った利奈は、テレビカメラを抱えた男たちが走ってゆくのを見た。その狂暴さは予想以上で、伊吹の仕組んだことが大げさではないことがわかった。

「報道用の腕章さえつけていれば、こんな奥まで入ってこられる。報道とは名ばかりの、芸能リポーターどもだ。チェックが世界一きびしい成田空港で、あんな奴らが野放しにされていて、いいのかね」

伊吹は不快そうに言い、利奈と二人でゆっくり歩きだした。

「スタイリストは茶目《ちゃめ》っ気《け》のあるひとで、面白がっている。彼女が空港の中をあちこち逃げまわっているあいだに、われわれは脱出できるというわけさ」

「うまくいくかな」

利奈は不安である。利奈と伊吹は、いちおう、航空会社でのV・I・P扱いにはなっているのだが、だからといって、税関が扱いを優先してくれるわけでもあるまい。

飛行機からおろされた荷物がベルトコンベアに乗って出てきた。利奈のスーツケースはすぐにわかった。

「きみ、先に税関を通ってくれ」

自分のスーツケースが見当たらないのに苛々《いらいら》した伊吹はささやいた。

「税関を抜けると、出口に迎えがきている。ハイヤーの運転手だが、きみの顔を知っているはずだ」

「変装しているのに、ですか？」

「大丈夫だ。先に行ってくれ」

利奈はスーツケースを押して税関のカウンターに近づいた。さいわい、カウンターは空《す》いている。

「ニューヨークからですか」

税関の男は鋭い眼つきで利奈の全身を見まわした。やましいものを所持している人間は、この眼光に、思わず、うろたえるのだが、ポルノ・ビデオも大麻も持っていない利奈は、べつに、という感じで、

「ええ」

と、答えた。

「ま、いいでしょう」

パスポートを投げだしながら、男は言う。

日本の税関に初めて接した利奈は、いいでしょう、の意味がわからない。

「はあ？」

と、ききかえすと、

「早く行ってください。あとがつかえている」

男は居丈高《いたけだか》に言い、利奈はパスポート、機内用バッグを抱えて、スーツケースを台からおろした。

（ほんと、情けない！）

野球帽にサングラスという怪しい姿で、よくも、スーツケースをあけて、と言われなかったものである。バッグを肩からかけ、スーツケースをひっぱって、出口に出る。

出迎えの顔が無数にあった。これじゃ、ハイヤーの運転手なんて、わかりゃしない。

「ぼくだ、ぼくだ」

という声がした。

ぼくだ、はおかしいと思って、ふり向くと、西田実である。

「向こうに車がとめてある。急いで、急いで」

西田は利奈のスーツケースをさげて走りだした。

「ども。しばらくですね」

利奈は車に乗りながら挨拶をした。

「ハイヤーの運転手がきみの顔が判らないとかで、氷川さんに呼ばれてきた。奇遇でもなんでもない。……ヤバい、

芸能リポーターたちがくるぞ」

ふりかえると、がっかりした顔のリポーターたちがやってくる。替え玉の正体がバレたのだろう。

「おっ、昔の映画スターがいる」

西田は小声で言った。ファースト・クラスで利奈のそばにいた中年男優がスーツケースを片手に立っている。芸能リポーターたちは二十年以上まえの二枚目には興味がないらしい。

「おい、きみたち！」

中年男優が、突然、大声をあげた。

「きみたちが探している獲物はここにおるぞ！」

テレビの刑事役そのままのポーズで、利奈を指さした。

芸能リポーターたちは、一瞬、ぎょっとしたが、ただちに、いや、いや、しゃにむに、利奈が身をひそめている車に殺到した。

フラッシュが焚かれ、ドアが荒々しく叩かれた。

「てめえら、轢《ひ》き殺《た》すぞ！」

うなるようにつぶやいて、西田は車をスタートさせた。

芸能リポーターたちは、なおも、追いすがろうとする。

身体ごと、ぶつかってくるカメラマンもいる。

いきなり、西田は灰のようなものを詰めたビニール袋をとり出し、外に向けて激しく振った。

外の男たちの顔も、カメラも、灰でおおわれ、さすがに立ちすくむ。その隙に、西田は思いきり、スピードを上げた。

「大丈夫かしら」

利奈が心配そうに言うと、

「平気だよ」

西田は前方を見つめたまま笑う。

「龍角散《りゅうかくさん》だ。時代劇で役者が灰まみれになる時は、あれを使う」

「車で追っかけてくるわ」

「まあ、そうだろう」

西田はせせらわらった。

「計算ずみだよ」

空港を出たところに、西田のと同じ色、同じ型の車が待っていた。

西田が片手で合図すると同時に、その車は東京方面に走り出した。

「リポーターどもとのカー・チェースは、あちらに任せる」

　ほっとしたのか、西田は窓をあけ、煙草をくわえた。

「さて……姿をくらますとしようか」

2

　成田空港周辺には多くのホテルがある。高名なホテルから、いかがわしいのまで、さまざまであるが、利奈をのせた車は、高級な部類に属するホテルに吸い込まれた。

「ぼくはここまでだ」

　地下駐車場で一服しながら西田が言った。

「きみはエレベーターに乗りたまえ。その人が案内してくれる」

　車と車のあいだから、蝶ネクタイの男が現れた。ホテルマンらしい笑みを浮かべながら、

「朝倉様ですね。私、支配人でございます」

　と、挨拶する。

「じゃあ」

　西田に手を振った利奈は支配人について歩きだした。野球帽とサングラスをバッグに入れても、ホテルに入れるような恰好ではない。

「お足もとにお気をつけください」

　支配人は気配りを示した。

　エレベーターに乗ると、支配人がボタンを押す。

　やがて、エレベーターがとまり、

「こちらでございます。さ、どうぞ」

　支配人は廊下の右手を指さした。

　ドアの前で立ちどまり、ノックする。

「どうぞ」

　忘れもしない、氷川秋彦の声がきこえた。

　支配人は恭々《うやうや》しい手つきでドアをあける。

空港を見わたせる窓ぎわに立った氷川秋彦は、ゆっくりと身体をひねって、利奈を見た。

「きみの帰国に間に合うように、きのう、マウイ島から帰ってきた」

道理で、色が黒い。もともと黒いのが、さらに黒くなっている。

「そのまま、ここに泊まったのでね。なんとも季節外れの恰好で失礼する」

スタンド・カラーのコットンシャツにリネンのジャケットと、全身を黒でまとめたのは、例の〈ファッション界の純文学〉コム・デ・ギャルソン・オムと見たは僻目《ひがめ》か。

「疲れたろう。すわりたまえ」

氷川は安楽椅子を指さして、

「リポーターどもは東京に向かっている。伊吹君も税関を出て、東京に向かった。そうそう、スーツケースはどうした?」

「おあずかりしてあります」

と支配人が言った。

「夕食には少し早いな。なにか軽く飲むかね。のどが渇いたろう」

「シュウェップスをいただきます」

と利奈が答える。瀬木直樹の店で初めて出された飲み物で、それがあると、瀬木がそばにいてくれるような気がした。

「シュウェップスをこちらに。私には、いつものやつ」

かしこまりました、と支配人は出て行った。

「楽にしなさい」

重ねて氷川が言う。利奈は、ようやく、安楽椅子にかけた。

「きみが瀬木さんと出会ったことは報告を受けている。きみがひどく怒っていることもだ……」

氷川は歩きまわりながら言った。

「瀬木さんと私のあいだには不幸な溝がある。はっきりいえば、私を誤解しているのだが、それを説明しても、他人には言いわけとしかきこえまい。彼は私のやり方を非難していただろう」

「はい」

「どう言っていた？」

「〈バローネ〉からの依頼を受けて、日本でモデル探しをやった。その網にひっかかったのがわたしで……」

「それは当たっている。しかし、私の気持ちまでは読めていない」

「西田さんが持ち込んだ写真やビデオで、わたしを選んだのだろう、とおっしゃってました。ひょっとしたら、面接の相手はわたし一人だけかも知れないって……」

「そう言っていたかね」と氷川はにやにやした。「さすが、古狸だ。部分的には、みごとに当たっている。しかし、怒りのために、私が生身の人間であることを忘れている……」

利奈は口をきく気持ちになれなかった。夕闇の中を離陸してゆく旅客機をぼんやりと眺めている。

（どこへ行く飛行機だろう？）

バッグの中には、若干のトラベラーズ・チェックがある。このまま、東南アジアのどこかへ旅立ってしまえたら……。


「最初に私にショックをあたえたのは西田君がとったビデオの中のきみの表情だった。アイドルを育てる私の情熱をあれほど刺戟したものは、近年、なかった。……きいているかね？」

「きいています」

利奈は冷ややかに答える。

「それから、私はきみについての資料を集め始めた。生い立ちや生活環境、そのほかだ」

「じゃ、両親の事故のことも？」

「知っていた。私の調査は徹底しているから、きみの忘れたことまで知っているかも知れない」

「失礼だわ」

利奈は凜然《りんぜん》と応じた。

「そういうのって、失礼だと思います」

「もう少し、つづけさせてくれ。——はっきりわかったのは、タレントにならないかなどと持ちかけたら、手きびしくことわられるにちがいないことだった。そのとき、偶然、〈バローネ〉の話が持ちこまれてきた」

氷川は大きく息を吸って、

「スーパー・アイドルを作るのに、こんな機会はめったにない。だが、日数が切迫していた。そこで西田君と相談して、きみが乗るようなシチュエーションを創りあげた。つまりは、私の情熱が暴走したのだ。——その点は、いくら責められても仕方がない。私としては、ただ、頭をさげるしかないのだ」

疲れきったように、椅子にかけた。

（あんな演技にだまされるものか）と利奈は心の中でつぶやいたものの、〈情熱〉という言葉が気になった。

「瀬木さんと私のちがいはそこにある。瀬木さんはアイドル作りの天才だった。そして、ほどほどの成功をすればいい、という考えだ。——私はちがう。埋もれているスーパー・アイドルを掘り出してきて、その魅力を徹底的に大衆に知らせる。私には〈ほどほど〉という文字がないのだ。きみは笑うにちがいないが、時には金儲けさえ無視して、突っ走る。きれいにいえば無償の情熱だが、病気とか狂気とか呼ばれれば、ひとこともない。今度のこともそうだ。私を除く全員がきみの起用には反対だった。だからこそ、強引きわまるばくちを打った。——結果的には大成功だったが、他人はまぐれ当たりとしか言わないだろう。しかも、もっとも大事なきみの心を踏みにじり、怒らせてしまった。こんなことを何度くりかえしたか、わからない。まさに病気だ」

迷惑な話だ、と利奈は思った。自分をビョーニンと認める男の狂気によって、動かされていたなんて。

（とても、つき合いきれない……）

でも——。

帰りの飛行機に乗るまでの一週間に、利奈は心の整理をつけていた。

いろいろ不愉快なことがあったとはいえ、只《ただ》で、しかもかなりリッチな気分で、ニューヨークに五十日余り滞在できたのだ。とくに、ミュージカルを二十以上見たことは、利奈にとって大きな財産になった。さらに瀬木や木村に教えられたり、本やビデオで勉強して、〈ミュージカルの歴史〉の初歩が把握できたのである。それまでは、どうつながるのかわからなかった「ウエスト・サイド物語」や「メイム」と現代の数々のミュージカルとの関係が理解できたのだ。

　いきなり、映画に出ろ、というのも、かなり失礼な話である。だが、伊吹たちがいうところの〈アイドル〉になり、映画に出演したとして、そのプロセスをノートにつけておけば、異色のノンフィクションができあがるのではないか。フリー・ライター志望の利奈にとって、これは、めったにないチャンスである。

「きみが私のプロジェクトに協力する気持ちを持っていると伊吹君は言っていた。本当かね？」

　氷川は真正面から利奈を見据える。

「条件しだいです。伊吹さんは〈ビジネスとしてのアイドル〉と言ってましたから」

「ふむ」

「それ以上の説明は、氷川さんがする、とのことでした」

「なるほど」

　氷川は苦笑を浮かべた。

「で、きみの条件は？」

「先に申しあげておきますが、わたし、自分がアイドルになれるなんて思っていないのです。だから、お金は――ふつうに暮らしていければいいんです」

「だれでも、初めは、そんな風に言うがね」

　氷川はつぶやいた。

「わたし、低血圧とか、いろいろあって、ハードなスケジュールが駄目なんです」

「しかし、きみは雑誌の編集をやっていたのだろう。あれは、夜が遅いんじゃないのか」

「ええ。その代わり、昼近くに出勤すればいいのですから」

「でも、映画やＣＭの撮影は、朝が早いよ」

「それはきいてます。映画は仕方がないんじゃないですか」

「きみのように態度のでかい新人は初めてだ。だが、私はそこが面白い。私の理論《セオリー》にぴったりなのだ」

　氷川は白い歯を見せた。

ボーイがカクテルとシュウェップスを運んできた。

氷川が手にしたカクテルは、底に小さなラッキョウみたいなものが幾粒か沈んでいる。

「とりあえず、乾杯しよう」

と、氷川はグラスを眼の高さにあげる。

「私の理論《セオリー》の根底にあるのは、今が権威のいない時代だという認識だ。わかるかね？」

利奈は首を横にふる。

「これは、他のジャンルにもあてはまるのだが、話を芸能界に絞ろう。テレビにしろ、芸能誌にしろ、今までは、売れているスターをつれてきて、番組・雑誌を作っていた。その結果はさんたんたるものだ。売れっ子をつれてきたところで、数字（視聴率）はとれやしない。――つまり、この人ならば、という権威が大衆に通用しなくなったのだ」

氷川は強く言いきった。

「どうしてですか？　大衆が権威を嫌うのかしら」

「そうは思わない。日本の大衆は、あいかわらず、権威には弱い」

と、氷川は苦々しげに言い、

「ここでいう権威とは、たとえば、映画スターだ。彼らは、〈すでにでき上がったもの〉であり、〈かわいくない〉。だから、大衆にとって、スリリングではないのだ。とくに、若者はスターを嫌う。スターになったアイドルにも、当然、無関心なのだ」

「わかります、それは」

「大衆はゼイタクになっている。スターをあたえられるのでは不満足なのだ。できれば、自分たちでスターを作り出したいと思っている。スペインの哲学者オルテガなら、これを〈大衆の反逆〉と呼ぶかも知れない。つまり、大衆はスターになる以前のアイドルについての情報を得たいと願っている。そして、好みのアイドルを探し出して、応援する。そのアイドルを育てることによって、彼らは大きな精神的充足感をもち、あるいは精神的に一体化する。無名に近いアイドルが、必ず、〈応援してください〉と叫ぶのは、応援という言葉がキー・ワードになっている証拠だよ」

利奈はうなずいた。彼女が漠然と感じていたことが論理的に語られている。

「こういう時代に、歌が下手だからどうのこうのというのは、まったく意味がない。何年も下手では困るが、初めは少し下手なほうがいい。〈下手だけれども精一杯やっている〉という印象をあたえるのが、現代のアイドルの本道なのだ。それに、下手だと、スリルを感じさせるからね。——だから、〈ろくに歌もうたえない〉という、よくあるアイドル批判の言葉は、じつは味方と思わなければならない。大衆はそういう通俗的な批評に反撥して、いよいよアイドルに肩入れするのだから」

氷川はカクテルをすすって、なおも、自説をつづけた。

「とくにテレビの場合、歌や演技がうまいことと人気は、あまり、関係がない。歌をうたう直前の緊張とか、うたい終わったあとのぼんやりした姿が、すべて、視聴者の前にさらされるのだからね。その姿に魅力があるかどうかが決め手になる」

「わたしの場合はどうなんですか」と利奈がきいた。「もうすぐ、二十一になるのですよ」

「きみの場合は、十代のアイドルとはちがう。知的なアイドルというか、醒めた眼で大人の世界を冷笑しているような感じをつけ加えたい。冷笑したい気持ちを抑えている、というのがいい。主演映画の中の役も、そういったイメージにしたい」

「はあ……」

利奈はよくわからなかった。が、わからないなりに説得された気分になるのは、氷川が弁舌さわやかだからである。

「きみがニューヨークで成功したという情報はゆきわたっている。しかし、素顔がどうなのか、ということになると、さっぱりだ。キャンペーンの写真やファッション・ショウのビデオでは、顔立ちや表情まではわからない」

「でも、わたしの過去の写真が、いくらでもあるでしょう」

「それは、いくつか出た。ポルノ雑誌の編集部でアルバイトしていた〈過去〉も週刊誌にのった。しかし、そんなものはなんでもない。現在のきみがつかまらなければ、すべては謎につつまれる」

「そうかしら」

「伊吹君が話したと思うが、ＣＭの絵の一発目が大切だ。まず、モデルの名を伏せて、流す。そうやって、朝倉利奈を大衆に発見させるのだ。幾つかのＣＭで人気を高めておいて、歌を出す」

「歌はむりです。伊吹さんにおことわりしました」

「とにかく、やってみよう。レコードが動くと、次の主演映画へのつながりがよくなる。野球における打線のつながりと同じだよ」

利奈はあえて反対をとなえなかった。〈ビジネスとしてのアイドル〉を演じる自分を、面白いノンフィクションとして観察するもう一人の自分が存在するからである。

「今夜はこのホテルでゆっくり休みたまえ。あとのことは追って連絡する」

「東京に帰りたいんですけど……」

「リポーターどもに、もみくちゃにされたいのかね」

氷川の口調が優しくなった。

「ここの支配人は古い知り合いだ。きみをうまくかくまってくれる。明日には東京に戻れるようにする」

3

寝つけぬままに、広いベッドの上で、利奈は、氷川が口にした〈権威が大衆に通用しなくなった時代〉という言葉を、何度も思い浮かべた。

氷川の言葉を、利奈流に解釈すると、こんな風になる。

たとえば――アメリカ映画でのスター・システムというのは、とっくに崩壊《ほうかい》している。大スターが顔を合わせる映画は、昔ならば大入り満員が保証されたそうだが、いまや、まったく時代遅れで、観客も入らない。つまり、スターの在り方が変わったのである。

利奈がニューヨークの名画座で観た、三〇年代のスターたちの輝き方はまるでちがう。そして、その〈輝き〉のもとは個々のスターの神秘性にあり、それらの神話を支えるのはハリウッドの大会社《メジャー》の存在であった。

テレビの台頭《たいとう》によって、映画会社の権威がゆらいだ。スターたちはテレビに出演するか、自分を生かすためのプロダクションを作らざるを得なくなった。皮肉なことに、スペインでの映画出演に身を落として、のちに、ハリウッドに迎えられたクリント・イーストウッドが、自力での映画作りに成功し、神話的イメージを保つ数すくない映画スターでありつづけている。

監督の名前で観客が集まることもなくなった。その点、スピルバーグは例外的存在であるが、この人の場合はいまや、監督というよりは、プロデューサー（仕掛け人）としてカリスマ性があり、個人名というよりは映画会社名であり、ブランドである。スピルバーグのみが目立つのは、ほかの会社やプロデューサーがいかに権威を失っているかの証拠でさえある。

ミュージシャンだってそうだ。一つのヒット曲が話題になる時には、必ず、かげの仕掛け人、プロデューサーの名前が前面に出てくる。こんなことは、ごく近年の流行である。

そりゃ、昔だって、プレスリーやビートルズのマネージャーは評価されていただろう。しかし、それは一部のマニアの間だけであり、一般大衆の眼が仕掛け人のほうに向くことはなかったはずだ。

（現代で権威をもっているのは仕掛け人だと、あの人は言いたかったのだろうか）

利奈は、ふと、そう思った。

（つまり、権威はあの人にあって、タレントなんてものは、いくらでも代わりがいる消耗品にすぎないことを強調したかったのだろうか……）

彼女はスタンドをつけて、ベッドをおり、裸足のままで冷蔵庫に近寄った。冷えきったビールをとり出して、栓を抜き、グラスに注《つ》ぐ。

（そんなら、わたしは仕掛け人の力がどれほどのものか、この眼で確かめよう。そのためなら、我慢だってできるし……）

帰国第一夜を不安のうちにすごした利奈は、朝早く入浴して、コーヒーとコーンフレークスを部屋に届けさせた。コーヒーは濃すぎるように感じられた。

迎えのハイヤーは十一時にきた。スーツケースをボーイにまかせて、人目につかぬように地下の駐車場におりる。きのうとはちがい、軽装ではあるが、女らしい服装である。

「まばゆいばかりだね」

助手席にいる西田は冗談を言った。

「西田さん、〈極東エージェンシー〉に入ったのですか」

利奈がたずねると、

「いや、ぼくは組織にはしばられたくない」

やせ我慢の言葉がかえってくる。

支配人に見送られて、ハイヤーが滑りだした。

「今朝、テレビを見たかい」

「いえ」

利奈は答える。

じつは外人客用の英語チャンネルを見ていたのだが、そういっては、気障《きざ》にきこえるだろう。

「朝の芸能ニュースは、きみのことで大変だった」

西田はスポーツ紙をさし出した。芸能のページのトップに〈シンデレラ蒸発?〉と大きな活字がおどり、サングラスをかけた利奈の不鮮明な写真がのっている。

「この新聞、もらっていいですか」

利奈はノンフィクションのための資料にするつもりだった。

「どうぞ」

西田は答え、帽子をかぶった運転手と雑談を始めた。

寝不足のせいで利奈はうとうとした。眼がさめると、左手にディズニーランドが見えた。

「西田さんにきいときたいことがあるの」

不意に利奈は切り口上で言った。

「わたしが面接試験を受けたときの麴町のマンションね……」

「え?　ああ」

西田はあいまいに答える。

「あれ、氷川さんのオフィスってことになってたけど、嘘でしょ？」

「うん」

西田は気乗りしない返事をする。

「どういうことなの、ほんとは？」

「氷川さんの友人の持ち物さ。関西の財界人で、上京した時の宿と密談の場所にしている」

道理で、と利奈は思った。オフィスにしては棚や書類がすくない、と感じたのは、まちがいではなかった。

「じゃ、秘書のひとも偽物？」

「ああ、偽物だ」

と西田はうなずいた。

「あの秘書は役者の卵のアルバイトさ」

「やっぱり……」

利奈はわらった。

「しかし、氷川さんがやったことだぜ。どうして、ぼくが詰問されなきゃならないんだ」

西田はボヤいた。

（この人はわかっていない）と利奈は思った。（わたしの信頼を裏切ったのに）

高速道路は珍しく渋滞していなかった。

ハイヤーは西麻布の交差点に近い角を曲がり、六本木側にのぼる。

「左側のマンションの前でとめて」

西田は運転手に言った。

坂の途中に建っているために、入り口への道は勾配の大きな坂より低くなっている。——ということは、出入りが人目に触れにくいわけだ。マンションじたい七階建てだから、人の出入りもすくなそうである。

運転手がスーツケースをおろすと、西田が左手にさげて、先に歩いた。

自動ドアがあく。じろりと睨む管理人に会釈した西田は、エレベーターのボタンを押して、利奈を先に乗せた。

「夜になると、自動ドアは使えなくなる。脇のドアから出入りすることになるが、住人の許可がなければ外来者はドアをあけられない。その点に気をつけて探したマンションだからね」

二人は七階でおりた。

外の廊下を歩いて、突きあたりが、めざす部屋らしい。西田はポケットから出した鍵でドアをあける。中はまっくらだ。

「カーテンがしめてある」

まず明かりをつける。

「きみの部屋だ。先に入れよ」

利奈は靴をぬいで、ベージュの絨緞《じゆうたん》を踏んだ。

入ってすぐ左に六畳ほどの洋室があり、右側が浴室である。次に十二畳ぐらいのＬＤＫ、さらに同じ広さの洋室があり、カーテンをあけると、外はバルコニーで、街が見おろせる。

「景色がいいだろ」

「ええ。あの……ここは、どこなんですか？」

利奈の質問に西田はガクゼンとして、

「……まあ、俗に西麻布と呼ばれているけどね。友達にきかれたら、さりげなく〈霞町《かすみちよう》〉と、昔の町名で答えるべきだろうね」

「あ、その線ですか」

地理にうとい利奈も、例のスタイリストや編集プロデューサーどもが〈女の城〉を築く地域かと気がついた。

彼女はバルコニーへのドアをあけ、深呼吸をする。

「とりあえず、こんな物を入れといたけどね」

西田は古い籐椅子に腰かけて説明した。

「氷川さんのオフィスから運び込んだんだけど、きみの趣味には合うまい。輸入家具の気のきいたのを、ゆっくり探すといい」

利奈は答えなかった。自力ではないにせよ、あこがれの港区内に住めるとは感慨深いものがあった。

「冷蔵庫も、小型のを置いといた。ウーロン茶が入っている」

「一本ください」

「ぼくも、もらっていいだろうか」

「どうぞ」

西田は古い冷蔵庫をあけて、ウーロン茶の缶を二本、つかみ出した。

「よく冷えている」

缶を指であけて、バルコニーの利奈にわたした。

「グラスがないんだ」

「けっこうです」

利奈はのどの渇きを潤《うるお》した。

「いい気持ち……」

風が強く、髪の毛をもてあそばれたが、それでも気持ちがよかった。

利奈は知る由もなかったが、百数十年前、バルザックという作家が創り出したある野心的な人物は夜のパリを俯瞰《ふかん》しながら、「さあ、これからは、おまえ（パリ）とおれの一騎打ちだぞ」と叫んでいる。

利奈には、それほどの野心・気迫はなかったが、東京という街との戦いが始まる予感はあった。ニューヨーク行きは、その序曲にすぎなかったのだ。


「西田さん、煙草、持ってる？」

利奈は声をかけた。

「きみ、煙草、吸ったっけ？」

西田は怪訝な顔をする。

「吸わないけど、いまだけ、欲しいの」

利奈はウーロン茶の缶を左手に持ったまま、西田がさしだした箱から一本抜いた。西田はライターをポケットから出す。

風に背を向けて、煙草に火をつけた利奈は、バルコニーに戻り、ゆっくりと吸いこんで、たちまち、噎《む》せかえった。慣れないことをやるものではない。

西田は左手首の時計に眼をやって、

「急《せ》かせるようで悪いけど、氷川さんのオフィスへ行かないと……」

「どこですか」

「この近く。だから、ハイヤーを待たせてある」

利奈は考えこむようにして、

「氷川さんは〈極東エージェンシー〉にいながら、べつに自分のオフィスを持ってるんですか」

「その答えは、ぼくからはいえない。いずれ、わかることだ」


防衛庁の向かい側、いわゆる星条旗通りに面した新しいビルの前で、ハイヤーは二人をおろした。

歩いて階段をのぼる。二階に、〈オフィス・グリフィン〉という、わけのわからぬ社名が出ているドアがある。

西田がチャイムを鳴らすと、ドアがあけられた。

部屋はひどく狭い。

四つのデスクがかたまっていて、電話が三台。スケジュール表が壁に二つあり、テレビ二台と応接セットがあって、人間はデスクのまわりを、やっと通れる程度である。ビデオテープやスクラップブックをつめ込んだスチルの棚を入れても、全部で七、八坪というところか。

応接セットの一つである椅子に埋もれるようにして、髪のうすい、年齢不詳の小男がいた。

「狭いところで……」

と、男は立ちあがり、名刺入れから名刺を出す。オフィス・グリフィン代表、堀江《ほりえ》賢治《けんじ》と刷り込まれている。

「女性がひとり、急にやめましてね。お茶一杯のめず、閉口しております」

利奈は落胆していた。

派手好きの氷川にふさわしくない、ひどいオフィスである。なんだか息がつまりそうになる。

「氷川さんは？」

西田がたずねると、

「向かいの店で待っています。ご存じでしょう？」

堀江は鈍《にぶ》そうな口調で、鈍そうに笑う。

「ここは、電話がかかって、うるさいですからね」

電話がかからなくても、長居はしたくない部屋だ。

「じゃ、ぼくが案内します」

西田は先に立って部屋を出た。

ビルの外に出ると、利奈は大きく息を吐いて、

「いやー、あの〈飛翔プロダクション〉、まだしもですね」

「がっかりしなさんな。好きこのんで、あんなオフィスを

構えてるわけじゃない」

西田は、奥歯にもののはさまったような言い方をした。

星条旗通りを渡ると、木造二階建てのピザ・ハウスがある。

ほかの店が金ぴかなので、外見はぱっとしないが、この店の創業は一九五二年である。創業者は米軍の退役将校で、当時は乃木坂近くで営業していた。ラーメン一杯が三十円の時代に、ピザ一枚が四百円もしたと伝えられる。

集まってきたのは、もちろん、アメリカ兵とその愛人たちである。六本木は基地周辺にひろがったバー、お土産屋風骨董品店から発生した盛り場だから、そういうことになる。

一九五〇年代後半（昭和三十年代）になると、基地風俗に、当時の新興産業の戦士であるテレビ屋が加わった。外車からGパンとゴム草履《ぞうり》でとび出し、車やマンションのキーを鳴らしながら、ピザ・ハウスに入ってゆくというのが究極のナウで、タレント、ディレクター、作曲家が中心である。当時、ピザは、一般大衆にとって、手のとどかない食べ物だったのだ。

それが今では――と、〈ナウの仕組み〉のはかなさ、無常を作者《わたくし》は感じている。ピザを食べる身分になるべく、ひたいに汗して働いた当時の若者たちの努力と青春は、どうなるってんだ！　責任をどうとってくれるんだ！

――といった感慨に少しも関係のない利奈と西田は、通りを横切り、ピザ・ハウスの前に立った。

「ぼくは、ここで失礼する」

西田は急に他人行儀になる。

「どうして？　挨拶していったら？」

「ぼくの立場がわかってないらしいな」と西田は妙な顔をして、「ぼくを何だと思ってるんだ」

「昔の同僚じゃない？」

「いまは、それだけじゃあるまい」

「えー？」

利奈は不審そうな顔をする。

「いいかげんにしてくれよ。きみの恋人でもないのに、親切そうにくっついて歩いてさ。世間では、こういうのを、付《つ》き人《びと》っていうんだぜ」

「そんな……わたし、そんな風には思ってないもん」

「ま、いいんだ」

西田は身体の緊張をゆるめて、

「ぼくがたのまれたのは、ここまで。これから、きみの面倒をみる人は、ぼくじゃない。氷川さんが考えてくれるさ」

(んー、そういうものだろうか)

利奈は心を痛めている。

「別れぎわに忠告をひとつ。——こういう場所でも、だれが見ているかわからない。素通しの眼鏡をかけたほうがいい」

「そうします」

利奈は素直にうなずいた。

「じゃあね……」と、西田は後ずさりした。

第八章　珍人類

1

　三十坪はゆうにあると見られる木造の二階は、俗にいうウナギの寝床で、細長くなっている。薄暗い二階には、人影がない。いちばん奥のテーブルで英字新聞を読んでいる氷川秋彦をのぞいては。

「マンションを見てきたか」

　氷川は新聞を伏せてきいた。

「ええ」

「気に入ったかね」

「広すぎるくらいです」

　答えながら利奈は椅子にかけた。

「この店にきたことがある？」

「初めてです」

「六本木の歴史みたいなものさ。店内の造作《ぞうさく》は二十年前とほとんど変わっていない。私が若いころの遊び場だった。ここだと、くつろげるんだ」

　新聞をたたんで、ボーイを呼んだ。

「昼食は、まだだろう」

「いいんです」

氷川の前でピザを食べるのは気が重かった。それに、手が油だらけになるし。

「遠慮するな」

「じゃ、サラダをいただきます」

ジュースとサラダとアイスクリームという変な注文を受けて、ボーイはひきさがる。

「オフィスがあんな風なので、簡単な打ち合わせは、ここか、となりのフランス料理屋でやっている。ところで……」

氷川はブリーフケースから二通の書類をとり出した。

「こんなものは、ほんらい、タレントに見せるべきものではない。ただ、これからは、なるべく、手の内を明かしていった方がいいと思うのだ。とくに、きみには……」

うなずいた利奈は、一通を手にした。

〈朝倉利奈プロモーション戦略チャート〉と刷り込まれたそれは、上から下に、横書きで〈しかけ〉、〈イヴェント〉、〈爆発〉とあり、〈知的アイドル・プロモーションを三段階テーマで展開〉という注がついている。

(こんな風にうまくいくものだろうか)

利奈には、とても信じられない。その気持ちは、もう一枚の〈プロモーション計画表〉を見るに及んで、吹き出す寸前までいった。

CM→レコード・プロモート→映画製作というかねてからきかされていた計画を、もっともらしく表にしたものだが、〈記者発表〉や〈レコード／ビデオ／グッズ一斉発売〉の予定日まで書き込まれ、〈朝倉利奈グッズ・ショップOPEN！〉とか〈オリコン・チャートNo.1！〉が最後になっている。それから〈映画全国一斉公開・大ヒット!!〉が、双六《すごろく》でいうところの上《あ》がりになっている。いちおう綿密に作られてはいるが、所詮は、とらぬ狸の皮算用であり、妄想と狂気のタレント出世双六である。こんな計画を、氷川秋彦は本気で信じているのだろうか？

「どう思う？」

氷川の眼は笑いをふくんでいる。

「ええ……」

利奈はすぐには返事ができない。

「滑稽に思っているのだろう。いや、そうに決まっている。私だって、滑稽に思わぬでもない。あの堀江という男が作ったのだ」

氷川は書類をブリーフケースに戻して、

「文字にすると、荒唐無稽《こうとうむけい》に見える。われわれの計画というのは、いつも、そうなんだ。たとえば、きみをニューヨークに送って、アイドルに仕立ててあげる、なんて、文字にしたら、正気とは思われないだろう」

「はあ」

利奈はあいづちを打つ。

「でも、実現したんだ。だから、この計画も実現不可能とは思わない。じつは、計画表に書いてない裏わざが、いろいろある」

「裏わざ？」

「うむ。きみは新人類の旗手といわれる放送作家の片貝米《かたがいよね》比古《ひこ》を知っているだろう？」

「名前だけは……」

利奈は答えた。

――この物語が進行しているころにはやった〈新人類〉なる流行語について、ここらで若干の説明をしておいたほうがよいだろう。

〈新人類〉という言葉は、一九八三年に某月刊誌において初めて使われたといわれる。そのときは、〈ニュー・タイプ〉というルビがふられていた。

若い世代は、年長者にとって、つねに理解しがたいものであり、アプレゲールとか、太陽族とか、異星人とか、マルチ人間とか、時代によって、さまざまな呼び名を冠《かん》せられてきた。〈新人類〉もその一つであり、某週刊誌が〈新人類の旗手たち〉という連載をおこなったことによって、世にひろまった。

しかしながら、若い世代が理解しがたいというのは、果たして、真実だろうか？　アプレや太陽族がそうであったように、〈新人類〉も、ジャーナリストが世の大人どもをおどかして、興味をかきたてるためのコトバであり、ありきたりの世代論にすぎなかったはずだ。

〈新人類〉なるコトバがさらにひろまったのは、マーケティングの問題と直結したからである。ひところ、書店の企業物の棚には、「新人類に何を売りつけるか」といったたぐいの本が溢れていた。〈新人類〉はいちおう、一九六〇年以後に生まれた世代と規定されているから、物語の中の時間でいえば、二十五歳まで——つまりは、商品のターゲットとするに絶好の世代なのである。

さらに、これは、アプレや太陽族のころにはなかったことだが、「私こそ新人類です」と、マスコミに名乗りでるお調子者が、けっこう多かったことである。この点では、〈新人類〉よりも〈珍人類〉と呼ぶのがふさわしいようだ。

「片貝君は私の片腕といってもいい。まだ二十七だが、なかなかの切れ者だ」

二十七歳というのは〈新人類〉の規定に外れるのだが、ま、例外のない規則はないのだろう。

「放送作家のほかに、作詞家、DJ、グルメ評論でも一流だ。というよりは、そうした表《おもて》の仕事が、すべて、裏側でつながっていて、文化の仕掛け人としての彼をつくっている。裏わざの天才。将来がたのしみ、というより、おそろしい男だ」

「おっかない人ですか」

利奈は好奇心をいだいた。

「そんなことはない」

「面白い人ですか」

「いや……まあ、面白いとはいえない。とにかく、ここに現れるはずだから、ゆっくり観察するといい」

「えっ、みえるんですか」

「心配ないよ。べつに嚙みつきゃしない。——ただひとつ、片貝君についてはタブーがある」

「は？」

「片貝というのはペンネームだ。ほんとうの苗字は時野《ときの》。大正の文豪といわれた時野辰継《ときのたつまま》を知っているだろう」

「教科書で習いました」

「片貝君は、時野辰継の孫なのだ。祖父が文豪というのが彼にとっては重荷で、コンプレックスにもなっている」

利奈はイタリアン・サラダのオリーブを口にふくんだ。

「だから、時野辰継の名前を口にしてはいけない。まとまる話も、まとまらなくなってしまう。まえに、ばかなレコード・プロデューサーが、私はあなたのお祖父さんのファンです、と、見えすいたお世辞を口にしたために、作詞をとりやめたことがある」

「気むずかしいんですね」

「その一点だけ、注意すればいい。無用のトラブルは好まない男だ」

氷川は腕時計を見て、

「そうだ。もう一つ、用件がある。きみの話し相手というか、付き人が必要だ。給料はオフィスがはらうが、なるべく女性のほうがいい」

利奈は、ちらと上野直美の顔を想い浮かべて、帰国の連絡をしなくては、と考えた。

「私の考えでは、としが近いか、同じぐらいが、いいと思う。早急に、ひとり、目星をつけてもらいたい」

七歳上の上野直美では、付き人にするわけにはいかないし、うっとうしいかも知れない。感情をもろに出しても大丈夫な友達——と、氷川は暗示しているのだ。

うん、いないわけじゃない、と利奈がつぶやいたとき、〈新人類〉のチャンピオンが、のそっと現れた。

片貝米比古の服装は、スーツに地味なネクタイという、いたってまともなものであった。

髪の毛を、昔の言葉でいえば〈坊ちゃん刈り〉に刈り上げているのと、顔色が妙に蒼白《あおじろ》く、頬のあたりがプクッとふくれているのが、幼稚園の子供めいた印象をあたえるが、とくに珍しい眺めではない。身体はやせているが、下腹《したはら》だけがポコンとふくらんでいる。生まれつき、そういう体形なのか、中年肥りがすでに始まっているのかは不明である。

細い陰気な眼で利奈をちらと見たが、すぐに氷川に眼を向けて、

「押してまして……」

とだけ言った。

これは、前の仕事に押されて到着するのが遅くなりました、という業界用語である。

ちなみに述べておくと、〈珍人類〉が好んで用いる〈業

界用語〉はべつに新しいものでも、珍しいものでもない。

たとえば、パロディ化を意味する〈パロる〉なる動詞は一九五九年に、作者《わたくし》、耳にしている。〈わたしって××する人だから〉というのは、某芸能プロの社長夫人が一九六二年に使うのを聞いて、珍しい日本語だと感じたことがある。〈ノリが悪い〉の〈ノリ〉にいたっては、六〇年代後半にうんざりするほど、きかされた。いずれも、芸能界＝テレビ界の業界用語であり、ごく内輪《うちわ》でしか用いられなかった。

〈珍人類〉の特徴は、そうした用語（というより陰語だが）を他の業界（たとえば、フランスの最新流行思想を日本に紹介する業界）にまでひろげて、かたぎの衆をびっくりさせたところにある。そうすることによって、自己の新しさを印象づけようという手口である。

もっとも、片貝の態度には、そうしたケレンはない。チャンピオンともなれば、そんな段階は超えているのである。

「紹介しよう。朝倉利奈君……」

氷川が言うと、

「お噂はかねがね……」

と、細い眼にお義理の笑いをただよわせて、片貝は氷川のとなりにすわった。

「なにか食べないかね？」

「エスプレッソだけいただきます」

「ここのピザは口に合わないのか」

「ふふ」

片貝は一蹴する。

「きみの『東京グルメ読本』、売れてるようじゃないか。ベストセラー表の上位に入っていた」

「そりゃ……売れるように書いてるんだから、売れますよ。装幀を女性向きにして、本の帯の色まで、ぼくの指定通りにさせたんです。コピーも、ぼくです」

「ほう……」

「深夜放送で、ぼく自身が宣伝してるんですから、売れないはずはありません」

「そうか、きみは深夜放送のＤＪをやってたんだな」

さすがの氷川も押され気味である。

片貝は無表情で、

「売れるように書いたとか言いましたが、ほんとうは、深夜放送で自分の時間を持っているから、売れるんです」

「そういうものか」

「そうですとも。タレントの書いた本が売れるっていうけれど、売れてるのは深夜放送のパーソナリティやってる奴のものだけです。タレントは自分で書く時間がないから、ゴーストライターまかせですが、それでも売れます。いまや、本を売る方法は、深夜放送の電波を私物化するか、映画とタイアップするか、この二つしか、ありませんよ」

「きみはその方面にもくわしいのだな」

「最近、くわしくなったのです。これが歌だったら、『よるヒット』(『夜のヒットスタジオ』)で一発流れれば、売れゆきが上がるんですがね」

片貝はつまらなそうに言う。

「出版界も不況らしいな」

「レコード業界と同じです。出版業界も、強力な仕掛け人が出ないとダメでしょうな」


当たっている人間の強みで決めつけた。

「すると、ラジオという媒体もばかにしたものではないのだな」

「ラジオそのものが強いのではないです。ある局のある時間帯が物凄《ものすご》いパワーを持っているわけで、たまたま、ぼくが担当して……」

「DJをやっている時間帯が強いのか」

「DJは古い。パーソナリティというんですがね」

「夜中の一時から三時というのは、私はラジオをきかないのだ」

「ふつうの人は、酒を飲んでいるか、眠っているかです。そんな時間に、中高生相手にお喋りをしているんですから、それなりの報酬があってしかるべきでしょう」

片貝はうっそりと笑う。

「なまぐさい話に入ろう」

と、氷川は言った。すると、今までの会話は〈清談〉だったのか。

「朝倉利奈にあうのは、きみが初めてだ。とりあえずは、この子のキャッチコピーを作ってもらうこと。それから、どういう風に露出していくかだな」

「考えたんですがね。刷り部数はすくなくても、有識者が読むような、知的に見える週刊誌の独占インタビューという形をとるべきでしょうねえ。インタビュアーも、こちらで指名して……」

と、片貝は具体的に誌名をあげて、

「これでよければ、編集長が知り合いですから。よろしかったら、ぼくのオフィスで仕切らせてください。インタビューには、ぼくが同席してもいいです」

好奇心の強い利奈は片貝を観察しつづけたが、不愉快な感じは受けなかった。

言い方がはっきりしていて、思ったことをズバズバロにしているようだが、全身にうっくつした印象があった。うまく表現できないのだが、全身が透明な膜で包まれ、現実から庇護されているように感じられる。

「もう一つは、映画の相手役のことだ。これも、きみに相談に乗ってもらいたい」


氷川はずいぶん遠慮がちな口調になっている。

「ほんらいなら、脚本ができてからする話なのだが、脚本家が忙しいので、第一稿ができるのが年末になる。それから相手役を探すのでは、スケジュールがおさえられない」

片貝はうなずいた。

「もう十月末だ。今でも、もう遅いのだが、やるしかない」

「ひょっと、思いついたんですが——東弘之《あずまひろゆき》はどうでしょう」

あいかわらず、無表情のまま、片貝は言った。

利奈は驚いた。東弘之はアイドルとしても人気があるロック歌手で、利奈はファンだったのだ。

「言いたい放題言って、生意気《なまいき》な奴ですが、組み合わせとしては面白いと思うのです。シンデレラと王子様だったら、あたりまえですけど、シンデレラと野蛮人というのはイケるんじゃないでしょうか」

「面白いし、興行的にも強くなるね」

氷川は眼を輝かせた。

「それができれば、ありがたいが、東弘之が乗るかどうか。あの青年は、所属プロダクションの言うことをきかないのだろう？」

「じゃじゃ馬ですがね。なんなら、ぼくが、当人に当たってみます。夜中に溜ってる場所を知っていますから」

「それが第一段階だな」

「東がうんと言ったら、氷川さんの出番です。プロダクションとの事務折衝になります」

「それは大丈夫だ。あそことのつき合いは長いからね。たぶん、向こうは条件をつけるだろう。新人の出演が抱き合わせになるとか、そんなところだ」

「でしょうな」

片貝は初めて利奈に笑いかけて、

「東弘之は、こないだのシングルがこけまして、ブレーンに当たり散らしているそうです。内々で、ぼくに作詞をたのみたいという話が、レコード会社経由できています。夜中に、偶然出あうのは、東にとってもマイナスではないはずです」

「じゃ、主題歌の作詞はきみに決定だな」

なるほど、こういう風にやるものか、と利奈は感嘆した。片貝は、作詞家とかパーソナリティとかの顔ももつが、本質的にはプロデューサーなのだ。

2

とはいえ、利奈には不満もある。片貝は利奈をまったくフツーの、〈六本木アマンドの前にたむろしている女の子〉のごとくに見ているようだ。瀬木直樹や氷川秋彦のように、利奈の〈オーラ〉を認める態度をとらぬのが面白くない。

（かわいくない男）

と利奈は思った。

この要求には無理な部分もある。なにしろ、片貝米比古の日常は、女優や女性アイドルとの接触・打ち合わせで埋めつくされている。いちいち眼を輝かせていたのでは仕事にならない。片貝なりの好き嫌いはあるが、感情を表面に出さないように心がけている。

「東弘之との共演が決まったら、いろいろと仕掛けられますよ。東にアイドル批判をさせると面白いです。あいつ、自分がアイドルじゃないつもりでいるんだから」

片貝の細い眼に笑いが浮かんだ。

「一方、利奈さんはムッとしている設定にするんです。主役の二人の仲が悪いとなれば、芸能リポーターが集まってきますよ」

「芸能リポーターの件があったな」

氷川は面倒くさそうに言った。

「成田で少々やり過ぎたのでね。奴らに埋め合わせをしてやらにゃいかん」

「ぼくはテレビで見ただけですが、灰をまいたのは、まずかった。痛快ではありますけど、リポーターが意地になりますからねえ」

「灰ではないよ。龍角散だ」

「そうですか。それにしても、あいつらを敵にまわすこともないですよ。見ているぶんには面白いですが」

「それは考えている。連中の自尊心をくすぐってやらんとね」と、氷川はまじめな顔で言う。「朝倉利奈の特別記者会見をやらねばなるまい。直接的な露出度をすくなくするためにも、これは必要だな」

「あの……〈露出度〉って何ですか」

利奈は心おだやかでない。

「マスコミに写真や記事が出ることさ。ちょろちょろ出るのは好ましくない。記者会見をやれば、一度で片がつく」

と、氷川は説明した。

「とにかく、朝倉利奈に関しては、意図的に露出をすくなくする。そうすることによって、人々の幻想をかきたてる。昔の映画スターの売り出しと同じやり方だがね」

「結局、古典的な方法が、いちばん新しいんですよ」

つぶやいた片貝は、エスプレッソをすすった。

「ただ、お詫びの記者会見てのも、恰好悪いのでね。どうしたらいいか考えろ、と、堀江には言ってある」

「失礼ですが……」

片貝は小声で言った。

「それでしたら、ぼくに考えがあります」

「ほう……」

氷川は超然とした態度を装っているが、明らかに興味を示している。さっき会ったばかりの堀江という人物がタヨリナイのは、利奈にもわかっていた。

「きかせてもらえるかな」

答えるまえに、片貝はボーイを呼んで、エスプレッソが薄い、と文句を言った。

「もう少し濃く、入れ直してきて」

暗い声で命じると、氷川に顔を向けて、

「十一月になると、すぐに、ぼくのバースデイ・パーティーがあります。二十八になるんですよ」

「まだ若いんだね」

氷川はうらやましそうに言う。

「パーティーは、ぼくのオフィスでやります。本当のバースデイは、十月三十一日なんですが、ぼくのオフィスから深夜放送の中継をする趣向にして、日をずらしたのです」

「全国のきみのファンが、いっしょに誕生日を祝うわけか」

「ぼくのファンなんて、いやしません。マスコミがつくりだした妄想には乗らないことにしています」

と、片貝は冷静である。

「うちのオフィスのタレントに花束を持っていかせよう」

「そこんとこですが——ぼくの考えでは、朝倉利奈さんにきてもらうのがベストだと思うのです」

「ふーむ……」

氷川はためらいの色をみせる。

「これは氷川さんのプラスになるんですよ」と、片貝は念を押して、「朝倉利奈さんがくるという情報を、事前に、ぼくのオフィスから流します。芸能リポーターどもも、ちゃんと呼んでやります。——さて、生放送という時に、用意したのとは別な台本を使います。にせの台本と、スタッフだけが知っている本物の台本と、二冊用意しておくのです」

「どうも、よくわからんが……」

「朝倉利奈さんがきていて、芸能記者たちがきていれば、方向は決まってきます。特別記者会見をやらざるをえないでしょう。テレビカメラの持ち込みも、ＯＫします。二時間の番組のうち、四十分を記者会見に割《さ》きます。これだと、きわめて自然の流れで、無理がない……」

「しかし、きみのバースデイ・パーティーが……」

「そんなのは、どうでもいいんです。この週は、聴取率の調査週間ですから、反響があって、数字がとれればいいのです。結果として、ぼくのプラスにもなります」

転んでも只《ただ》では起きない片貝の語気に、利奈は息がつまりそうになる。徹底したバーター主義が生き方の根本にあるらしい。

「これだったら、ぼくが現場を仕切れます。だれにも文句をいわせません」


片貝が利奈をマンションまで送ることになって、三人はピザ・ハウスを出た。

「きみ、ベンツにかえたのか」

氷川は片貝の車を見て、からかうように言う。

「氷川さんの真似ですよ」

片貝はつまらなさそうに答え、利奈を車にのせる。

「感じの悪い男だと思ったろ、ぼくを」

そうつぶやきながら、片貝は車をスタートさせた。

「いえ、そんなこと……」

「どう思われても、いいけどね」

と、片貝は表情を変えない。

「こないだ、氷川さんがきみの付き人を探してると言ってた。――うちの事務所の女の子で適当なのがいるから、必要だったら、お世話する。きみのマンションは、いずれ、写真週刊誌にバレるから、その時に、仕切れる者がいないと、ヤバい」

よくよく〈仕切る〉のが好きな男である。これ以上、こちらの生活に容喙《ようかい》されてはたまらない、と利奈は思い、

「あの……友達で心当たりがありますから……」

と、遠まわしにことわった。

片貝は黙ってしまった。

沈黙にたえきれなくなった利奈は、

「えっと……〈オフィス・グリフィン〉とは、どういうご関係ですか」

と、たずねた。

「直接の関係はない。あそこがかかえてる歌手二人は、どうしようもないし。……まあ、氷川さんとしては、これから、きみに賭けるつもりなのだろう。堀江という男は、氷川さんの代理人にすぎない……」

どうやら、わかってきた。氷川は〈極東エージェンシー〉に在籍しながら、〈オフィス・グリフィン〉を経営している。〈オフィス・グリフィン〉で利奈を育て、〈極東エージェンシー〉でCFその他を作る。CFのギャラは〈オフィス・グリフィン〉に支払われるというわけだ。

（悪い人なんだ、やっぱり）

「きみが見ていた通り、ぼくは相談に乗り、アイデアを貸すだけだ。だれとでも、その範囲内では、つきあう」

片貝はひとりごとのように言った。

マンションの横の坂道で車をとめると、「じゃ、またな」と陰気に笑った。案外あっさりしているので、利奈はほっとした。

部屋に戻った彼女は友達に電話をかけようとして、やめた。話が長くなりそうだからだ。

成田のホテルの絵葉書をとり出して、ニューヨークの瀬木直樹に便りを書くことにした。十一月にはCM撮影で、またニューヨークに行けるかも知れない。


そのころ――。

港区の北にあたる新宿区、町名をいえば弁天町《べんてんちょう》の裏通りにある中古アパートの一室で、一人の娘が死を思いつめていた。

黒ずくめの彼女の名は大西比呂《おおにしひろ》。ついさきごろまで、エロ劇画界にその人ありと知られた阿武寧《あぶねい》のアシスタントをつとめていたのである。

大西比呂は、日本全国に何万、いや何十万といる〈まんが家予備軍〉の一人にすぎなかった。

おことわりしておくが、彼女の志望するのは〈漫画〉ではなく、〈まんが〉もしくは〈マンガ〉である。〈漫画〉では、子供の読むものになってしまうし、〈コミック〉では軽すぎて、テレビのばかっぽいコントのようになる。あくまでも、〈まんが〉でなければならない。

大西比呂は東京の良家の子女であり、世が世ならば、〈お嬢さん〉として、茶の湯、生け花、料理を習い、ゴルフでもしていればよいはずであった。外国で勉強をしたいといえば、両親はこころよく送り出してくれたであろう。世界の主要都市に親戚のだれかがいる、という、まことにもって結構な一族なのである。

中学のころから、まんがに狂い始めたのが、比呂の人生をおかしくした。高校のときに、母親のポケット・マネーで、自費出版のまんがの本を出した。そうでもすれば、病気がなおるだろうと母親は思ったのだが、はっきりいって、これは甘かった。高校を卒業した比呂は、私立の美術大学に入り、ほとんど同時に、阿武寧のアシスタントになった。

阿武寧は不遇の天才といわれ、〈亜麻《あま》〉という淪落《りんらく》の女の人生を描くシリーズで、文化人たちに評判が高かった。〈純文学を超えた〉とか〈エロ劇画の極北〉といった評価のかげには、ビンボーなまんが家を支援したい文化人たちの好みがあったのである。

比呂は神様にお仕えするような気持ちで、天才の仕事を手伝っていた。深夜に酒を買ってこいといわれれば、二十四時間営業のスーパーに走り、マリワナが欲しいといわれれば、北海道に住む友人にたのんで、送ってもらった。成城の実家を出て、わびしいアパートに住んだのも、ビンボーな生活にひたりたいためであり、師の境地に少しでも近づけたらと念願したからである。

それから二年――。

比呂は、天才が仕事をしたがらなくなったのに気づいた。

そして、師はついに、

「おれ、方向を変えるぜ」

と言い出したのである。

「エロ劇画は、もう売れなくなった。つまり、大衆が欲しがらなくなったんだ。リアルで、どぎついのは、時代に合わなくなった。世間のほうが、はるかに、どぎつくなったんだな」

青天《せいてん》の霹靂《へきれき》とはこれである。

「えーっ！」

と叫んだ大西比呂は、一瞬、気が遠くなりそうになった。

「エロの線でいえば、これからは、ロリコンまんがだ。ロリコンまんがの専門誌がたくさん出ていて、どれも売れている。それにロリコンものなら、ビデオにもなるしな」

念のために説明しておけば、亡命作家ナボコフの小説「ロリータ」から、〈ロリータ・コンプレックス〉という言葉が発生した。中年男が美少女に対して抱くコンプレックスのことである。〈ロリータ・コンプレックス〉を〈ロリコン〉と縮めてしまったのは、日本独特の風習で、意味も変わってしまう。〈ロリコンまんが〉とは〈美少女がやらしい目に遭《あ》うまんが〉というほどの意味である。

「おれはロリコンまんがに転向する。今日からこの路線でいくつもりだ」

阿武寧は美少女のキャラクターを描いた紙をひろげる。

ビキニ姿の少女の脇に〈あぶない亜麻ちゃん〉と書いてあるので、比呂は、ぎゃっ、と言った。

ありえないことがおこったのだ。女の性《さが》の象徴ともいうべきあの不幸な女性〈亜麻〉が、底抜けに明るいキャラクターに変貌して、にっこり笑い、Vサインなど出しているではないか。

「わたしは反対します。いえ、断乎、阻止します」

比呂は机を叩いた。

「エロ劇画なんて呼び方をされましたが、先生が描いていたのは、男女の業《ごう》の深さでした。人生の追究でした。あれは、純文学を超えるものだったんです」

「おれも、そのつもりでいたよ」

阿武寧は言いかえした。

「だけどな、〈純文学を超えた〉とかなんとか言ってた連中は、いま、どうしてる？　どっかへ行っちゃったじゃないか。文化人なんてのは、いいかげんなんだよ。あいつら、いま、みんな、中島みゆきの詞が深いとか言ってるだろ。なんでも、ファッション、一時《いっとき》の流行なんだから」

「いいじゃないですか。流行の過熱状態が過ぎた今こそ、先生は〈亜麻〉の生きざまを凝視すべきです」

「わからねえな、おまえは。売れないものを描いたって、しょうがねえんだ。おまえさんはビンボーの恐怖を知らねえから、そういうことが言えるの」

「ロリコンまんがなんて、いやらしい。あれは女性差別のあらわれです。先生が資本の論理に妥協したら、おしまいです」

「妥協しなくても、おしまいになるんだよ。おれ、もう、ビンボー、いやなんだ。キャラクター商品が売れるとかしないと、身体がいかれちゃうよ」

「そんな弱気になっては駄目です。たとえ、飢えても……」

と、アシスタントは極端なことを言う。

年齢的には新人類に属するが、考え方は、ガンコなまでに旧人類的である。

「いえ、飢え死にするなんてことは、ありません。ほんの少し、ビンボーをするだけです。いいじゃありませんか、先生」

阿武寧にしてみれば、ちっとも、よくはない。岩手県から上京して二十年、もうすぐ四十歳になるのだ。

「おまえ、なあ……」

「ねっ、先生、フライド・チキンで我慢しましょうよ。フライド・チキンの油が紙ごしに指にじっとりしみてくるあのヨロコビをともにしましょう」

「そこが問題なんだ。おれはな……今度、結婚するんだよ」

阿武寧ははっきりと言った。

「結婚するんでな、小さなマンションの一つも買いたいし、ま、なにかと物入りなんだ。そこんとこ、わかって欲しいんだよな」

大西比呂とのあいだに疚《やま》しい関係はないのだが、心理的な連帯感みたいなものがあり、それを断ち切ってしまわないと、話が進まないと思った。

「でも……先生……ロリコンまんがはいけません」

比呂は力なくつぶやいた。

陽性だが、思い入れの激しい性格で、「許せない」とか

「ぶっ殺してやる」といったコトバをやたらに発する癖がある。

「世の中、需要と供給なんだよ」

阿武寧は分別ありげに言った。


(死んでやる。もう、こうなったら、死んでやる……)

なに不自由なく育った娘は、世の中、思うままにならないと知るやいなや、死を決意した。

冷静に考えれば、自殺する理由はなにもないのだった。

阿武寧は、今後ともよろしくと、彼女のマネージャー的才能を誉めたたえたのだが、裏切られた思いの比呂は、かっとなって、オフィスのドアを叩きつけるようにしめ、タクシーでアパートに帰ったのである。

(わずかなお金で転向するなんて……あんな変節漢にわたしの気持ちがわかるはずはない)

六畳一間で、なぜかシャワーが付いている部屋である。

ひとむかし前、浴室がないと、学生さえ入居しなくなった、といわれた時代に建てられたアパートで、お義理のようなシャワーがついている。

彼女は洗濯用のビニール紐をシャワーの根元にかけ、椅子を運んできた。ビニール紐を首にかけ、椅子を蹴とばせば、不潔な世界とオサラバできる。

3

シャワーの根元にしっかり結びつけた紐を、念のために、首に二重にかけた。これなら失敗することはあるまい。

(パパ、ママ、許して……)

とつぶやいたとき、電話が鳴り出した。

一瞬、大西比呂は、首にかけた紐を外そうかと思った。

(阿武寧が心を改めて、詫びを入れてきたのではないか)

それとも――。

(イラストの依頼ではないか)

阿武寧のアシスタントをしながら、比呂はこまかいイラストの仕事をひきうけていた。

（それとも、わたしのまんがが認められたのかも……）

七回ほどコールして、電話は切れた。さらに鳴りだす気配はない。

（この期《ご》に及んで、仕事をひきうけようなどとは、わたしも情けない）

比呂の部屋は二階のはずれにある。となりの部屋には中年の夫婦が住んでいて、夫は朝早く出かけて、夜が遅い。

（わたしの死体は、となりの奥さんに発見されるかも……）

その女は、夕方から仕事場に出かけて夜明けに帰る比呂の生活を憎悪しているかのようであった。夜中や夜明けに帰るとき、比呂は、ドアのあけたてにまで、ずいぶん神経を使っているつもりなのだが、月に一度は、〈もっとしずかに！　一主婦〉といった手紙が郵便受けに入っていた。朝早く、ステレオで演歌を流して、比呂の眠りをおびやかすのもしばしばだ。壁があるとはいえ、ベニヤ板同然のしろものなので、となりの音がもろにきこえてくる。

突然、ドアを叩かれて、ガスが漏れてませんか、などときかれることもあった。どうやら、若い娘のひとり住まいを、犯罪かなにかのように見なして、たえず、チェックをしているらしい。

（そうだ！　新聞をことわっとけばよかった！）

新聞が郵便受けから溢れ出る。それらを見ただけで、となりの奥さんは異常を察知するにちがいない。ただちに管理人を呼ぶことだろう。そして、腐敗した無残な死体が発見される。「こんなことをやるんじゃないかと、いつも思ってました」という奥さんのコメントが、すべての新聞にのる。

（……生きるにあたいしない俗悪な世界……俗物どもがひしめいている大衆社会……わたしには、たえられない……）

彼女は椅子を蹴った。

決して重いとはいえないその体重を受けたシャワーの根元が、にわとりの首のように曲がり、白ペンキ塗りのベニヤ板ごと倒れてきた。比呂の身体は沈み、タイルの床に尻餅をついた。

　比呂は呆然としている。

（なんて、やわなシャワーなんだ……）

　ようやく、そう思った。

「あわ、あわ、あわ！」

　背後で叫び声がする。

　振り向くと、倒れたシャワーは、ついでに、となりの部屋との間のベニヤの壁までぶち壊しており、向こう側に、頭に白いものをのせた全裸の若い男が立っていた。どうみても、シャンプーをしている途中である。

「お湯が……出ない……」

　シャワーがこわれたのである。背中合わせのシャワーの片方を百二十度ぐらいまで折り曲げてしまったのだから、もう片方も、故障ぐらいはするだろう。

「奥さん、すみません。バケツかなにかで水を持ってきてください」

　眼をあけられない若い男が叫ぶ。

（な、なんだ、この男は？　こんな男が、なぜ、シャワーを浴びてるんだ？）

　比呂の頭には？マークが五つほどならんだ。

（旦那さんじゃないぞ。こういうの、あり、かな？）

「どうしたのよ、ダーリン」

　気味の悪い猫なで声で現れた奥さんは、壁の穴を見ると、まっ、と言った。それから、穴ごしに、こちらをのぞくと、なんともいえぬ顔をして、

「どうしたんです？」

と、詰問調になる。

　そりゃそうだろう。喪服同然の黒い服を着て、首にビニール紐を巻いている比呂を見れば、だれだって、そう言いたくなる。

「わたし、新しいダイエット法をやってたんです。そうしたら、シャワーが、ぐにゃぐにゃと曲がったんで、びっくりして倒れてしまったの」

　比呂は理屈にならないことを口走る。

「スプーン曲げってきいたことあるけど、シャワー曲げなんて、わたし、初めてです。そちらの男の方、超能力者か

しら……」

比呂の眼は奇妙な笑みをたたえた。

「いえ……」

奥さんは急に蒼白になって、

「この人は化粧品のセールスマンです。ちょっと、シャワーを浴びたいというので……私、疚しいところなんか、ありませんよ」

「なにが、疚しいんですか」と、比呂はきりかえす。「それより、そちらの方《かた》の腰にタオルを巻いてくださいません。シャンプーで眼があけられないみたい」

「あの……」

となりの奥さんは深刻になって、

「この壁は、うちで修理しますから……それから、改めて、あなたにご挨拶します。おとなり同士で誤解があってはいけませんから」

奥さんの顔が消える。

電話が、また、鳴り始めた。

比呂は首のビニール紐をゆるめながら、受話器をとった。


――はい、大西です。

――わ・た・し……わかる？

と、相手は言った。

――ん、もー、イタズラ電話なら、切るよ。

――イタズラじゃない！

相手はあわてて、

――文化書房にいたころ、いろいろお世話になった朝倉利奈です。

――あっ、利奈ちゃん！

大西比呂はなつかしそうに叫んだ。

――元気一杯みたいね。テレビで見たよ。

――なんか、変なことになっちゃったのよ、いきがかりで。

――いきがかりでも、いいじゃない。〈知的アイドル〉ってのは、思わず、笑ったけどね。〈知的〉って、アザトクない？

――そーゆーこと考えたら、一日じゅう、アザトイもんね。いきがかりで、アイドルやっちゃうつもり。

――よいねー。わたしも、いきがかりたいよ。なんも、ないもん。

――比呂は仕事があるじゃん。

――なくなったのよ。阿武寧の奴、こっちから破門してやったもん。

――阿武寧先生、良い人だったのに。

――あいつ、ロリコン趣味だったのよ。そーだ、そーいえば、いつか、利奈ちゃんの眼が色っぽいとか言ってたんだ。

――わたし、よく、それ言われる。

――あれっ、利奈ちゃん、変わったねえ。言葉のはしばしに、自信、みなぎってる。

――みなぎってないって。顔のどっかに、一個ぐらい、自信持ってないと、やっていけないもん。そーじゃない？比呂だって、オノレの技術に自信もってるわけでさ――そーゆーの、なかったら、生きていけないでしょうが。

――でも、ちがうと思うよ。わたし、先生を破門したものの、もー生きてらんないとこまで追いつめられちゃったし……。

――そーすっと、あのスタジオ、やめちゃったわけか。

――ん、やっぱ、スジ通さない男って、許せないもん。

――要するに、失業中なんだ。

――今日からね。まー、イラスト描いたりして、食いつなぐしかないでしょう。

――……会いたいなー。会えないかな？

――わたしは、どこへでも行けるよ。でも、利奈は蒸発中の身なんでしょ。

――冗談じゃなくて、きてくれる？

――なんか切迫した感じがにじみ出てるよ。追いつめられてんの？

――これから電話番号いうから、西麻布の交差点の近くから電話して……。


利奈のマンションに現れた大西比呂は、あいかわらず、黒ずくめの服に黒い帽子といういでたちだった。

「アイドルが住むのにふさわしいマンションだ」

と、室内を遠慮なく見まわして、

「家具ちゅうもんが、ほとんどないねえ」

「これから買うのよ」

と利奈は答える。

「Cパワー」の編集アルバイトとして、利奈が阿武寧のまんがを担当していたころ、大西比呂は仲間うちで〈皆殺しの天使〉と呼ばれていた。べつに深い意味はなく、黒ずくめの服装と言葉の過激さからである。

「ま、すわってよ」

古道具屋から届けられたテーブルをはさんで、二人は籐椅子にかける。

「見晴らしがいいねえ」

「なに、飲む？　といっても、ビールとウーロン茶しかないけど」

「ビール」

利奈はバドワイザーの缶とグラスをとってきた。

二人は乾杯をして、

「〈蒸発中〉とかいうから、どっかに潜《ひそ》んでるのかと思った。意外と、堂々としてるねえ」

比呂が感想を述べる。

「そうでもないのよ」と利奈は浮かぬ顔をして、「このマンションは、往年のスターやタレントが多いし、管理人もしっかりしてるから、問題ないの。でも、一歩そとに出ると、アブナイ」

「買い物も、うっかり、できないね」

「そうなのよ」

利奈は相手の眼を見つめて、

「そこで、相談があるの」

「色っぽい眼が光った」

と、比呂は茶化《ちゃか》す。

「比呂が失業したってボヤいてたけど、わたしも、失業してたから、わかるよ」

利奈はまじめに言った。

「もっとも、比呂は、決心さえすれば、大邸宅に戻れるんでしょ」

「その気、まったくなし。兄貴が結婚したから、わたし、家に帰ると、小姑《こじゅうと》の身なんだね。兄貴の奥さんとしても、わたしみたいなのと同居するの、イヤだろうしね。かげで〈狂乱の中原中也〉と言ってたって」

（うまいことというな）と利奈は感心する。色白で黒ずくめの比呂は、文学史の本にでてくる中原中也の有名な写真をおもわせる。

「マジなはなし、わたしといっしょに住んでみない？　イラスト描こうと、なにしようと自由って条件で。男の人、つれてこられると困るけど」

「うーん……」

比呂は考えこんだ。

日常の買い物もろくにできないという悩みから出た相談だから、うっかりすると、お手伝いさん代わりになってしまう。それでは比呂の自尊心が許さない。

とはいえ――。

弁天町のアパートは立ち退かねばなるまい。あんなアパートにはいたくないし、しかし、他のアパートに移る金銭的余裕もない。

「だれに声をかけたらいいか、しばらく、考えてたのよ」と利奈は説明する。「いっしょに暮らすとなると、いろいろとむずかしいじゃない？　比呂に電話したのは、発作的な思いつきじゃないの」

「それはわかる……でも、わたしも、けっこう、ワガママだから……」

「知ってるわよ、よく怒鳴られたもん。阿武寧先生を、神様みたく尊敬してたしね」

「オロカだったよ、わたし……」

「怒鳴られたけどさ、だから信用できるってとこもあるのよ。わたしより純粋で、強いもんね」

「強くない、強くない」

ついさっき自殺をはかったばかりの比呂は、てのひらをヒラヒラさせて、

「わたしでよければ、しばらく、いてもいいよ。利奈は相談相手が欲しいんじゃないかな？」

「それを、これから言うつもりだったの」

「孤独ですか、やっぱ」

比呂はユーモラスにたずねた。

「孤独っつーか……うん、孤独っていうんだろうな。信用できる人、いないし」

「バックアップしてくれる人とかは？」

「いることはいるけど、所詮、ビジネスじゃない？　といも違うしさ。比呂だったら、同い年だし、本当の話ができると思って……」

「できるね、たぶん」

大西比呂は慎重に言った。

「阿武寧のプロデューサーみたいなこと、やらされてたから、AとBと二つの仕事のどっちを取ったらいいか、みたいな時のアドバイスはできると思うよ。それって、ほんとはプロダクションの人が判断すべきことなんだけど、必ずしも利奈にプラスになる判断をするとは限らないもんね。利奈サイドに立って考えるひとがいなきゃ」

「わたしのバックアップ役は、〈極東エージェンシー〉の氷川秋彦って人。相談役は片貝米比古——知ってるでしょ」

「〈新人類〉と称してる人でしょう。あの連中はこれよ」

比呂は眉に唾をつける真似をしてみせる。

「みんな、自己顕示欲だけでね。自分をいかに恰好よく見せるかだけを考えてて、中身はカラッポよ」

それからしばらく、利奈と比呂は近況を話し合い、情報を交換し合った。利奈にとっては、久しぶりに、くつろげる一時《ひととき》であった。

「上野直美さんは悪戦苦闘してるよ。スプラッター映画の専門誌なんて、まだ早過ぎるもん」と比呂は言った。「いくらスプラッター映画がはやったって、専門誌を出す時期じゃないよ」

「だろうね、うん」

そうではないか、と利奈も思っていたのだった。

「でも、とにかく、ニューヨークへ行けたのはよかったね。女ひとりだと、なかなか行けないもの」

「近く、また、行くはずよ。CM撮影だから、数日だけど」

「うらやましいよ」

「どうってことないって……」

と、利奈は笑った。

「わたしの場合、特殊な体験だったから、アトアジよくないのよね。心から楽しいってこと、なかったしね」

そう言いながらも、木村章の色白の顔を想い浮かべた。

「それよりも、比呂、イラストレーターとして成功してよ。怒るかも知れないけど、エロ劇画は深刻な体験がいると、わたし、思う。比呂の絵はきれいで、かわいいから、イラストで売れるよ」

「そっかなあ」

と、比呂は、思わず、笑みが浮かびそうになるのを抑えて、

「売れるかも知れないけど、安易な道だと思うの。わたし、どろどろの愛欲絵巻が好きなんだ。そっちで花開くと嬉しいんだけど」

「向き不向きがあるよ。阿武寧先生は、男女のどろどろしたのが向きなんだ」

「そう思うでしょ？　あいつときたら、ロリコンまんがに走るとかいっちゃって」

「他人《ひと》のことはいいじゃない」

大西比呂は他人の行為が視《み》えすぎる、と利奈は思った。フツーの人よりは視えすぎて、自分自身のこととなると、急に眼が視えなくなる。人間、だれしもその傾向があるが、比呂は極端だ。

「じゃ、わたし、イラストに走ってみようか」

と、比呂は急に元気が出る。

「まえから、そう思ってたけど、口に出せなかったの。たちまち、怒るに決まってるもん」

「そんな……」

怒るはずない、と言わんばかりに比呂は笑っている。

「わたし、マネージメントの才能、あると思うよ。利奈の不利益にならないように仕切れると思う」

仕切れる、ときいて、利奈は内心、またかと嘆息した。

4

利奈のマンションに住みつく気持ちになった大西比呂は、弁天町のアパートに戻って、身のまわりのものを持ってきた。

大きめのボストンバッグ一つで、机その他はアパートの主人に処分をたのんだという。

「それっぽっちの荷物でいいの？」

利奈は心配になったが、比呂は当然という表情で、

「足《た》んないものがあったら、買えばいいんだから」

と、びくともしない。

比呂は、それから、夕食の買い出しにでかけて、一見して不味《まず》そうな中華弁当を二つ買ってきた。

（このひと、味覚音痴だったのか！）

利奈はようやく気づいた。

ついさっきまでフライド・チキンさえゼイタクと信じていた大西比呂は、弁当をうまそうに頬張りながら、「二十四時間営業のスーパーの弁当の中じゃ、これが光ってるのよねー」などと言っている。利奈は弁当を半分で投げ出して、ウーロン茶をすすった。

「食べないの？」

比呂はフシギそうな顔つきをする。

「時差ボケで、体調がおかしいのよ」

「じゃ、わたし、もらう」

比呂は手をのばして、弁当のケースをひき寄せ、利奈が残したぶんをかき込んでしまう。

えらいことになった、と利奈は絶望的につぶやいた。味覚という点までは、思い及ばなかったのである。しかし、これは、そうとう、重要なモンダイではないか。

「比呂は自分で料理をつくること、ないの？」

「作るよ、目玉焼きとかオムレツとか」

目玉焼きが料理か！

失業中はカップヌードルばかり食べていた利奈だが、あ

れはヤケになっていたからで、正常な状態であれば、けっこう味にうるさいのである。すくなくとも、不味いものは食べたくない。

（夜中に、おなかが空いたら、変装して、外に食べに出よう）

気をとりなおして、〈オフィス・グリフィン〉に電話を入れ、氷川秋彦の所在をたずねた。電話に出た堀江は、連絡をとってみると答え、十五分後に氷川から電話がかかってきた。

――いっしょに住むひとが決まりました。

――あ、付き人だな。

と、氷川は言った。

――ずいぶん、早かったね。

――え、身軽な人なんです。……で、彼女に会っていただきたいんですけど。

――明日にしよう。

氷川はてきぱきと答える。

――明日の午後一時、オフィスの斜め前のフランス料理屋に個室をとっておく。片貝君を呼ぶことにしよう。

あくる日の午後一時――。

指定されたフランス料理屋に、眼鏡をかけた利奈と比呂が入ってゆくと、気むずかしげなマネージャーが、「ご予約ですか」とたずねた。

見ると、テーブルは空いているのだが、〈ご予約〉でなかったら追いかえそうという構えである。客を限定することによって店の格をあげ、客の自尊心をも満足させる営業方針らしい。

このところ、会員制の店や、店であることを表示しないレストランが増えている。軽装の利奈と黒ずくめの比呂は、この種の店でいかにも嫌われそうな風体《ふうてい》である。

「あの……氷川さんに呼ばれて……」

利奈は小声で言う。

マネージャーの態度が百八十度かわった。

「朝倉様でいらっしゃいますか」

「ええ……」

「失礼いたしました。お部屋が用意してあります」

マネージャーは笑みを浮かべ、首をかしげる。

「氷川さん、見えてますか」

「いえ。——少し遅れるとのことで、片貝さまが見えていらっしゃいます」

二人は個室に通された。天井、壁、床、すべて黒一色という部屋である。

「やあ」

テーブルの向こうで、片貝米比古は仕方なさそうに笑った。

「ども」と、利奈は頭をさげて、「わたしの友達で、大西さんです」

さりげなく、比呂を紹介する。比呂は愛想のない会釈をして、椅子にかけた。

「呼んだ人が遅れるてえのは、しょうがない」

片貝はボヤきながら、レモンを浮かべたペリエのグラスに眼をおとした。忙しい中を迷惑千万、という感じが全身からにじみ出ている。

狭い部屋のなかを沈黙が支配する。困ったな、と利奈は思った。

「片貝先生……」

突然、比呂が呼びかけた。

「先生はやめてくれないか」

はれぼったく細い片貝の眼が比呂を見た。

「じゃ、片貝さん——でいいですか」

「いいさ。きみたちと、そう歳《とし》がちがうわけじゃない」

「はい。……で、利奈ちゃんのキャッチコピーというか、そういうの、できたんですか」

「できたよ」

片貝は超然とした態度をくずさない。

「きかせてください」

「ええと……〈知性が眼にしみる〉——いや、これは最初に考えたやつだ。これじゃない。もっと恰好のいいのがある……」

なんといわれようと、自分に関することだから、利奈は耳をそばだてている。

片貝は手帖をめくって、

「氷川さんがきてからにしようや」

と気を持たせる。

「そんな……きかせてくださいよ」

利奈はじれったがる。

「ワガママだな」

そう言いながらも、片貝は悪い気持ちがしないらしく、利奈の顔を見た。

「じらさないでください」

「じゃ言うぜ。吹き出すなよ」と片貝は警告しておいて、

「〈知性にキメ過ぎはない〉」

「わーっ」

比呂は利奈に身体をぶつけて大笑いし、

「やー、どーも、でした！」

「ほら、みろ。きみたちは、なんでも茶化すことしか考えてないから、いやなんだ。口に出すぼくだって、恥ずかしいんだぜ」

（あ、そういうヒトなのか）

利奈は意外に感じた。打算的な暗い男というイメージしかなかったからである。

「恥ずかしいけどさ、そういう弱みを見せたら、仕事にならないだろう。だから、〈知性にキメ過ぎはない〉と言ったあとで、心の中で、〈チャンチャン〉と言って、オチをつけるのよ」

「けっこう、傷ついたりするんですね」

と、利奈は感想を述べる。

「氷川さんとはちがうよ。あの人は照れないもの」

「へえ、そうですか」

「そりゃそうさ。広尾の何億ってマンションに住んでさ。独身で、女に惚れたことがないとか、愛人が無数にいるとか、伝説としては充分に恰好がついてるけど、それこそ〈キメ過ぎ〉だよ。ぼくだったら、とても恥ずかしくてたまらないけど、あの世代の人だから……」

「あの世代って？」

と、大西比呂が興味をしめす。

「戦争をかすかにおぼえている世代だよ。氷川さんは大陸

から引き揚げてきたはずだ。引き揚げ者とかいうんじゃないか」

「じゃ、四十代ですか」

利奈はびっくりする。

「四十代半ばだろ。苦労してるんだよ」

片貝はペリエを飲んで、

「むかしの話をしたがらないもの」

氷川の年齢を、漠然と、〈三十代後半ぐらい〉と思っていた利奈にとって、片貝の言葉はショックであった。

(そうか……それなら、瀬木さんがひろい上げた時、大学中退だったというのがわかる)

それにしても若く見える、と思う。あの日焼けは若く見せるためのものかも知れないが。

「今の話はこれだぜ」

片貝は唇に人さし指をあてた。

噂をすれば影――とはよくいったもので、間もなく、氷川秋彦が現れた。


「すまん、すまん。会議が遅くなってしまって……」

片貝米比古は答えない。答えないかわりに、なんともいえぬ笑みをただよわせる。

(うーむ、これで四十代か……)

利奈は氷川の横顔を眺めている。言われてみると、首筋のあたりの皮膚がはりを失っているようにも見えた。

「きみが例の……」

氷川は大西比呂に眼をとめた。

「大西さんです。きのうから、わたしのマンションにきてもらいました」

と利奈が紹介する。

「よろしく。古い名刺ですみません」

大西比呂は立ち上がって、小さな名刺をさしだした。

「この名前は本名かね」

自分も名刺を出しながら、氷川が問いかける。

「はい。よく、ペンネームみたいって言われます」

「目立つ名前だ」

氷川はつぶやいて、マネージャーを呼んだ。

「みんな、ワインでいいかね?……そう、じゃ、いつものやつだ。乾杯をしたい」

マネージャーはひきさがる。

「ニューヨークでのCM撮《ど》りはやめになったよ」

いきなり、氷川は利奈に語りかけた。

(えーっ!)

利奈はがっかりした。瀬木直樹、そして木村章にあえるのを楽しみにしていたのである。

「しかし、もっと良いことがある。午前中の会議で、きみが、来春のフィガロ化粧品のキャンペーン・ガールに決まったのだ」

自分の言葉の効果をたしかめるように、利奈を見つめる。

利奈はきょとんとしている。それがどういうことを意味するかが理解できないのである。

「キャンペーン・ガール、ですか……」

そんなものは、一度やって、面白くもなんともなかった。

「あのね……」

と、片貝が言葉をはさんだ。

「フィガロ化粧品のキャンペーン・ガールにえらばれるのは、大変なことなんだぜ。ぼくでさえ、ぎくっとしたぐらいだ。一定期間、テレビがきみの顔のアップで埋めつくされる。新聞広告やポスターや、とにかく物凄い宣伝量だ。目的は化粧品の宣伝だけれども、起用されたということで、きみ自身の存在がまるで変わってしまう。まったく無名の女の子でも、スターなみの知名度が得られるんだ」

「わたし、わかります」

と大西比呂が言った。

「めったにないチャンスです。利奈ちゃんは嬉しさのあまり、ボウッとしてるんです」

すっかり、マネージャー気分の比呂は顔をあからめている。

「ボウッとしてないって」と利奈は言った。「片貝さんの説明で、わかったよ」

「かなり苦労したが、うまくいった。このキャンペーンのあと、ゴールデン・ウィークに主演映画が封切られる。流れとしては最高だよ」

氷川は感情を抑制しながら言い、ワイングラスがゆきわたるのを待って、乾杯の音頭をとった。

「氷川さんの努力があるとはいえ、よくよくツイているんだな」

さすがの片貝も溜息をつく。

「天才と呼ばれるぼくでさえ、下積みの数年間があったんだぜ」

「わたしだって、エロ劇画のアシスタントで苦労してます」

と、比呂はよけいなことを言う。

お食事のほうはいかがいたしますか、とマネージャーがメニューを持ってきた。四人に一つずつ配り、「今日はスズキがおすすめですが……」と言いそえた。

利奈はメニューをひろげた。朝食がクロワッサン一つなので、なんでも食べたい。

「わ、高い！」

と、けたたましい声をあげたのは比呂である。

「この店、高いんじゃない？」

マネージャーが近くに立っているので、利奈は閉口する。高いといえば、たしかに高いのである。料理一皿が四千円、五千円なんて、高いに決まっている。

「スズキをどう料理するの？」

大西比呂の叫びを無視して、氷川はマネージャーにたずねた。

「うにソースでございます」

「ぼくはうにじゃないほうがいい」と、片貝は気むずかしげに言う。「素材をいじらないことが大切だな」

「では、ソテーか、炭火焼でも」

むっとしたマネージャーは、仮面のような顔つきで応じる。

「ソテーってのも、気が変わらないんだよな」と片貝はしつこく迫る。「炭火焼の炭はなにを使っているのかな」

「さあ。シェフにきいてまいります」

「シェフにきいて答えるのなら、子供でもできる。かりにもマネージャーだったら、即答できなければいけない」

食通として知られる片貝は、相手が弱いとみると、ねちねちとからみ、いびるのが、楽しみなのである。

　片貝米比古も、初めから、こんないやみな青年だったのではない。祖父の名声におびやかされ、〈文豪の孫が放送作家になっている〉という好奇の眼にさらされて、うっくつを仕事いがいの場所で発散させなければならなくなったのは、同情の余地がないでもない。

　そもそも、食べ物の評論は昔からあったもので、〈食味評論家〉と呼ばれる人たちも存在していた。彼らはいずれも趣味人であり、マスコミの裏通りにひっそりと生息していた。

　片貝の独創は、〈文豪の孫〉としての怨みを料理批評に持ち込んだところにある。

　初めのうちは、見逃されている市井《しせい》のラーメン屋とか、うまい駅弁を紹介するのに情熱をそそいだ。あまり売れていない放送作家がこうした行為に走るのは、人々に好感を持たれるもので、「東京ラーメン百科」なる本が出版されるにいたった。

　そこらでやめておけば、きれいだったのだが、片貝は、天ぷらやウナギやスシの批評（？）にまで手をのばした。それどころか、ほとんど食べたことがないフランス料理の批評にまでのめり込んだ。あげくの果ては、生まれて初めて食べる料理まで採点するという逆上ぶりで、つまりは権威主義にめざめたのである。

　批評というものは、バリザンボウをきわめたほうが人目につく。ウナギ屋だろうとフランス料理屋だろうと、片貝は、あたるを幸い、罵倒した。当然のことながら、料理人、シェフは、片貝を敵視したが、メモを片手に入ってこられると、喧嘩をするわけにもいかない。坊ちゃん刈りの暗い顔が店に入ってきたら最後、どんなに横暴なことを言われても、じっと耐えねばならないのだ。うっかり反論しようものなら、週刊誌やテレビで、なにを言われるかわからないからである。

「魚は、ほかに、なにがあるの？」

　片貝は陰気な眼でマネージャーをじろりと見て、内ポケットから手帖をとり出した。

「あ、あま鯛のワ、ワ、ワイン蒸しがございますが、片貝様のお口にあうかどうか……」

　マネージャーはすでに逃げ腰になっている。

「ぼくのお口にあうかどうかは、ぼくが決めることだ。……じゃ、オードブルと、そのあま鯛でも試してみようか」

「試してみようか、ですって？　よくも、そんなことが言えるわね。四千円もする料理を〈試して〉、口にあわなかったら、ポリバケツにすてさせるつもりなの！」

　不意に、大西比呂が怒鳴った。利奈も、氷川も、一瞬、声が出ない。

「どういう理由で、そんなに威張り散らすのさ。アフリカの難民の苦しみを考えたら、ひとり千円以上のものは食べられないはずです！」

5

〈どういう理由で、そんなに威張り散らすのさ〉とは、片貝にとって痛烈な批判である。

　東京の主なフランス料理屋を☆の数で採点しまくっている片貝は、年に一度しか行かない店でも、平気でランクづけをする。店員が警戒するような目つきを見せると、☆を一つもやらなかったりもする。フランス料理案内という範囲内で、片貝米比古は、ペンの暴力・権力を陰気にたのしんでいるのである。

　片貝は大西比呂には顔を向けずに、

「千円以内で、うまいものが食べられるなら、こんな幸せなことはない。そうあって欲しいという方向には、ぼくも賛成だ」

　と低い声で言った。

　料理批評以外では、他人と争わないのが、片貝のポリシーである。こんな風に低い声でつぶやかれると、大西比呂も振りあげたこぶしのやり場に困る。

「まあ、冗談だよ、大西君の……」

　氷川は大人らしくさばいて、利奈と比呂のぶんまで注文をすませた。

「フィガロ化粧品のＣＭの撮影は十一月下旬におこなわれる。歌はだれに作ってもらうか、目下、検討中だ」

「わたしがうたうんじゃないでしょうね」

利奈は不安そうな表情になる。

「その点は、二案ある。一つは、実力派の中堅歌手にうたわせるものだ。もう一つは、きみがうたう」

短期間にせよ、自分の歌声がテレビ・ラジオから溢れ出るのかとおもうと、利奈はぞっとした。

「勘弁《かんべん》してくださいよォ！」

「ひき下がっちゃ駄目よ、利奈ちゃん」

比呂はたちまち、フォローして、

「自分でうたわなきゃ。上手・下手より存在感が大事なんだから」

そう元気づけてから、氷川の顔を見つめて、

「利奈ちゃんにやらせます。わたしから説得しますから」

「ほう。名マネージャーだね」と、氷川はからかうように答えた。「しかし、利奈の話し相手ができたのは嬉しい。私も、利奈自身がうたう方向ですすめてみたいのだ」

「それですよ。絶対ですわ」

「作詞は片貝君を考えている。なんといっても、ヒット・メーカーだからね。今日、片貝君を呼んだのも、そのためだ」

「すると、急ぎの仕事ですな」

片貝はあまりいい顔をしない。

「あまり、時間がないのでしょう？」

「いや、そうでもない。来年の一月でいいのだ。作詞だけではなく、きみには、キャンペーンのコンセプトも相談したい。作曲はだれがいいか、ということも含めてね」

「なるほど」

片貝の表情が、すこし、ほぐれた。

「それでしたら、喜んで、お手伝いします」

（わたしがキャンペーン・ガールをやるとも言ってないのに、どんどん決まっていってしまう。わたし、のけものにされている）

利奈はそう思った。

（これも、しっかり、ノートに書いておこう。状況に流されてしまわないために）

「じつは、うちの社でも、片貝米比古は傲慢《ごうまん》だとか生意気《なまいき》だとかいう人間が多い。しかし、新しい生き方をしようとしたら、そうした批判を気にしてはいけない。もっとも……」

と、氷川は大西比呂に気をつかって、

「好んで他人を刺戟する態度は好ましくないがね」

「誤解されるのは仕方がないです。こうなったら、突っ走るしかないでしょう」

片貝は苦笑して、利奈を見た。

「内心、こいつとか思ってるんだろ？」

「いえ……」

利奈は心にもない台詞《せりふ》を吐いた。

「そんな風には思いません」

「ほんとうかい？」

「ほんとです」

自分も、けっこう、嘘がつけるようになった、と利奈は思う。

「放《ほ》っとけば、いずれ、理解されますよ。時のたつままに、放っとけばいいんです」

「なに!?」

片貝は顔色を変えた。

「きみ、このぼくをからかうのか!?」

「え……」

利奈はうろたえた。なにか具合の悪いことを口にしただろうか？

モンダイがあるとすれば、心にもない言葉を吐いたことだ。少しまえの利奈だったら、相手を〈好きじゃない〉感じが態度に出たにちがいない。それを抑えて、お世辞を言ったあげく、怒られたのでは、たまったものではない。

「わたし、なにか、まずいことを言いましたか？」

「またまた。そうやって、からかうのだな。……よろしい、ぼくにも考えがある。きみと同席するのはことわる！」

眉をぴくぴくさせながら、片貝は立ちあがった。

「今日かぎり、朝倉利奈関係の仕事からは、いっさい、手をひかせて貰います！」

　そう宣言して店を出て行った。

　片貝を見送った大西比呂は、「ぐゎちょーん！」と言って、「あのひと、ちょっと、おかしいんじゃない？」

　きかれた利奈は、

「わからない……」

　と答えるしかない。

「まずいよ、利奈……」

　氷川が困惑した様子で説明にかかる。

「注意しただろ、あの男の前で絶対に口に出してはいけない言葉を」

「は？」

「は、じゃないよ。ほら、彼の祖父が文豪といわれる時野《ときの》辰継《たつまま》だということさ」

「あ、そっか！」

「きみは、いま、時のたつままに、と言ってしまった。むろん、うっかり、だろう。しかし、あの男は、そうは思わない。流行歌の作詞とか料理評論とか、自分ではうさんくさい仕事と思い、じくじたるものがある。時野辰継氏の小説や詩にくらべたら、低級な仕事をしているという意識を持っている。私は流行歌の作詞が低いものとは少しも思っていないのだが……」

「そうです。いわゆる一つの才能ですもの」と比呂。

「あの男は、祖父の名を引き合いに出して、からかわれた、とヒガんでいる。いつも、そうなんだ。母親が時野辰継の長女でね、あの男を時野辰継のような文豪に育てようとした。だから、ひどいマザコンで、性格が屈折している」

「やなタイプですね」と比呂。

「この亀裂を修復するのは大変だぞ。ほかの原因なら、私の力で、どうにでもなるが、〈時のたつまま〉のひとことだけは、手がつけにくい。……しかし、なんとかせんと、深夜放送のバースデイ・パーティーの件もあるし……」

「わたし、悪気《わるぎ》なんて、全然、なかったんです」

　ことの重大さに、利奈は、しょぼんとする。

「それはわかっている。きみを責めているわけではないが……」

もう、食事どころではなかった。

「どうしたら、いいのでしょう？」

利奈は泣きそうな声になる。

「私は、今夜、あの男に連絡をとってみるが、きみも、詫びの電話を入れてくれ。あるいは、直接、あったほうがいいかも知れない」

氷川は手帖を破いて、片貝の自宅の番地と電話番号を記した。

「詫びるのもバカバカしいのだが、このさい、仕方がない。とにかく、現代を仕切っているヒーローだ。とりあえずは、頭をさげていくしかない……」


気落ちした利奈は、料理にほとんど手をつけなかった。向かい側のオフィスに寄り、堀江に大西比呂を紹介し、とりあえずのスケジュール表をもらう。スケジュールのトップは〈知的週刊誌〉におけるロング・インタビューであるが、片貝が背を向けてしまった現在、どういうことになるのか、皆目《かいもく》、見当がつかない。


利奈と比呂は、六本木の裏通りを歩いて、マンションに戻った。

「悪かったね、利奈ちゃん」

窓ぎわの籐椅子に落ちつくやいなや、比呂が沈んだ声を出した。

「え？」

「片貝さんがかっとなったのは、利奈ちゃんのせいじゃないよ。伏線を張ったのは、わたしさ。わたしが、ほら、批判したじゃない？　あれで、かーっと、きてたのよ。氷川さんのてまえ、我慢していて、遂に爆発しちゃったんだ」

「でも、大の男が怒ることじゃないと思う」

と、利奈はつぶやき、

「面白くないから、焼酎でも飲もうか。ウーロン茶割りとか……」

「待ちなよ。わたし、考えがあるんだ。こうみえても、阿武寧のマネージャーとして苦労してるからね」

「苦労人だもんね」

利奈がやさしく揶揄《やゆ》すると、比呂は真面目《まじめ》にとって、

「そう。わたし、苦労人よ」

と無邪気に肯定した。

「どうするの？」

「片貝米比古にアプローチして、関係が修復するまで、粘ってやる。おいそれとは引きさがらないよ。スッポンみたいに、食いついたら、離れない」

「でもさ……」

利奈はためらった。

さっきの片貝の態度から察するに、ちょっとやそっとでは和解できそうにない。

「まかしといて。わたしをマネージャーにしてよかったと思うようになるよ」

（付き人なんだけどな……）

と、利奈は思った。

「夜になってから、片貝の自宅へ行ってみる。なかなか、ドアの中に入れてくれないだろうけど、そこは、こっちの腕でね。中にはいれたら、八十パーセント、話はまとまるよ」

練達のセールスウーマンのようなことを言う。

「でもさあ……」

利奈の心配している意味が通じないのだろうか。

「わかってるって。これでも、わたし、修羅場をくぐってるんだから。肉体の一つや二つ、提供しても、へっちゃら。きっちり、修復させてみせるよ」

「それほどのことじゃないと思うのよ」

古めかしい比呂の啖呵《たんか》にびっくりした利奈は、相手を宥《なだ》めにかかる。

「わたしがアイドルやめれば、全部片づくし、どうってことないんだ。向こうが乗ってみないかというから乗っただけの話で、ほんと、つまんない世界よ」

「そうだろうけどさ」と、比呂はゆっくりと言った。「やめるのは、いつだって、やめられるじゃない。いま、ギブアップしたら、つまんないよ」

麻布十番の商店街は、そろそろ明かりを消すころで、中華料理屋、喫茶店のたぐいのみが派手なネオンを輝かせている。

大西比呂は、ほんらいならば、こうした庶民的な町に足を踏み入れるひとではない。前にも述べたように、良家の子女であり、さらにつけ加えれば、麻布十番の近くの高台にある敷地二千坪の屋敷が彼女の祖父の家なのである。まぎれもない〈お嬢さん〉なのであるが、彼女は自分を〈お嬢さん〉と思ってはいない。

さて——。

思いきった冒険ができるのも、お嬢さんの特徴である。近くの闇の中にそそり立つ大正時代の西洋館こそ比呂の祖父の家なのだが、若干の感傷とともに、その前を過ぎて、さらに数十メートル。夜目にもはっきりと、テニスコートのあるマンションが見えてくる。利奈にもらったメモにまちがいがなければ、このマンションの一室が片貝米比古の城である。

受付のあたりで、もたもたしていれば、確実に怪しまれるのだが、比呂は管理人に片手をふって、エレベーターに乗り込んだ。黒ずくめの衣裳といい、なれなれしい笑顔といい、どうみても、フツーの人やドロボーには見えないので、管理人は呆気《あっけ》にとられて見送ったのである。

エレベーターをおりて、ルーム・ナンバーを辿ってゆく。ローマ字で表示された片貝の部屋のドアはすぐにわかった。ドアの把っ手《とって》をねじってみたが、あかない。仕方なく、ドア・チャイムを鳴らした。

——はい!

無愛想な声がかえってくる。

「あの……昼間、たいへん失礼してしまった大西です……」

——やっぱり、きたか。

片貝は待っていたようである。すぐに、ドアがあけられ、厚めのバスローブ姿の片貝が立っていた。

「管理人にとがめられなかったかい?」

と、不思議そうに言う。

「はい、べつに」

「おかしいな」

片貝は腕を組んで、

「今夜、なんとなく、きみがくるような気がしていた」

「ほんとですか」

これなら望みがある、と比呂は計算する。

「うん。朝倉利奈の代理できみがくると思った。きみはそういうタイプだからね」

そういうタイプとは、どういうタイプなのか。

「ま、上がりたまえ。独り暮らしだから、散らかしているけど」

妙にやさしいのが不気味である。

居間に通される。テレビ、パソコンがあり、壁には和服姿の文豪・時野辰継氏の巨大なパネル写真がかけてあって、右眼のあたりにダーツの矢が数本刺さっている。

「楽にしたまえ。それから、詫びの言葉なんか言わないように。時間の無駄だ。……きみだって、こういう時の男の気持ちはわかるだろう」

片貝は比呂の眼を見つめた。

（アブナイ眼だ）と比呂は思う。（それにしても、こんなにズバリと切りだすのは珍しい）

「ぼくの言う通りにふるまってくれれば、すべて、許す。朝倉利奈のキャンペーンに手を貸すのに、やぶさかではない」

「はあ？」

「ぼくは……きみの声が好きなんだ。少しハスキーで、すばらしい。ぼくのママも、そういう声だった……」

「喜んでいいのかしら」

「なるべく大きな声を出して欲しい。ね、わかっているだろ」

片貝は左腕で比呂を強く抱き、テレビの前に倒れかかる。

「いやですっ！」

「そう、その声だ」

片貝は比呂を放りだして、パソコンのキーを打った。

画面には女性のあらわなヌードが現れる。店頭では売っていない、パソコンの〈裏ソフト〉がセットされているのだ。

羽根が出てきた。画面の中の女性が〈感じる〉ポイントを片貝が次々にクリアすると、羽根の動きに応じて、女性は微妙に肉体をくねらせ、ポーズを変えてゆく。

「さあ、声をたのむ！」

片貝は汗をかいている。

これがこの人のセックスなのか、と比呂は呆然とした。呆然としながらも、〈マザコンのパソコン〉という駄洒落《だじゃれ》が頭に浮かんだのは、いくらか余裕をとり戻したからだろう。

第九章　罠

1

一時間後に片貝米比古のマンションを出た大西比呂は、近くの電話ボックスから利奈に電話を入れた。

――はい……。

利奈の不安そうな息づかいがききとれる。

――わたし。

――あ、比呂か。どうしたかと思ってた。

――べつに、どうもしない。片づいた。片貝さんは、全面的に協力するよ。

――すごい！　どーして、そーなったの？

――くわしいことは、帰ってから話すけど、まー、笑ったね。

――大丈夫？　変なこと、されなかった？　わたし、心配してたのよ。

――心配いらないって。

あの人、現実の女性に対しては不能者なんだ、とは、電話ではいえなかった。

――そうか。じゃ、さっきの電話は、片貝さんの関係じゃないんだ……。

利奈が独りごちた。

――なんか、あったの？

大西比呂は相手の語調の暗さをきき逃さなかった。

――変な電話なの。男の声で、朝倉さんですか、と言ったきり、じーっと、黙ってるの。

――ワイセツな電話じゃなくて？

――ちがうの。

――おかしいじゃん。

比呂の頭脳はめまぐるしく回転した。

――この電話番号を知ってる人はいないはずだし、電話は堀江さんの名義になってるんでしょ。

――そうなんだけどね……でも、あれは、ちゃんと、知ってる声だった。

――怪しいね。すぐ、帰るよ。

電話ボックスを出た比呂は手をあげてタクシーをとめた。

麻布十番から利奈のマンションまでは、タクシーなら、あっという間である。


料金をはらって、マンションに近づくと、妙な気配だった。なにがどう、というのではないが、比呂は不穏なものを感じた。

早足でドアにかけより、バッグから鍵を出そうとする。

植え込みの方から数人が走ってきて、いきなり、フラッシュが焚かれた。

――「ピーピング」の者です。

闇の中で声がした。

――朝倉利奈さんですね。

「わたし、が？」

比呂は相手に顔を向けた。カメラをかまえた男のほかに、男が二人いた。

「あんたたち、なにやってんの。植え込みからこっちは、マンションの敷地なんだから。警察を呼びますよ」

――こりゃ、ちがうぜ。

という声がきこえた。

――失礼しました。朝倉利奈さんの変装かと思って。

部屋に入るなり、バッグを放り出した比呂が言った。

「わかったよ、影の正体が……。のぞき写真週刊誌の『ピーピング』だった」

「えっ？」

利奈は眉をひそめる。

片貝米比古は、〈いずれ、写真週刊誌にバレる〉と言ったが、どうも早すぎる気がする。

「どうして、わかったんだろ？」

「さあね……」

比呂は窓ぎわの籐椅子にかけて、

「一難去って、また一難だね。まちがえて、わたしの写真を撮ったよ」

「断りなしで？」

「うん。いきなり、フラッシュ焚いてさ。よく美人女優が変な顔をしてる写真があるじゃない。あたりまえだよね、びっくりするもん。その写真を印刷して、商売にするんだから、あくどい」

「ひどいね」

そんなハイエナみたいな連中が、なぜ、ここを狙いだしたのか、と利奈は暗い気持ちになる。

「許せないよ」

たったいま、誤写されたばかりの比呂は怒りに燃えている。

「でも……わたしが、ここに住んでるって、どうして、わかったんだろう？」

「そんなこと考えたって、しょうがないよ、利奈ちゃん。レストランから歩いて帰るわたしたちを尾行することだってできるんだし、意外と、素人の密告かも知れないしね。同じマンションの住人が密告する可能性だってあるんだ」

「まさか……」

「マジな話よ。このごろは、素人の密告が多いんだって。素人がそういう風になるってのがコワいね」

「信じられない、わたし」

「利奈ちゃんがニューヨークへ行ってたときだけど、阿武寧がやられたの。今度、結婚する相手の人と赤坂の一流ホテルに泊まったとき、廊下で撮られたわけね。このときも、ホテルのボーイが密告したんだって」

「アブナいなあ」

「あの時は、編集部と話し合って、二人がホテルの玄関から出てくるところを撮りなおしたのね。そういう、両者の中間的な折り合いを決めて、取材に応じることになったの。だから、ああいう写真てのは、いろいろと創作するのよ」

「へえ……」

利奈は驚くことばかりである。

「ま、『ピーピンク』を出している出版社は漫画週刊誌も出しているから、阿武寧とのつきあいを切りたくなかった。そういう力関係の問題よ」

突如、卓上の電話がけたたましく鳴った。

利奈が手をのばそうとするのを、

「わたし、出る」

と比呂がおさえた。

そして、おもむろに、グレイの受話器をとる。

――朝倉さんのお宅ですね。朝倉利奈さん、いらっしゃいますか。

――どちらさまですか？

比呂はききかえした。

――「ピーピング」編集部の記者です。

――朝倉さんは外出中で……私、留守番の者ですが、ご用がありましたら、事務所を通していただけませんか。

――ほう、事務所ねえ。

相手はせせら笑う調子で、

――〈オフィス・グリフィン〉とかいうところですか。

死んじまえ、と怒鳴りたいのを比呂は我慢して、

――はい。

――そうか。朝倉利奈さんの、およそアイドルらしからぬ写真がありましてね。で、取材をしたかったのですが。

相手は気を持たせる。

――私、わかりませんので、事務所のほうにお願いします。

がちゃん、と受話器を置いた比呂は、ちきしょう、と呻《うめ》いた。

「殺してやりたいねえ」

とげとげしい眼を利奈に向けて、

「およそアイドルらしからぬ写真があるって、自信ありげに言ってたよ。なんか覚えがある？」

「え……」

利奈は答えられなかった。

「ピーピング」の場合、アイドル・タレントが欠伸《あくび》をしていたり、居眠りをしていても、〈アイドルにあるまじき姿〉として掲載される。アイドル本人ならともかく、ふつうの人であるその妹が、中学の校庭で不良っぽい恰好（それは偶然そうしたポーズをとっただけかも知れないのだが――）をしていたことが天下に晒《さら》されるのだ。

「思いあたること、ないけど……」

ニューヨークでも、これといった冒険をしたわけじゃないし、むしろ、臆病に、つつましやかに生きていたと思う。

「とにかく、堀江さんに連絡しておこう」

まだ、いるかな、と、つぶやきながら、比呂は〈オフィス・グリフィン〉のダイアルをまわす。堀江が電話に出たので、用件を話し、氷川から連絡が欲しい、と言った。

二十分後に、氷川から電話が入った。

――よくやった、大西君。片貝に電話したら、もう和解したというので、びっくりした。それから、「ピーピング」の件だが、これから、丸の内のホテルで、記者にあう。堀江君が同席するよ。

皇居に近いホテルのロビーも、深夜ともなれば、ひとけがほとんどない。世界の主要都市の時刻をディジタルで示す壁の世界地図を眺めている外人の老夫婦一組と、フロントで泊まりの交渉をしているアベックがいるだけだ。

堀江と現れた氷川秋彦はフロントに近寄って、

「氷川だ。堀江という名で部屋がとってあるはずだが」

と訊いた。

「少々、お待ちください」

クラークは一礼して、調べにかかる。

「小さなお部屋ですが、よろしいのでしょうか」

氷川はいつもスイート・ルームに泊まるので、クラークは不審に思っているらしい。

「今夜は、小さな部屋でいい。それから、たずねてくる男がいる。人数はわからんが、このルーム・ナンバーを教えてやってくれ」

案内はいらない、と言って、氷川はキーを片手にエレベーターの方に歩き出した。地味な背広にネクタイ姿の堀江は黙って脇を歩く。

「どういう用件かはわからないが、ホテルであうのが、もっとも無難だろう」

氷川は自分に言いきかせるようにつぶやいてみる。

「いちおう、密室だからな」

「ポケットに入るテープレコーダーを持参しました」

堀江は胸のあたりを叩いてみせた。

「喧嘩になるような真似《まね》はしないほうがいい」

二人はエレベーターに乗り、二十九階まで上った。

その部屋は、大きなスイート・ルームの一部らしく、応接セットに浴室だけがついていた。氷川はソファーの裏側などを点検してから、これでいい、と言った。

「落ちついていればよいのだ。こっちは、べつに疚しいことがないのだから」

ソファーに深く腰かけながら、氷川は笑ってみせた。

しかし、心の中では、ずっと同じ疑問をくりかえしている。

(朝倉利奈の過去に、しみ一つないと、どうして確信できるのだ。おれが、あの娘《こ》について、なにを知っているというのだ)

「ああいう悪質な週刊誌を規制することはできないのでしょうか?」

堀江は凡庸な感想を述べる。

氷川は一般論には興味がない。そんなことは評論家がやればいいのだ。

「瀬木プロにいたころ、私は地方興行の担当だった。相手はいつも暴力団だよ」

「では、こうした対応には慣れていらっしゃいますね」

「いや、暴力団のほうが楽だろう。あの連中には、それなりのルールがあるからね」

やがて、ドア・チャイムが鳴った。

堀江が立ち上がって、ドアをあける。中背の顔色の悪い中年男と頑丈そうな青年が、ためらうような、厚かましいような、妙な態度で入ってきた。

「『ピーピング』の者です」

中年男は名刺を出し、堀江の名刺を受けとった。

「〈オフィス・グリフィン〉——珍しい社名ですな」

二人は椅子にかけた。堀江はソファーのはしに腰をおろす。

「失礼ですが……氷川秋彦さんではないですか、〈極東エージェンシー〉の……」

中年男が用心深そうにきいた。

「そうです」

氷川は重々しくうなずく。

「どうして氷川さんがこの席にいるのですか？」

「朝倉利奈に関することだからと呼び出されましてね。いろいろと、あの娘《こ》がらみの仕事があるもので……。私がいると、具合が悪いことでもありますか？」

「いえ、けっこうです」

中年男は答えて、青年の顔を見た。こわがる必要はない、と確認し合ったらしい。

「朝倉利奈を氷川さんがバックアップしていることは、ぼくらも存じております。……こちらも、成田空港で粉をぶっかけられたりして、ひどい目にあわされてますからな」

被害者のような目つきで恨めしそうに氷川を見た。

「あ、そうですか」

氷川は無表情である。

「ま、それはいいです」と中年男はつづける。「氷川さんには失礼ですが、ニューヨーク産のシンデレラかなんか知らんけど、朝倉利奈ってのは、いいタマじゃないですか」

「失敬な！」

堀江は顔色を変えた。

「まあ、きみ」

相手の挑発に易々とのった堀江を氷川は制して、

「そうおっしゃるからには、なにか根拠がおありでしょう。それをうかがわないと、取材に応じようがありません」

「落ちついていらっしゃいますな、氷川さん」

長髪をかき上げながら、中年男は苛々した口調になる。

「しかし、朝倉利奈の実態を知ったら、そう落ちついてもいられないでしょう。氷川さんはご存じないのだ」

「つまりですね」と若い方が、たまりかねて口を切った。「朝倉利奈はポルノ雑誌の編集アルバイトをしていただけではなく、あの種の雑誌のモデルまでやっていたのです」

「ピーピング」の記者たちが苛立ったのは、おそらく、氷川秋彦の視線そのものに対してである。世の良識派とは別な立場から、氷川は「ピーピング」のような週刊誌を軽蔑していた。

（男はポケットの数より多くの秘密を持っている）

これが氷川の持論である。ポケットは、上着に五つ、ズボンに四つあるから、少なくとも九つは秘密を持っていることになる。

（女だって同じことだ）

人間は多くの秘密を抱いて生きている、というのが、氷川の基本的な考え方である。――たとえば、高級官僚がマゾヒストであったり、弱者の代表のような役を演じる名優が私生活ではサディストであったりする。世間はそこにスキャンダルを見出すが、氷川は、彼らがサディスト、マゾヒストであるところに、真の人間性を発見し、共感するのである。この例は、むろん極端であるが、人間は秘密を抱いて生きるからこそ、灰色の人生がいくらかは面白くなるのだ、と彼は考えている。

それらの秘密を暴《あば》いて、正義漢づらをする週刊誌を、氷川は嫌悪していた。個人の性癖や過去を暴きたてることじたい、下品・粗野であり、許されぬ行為だと信じている。そんなに〈秘密〉が好きなら、政府要人や政治家の秘密を暴いてみろ、と、ありきたりの正論の一つも言いたくなるのである。

こうした彼の特異な発想は、〈家庭の中に秘密があってはいけません〉という、だれひとり、おおやけには反対できない、正しい考え方の対極に位置するものである。もし、氷川が彼の本音を口にしたならば、良識派から「ピーピング」まで、世の大半の人間を敵にまわすことになる。だからこそ、彼は本音を上着の内ポケットに隠して、独身生活をつづけているのだ。

「ま、まさか！」

堀江は蒼白になった。

「朝倉利奈がヌード・モデルをやっていたなんて！」

「嘘だと言いきれますか、堀江さん？」

ジョーカーを手にした強みで、中年男はからみつくような言い方をした。

「いや、そんなことは……」

「そんなことがあるから世の中は面白いんです。ねえ、氷川さん、あなたは本当の朝倉利奈をご存じなのですか？」

そう問いただされると、氷川もなんとも言えない。しかし、初対面の男に、こんな質問をされるいわれはない、と、自尊心が強く反撥する。

「彼女に秘密があった――そう言いたいのだね？」

「へ、へ、朝倉利奈の〈清純さ〉に着目したフィガロ化粧品が、この写真を見たら、なんといいますかねえ」

2

氷川はぎくりとしたが、表情を変えなかった。

（おかしいぞ。利奈がフィガロ化粧品のキャンペーン・ガールに決まったことはまだ公表されていないのだ。この記者はなぜ知っているのだろう？）

「気をもたせていても失礼ですから……お見せします」

ショルダー・バッグのジッパーをあけて、記者は一枚の写真をとり出した。

「これです」

写真を手にした氷川は、動揺を辛うじて抑えた。

どこかの温泉らしい浴槽――彫刻のライオンの首の口から湯が流れ落ちているのでそう見たのだが――の中で、上半身をあらわにしているのは、たしかに利奈である。これだけ似ていては、他人の空似《そらに》とはいえない。下半身が湯につかり、湯気で見えないのが幸いであった。

「なるほど……」

と言いながら、氷川は写真を堀江に渡した。

「朝倉利奈にまちがいないでしょう？」

薄笑いを浮かべた記者は念を押した。

「似てはいますね」

と、氷川はつとめて冷静を装い、

「しかし、これだけでは、なんだかわかりませんな。当人に訊いてみないと……」

そう言いながらも、氷川は足元の床が割れ始めたように感じた。

「これはアマチュアが撮ったものではありません。明らかに、プロのカメラによるものです」

記者はさらに追い討ちをかける。

「氷川さんは、当然、お気づきになったと思います。……まあ、われわれも鬼ではないので、こんなポーズをとった背景には、なんらかの事情があると考えます。それを、当人の口からききたいので……」


ポーズをとった？　いや、この写真の中の利奈はポーズなどとってはいない！

氷川秋彦はそう怒鳴りつけたかった。――なにかの偶然の所産だと思うが、このさい、そんなことを主張しても仕方がない。

「まず、当人に訊いてみます」と氷川はきっぱり言った。

「時間をくれませんか」

「どのくらい？」

記者は問いかえした。

「一週間……」

「子供みたいなことを言っては困りますよ、氷川さん」

と、記者はあざけるように言った。

「〆切ってやつがありましてね」

「二日ではどうですか――四十八時間。四十八時間後のこの時刻に、このホテルで取材に応じます。いやがるでしょうが、利奈も連れてきます。二日後なら、おたくの〆切に間に合うはずです」

「さすがに、よくご存じですな、氷川さん」

記者は写真をバッグにおさめて立ち上がった。

「本当は、今夜じゅうに取材したかったのですが、悪押《わるお》しはやめましょう。おっしゃる通り、四十八時間後にここでお目にかかります」

「部屋は変わるかも知れません。フロントで、堀江の予約した部屋とたずねてください」

氷川は如才《じょさい》なく応じた。

「失礼いたしました」

と言って、二人の記者は出てゆく。たしかに、こんな失礼はあるまい。

堀江はドアまで見送り、やがて、チェーン・ロックをかけた。

「厄介《やっかい》なことになりました」

「奴らのすわっていた椅子のあたりに盗聴用の小型マイクが残されてないかどうか調べてくれ。念のためだが……」

と氷川は不愉快そうに言った。

「あの写真は朝倉利奈でした。よりによって、こんな時に……」

「こ、こ、こんな時だから、出たのかも知れない。利奈がフィガロ化粧品のキャンペーン・ガールを失格すれば、彼女と競《せ》っていた娘が次点から昇格するだろう。とにかく、タイミングがうま過ぎる。——といって、そんな疑問にかかずらわってはいられない。今は、なんとしても、利奈を守り抜くことだ」

そう呟《つぶや》いた氷川は、

「利奈のマンションに電話を入れてくれ。これから行くと……」

「あの、まことに失礼ですが、片貝さんに相談なさってはいかがでしょうか？」

堀江はおそるおそる言った。

「片貝君は才人だが、こういうダーティーな仕事には向いていない。それに、彼は、どこの出版社とも争う気はないと思う。私が自分で処理するしかないよ」

と、氷川は一息で答える。

「そうでしょうか」

「片貝君にも手伝ってもらいたいことはある。夜が明けたら、私が電話をする」

堀江は利奈のマンションに電話をかけた。二十分で行きます、といって受話器を置き、

「まだ起きていました」

「眠れないのだろう。あの娘《こ》は、それほど、神経が図太くはない」

氷川は立ち上がり、部屋の中を見まわした。

二人はエレベーターで一階におり、フロントにキーをかえして、氷川がサインをする。

「本日はお泊まりではないので？」

別なクラークが不審そうに訊いた。

「トラブルがあってね、安眠が妨害された」

氷川はクレジット・カード売上票の控えをポケットに入れて、玄関のほうへ急いだ。四十八時間以内に手を打たなければ、取り返しのつかぬことになる。

タクシーに乗り込んだ堀江は、運転手の様子をうかがいつつ、氷川に小声で話しかけた。

「『ピーピング』のような週刊誌の記事、いや写真を、揉み消す方法はないものでしょうか」

「なくはない。現実に、いろいろなことがおこなわれている」

氷川は大儀《たいぎ》そうに答えた。

「いちばん強いのは、大手の広告代理店から出版社の広告部に圧力をかけることだ。——ただ、〈極東エージェンシー〉程度の代理店では駄目だ。あくまでも、力関係だからな。それがわかっているから、あの記者は平気で私をおどかしたのさ」

「なるほど。ほかに手はないのですか」

「スポンサー・サイドからの圧力はかけられる。——しかし、今回は駄目だ。フィガロ化粧品にこの話をしたら、キャンペーン・ガールの話は、一瞬にして消える。二番目の手も使えないのだ」

「そうか。敵も、そこらは読んでいるわけですな」

「はっきりいって、お手上げなのだ。これが男女のスキャンダルならば、まだ、手の打ちようがあるのだが……」

「まだ、手がありますか」

「いわゆる〈空気抜き〉だ。……かりに、未婚の男女タレントが具合の悪い写真を撮られたとしよう。そうしたら、週刊誌が出るまえに、スポーツ紙に〈婚約〉という記事を出してもらうんだ。こういう記事が出ると、もはや、二人の関係がスキャンダルではなくなってしまう。写真のあたえるインパクトがまるで弱くなる。しかも、〈婚約〉という記事が出たから二人が結婚しなければならない、という法はないのでね。別れたら〈婚約解消〉の記者会見をすればいいわけだし、あとは、どうなろうとかまわない」

「その手も使えませんなあ。ああいう写真があるのでは……」

「私もショックは受けたが、このご時世に、大騒ぎするほどの写真ではない。だからといって、スポーツ紙にリークするわけにもいかないな。『ピーピング』の宣伝になるだけだ」

氷川は窓の外を見る。タクシーは六本木に向かう坂にさしかかっている。

「私は息がつまりそうになりました。朝倉利奈に限って、ヌード・モデルをやっていたなんて……」

「ヌードではあるが、あれはモデルとしての写真ではない」と氷川は言いきった。「ただし、撮ったのはプロのカメラマンだ。その不自然さを説明できるのは、利奈だけだろう。当人に訊くしかない」

深夜なのに両側に原色のネオンが輝く道をタクシーはいっきに登った。さすがに人の影はすくなく、六本木交差点を渋滞なく通り過ぎた。

利奈の部屋のドアをノックした時、氷川の内部では、相手を深く傷つけてはいけないという思いやりと、ある種サディスティックな好奇心とが争っていた。

ドアをあけたのは、黒いパジャマ姿の大西比呂である。

「すみません、こんな恰好で……」

氷川は黙って靴を脱いだ。怒りを抱え込んだまま、スリッパをつっかけて、奥の部屋に入る。

パジャマの上にガウンを着た利奈は怯《おび》えた目つきをしていた。

「すわりたまえ、ゆっくり話をする」

氷川は籐椅子に腰かけながら言った。

それから比呂に向かって、

「なにか飲むものをくれないか」

「ビールでいいですか」

「ああ。今夜は運転をしないから……」

堀江はダイニング用の椅子を二つ持ってきた。ビールをついだグラス四つがテーブルに置かれたが、利奈は手を出さなかった。

「面倒なことになった」

と前置きして、氷川はビールを飲んだ。

「『ピーピング』が妙な写真を入手している。きみが温泉につかっている写真だ。記憶があるかね？」

「あっ」

利奈が小さく叫んだ。

「覚えがあるんだね？」

「鬼怒川温泉のじゃないでしょうか」

「場所はわからない」

「ライオンが口をあけていて、そこからお湯が落ちている……」

「そうだ」

「鬼怒川温泉です。文化書房にアルバイトで入って、二カ月めぐらいに、女性だけで行ったんです。あの写真ですか」

利奈の耳たぶがあかくなった。

「たぶん、それだ」

「でも……あの写真は――おおやけにできないんじゃないですかぁ」

「なぜ？」

氷川は利奈の眼を見つめる。

「だって……わたしもマズいんだけど、もろ裸のひとが写っているから……」

「待て待て」

と、氷川は怪訝な顔つきで、

「私が見た写真には、きみしか写っていなかった。話がちがうぞ」

「だって……」

と、利奈は５Ｂの鉛筆を手にすると、メモ用紙に、大ざっぱな構図を描いてみせた。

「わたしの左側に裸のひとがいるんです。上野さんていうんですけど」

「簡単よ。だれかが写真をトリミングしたってわけよ」

大西比呂は明快に断定する。

「そうすれば、利奈ちゃんだけが残るもん」

「それにしても、きみたち、どうして、そんな写真を撮ったのだ?」

氷川は怪訝そうに訊いた。

「テレビのＣＭなんかで、オジサンたちが温泉の中でビールを飲んでる――ああいうバカ、やってみようと言いだしたひとがいて、みんな、ノッたんです。……あの写真は、騒ぎのあとで、別なお風呂に入ってるところで……」

「しかし、写真を撮るのは、おかしいじゃないか」

「あ、それも訳ありなんです」

と利奈は力なく説明する。

「カメラマンがいて、このひとは、裸になっても、カメラだけは手放さないんです。酔っていても、ちゃんと撮れるのが不思議です」

(感心している場合じゃないだろうが……)

氷川は苛々した。

「すると、その女性カメラマンがイタズラで撮ったというわけか」

「はい」

「じゃ、撮影者はわかっているわけだね」

「でも……そのひと、すぐにベイルートの方へ行って、行方不明になってるんです」

「じゃ、ネガはだれが持っている?」

うんざりしながら、氷川はたたみかける。

「いくらなんでも、これはマズい、青春の記念にもならないって、上野さんはボヤいてました。処分しちゃうから、と言ってましたけど……」

「現実には、処分されていなかった。もっとも、トリミングしたのは、『ピーピング』編集部ではあるまい」

「え、どうしてですか」

堀江が口をはさんだ。

「利奈が説明したような別なヌードが脇にあれば、『ピーピング』としては、もっとスキャンダラスになるじゃないか。つまり、『ピーピング』が写真を入手した段階で、すでにトリミングされていた——こう考えるのが論理的だろう」

氷川は大きく溜息をついた。

「申しわけありません」

と、利奈は頭をさげた。

「わたしがネガを燃してしまえばよかったんです」

「利奈ちゃんが悪いんじゃないって」

比呂がなぐさめにかかる。

「その写真を『ピーピング』編集部に売り込んだ奴が悪い。それから、『ピーピング』が悪い。この二つよ」

「大西君のいうことは正しい」と氷川はいちおう持ち上げておいて、「しかし、このさい、正しいだけでは処理できない。ネガの件、確認できないかな？」

「上野さんに電話で訊いてみましょうか？」

利奈はしぶしぶ言った。上野直美に帰国の挨拶をしていなかったので、気まずいのだが。

3

「こんな夜中に、電話をしていいのかね」

氷川は大人らしい配慮をみせる。

「大丈夫です」

妙に毅然《きぜん》とした口調で答えた利奈は、手帖をとり出して、上野直美の家の電話番号を探した。

「叩き起こすことになるぞ」

「謝っちゃいますから」

利奈はダイアルをまわした。

十回ほどコールしたが、相手は出ない。

「部屋に戻ってないですね」

「まあ、明朝でいい」

氷川は宥《なだ》めるように言う。

「勤め先にかけてみます」

「おい、真夜中だぜ」

「少人数でやってる雑誌の校了まぎわは、真夜中なんて関係ないんです」

利奈は頑固に言いはって、文化書房内の直通電話番号を探し、ダイアルをまわす。

――はい、上野です。

なつかしい声がきこえた。背後の談笑とシンディ・ローパーの歌声が、雑然たる編集部の光景を浮かび上がらせる。

――こんな時間に電話して、すみません。あの……朝倉利奈ですけど……。

――あっ、利奈ちゃん！

上野直美は、一瞬、絶句した。

――……どうしたかと思ってたよ。

――ごめんなさい。もっと早く、電話しなければと思っていて、つい……。……お元気ですか？

――なんとか生きてるってだけね。

相手の声は明るかった。

――雑誌、また廃刊になるのよ。いま、最後の号をやっているところ。

――やっぱ、悪いんですか。

――売れなかったね。手がかかって売れないという最悪のケース。これが終わると、社長の思いつきで、別の雑誌を創刊するの。ビデオ関係の情報誌。

さすがに暗い語調に変わる。

――利奈ちゃんは元気そうじゃない。ツキにツイてるって感じ……。

――そう見えるんでしょうか。

――見えるよ。雲の上の人になっちゃったもの。

――とりあえずは、そうなったとしても、またすぐ、落っこちます。

――いいしらふですよ。

――どうしたの？　お酒、飲んでんの？

――でも……変じゃない？　どうして、夜中に電話してきたの？

――「ピーピング」に狙われたんです。ほら、あの鬼怒川温泉で撮られた写真、あったでしょ。

――ああ、はしたないやつね。

――あの写真が「ピーピング」の手に入ったんです。

――ええっ！

上野直美は叫んだ。

――ほんとう？

――ええ、見せられた人がいるんです。でも、上野さんは大丈夫です。わたしの裸だけがトリミングされて、しかも引き伸ばされてるみたいです。

――だけど……。

――だれが持ち込んだのか、わからないんですけど、いま、ネガが問題になってるんです。あれ、処分したのですか？

利奈は必死だった。

――そこを知りたいんです。

――んーっと……あのネガ、ねえ。

――処分したのでしょうか？

少々、ていねいな口調になる。

――……記憶がボケてるけど、シュレッダーにかけてはいなかったと思う。ちょっと、待ってね。調べてみるから。

上野直美は利奈の電話番号を訊いたが、利奈は教えたくなかった。

――こちらから、かけ直します。申しわけないですから。

――じゃ、十分後にかけてみて。

――お手数かけてすみません、ほんとうに。

受話器を置いた利奈は、氷川の顔を直視できなかった。

〈思いあたること、ない〉なんて、とんでもない。わたし、本当にどじだった、と痛感した。

「どこでどうなったのか知らないけど、世の中、こわいね」

大西比呂が腕組みをしたまま、つぶやいた。

十分後に、もう一度、上野直美のデスクに電話を入れる。

――もしもし。

――利奈ちゃん、ごめん。

上野直美は大きな声を出した。

――おもてに出したくないネガばかり入れる箱に保存しといたのよ。いま、見たら、あのネガだけなくなっているの。

そんなことだろうとは思っていたものの、利奈は顔から血がひくのを覚えた。

――じゃ……処分しなかったんですね？

――マズいとは思ってたけどさ、燃しちゃうのも過激すぎる気がして、とっといたんだ。まさか、こんなことになるとは思わないし、だいいち、私のマグロみたいな裸が、どてーっとあるんだもの……。デスクのいちばん下の引き出しに入れておいて、いままで持ち出されたことなんか一度もなかった。

――引き出しに鍵をかけてなかったんですか？

――利奈ちゃん、知ってるじゃない。鍵なんかないわよ。うちの会社はアブナい写真やネガばかりだから、それを気にしたら、やってらんないよ。

上野直美の弁明は、論理的におかしかった。一般的なアブナい写真と自分たちの写真とは、いっしょにできないはずである。

しかし、利奈はこだわらないことにした。いかに楽天的な利奈といえども、このさい、上野直美を敵にまわしてはまずいという程度の計算は働く。

――じゃ、だれかが持ち出すことも考えられますね？

――……まあ……カメラの娘《こ》が喋り散らしたから、そういうネガが存在することは、みんな、知ってたね。社員も、外部の人も……。

――外部の人も、ですか？

これがクセモノである。フリーの編集者、フリーのライター、その他その他が、文化書房には自由に出入りしている。

――わかりました。

――悪かったね、利奈ちゃん……。

――いえ……。

利奈は受話器を置いた。

「ネガは消えていた――そうなんだろ」

氷川は再び溜息をついて、

「そんなことだろうと思っていた。これ以上、追及しても、仕方がない」

利奈は小さくなっている。

「私たちも不注意ではあった。——しかし、きみの過去のプライバシーにまでは立ち入れないのだよ。そのつもりで、身辺を警戒してくれないと困る」

「ほんとに、わたしが間抜けだったんです」

利奈は頭をさげた。

「間抜けとか、そういう問題じゃない。きみは根本的なことがわかっていないのだ」と氷川は頭ごなしに言う。「だれかがネガを持ち出して、細工をした。それがだれであるか、いくら洗っても、おそらく真相はわからないだろう。確かなことは、そのだれかが、きみに悪意を持っていることだ。あるいは、〈悪意〉というほどのものではないかも知れない。〈あいつは最近、目立つ。どうも面白くない。苛《いじ》めてやるか〉——そのくらいの気持ちかも知れない。きみがおそれなければならないのは、そうした無名の大衆の悪意、気まぐれなのだ。相手の姿が見えないから、よけい、こわい……」

「でも、『ピーピング』のほうがこわいですよ」

大西比呂が言った。

「こわいといえば、こわい。——しかし、『ピーピング』は姿を見せている。姿が見えれば、対策の立てようがなくはない」

氷川の眼にかすかな笑みが宿った。

「しかし、無名の愉快犯の場合は、対策もへったくれもない。だれかがやった、というのは、本当に困るのだ。今度の『ピーピング』の件も、そこから始まっている。朝倉利奈を憎む人々がすでに存在すると考えたほうがいい」

利奈は途方にくれた。〈ビジネスとしてのアイドル〉をこれから始めようとする利奈にとって、自分を憎む人々がすでに存在するというのは、少なからず、意外である。

「でも……」

と、利奈は顔をあげて、

「わたし、ひとの恨みを買う覚えもないし……」

「きみの存在そのものが癇《かん》にさわる人がいるのだ。それは、上野というひとかも知れないし……」

「まさか……上野さんはそんなひとじゃありません」

「可能性として挙げたまでだ。大衆は決して無邪気なものではない。彼らは嫉妬深い。理解できない中傷や誹謗《ひぼう》がふりまかれることを覚悟しておいたほうがいい」


広尾のマンションに戻った氷川は、上着を脱ぎすてると、書斎に入った。

十六畳ほどの書斎は完全防音で、外部の音が遮断されている。氷川は大きなデスクに向かい、留守番電話をチェックした。

ニューヨークの羽賀からの報告をはじめ、内密の用件が溢れ出てくる。それらの最後に、「ピーピング」の件を揉み消してあげてもいい、という男の声が入っていた。名前を名乗ってはいないが、だれであるか、見当はついた。〈フリー・ライター〉の肩書で、マスコミの底辺にうごめいている男たちの一人だ。この男はスキャンダルの揉み消しが得意と称しているが、信用はできない。氷川から金を貰いながら、平然と氷川を裏切ったことがある。一種のダブルスパイ的存在なのだ。

男の電話番号はわかっている。氷川は手帖を見て、プッシュフォンを押した。

——もしもし。

相手は眠そうな声を出した。

——起こしてしまったか。

氷川は冷静に言った。

——たったいま、きみからの電話をきいたところだ。

——ごぶさたしています。早速ですが、朝倉利奈の件、おめでとうございます。フィガロ化粧品のキャンペーン・ガールに決まったようで……。

——なぜ知っている？

——フィガロの宣伝部の下っぱが銀座のバーで喋りまくっているようです。朝倉利奈のファンだそうで……。

——しょうがないな。

と言いながら、氷川は謎が一つ解けたと思った。

――「ピーピング」が動いているようですな。あそこの編集部に出入りしている友達がそう言ってました。

――ほう、そうかね。

氷川は知らぬ顔をする。

――で、なにを狙っているんだ。

――いや、それはまだ……。「ピーピング」が動いてるときいて、ご忠告申しあげようと思いまして。揉み消すなら、今のうちですから。

なんだ、なにも知らないのか、と氷川は思った。

――ご親切にどうも。具体的な動きがあったら、お願いするよ。

――ぜひ、やらせてください。

――お休み。

氷川は電話を切った。

シャワーを浴びる気力もなく、ブランデーを少し飲んで、ベッドに倒れた。

五時間眠って、眼がさめた。せめて、もう一時間眠りたいと念じたが、駄目だった。

熱いシャワーを浴びて、牛乳を飲む。煙草は十年まえにやめ、健康的《ヘルシー》な生活を心がけているが、〈極東エージェンシー〉をやめない限りは駄目でしょうと医者は笑っている。

牛乳を飲み終えた氷川は、腕時計を見て、片貝米比古に電話を入れた。片貝はすでに起きていた。

――きみ、午前中は眠っているんじゃないのか？

――パソコンで徹夜しまして。

片貝はボソッと答える。

――ちょっと訊きたいことがあるのだが……。

――はあ。

――私の記憶ちがいかも知れないが、各雑誌・週刊誌の編集長や編集部員のリストがわかるのは、きみのところのコンピューターだっけ？

――ええ、まあ。

――これは他人《ひと》からきいてきたのだがね。

と、氷川は慎重になって、

――各編集長の家族構成や資産のデータもあるとか。

――だれから聞いたのですか？

片貝は、うっとうしそうに言う。

――さあ……忘れちゃったなあ。

――地獄耳ですね。さすがに。

――職業柄だよ。好きでやってるわけじゃない。

――ありますよ、いちおう。

――うむ、さすがは片貝米比古だ。じゃ、「ピーピング」の編集長についても、わかるわけだな。

――いやだな、なんか企んでいる。ぼくを巻きこまないでくださいよ。

――巻きこむものか。私の口の固さはご存じの通りだ。「ピーピング」編集長の家族構成のこまかいデータを貰いたいだけだが、協力してくれるよね？

4

〈極東エージェンシー〉本社は、千代田区平河町にある。

午後二時に社を出た氷川は、タクシーをひろって、青山一丁目に向かった。

青山一丁目の交差点でタクシーをおり、近くにある〈英国風紅茶専門店〉に足を向ける。付近のオフィスのサラリーマンやOLがいない時間帯なので、ガラス張りの店内には、氷川の関係者の姿しか見えない。

堀江と大西比呂は、氷川を見ると、立ち上がった。

「ここらも変わりましたな」と堀江が感慨ぶかげに言った。「青山一丁目がオフィス街になるなんて、思えば、夢のようです」

氷川は無表情で、

「西田君は、まだか」

と、つぶやいた。

椅子にかけて、好みの紅茶を注文し終えたとき、西田実がとび込んできた。

「どうも、すみません！」

西田は上半身を低くする。

「青山通りで、事故があったもので、車が渋滞しまして……」

「きみの言い訳は、いつも、同じだ。少しは、他のを考えろ」

氷川はそう言い放ってから、

「この男も、われわれの仲間と考えてもらっていい。『ピーピング』の件は、すっかり話してある」

と、大西比呂に紹介した。

「お名前は、利奈からきいてます」

比呂は軽く会釈する。

「早速、本題に入ろう」と氷川は三人を睨んだ。「ことは、急を要する。明日の深夜がタイム・リミットなのだ。きみたち三人がうまくやってくれないと、この非常手段は成功しない。ほとんど、綱渡りみたいなものだから」

氷川は内ポケットから折り畳んだ紙を出した。片貝からファックスで送られてきたものが内容である。

「西田君、いいカメラマンがいるかね」

「遊んでる、腕のいいのが、いくらでもいます。とりあえず、ひとり、押さえましたが……」

「ひとりで大丈夫だろう」

「ぼくを入れて、二人です」

「わかっている。よけいなことを言うな」

氷川の態度はきびしい。神経がぴりぴりしているようだ。

「西田君には、もう一つ、頼みがある。きみの知り合いで、凄いような二枚目がいないかね。女がぐらっとくるような……」

「二枚目ですか」

西田は奇妙な顔をする。

「うむ。はっきりいえば、職業的な女たらし、が望ましいのだがね。謝礼金には糸目をつけない」

同じ日の夜——。

新宿駅に近いガードの下を、酔った紳士が歩いていた。

初老の紳士は、わがままな流行作家のゴルフにつき合い、四谷の料亭で接待したあと、気分直しに新宿のバーへ足を向けたのである。

かつては〈文壇バー〉などと呼ばれた店は、三、四十代の映画関係者の溜り場になっており、その大半は、映画を撮れない立場にあるから、怨念が渦を巻いて、現在只今、仕事をしている映画監督はすべて、怨嗟《えんさ》の対象になるという凄まじさ。たいていのことには驚かぬ紳士も、毒気にあてられ、つい、「やっぱり、黒澤明はすばらしい」と口走ったために二発殴られて、ストゥールから落ちた。かけよったママはひとこと、「うち、今週一杯で閉店します」

（末世だ……）と、歩きながら、紳士は考えた。（あれでは日本映画も駄目になってゆくだけだろう。きくところでは、レコードも売れないというし、いったい、日本はどうなるのだろう？）

突如、つむじ風のように黒一色の女がとびついてきて、彼の胸に顔を埋めた。

「ど、どうした？」

なにがなんだか分からない。分からぬまま、ガード下の闇に立ちつくした。

世の中には、果たして、存在しているのかどうか、あいまいな人間がいる。宴会やパーティーのあとで、「あいつ、いたっけ？」などと噂される男女。存在感が希薄というのだろうか――要するに、いても、いなくても、どうでもいい、という人たち。

この物語でいえば、堀江という人物がそうであって、〈オフィス・グリフィン〉代表とは名ばかりで、風貌は冴えず、存在感はなく、なんか生きているのがムダみたいな感じの人物ではある。

だが――この凡庸さが生かされる栄光の瞬間がきたのである。目立たない人間だからこそ、できる仕事があるのだ！

どんな相手にも安堵感をあたえる彼の無害な風貌に接すれば、ビルの警備員も思わず、心なごんで、エレベーターのボタンを押してしまうし、そして、エレベーターをおりれば、すぐ前が「ピーピング」編集部なのである。

目標は、部内正面のスケジュール・ボードである。氷川にそう命じられている。氷川がどこからそんな情報を入手したのかは知らないが……。

堀江の安全を保証するのは、片手に持った印刷所の名入りの大きな封筒のみである。これを通行証がわりにして、堀江は奥へ突き進む。

もっとも、他社の編集部内において、悪いこと、危険な真似をしようというのではない。スケジュール・ボードの下にテープで貼りつけてある数枚の写真の中の一枚をポケットにおさめるだけでいいのだが……。


新宿西口にそびえるホテル群の中でも、とくに〈高級〉と目されている某ホテル三十七階のバー「バロン」――。

ホテルの印刷物によれば、〈ジャズと夜景がマッチする魅惑のナイトラウンジ、暮れゆく夕陽をドライマーティニに映しながら、けだるい夜の闇に身をまかせる〉という。〈暮れゆく夕陽〉と〈夜の闇〉が同時進行形なのが、いささか気になるが、ま、いいか。

そのバーのカウンターの隅で、苛々しているのが、西田実である。


（しょうがねえな、あいつ。相手は、とっくにきているのによ）

カウンターの真ん中で、女はキール・ロワイヤルを飲んでいる。ラムズウールのセーターとミニスカート、その下にジョーゼットのプリーツスカート。あやうく黒ずくめになるところを金ラメニットの縁《ふち》どりで救ったファッションは、とても高校生のものとは見えない。六本木のディスコはダサくて――という発想から、この三十七階に現れる、というのが、西田には、いまひとつ納得できないのだが。

（あいつ、なにしてんだ！）

あいつというのは、西田の知人である役者の卵である。役者としての才能はなく、といって、ホストクラブで働くのは面倒くさい、というゼイタクな男で、いやになるほどの二枚目。氷川の希望にぴったりはまったのだが、とにかく、生まれてから働いたことがない男だから、早速、遅刻ときた。

（あの莫迦《ばか》……）

呪いの言葉を吐いていると、ようやく、現れた。借り着のタキシードが似合うのは、さすがである。

西田はブロックサインを送った。カウンターには、女が三人いるから、間違えたら大変である。

サインを認めた男は、目標の女を眺めた。呼吸をはかってから、おもむろに歩き出し、女のとなりに腰をおろした。

（やれやれ、やっと……）

西田は胸をなでおろし、ボーイにダイキリを注文した。

（あとは、奴しだいだ。久しぶりに、カメラの腕がふるえるぞ）

十数分後に、カウンターの男女は談笑し始めた。

西田としては、嬉しいような、口惜しいような、複雑な心境である。


皇居に近いホテルの狭い部屋のドア・チャイムが鳴ったのは、丁度、四十八時間後であった。

堀江がドアをあけると、「ピーピング」編集部の中年男と青年の記者コンビ、それから猫背のカメラマンが入ってきた。


中年男は室内を一瞥《いちべつ》して、「朝倉利奈がいないじゃないの」と言った。

「利奈はこない」

ソファーの背にもたれた氷川秋彦は堂々と答える。

「約束がちがうじゃないか」

と、中年の記者は気色《けしき》ばんだ。

「まあ、すわりなさい。当人が、ぜったい取材に応じたくないというのだから、私にもどうしようもない」

氷川はびくともしない。

「ほう、つまりは、あの写真を認めたってわけですな」

中年男はふてぶてしく笑って、

「いいでしょう。ノー・コメントだった、という文章をつけて、写真をのせるだけのことです。四十八時間、待つ必要はなかった」

「無駄をしましたね」

と、青年記者がうなずいた。

「申しわけない。私の力不足で……」

氷川は謙遜《けんそん》してみせる。

「お気の毒ですな、氷川さん。知性派アイドル朝倉利奈も、これで、おしまいです。私個人は、朝倉利奈に含むところはないのですが、なにしろ、仕事ですから」

中年男は煙草をくわえて、気持ちよさそうに火をつけた。

氷川は沈黙している。

「ご存じの通り、『ピーピング』の売れ行きは、とび抜けています。この影響力たるや……」

「タレントやスポーツ選手を生かすも殺すも、われわれの気分しだいです」

青年も勝ち誇ったように言った。

「けっこうですな」

と、氷川は大きくうなずいた。

「笑いがとまらないでしょうね。まことに、うらやましい。……私だって、あやかりたいですよ。あまり、うらやましいので、〈オフィス・グリフィン〉でも、写真週刊誌編集のお手伝いをするようにしたら、と、ここにいる堀江君にすすめたのです」

「幸い、話がまとまりまして……」

堀江が実直そうに笑った。

「なに⁉」

「安心してください、『ピーピング』とは関係のないことです。今度、新しい写真週刊誌が創刊されますね。たいそう、お金をかけて……」

「『チャンス』のことかね？」

中年男は眉をひそめた。「ピーピング」の強力なライバル誌になるのでは、と噂されている誌名だった。

「まあ、そんなところです」

と、堀江はあくまでも腰が低い。

「『チャンス』創刊号に、早速、写真が売れそうで、ほっとしております」

「ふーむ」と中年男は考え込みながら、煙草の火を灰皿に押しつけた。「この業界も、乱立気味ですが……たとえば、どういう写真ですか」

「さあ……それを言っていいのかどうか」

「かまわない。いっそ、見せてあげなさい」

氷川が軽くすすめる。

「では……」

堀江は古風な革カバンから数枚の写真をとり出し、一枚を中年の記者にわたす。

「げっ！」

記者はびっくりした。

「ピーピング」の編集長が家を出る瞬間をとらえた写真である。べつに、やましい点はないのだが、家が写っているのがコマる。豪邸だけにコマるのである。

「これはうちの編集長の……」

「ご立派なお宅ですな」

と、氷川が言った。

「この家は、編集長の親が建てたものですぞ」

中年男は、むっとする。

「そんなことは読者には関係ないでしょう。〈豪邸から出勤する『ピーピング』編集長〉という見出しが、読者に、どんな感じをあたえるかが問題です」

「ほう、脅かすつもりだな」

「いえ、『ピーピング』流にやれば、そうなる、というだけの話ですよ」

すかさず、堀江は、次の写真を中年男に見せた。

「これはひどい！」

「ピーピング」編集長が女性記者の頬にキスをしている写真である。

「この写真はシャレで撮ったものだ。だから、編集部のスケジュール・ボードの下に公然と貼ってあった。だれかに盗ませたな！」

中年男の顔は真っ赤になった。

「シャレでキスをしているなんて、読者が信じると思いますか。だれも信じないね。読者は本気だと思うぜ」

氷川の語調が一変した。

「次の写真を見れば、一言もあるまい。堀江君、見せてやれ」

それはベッドの中であられもない姿をさらしている若い女の写真である。全裸の男の顔はフレームに入っていない。撮影者が西田実であるのはいうまでもない。

「編集長のお嬢さんじゃないか！」

「グレている次女だそうだな。ホテルのバーで、毎晩、男を探している、と教えられたよ」

「プライバシーの侵害だ。人権問題だぞ、これは！」

中年男は叫んだ。

「三枚の写真をならべて、〈この淫乱《いんらん》一家〉なんて売り方をするのが、『ピーピング』流だろうな。さて、『チャンス』は、どういうキャプションをつけるか」

氷川はかすかに白い歯を見せた。

「落ちつきなさい、血圧が上がるから。堀江君、もう一枚だけ、見せてやれ」

堀江はうやうやしく、写真を中年男にわたした。

中年男と青年は、同時に、

「こ、これは……」

と言ったきり、絶句した。

「きみたちのよく知っている人物——おたくの出版局長だ。場所もあろうに、ガード下で、若い娘を抱きしめている。大きなスキャンダルになるな」

——若い娘は大西比呂。撮ったのは西田の友人のカメラマンである。

「これ一枚でも、『チャンス』は大喜びさ。きみたちのほうが詳しいと思うが、なにしろ、打倒『ピーピング』で燃えている会社だ。同業の仁義なんて守る気はまったくない。『ピーピング』のスキャンダルで創刊号を飾れれば、売れ行きも爆発的になるだろうしね……」

二人の記者は蒼白になっている。とくに、中年男のかわいた唇がふるえていた。

ややあって——。

「氷川さん、その写真、押さえてもらえませんか」と中年男が口をひらいた。「……よろしければ、編集長でも、出版局長でも、つれてまいります。その四枚の写真は、なんとか、勘弁してもらえませんか。『チャンス』の手にわたったら、えらいことになります。編集長はもちろん、私の首も吹っとびます」

「〈極東エージェンシー〉には、そんな力はないね」

「そんな……氷川さん個人には、あるじゃないですか。

……も、もちろん、朝倉利奈の写真はなかったことにします……」

三人の男が帰ると、堀江は眼を輝かせて、「よかったですね！」と上ずった声を発した。

（少しもよくはない）と氷川は苦々しく思った。（……またしても、無用な敵を作ってしまった。たかが二十《はたち》の娘のために、危険な猿芝居をやってみせるなんて――おれも、物好きな……）

第十章　表層浮遊

1

朝倉利奈の主演映画の製作発表は、十二月の初めに、東京タワーに近いホテルでおこなわれることになった。

翌年のゴールデン・ウィーク公開のサスペンス・コメディ「危険を買う娘」の脚本の第一稿は、年末にでき上がる予定だが、脚本家の調子によっては、年を越す可能性があった。大宝映画の宣伝部としては、年内に記者会見をすませてしまいたかったのである。

氷川秋彦も、これに賛成していた。利奈がもうすぐ、二十一歳になるので、二十歳のうちに映画の発表をしたかった。

また、この映画には、東京テレビが深く関係していた。外国映画の話題作のテレビ放映は、視聴率を稼ぐためのもっとも有力な武器であるが、大半の話題作はすでに放映ずみか、どこかの局が放映権を獲得している。そのため、洋画の買い付けではなく、テレビ局が製作費を出して、日本映画の話題作をつくるのが、ここ数年の傾向である。

〈話題作〉とは、必ずしも、大作を意味するわけではない。

規模としては小品でも、話題度が高く、映画製作のプロセスにイヴェント性が大きければよいので、劇場公開後、一年ぐらいでテレビ放映すれば、高い視聴率が期待される。「危険を買う娘」は、日本映画としては、中規模の作品である。しかし、話題性にはこと欠かなかった。

　フィガロ化粧品のCFを撮り終えた朝倉利奈は素人である。相手役を演じるロック歌手、東弘之は、日本映画なんてものはゴミ同然だ、とラジオ番組で放言している青年である。この二人にドラマを演じさせるのは、かなり危険なのであるが、監督は飯野《いいの》和夫《かずお》——みずから〈東洋のスピルバーグ〉と称する強烈な個性の持ち主である。さらに、物語の原作は、あの片貝米比古ときている。飯野和夫と片貝米比古がすでに険悪な状態にあることが、スポーツ紙やテレビの芸能ニュースで報じられていた。

〈険悪な状態〉云々《うんぬん》は、片貝と大宝映画宣伝部が仕組んで、マスコミに流したものである。映画製作のプロセスにおいて、本当のトラブルが外部に洩れることは、あまり多くはない。洩れそうになったとしても、宣伝部が押さえるか、毒の部分を抜いてしまうからである。

　だから、視聴者がテレビの芸能ニュースなどでみせられるのは、無害衛生・消毒殺菌ずみのものか、映画会社が宣伝用に作り上げたスキャンダルである。「危険を買う娘」の場合は、東京テレビがバックアップしているので、情報操作は、より効果的にできるし、系列のラジオ局も一枚嚙んでいる。

　これらすべてを仕組んだのは氷川秋彦であり、まずは順調に作動している、といってよかった。

　まずは、と付くのは、トラブルがないとは、いえないからである。

　マスコミに伝えられるところとはちがって、飯野監督と片貝米比古は仲が良かった。片貝はまず原案をつくり、脚本家がそれをシナリオにする。シナリオのストーリーと、ほぼ同じものを、片貝が、あとから小説にして、来春、出版するという段どりである。

　トラブっているのは、歌手の東弘之と片貝のあいだである。

片貝と東は、ほんらいはうまが合い、

「映画のテーマ・ソングは、もちろん、きみがうたう。ぎんぎんのロックでいこう」

と、片貝がおだてれば、

「いやー、片貝さんがプロデュースしてくれるんなら、オリコン一位は間違いなしだなあ」

と、東は興奮して、一時は、片貝にぴったり、くっついていた。

ところが、〈超天才〉飯野監督があらわれるに及んで、東は、あさはかなブランド的思考をしてしまったのである。

　飯野和夫＝アーティスト

　片貝米比古＝ただの職人

そして、ブランドとして、アーティストのほうが上だと判断をして、

「東弘之にふさわしい人物に初めてあえた」

と、スポーツ紙にコメントしてしまったのである。

だいたい、自分のフルネームを自分で口にできるのがフツーではないのだが、それはさておき、飯野監督と酒を飲んでいるうちに、東はたちまち自分も〈グレード〉が上がった気分になって、内心、片貝を軽蔑し始めた。

いっぽう、片貝はといえば、こうしたことに人一倍敏感なタチであるから、テーマ・ソングをプロデュースしたくない、と言い出した。まあまあ、と抑えたのは氷川で、とにかく、作詞だけはやってもらうことで折り合った。

この映画のプロデューサーは三人で、大宝映画から一人、東京テレビから一人、そして氷川（ただし、別名でやっている）――なのだが、実質的には、氷川がひとりで仕切っているに等しい。トラブルにつぐトラブルを乗りきって、ようやく、製作発表まで漕ぎつけた。

（不思議なものだな……なんとか、辻褄《つじつま》が合ってしまう）

苦しまぎれのやりくりで、役者などは、最初にイメージしたキャストが四分の一程度なのだが、とにかく、これで幕があく。

そして、彼のような在り方のプロデューサーの場合、大きな仕事はここで一段落である。あとは、監督以下、現場の人たちの仕事である。もっとも、シナリオの未完成とい

う問題は残るのだが……。

ホテルの正面でタクシーをおりた氷川は、エスカレーターで、関係者の控室に向かった。

広い控室に入ってゆくと、大宝映画の関係者がたむろしていた。

「氷川さん！」

大西比呂がとび出してくる。

ドレッシーな黒ずくめ、と、黒一色であることは変わらないのだが、いつもよりは淑《しと》やかな態度だ。

「利奈は？」

氷川は、さりげなく訊いた。

比呂は氷川の心の動きを読みとったように、

「もう、入ってます。向こうの控室で、着がえてますよ」

「すぐに、顔を出す。片貝君はきているか」

「はい、自分用の控室にいます」

「挨拶しておこう」

氷川は部屋を出て、〈片貝米比古様〉という札《ふだ》のかかった小部屋をノックした。

——どうぞ！

という声がして、ドアが中からあけられる。

片貝は白のタキシードを着ていた。声もなく笑うと、ソファーに戻り、氷川に椅子をすすめる。

「元気かね」

と、氷川は声をかけた。

「東が詫びてきましたよ。いっしょに飲みませんか、と言うのですが、詫びているつもりでしょ？」

「まあ、そうだろう。あれだけのつゝぱりが言うのなら……」

「二十五になって、つゝぱりもないでしょうが」

片貝の唇がかすかにめくれる。

「日本のロック・ミュージシャンが困るのは、つゝぱりを生き方にしているからですよ。歌のうまさとか芸を考えてくれないと……」

「いまさら、忠告するわけにもいくまい。私はこの映画さえ成功してくれればいいんだ」

「あいつと利奈がうまくいくかなあ。下品な奴ですからね」

「私も心配している。だから、今まで、会わせてないんだ」

「え？」

さすがの片貝もびっくりする。

「じゃ、今日、初めて会わせるんですか」

「うむ。そのほうが、トラブルがすくなくてすむと思って……」

「さ・す・が」

片貝は頬をゆるめた。

「ところで、まるで別な話ですが……ある雑誌にたのまれて、歌を作ったんです。詞ができたら、雑誌がつぶれてしまって、つまりは、企画が宙に浮いてるんですが、詞だけでもきいてくれませんか」

「ほう、なんていう題だね？」

「それが――『スプラッター音頭』というので……」

「『スプラッター音頭』？」

氷川は怪訝そうにつぶやいて、

「なんだ、そりゃ？」

「スプラッターてのは、〈べちゃべちゃ〉とか〈ばっちゃばちゃ〉って意味です」と片貝は説明する。「――つまり、アメリカの低予算ホラー映画で、めったやたら、人を殺す。電動鋸《のこ》や斧で殺しまくって、血しぶきいっぱい。そういうのを、軽蔑して、スプラッター・ムービーというのです」

「そのくらいは、私だって知っている」

氷川はつまらなそうに答える。

「ぼくの知人が妙な出版社の社長でしてね。その男にたのまれて、作ったわけですが、結局、無駄でした」と、片貝がボヤく。その出版社が文化書房だとは、氷川は気がつく由もない。

「きかせてくれよ」

「ぼくが子供のころ、『オバQ音頭』ってのが流行しましてね。これは、あの節《ふし》でうたえるのです」

「きみ、うたうのか？」

氷川は不安げな表情になる。

「だれも見てませんから」

と言って、片貝は小声でうたいだした。その終わりの部分をご紹介しておこう。

ズンズンズンのズン（アソレ！）
ズンズンズンのズン（コレマタ！）
電動鋸で　ズンズンズンズン
斧は研《と》いだし　ホレいこう
被害者《がいしゃ》そろったし　ホレいこう
闇夜ながらも　音頭を踊りましょう
ホーレ電動鋸　ソーレソレッ
殺《バラ》して踊りの　殺《バラ》して踊りの
仲間入り　仲間入り
バラバラ　バラバラ
スプラッター（アソレ！）
スプラッターの　バーラバラッ　ギャーッ！

「いかがでしょうか」

片貝は涼しい顔でたずねる。

「いかが、って言われてもなあ……」と、氷川は閉口の体《てい》で、「それは放送禁止になるんじゃないか。もと歌の作詞家だって、怒るだろうし」

「作曲家も怒るかな。しかし、世界中のホラー映画を集める今度の〈ファンタジー映画祭〉のテーマとして、イケるんじゃないでしょうか」

「〈ファンタジー映画祭〉は、あいにく私の担当ではない」

「残念ですな。スプラッター映画全盛の時代なのに」

片貝は口惜しそうである。

「そんなものを考えるひまがあるのなら、映画のテーマ・ソングの作詞を早くたのむよ」

と氷川は言って、立ち上がった。

片貝米比古の部屋を出た氷川は、利奈の部屋に行きかけて、〈超天才〉飯野監督と廊下でぶつかった。

「盛り上がってますよ」

と、飯野和夫は話しかけてきた。

「この飯野がアイドル映画を撮るという意外性にマスコミ

は沸いてます」
「それはよかった」
と答えたものの、氷川は、映画の前途を甘く見てはいなかった。

〈東洋のスピルバーグ〉というのは、飯野みずからがでっち上げたキャッチコピーであり、いままでの作品でみる限り、飯野監督の映画には、ヒット作が一本もないのである。大勢の人間の浮沈がかかっている映画製作においては大きな問題であった。

にもかかわらず、三人のプロデューサーは飯野をえらんだ。これは〈無難な〉選択である。一九八五年秋の時点においては、この人なら絶対にヒットするという若手監督（若手といっても、三十代から四十代をさすのだが）は日本には存在していなかった。また、存在していても、頭角をあらわしてはいなかったのである。

すなわち、ベストではないが、ベターの選択である。製作現場での評判が良いのも、飯野がえらばれた重要な要素であった。

氷川たちプロデューサーの心配は、もう一つ、ある。それは、ゴールデン・ウィークなるものが、もはや映画界にとってプラスにならないという事実である。

大半の世人が忘れていたり、知らないことであるが、〈ゴールデン・ウィーク〉という言葉は、映画界から出たものである。テレビや海外旅行が存在しなかった貧しい時代の日本においては、映画だけが大衆のエンタテインメントであった。休日の多いゴールデン・ウィークは、映画界のかき入れどきであり、金がころがりこむからこそ、ゴールデン・ウィークであったのだ。

いまや、ゴールデン・ウィークは、名のみである。しかし、大宝映画サイドの都合で、「危険を買う娘」はゴールデン・ウィークの興行に決められている。あとは東京テレビの援護射撃・PRイヴェントが頼りである。

「期待しているよ」
と氷川は笑った。
「任してください。朝倉利奈をスーパースターにしてみせますよ」

飯野は無邪気そうに白い歯を見せる。そして、映画監督が必ず口にする言葉を吐いた。

「こういう映画を撮ってみたかったのです」

「あまり凝らないで、ヒットさせてよ。きみへの期待はそれなんだ」

「大丈夫です」

と、飯野は妙に自信ありげである。

2

「じゃ――あとで、また」

飯野監督の肩を叩いた氷川は、眼に笑みを浮かべる。

「脇役のキャスティングのことで、ご相談したいんですよ」

「記者会見のあとで、話そう」

氷川は歩き出した。


名札の出ていない小部屋の前で立ちどまり、ノックする。返事はないが、ドアをぐいとあけた。

スタイリストらしい女性にかしずかれた朝倉利奈が等身大の鏡の前に立っている。チロリアン・ジャケットを男の子っぽく着た利奈は、ゆっくりと首をまわし、ひとを見下すような鋭い視線を氷川に向けた。

氷川は息をのんだ。

(……おれの眼に狂いはなかった。この瞬間のおれと同じショックを、観客たちが受けることになるのだ)

二十数年間のスカウト生活で、氷川は数多くの女優・タレントの変身の瞬間に立ち会ってきたが、これほどの驚きは初めてであった。

「きれいだね」

氷川はさりげなく言い、かたわらの椅子に腰をおろした。

「ありがとうございます」

「つづけなさい。私は挨拶するために寄ったのだから」

利奈はふたたび、鏡に向かった。

氷川は記者会見用のパンフレットを手にした。パンフレットの表紙の利奈の写真も悪くはない。

世の中には、実物のほうが美しい女性と、カメラのレンズを通したほうが美しい女性が存在している。朝倉利奈が後者であることは初めからわかっていた。それを証明するために、氷川は、ひどく遠まわりな方法を用いた。氷川が利奈をピックアップしなかったら、利奈はいまだに巷《ちまた》をうろうろしている目立たない娘の一人にすぎなかったはずである。

化粧品のCF撮りと映画のカメラテストで、動きをともなう利奈の表情が、より魅力的であることが明らかになっていた。ベテランの老カメラマンは、「この娘《こ》が十代のときから撮りたかった」とつぶやいたのである。

「大西君とは、うまくいっているようだね」

氷川はあたりさわりのない話題を口にする。

「ええ」

と、利奈は鏡を見たままで答えた。

「彼女、イラストを描いているの？」

「そんな時間、ないんです。わたしの面倒を見るのが精一杯で」

そう答えてから、利奈は不意打ちめいた質問をした。

「わたしを迎えに、ニューヨークにきた伊吹さんは、いま、どうしているんですか」

「伊吹兵助《いぶきへいすけ》か」

氷川は意外そうに訊きかえした。

「なにか、気になることでもあるのかね」

「いえ、べつに……」

「伊吹君は、もう、私のセクションにはいない。昇格したのだ」

「よそへ移られたのですか」

と、利奈が訊く。

「営業局というところへ行った。営業局営業企画部長という肩書だがね。私よりずっと年上だから、当然だ」

「はあ……」

「どうして、そんなことを訊くんだ？」

「ちょっと思い出したものですから……それだけです」

氷川は黙っている。重要な話をしようとして、一瞬、忘れてしまったのだ。

「……そうそう、フィガロ化粧品のCFを見た。別人のように美しく撮れている」

「別人、ですか」

「そう言ってる人が多い」と氷川は苦笑して、「歌は、やはり、きみがうたうことになった。いやでも、やってもらう」

　利奈は答えない。

「レコード会社の連中は、きみの声でいける、と言っている。その方向で、すすめる」

　氷川は立ち上がった。

「じゃ、がんばってくれ」

「あの……」

「え？」

「東弘之さんに挨拶しておかなくていいのでしょうか」

「もう時間がない。会場に入る直前に、私が紹介する」

　氷川は初めから、そのつもりであった。

　廊下に出て、東弘之の控室をさがした。

　大宝映画の宣伝部員がきたので、きいてみると、「東さん、まだ、こないんです」と慌て気味に答える。

「事務所に電話を入れたかい」

「ええ。とっくに出たっていうんです」

「ホテルを間違えたのじゃないだろうな」

「確認してあります。下の玄関には、うちの若い者が出迎えに行ってます」

（まだ、拗《す》ねているのか……）

　氷川はうんざりした。

（子供のお守りみたいな真似をするのは、たまらない）

　片貝の根まわしもあって、出演を承知したものの、東弘之が乗り気でないのはわかっていた。監督は〈超天才〉であるにせよ、ずぶの素人の相手役・引き立て役なのが気に入らないのだった。そういう役を演じて、「さすが」と業界の人間を唸らせるのが、演技者の意地というものなのだが、まだ、そういうことはわかっていない。〈格〉とか〈ランク〉にこだわって、なんとなく、いやがらせをしてみたいらしい。

「あと三分しかありませんが……」

宣伝部員が言った。

「よし、開始を十分のばそう。なんとか東をつかまえる」

こんな時、自分が東だったら、どうするだろう、と氷川は考える。

小心な人間だから、ホテルにはきている。問題は、ホテルのどこにいるか、だ。

コーヒーショップは人目が多いから避けるだろう。バーはまだあいていない。とすれば——、

(ヘア・サロンではないか)

このホテルのヘア・サロンは流行に敏感で、タレントの利用者が多いので有名だった。

氷川はエレベーターで九階にのぼった。九階には、ほかに、サウナ室やプールがある。

ヘア・サロンはガラス張りである。長い脚をもてあますようにソファーにかけた東が、スポーツ紙を読んでいるのが見えた。


氷川は廊下に立っていた。レジの女性に注意されて、東は氷川に気づき、廊下に出てきた。

「急ぐことはない」

と、氷川は声をかける。

「ゆっくりしていろよ。ひげを剃るとか、あるんだろ」

「でも……記者会見が……」

東は腕時計を見た。

「われわれがいなくても、記者会見はできるさ。私もひげを剃ってもらうつもりだ」

「冗談でしょう。おれが行かないと、幕があかないし……」

「慌てることはない」

氷川はわらった。

「きみが行かなくても、記者会見は始まる。きみは病気欠席とアナウンスされるだろう。しかし、だれも信じないさ。それどころか、大宝映画の社長や、きみのプロダクションの社長は、怒り狂うだろうな」

「二人とも、きているのでしょう?」

「控室で見かけた。しかし、この二人より厄介《やっかい》なのがマスコミってやつだ。きみは、すでに、映画の主役を一つ、テレビの連ドラの主役を二つ、棒にふったトラブル・メーカーだ。有名なカメラマンで怒りをこらえてる人は数えきれない」

「体制に反抗しているんです。プロダクションのいいなりにはなりたくないから」

「けっこうな志だ。おれは、そういうの、好きだね。――ただし、このプロジェクトからは、おりてもらう。だいたい、本気で事務所に反抗してるのなら、役を受けなければよかったんだ。とばっちりをくらうのは、大変な迷惑だぜ」

「すみません」

「あやまりゃいいってものじゃない。大手プロダクションに属していながら、〈体制への反抗〉なんて叫ぶのは、ムシがよすぎやしないか」

ここで東を締め上げておかねばならなかった。

タレント管理の経験者である氷川は、相手によって、さまざまな出方を心得ている。東弘之は〈大胆不敵な青年〉のイメージで売っているが、神経質で、業界内での評判を気にするタイプだ。しかも、レコードの売れ行きは完全に下降している。こんなとき、歌手はまったく態度を変えない(気にしていないふりをする)か、落ち込むか、逆に元気を装うか、の三つしかない。そして、東弘之は三番目の道をえらんでいる。

「きみも、もう、アイドルという年齢ではあるまい」

プールを望める廊下の脇の椅子に氷川はかけた。屋外プールは閉鎖されているので、辺りに人影はない。東も仕方なく、テーブルをはさんだ椅子にかけて、

「ロック歌手は、年齢、関係ありませんよ」

と言った。

「ミック・ジャガーなら、そうだろうけど、きみはちがう。自分の人気がアイドル的なものなのが、わかっているはずだ」

氷川はしずかに話をすすめる。

「そこがわかっていないのなら、この先の話はしない。ど

うかね？」

　東は黙っている。

　やがて、まぶたをけいれんさせて、

「おれにそんなことを言ったのは、氷川さんが初めてですよ」

「そりゃそうだ。きみのまわりにいる取り巻きが、きみを怒らせるようなことを口にするはずがない。……はっきり言おうか。きみにはブレーンがいないのだ」

「いますよ」

　東は憤然とする。

「ブレーンみたいなものはいるだろう。あれは、きみの遊び仲間で、ファッションについてのアドバイスをするだけだ」

「外見が大事ですから。人間、なんたって外見でしょう」

「まあな。――しかし、音楽についてのブレーンがいないのは淋しいじゃないか」

「いますよ」

　東は数人のミュージシャンの名をあげた。

「あの人たちは独立した存在で、きみのブレーンではない。きみのLPが売れそうなときに、協力してくれただけだ」

「じゃ、ぼくは、どうしたら、いいのですか？」

　東は不安げな表情になる。

「音楽のことは、片貝君に相談してくれ。私が要求するのは、プロジェクトへの協力だ。監督のいう通りに動いてくれればいい。結果は、きみの人気にプラスになるはずだ。……どうだ、協力する気があるか」

　東は答えない。

　氷川は他の役者の顔を思い浮かべていた。かりに東弘之をおろした場合、だれを入れるべきかは他のプロデューサーたちと検討し、スケジュールも調べてある。今後もごたごたする可能性があるのなら、いっそ、ここで、おろしてしまった方が被害がすくなくてすむ。そう腹を括《くく》っていたので、語気が鋭くなったのである。

「氷川さん……」

　と、東が顔をあげた。

「今からでも、やらせてくれますか。プロジェクトに協力させてください」


控室に戻った氷川は冷えたコーヒーを飲んだ。

（あれで、すくなくとも、撮影中のトラブルは避けられるだろう）

氷川はゆううつであった。

控室の隅にある四十インチのモニター・テレビは、記者会見の光景をうつし出している。

朝倉利奈を中心に、左側に東弘之、大宝映画社長、右側に飯野監督、片貝米比古とならび、カメラマンたちが争っている。

「記者は何人ぐらいきている？」

宣伝部の青年に氷川はたずねた。

「ええと……二百五十人ぐらいですか。テレビカメラもかなり入ってます」

「二百五十人とは、ずいぶん、きたものだな」

「いい数字です。氷川さん、会場へ行かなくていいんですか」

「ここで充分だ。熱いコーヒー、もらえるかね」

「いま、注文します」

青年はクリーム色の受話器をとりあげ、コーヒー十人分を注文した。

「テレビの音量を上げてくれないか」

と氷川はたのんだ。

別な青年がつまみをまわす。

——うまくできるかどうか、自信なんてないんです……。

利奈の声が大きくひびいた。

——監督のおっしゃる通りに、やってみます。実生活では、わたし、けっこう、コミカルなんですけど。

利奈が上目《うわめ》づかいをすると、笑い声がおこり、フラッシュが一斉に焚かれた。

——でも、現実にコミックやってるからといって、コミックなお芝居ができるとはかぎらないしィ……。

——大丈夫。ぼくが演出をすれば、ばっちり、いけるよ。

飯野監督が自信ありげに笑った。

——では、原作者である片貝米比古さんから、ひとこと。

司会者は、いちばん右手にいる片貝の発言をうながした。

片貝はマイクのスイッチを入れて、

——これだけのメンバーで映画化されれば、原作を書いた者として、光栄です。なにかと生意気に見られがちなぼくですが、まったく文句はありません。

と、前置きした。

——あとは、無事にクランク・インするのを祈るのみです。とくに、東君が心配ですな。「ピーピング」とか、芸能リポーターとか、いろいろ、ありますから。

ほんの冗談なのに、東弘之はムッとした顔をする。

司会者はあわてて、

——ここらで、大宝映画社長からお言葉をたまわりたいと思います。

と、話を切り替えた。

白髪と赤ら顔で知られる肥満した社長は、喋りたくてうずうずしていたのか、マイクを握りしめ、

——本日はお日柄もよろしく……。

と、とんでもない挨拶をまじめにして、

——片貝米比古先生のような新しい感覚の方にご協力ねがえることは、私ども、古い体質の映画人にとって、まことに喜ばしいことです。

お世辞だけとは思えぬ言い方であった。映画会社の社長ともなれば、朝令暮改どころか、朝令朝改も辞さないのであるが、このところ、大宝映画はヒット作が皆無なので、気が弱っているのかも知れない。

——このさい、古い体質に新しい血が注入されます。これは、決して、一時的な現象では終わりますまい。時のたつままに、日本映画界の体質を、必ずや、明るく、かつ、クリーンにするでありましょうぞ。

氷川は、はっとした。思わず、辺りを見まわしたが、数人の男たちは平気な顔をしている。ヨイショのしすぎじゃないか、という声がきこえた。

(なんということを……)

氷川は真蒼《まっさお》になった。

(なんだって、〈時のたつままに〉なんて言葉を使うんだ。片貝が怒り狂うに決まっているじゃないか。——といって、

あの社長に説明しても、なんのことだか分からないだろうし……)

氷川は控室をとび出した。階段を二段ずつ上って、一階上の会場へと急いだ。

蒼白になった片貝米比古が会場から出てくるのが見えた。

「片貝君!」

氷川は鋭く呼びとめる。

白いタキシード姿の片貝は怒りに燃えた眼で氷川を睨みつけた。

「ぼくは手をひきますよ、氷川さん!」

カメラマンの群れが氷川の視界をさえぎった。そうだ、大西比呂にたのむしかない、と氷川はよろめきながら思った。

第十一章　甘い香り

1

四カ月あまりの時が流れた。

多くの人にとって、四カ月というのは、それほど長い時間ではないだろう。

いや、ちがう、という人があれば、その人は恋をしたとか、失恋した、結婚した、離婚した、失職した、就職した、昇進した、等々の事情があったはずであり、ふつうに勤める人、ふつうに働く人にとって、四カ月、五カ月は、まあ、どうということはないはずだ。

ただし、広告、ファッション、マスコミ関係の業界人にとっては、四カ月は、あなどれない長さである。

まして、とりあえずの成功をめざす利奈にとっては——。


一九八六年早春、日本中のテレビは朝倉利奈のＣＦで埋め尽くされた。ＣＦの中での彼女の美しさが評判になり、彼女自身がうたう「瞳にパールレッド」はヒット曲になった。

テレビの歌番組に出ないのは、〈映画の撮影が遅れているため〉と説明された。たった一度、〈特別に〉音楽番組に出演した時は、驚異的な視聴率を記録した。そして、四月末に「危険を買う娘」が全国で一斉封切りされる。

利奈は公開まえから、キャンペーンで忙しかった。日本縦断の各イヴェントがあり、その仕上げともいうべきものが、神戸のポートアイランド・ホールにおける大イヴェントであった。

ポートアイランドは、三宮《さんのみや》のフラワーロードの先にある新港第四突堤と神戸大橋で結ばれる巨大な人工の島である。国際会議場、スポーツセンター、ホテル、三つの公園、遊園地、そして多くの埠頭を持つ〈二十一世紀の国際都市〉は、極度の人工的環境ゆえに飯野監督のイメージに合ったらしく、映画のクライマックス・シーンがここで撮影された。

——この島でなら、SF映画が撮れます。日本で、これだけ乾いた眺めはありませんよ。

監督はそうコメントしている。

神戸の市街から離れた人工島でのイヴェントは、氷川プロデューサーと監督の好みが一致した結果である。

集会、展示会、スポーツ、なんでも可能な、天井の高さが三十メートルの大ホールで、東弘之のロック・コンサートをおこない、近くのホールで、映画の試写と、利奈、東弘之、監督、原作者の挨拶をおこなう、といった具合に、島のあちこちでイヴェントをやり、立体的効果をあげるのが狙いだった。ドライヴイン・シアターでは飯野監督の旧作を連続上映し、アイランド・ホテルでは、関西のスポーツ紙の映画記者やテレビ関係者を集めて、パーティーがもよおされた。

会場にはテレビカメラが持ちこまれ、PRの仕上げにふさわしい盛り上がりをみせた。

「んー、気持ちがいいねー」

デッキチェアにもたれた、黒いワンピースの水着姿の大西比呂が満足そうに伸びをした。

「わたし、こういうの、初めてなんだ」

「今日は、日が暮れるまで、ここにいよう」

野暮ったい水玉模様のワンピース水着の利奈は欠伸《あくび》をした。ホテルで借りた水着だから仕方がない。

　アイランド・ホテルの屋内プールは、泊まり客のだれでもが利用できるわけではない。ホテルのスポーツクラブの会員でなければならないのだが、利奈たちは特別料金をはらって、プールサイドに足を踏み入れている。

　二人のほかには、スポーツクラブの会員らしい肥《ふと》った老人がいるだけである。朝倉利奈を知らない老人は、ただ泳いでいる。四国から出てきて大阪で成り上がった財界人という感じで、金を払ったら、泳がにゃ損々、と思っているらしい。

　一方、若い二人は、デッキチェアの上で、だらけきっている。温水で、暖房がきいている上に、頭上が透明で、太陽が見えるのが、すこぶる心地いい。

「でもさー、比呂は、ホテルとか憎んでいたじゃん。ホテルで食事をするようになったら、人間として最低とか言ってたよ」

「あーん、過去を掘り下げないでぇ」

「わたし、ゆうべみたいに気づまりなパーティーは最悪だと思うけどね。でも、このプールはよいよ」

「屋内プールのうっくつした感じがなくて、気分いいね。明日、東京に帰りたくないと思わない？」

「帰りたくない」

　利奈は小テーブルに置かれたアイスコーヒーのストローを啜って、

「せめて、一週間、こうしていられるといいんだけど……」

「映画の撮影、きつかったからね。それくらい、休みをくれてもいいのに」

「LP作るんだって。ほんと、どこまで恥知らずになればすむの、わたし」

「わたしも、変わっちゃったんだよねー」

　大西比呂がしみじみとつぶやく。

「もう、ビンボーしたくないもん。ビンボー、受けつけないもん、わたし。決心したんだものね」

　その時、女子従業員が試験管のようなものを持ってあらわれ、プールの水を入れて眺めている。

「水質検査かしら」と利奈。

「わたし、ああいう役、やりたくない。こっちのデッキチェアの上にいたいの。でも利奈の人気が落ちると、ああいう役にまわるかも知れないんだよねー」

冗談ともつかぬ比呂の口調には、怯《おび》えがこもっている。

「縁起でもないこと言わないで」

利奈はだるそうに答えた。

「今日が封切日だってこと、わたし、忘れようとしてるんだから」

「情緒不安定しててごめん」

比呂は詫びる。

「わたしだって、そう思ってるのよ。いつ、向こう側になるか、わからないって。だって、ずっと、向こう側してたんだもの」

「そっかあ」

「映画に入るまでは、いつでもやめてやる、とか思ってた。でも、もう、やめらんないもんね」

利奈は顔を太陽に向けて、眼をつむった。

「身体がぼろぼろになれば別だけど、今ぐらいの忙しさだったら、やめらんない。わたし、欲が出たもん」

「ナマハンカな気持ちじゃないんだ。うん、撮影の終わりごろ、そういう気迫っつーかね、宮本武蔵みたくなってきてたね」

「ベテランの俳優さんならともかく、東さんには負けたくなかったから。これ一本で消えていくアイドルだという眼で、わたしを見てたもの。わたし、かっとなった。負けたくないって気持ちだけよ」

「あいつの芝居はワンパターンだもの。監督も、そう言ってた」

「ラッシュ（編集する前のフィルム）みて、わたし、勝ったと思った。気力だけよ、わたしは」

チャイムが響き始めた。どうやら、島中にきこえるようになっているらしい。

「二時か」

比呂はガラス戸の中の時計を見て、

「利奈はハワイあたりで休んでもいいんだ。氷川さんに言ってみよう」

「わたしひとりじゃ、いやだ」

「当然、ついてくわけね、このわたしが」

比呂は、キャハと笑って、

「ハワイへ行ってさ、ばかっぽいナッツとかバッジとか買って、みんなに、ばらまきたいよ」

「みんな、働きすぎよ。東さんは、夜中に車で東京へ帰るし、氷川さんと飯野さんは今朝の新幹線で帰った」

「しーっ、片貝さんがきたよ」

比呂が注意する。利奈は薄目をあけた。

片貝米比古は借り物の赤いパンツで、おそるおそる歩いてくる。やせて、下腹《したはら》だけがとび出た白いぶよぶよした肉体はカイコのようで、気持ちのよい眺めではない。

「きみたち、ここに有名な料亭の支店が入っているの、知っているか。まことに立派な仕事がしてある」

と言ってから、

「そうそう、さっき、東京の氷川さんから電話があった。映画の数字（観客数）が出始めたそうだ」

「どうでした？」

大西比呂は抑制した声で訊いた。

「本当のところはわからない。まだ、一回まわっていない時刻だったから」

と、片貝米比古は説明する。

映画館によって若干のちがいはあるが、午前十一時前後から、併映の学園喜劇が始まり、午後一時ごろから「危険を買う娘」が始まる。この二本立てが終わった時、業界用語で〈一回まわった〉のであり、休憩時間をはさんで、三時ごろから二回目が始まる。

まことに恐ろしいことだが、この〈二回目〉の打ち込み（観客の入り）で、映画の興行的成否は、ほぼ、わかってしまうのである。映画監督や関係者が、初日に、劇場の周辺にいるのは、伊達《だて》や酔狂《すいきょう》からではない。監督の中には、劇場の入り口が見える喫茶店の窓ぎわで、ダラダラとつづく入場者を数える者もいる。

例外的なケースはあるにせよ、初日の夜には、冷厳な数字が出てしまう。作品が当たったか、外れたかは、その夜のうちに、業界にひろまってゆく。

「氷川さんの電話では、一回目は満員で立ち見が出ているそうだ」

「ほんとですか」

利奈がふりかえった。

「氷川さんは気を許していないようだった。一つは、東京テレビがあれだけＰＲした以上、当然、という見方がある。それに、東京以外の地域での成績が、まだ、わかっていない。飯野監督は、髪の毛が急に白くなったって……」

「まさか」

「本当だよ。ヒットするかどうか、ぎりぎりの恐怖を味わうと、そういう現象が起きる」

「でも、飯野さんは、いつも、おれは〈超天才〉だから、絶対、あたるって、にやにやしてて」

と比呂が口をはさむ。

「呆れたな」

片貝は空いているデッキチェアに腰をかけた。

「きみたち、あれをまともに受けとっていたのか？」

「ちがうんですか」

「女ってのはわからんのだな」と片貝はボヤいて、「あンなあ、男ってのは、きみたちが考えてるより、デリケートなわけよ。飯野さんは自己宣伝がうまいとか言われているけど、ああやって自分に暗示をかけてるの。薄氷を踏む思いなんだぜ」

「片貝さんでも？」

片貝は比呂の問いには答えずに、

「ゆうべだって、そつなく応答してたけど、飯野さん、ときどき、思いつめた眼をしてた。クリエーティヴな人間は、そう明るくはなれないって」

「へえ……」

〈クリエーティヴな人間〉ときいただけで、比呂の態度が変わった。

「飯野さんと夜中まで上のバーで飲んだんですって？」

「うん、彼、落ち込む一方でね。まいったよ」

「わたしを呼んでくれれば、よかったのに。男の人が、とことん落ち込んでゆく時、つきあうの、わたし、慣れてます」

「立ち見が出たっていうのは、どの程度なんですか。ヒットといえるんですか」

利奈は片貝を見つめた。

（こいつはスターだ……）

と、片貝は直感した。

（〈クリエーティヴな人間の苦悩〉なんて問題にもしていない。自分を中心に世界がまわっていると信じている。これこそ、スターの条件なんだ）

「ヒットはまちがいないと言ってた。大ヒットか中ヒットかは、これからわかる」

利奈は答えない。デッキチェアにもたれ、やがて、眼をつむった。

「片貝さん、泳がないんですか」

と比呂がたずねる。

「ぼくは泳がない。泳がないという行為にともなう退屈さを愛しているからだ。プールがありさえすれば、ただちに泳ぐという凡庸さには耐えられない」

なーんだ、たんに、泳げないだけじゃないか、と比呂はひそかにわらった。ぜったいに、そうだ。

「きみたち、このホテルのコーヒーショップのタイ風カレーを試してみたかい」

「いえ……おいしいんですか」

「妥協のない味だ。帰るまでに、一度、試す価値はある。エスニック料理特有のスパイスがかなり強烈だが……」

「あ、食べてみます」

「タイ料理フェアとかいって、タイからきたコックが作っている」

治にいて乱を忘れず、というのか、料理評論家は、映画のキャンペーンのさなかにも、料理の吟味をつづけているらしい。

「関西にきたら、ルーム・サービスも要注意だ。部屋のテーブルの上の案内を見たかい」

「はあ？……」

「駄目だなあ。きつねうどんが、夜中にとれる」

「うまいですか？」

比呂は訊きかえした。

「うどん自体はうまい。やっぱり、関西だ。ただ、つゆが関東風になっている。醤油の味が強すぎる」

それがどうした、と比呂は思う。

「これは、一般的傾向だな。東京で関西風がはやり、関西の料理は微妙に関東風の濃い味つけになりつつある」

肥った老人が去ってしまうと、プールサイドには若い三人しかいなかった。

大西比呂が、ときどき、泳ぐほかは、水音もしない。

利奈は眼をつむったままでいる。片貝は眠ったり、飲み物を運ばせたりしている。

日が傾き、チャイムが大きく鳴り響く。

「もう、四時か」

片貝がつぶやいたとき、プールサイドのテーブルの電話が鳴った。

男子従業員が、片貝様、東京からお電話です、と呼んだ。

片貝はゆっくり起き上がって、電話に近寄り、低い声で話しだした。

やがて、受話器を置いて、戻ってくると、二人に「氷川さんからだ」と言った。

利奈は、びくっ、とした。審判が下ったのだ、と思った。

「全国の結果が出た。大ヒットだって」

「やったね！」

比呂は利奈を見て、にっこりした。

「劇場によっては、明朝、九時ごろからまわすところもあるそうだ。結果論は、いろいろ考えられるが、とにかく、成功した。主題歌の詞がよかったのかも知れない」

片貝は、にやっとした。

（勝った。わたし、勝ったんだ）

と利奈は思った。

（すべて、初めてのことだらけで、莫迦《ばか》呼ばわりされたり、怒鳴りつけられたり、怪我をしたりしたけど、わたし、勝てたんだ。……勝てると思ってはいたけれど……）

でも、良い結果が出なければ、たんなる思い込みに終わるところだった。

「祝杯をあげたいところだが、ここではビールはとれまい」

「ジュースでいいですよ。丁度、のどが渇いたし」

比呂が言い、オレンジ・ジュースを注文する。

ジュースで乾杯した時、利奈は初めて笑みを見せた。片貝の視線を意識しなければ、泣き出すところだった。

「おめでとう」

片貝は低い声で言った。

「成功の甘い香り、ってやつだ。こいつは癖になるんだよな」

「片貝さんのおかげです」

と、利奈は気のない言い方をする。

「感謝するのなら、氷川さんに、だろうな。あの人、苦労したぞ」

「そうだと思います」

「でも、利奈が頑張ったからよ。肺炎になりかけたり、只《ただ》事《ごと》じゃなかったもん」

と、比呂が強調した。

利奈は立ち上がり、比呂の肩にさわって、プールに飛び込んだ。

どんなことがあっても、他人に泣き顔を見せたくなかった。

2

東京から関西へ旅行した者が驚くことの一つに、深夜のショウ番組がある。

寝るまえに、ニュースを観ると、トップがきわめてローカルな銀行強盗事件だったりして、まず、軽い驚きをおぼえるのだが、ニュースにつづくショウ番組は、さらに不可思議で、この時間帯で、東京と共通しているのは「プロ野球ニュース」と「11PM」だけである。他のチャンネルは、独自の生番組を放送しており、超ローカルなCMをふくめて、かなりのカルチュア・ショックをあたえられる。

知らないタレントばかり出てくるのと、連日の疲れから、利奈はうとうとした。明かりを消せれば、熟睡できるのだが、スイッチまで手をのばすのが億劫《おっくう》だった。

不意に、けたたましく電話が鳴った。

手さぐりで受話器を外し、はーい、と、眼を閉じたまま、答える。

――利奈か？

氷川秋彦の声である。

――あ、はい。

妙な返事をした。眼が覚める。

――片貝君からきいたろう。大成功だ。あんな数字が出るとは思わなかった。

――はい。

――東京テレビ・グループのバックアップがあったとはいえ、これは凄いことだ。

氷川の昂奮《こうふん》が伝わってくる。珍しく熱っぽい、と利奈は感じた。

――いま、どちらですか？

――ポートアイランドに戻ってきた。ホテルのすぐ近くにいる。夕めしを食う時間がなかったので、いま、食べている。……どうだ、いっしょに祝杯をあげないか。

――はい……。

そう答えざるをえない。

――あの、どこにいらっしゃるのですか？

――きみの部屋は、神戸が見える側か。

――ええ。

――それなら話が早い。窓の外を見てくれ。

利奈は走っていって、カーテンをあけた。

――窓の右はしあたりに、英語でオーキッドというネオンが出ている高いビルが見えないか。

――待ってください。……あ、見えます。

見えるもなにも、すぐそばである。このホテルより高いビルであった。

――その最上階だけ、かすかに明るいはずだ。私はそこにいる。

ビル全体は真っ暗で、上の方のワンフロアだけ、わずかに光が見える。

——ゆっくり、きなさい。

利奈は受話器を置いた。

頭がぼんやりしている。やがて、パジャマを脱ぎ始めた。


ヴェニスのサンマルコ広場を模したといわれる市民広場を横ぎって、利奈は〈ＯＲＣＨＩＤ〉のネオンが輝くビルに向かった。

この人工島のすべてがそうなのであるが、とても日本の一部とは思われず、といって、外国でもないという、無国籍な面白さにみちている。新宿西口や原宿にも、そういう面があるのだが、埋め立てで作ったこの島にはかなわない。ホテルのボーイの説明では、もう一つ、六甲アイランドという島も作っているのだそうだ。

ビルそのものは探すまでもないのだが、入り口がわからない。正面のドアは堅く閉ざされており、レストランへの入り口はどこか他にあるらしい。

暗闇を歩きまわって、ようやく、それらしきものを見つけた。当世風に、思いきりそっけなく、小さく、店の名が出ている。

殺風景なエレベーターで、いっきに、三十数階まで昇る。鼓膜がおかしくなった利奈は、鼻をつまみ、唇を閉じて、思いきり、息を吐いた。鼓膜が鳴り、外部の音が大きくなる。

彼女はエレベーター・ホールに立ち尽くした。レストランの内部は、かなり暗く、容易には入りがたい雰囲気である。

ためらった末、思いきって入ってゆくと、どこからともなく現れたボーイが、お食事ですか、バーですか、と訊いた。

即答しかねた利奈が、「あの、氷川さんていう人が……」と口ごもると、マネージャーらしい男が近づいてきて、うかがっております、どうぞ、と言った。

入って左側がバー、右側がレストランになっているらしい。卓上はすべて、キャンドル・ライトで、レストラン側の奥の窓寄りのテーブルに氷川がいた。

「食事は？」

ナイフとフォークを止めて、氷川がたずねた。

「片貝さんの案内で、おいしい懐石料理を食べました」

「じゃ、シャンペンでも飲むか。お祝いだからな」

氷川はボーイを呼んで、シャンペンをもう一本あけてくれ、と命じた。

「すごい眺めですね」

利奈は溜息をついた。

六甲山と神戸の灯を一望に収める夜景は、百万ドルといわぬまでも、五十万ドルの価値はあるだろう。六甲山の中腹には、錨《いかり》の形に灯がともり、その右側に、市のマークらしい灯がある。さらに、神戸大橋のネオンが縦の構図を作り、夜の景観を立体的にしている。ホテルの窓からだと、さほどではないが、ここは、天井から床までがガラス張りなので、夜景が迫ってくるように感じられる。

「片貝君とめしを食ったんじゃ、講釈がうるさかったろう」

氷川はナプキンで唇をぬぐいながら笑った。

「比呂がいたから、そうでもなかったです」

「そうか、大西君は片貝君を抑え込んだのか」

「けっこう、言いかえしますからね、彼女。頭から、がみがみっと怒鳴るし」

「さすがの片貝君も閉口かな」

シャンペンがきた。

グラスに注《つ》がれるのを待って、二人は乾杯をする。

「何年に一度という気分だ。なかなか、こうはいかないものさ」

「ほんと、ラッキーでした」

利奈は殊勝な答え方をする。

「うまく行く時は、すべてが良い方向に転がる。こんなこと、めったにないよ」

氷川は自分に言いきかせるようだった。

「成功すれば、こうやって、うまい酒が飲める。コケたりしてたら、今ごろは、責任のなすり合いだ。スケープ・ゴートを決めて、すべて、そいつが悪いからだ、と全員がわめく」

「監督のせいになるんですか」

「いや、主役だ」

氷川は複雑な笑みを浮かべて、

「監督には再チャレンジの機会が残っている。しかし、主役がアイドルの場合、あいつはもう大衆に飽きられたのだ、と決めつけられる」

「なんでー。ひどい……」

「そういう世界なのさ」

と言いきって、氷川は〈映画で失敗したアイドル〉の名を次々にあげた。

「ぼくに言わせれば、彼女たちにああいう企画をあたえたプロデューサーと、所属プロダクションが悪いのだけど……」

少し酔ったのか、いつも〈私〉というのが、〈ぼく〉になっている。

「じゃ、今度だったら、わたしが悪いってことになったんですね」と、利奈は腹立たしげに言う。

「ま、そうだ。だから、そうならないように、全力を尽くした。きみが怒ることはないじゃないか」

「でも、そーゆー、飽きられたとか、ひとを消耗品みたいに言うの、好きじゃない」

「ぼくだって、好きじゃない。しかし、消費社会に生きている以上、仕方がないじゃないか。アイドルだけが使い捨てされるわけじゃないし」

「だってー……」

「楽しいことを考えよう。ぼくはもう、次の映画を考えている。大宝映画は現金だから、来年の正月映画を朝倉利奈でと言ってきているんだ。良い数字が出たとたんに、社長から電話がかかった……」

「もう、お正月映画の話ですか」

利奈はあっけにとられた。

「気が早いですね」

「いや、早くはないんだ」

料理の皿をさげにきたボーイに向かって、おいしかった、と氷川はさりげなく言う。

「逆算してみれば、わかる。正月映画とはいっても、今年の十二月中旬には公開されるわけだ。宣伝期間を考えると、ぎりぎりに出来上がったんじゃまずい。遅くても、十一月初めには撮り終えてないと困る。——ということは、夏の終わりから秋にかけて撮影する。共演者を強力な役者にしたいが、そういった人たちは、もう、秋のスケジュールが入っているはずだ。やる気がある役者でも、必ず、台本《ほん》を見てから、と答えるに決まっている。つまり、台本《ほん》を作らなければならない。明日、東京に戻ったら、早々に、シナリオ・ライターに会うのだが、これだって、引き受けてくれるかどうか分からない。優秀なライターは引っ張り凧《だこ》になっているからね」

利奈は黙ってうなずくしかない。

「こう見てくると、今からでも遅いということがわかるだろう。良い台本《ほん》は、そう容易にはできないし……」

「きいてるだけで、死んじゃいますねー」

利奈は首を横にふる。

「そういうものさ。しかし、やらなきゃなるまい。フィガロ化粧品は秋のキャンペーンも朝倉利奈で押しまくるつもりだし、他にCMが二つ出る。十二月というのは、タイミングとして絶好だよ。それに——きみはわからんだろうが——正月映画の第一弾に主演するというのは、破格の扱いなんだ。人気の頂点にいるアイドルにしか許されない……」

利奈はまるで実感がなかった。やたら忙しく、大西比呂が買ってくるハンバーガーやカップヌードルを食べている自分が、なんで〈頂点にいる〉のか。

「今度は、片貝さんの原作じゃないんですか？」

ようやく、口にしたのは、そんな質問だった。

「『危険を買う娘』の原案は、片貝君とぼくが合作したのだ。そうしなければ、間に合わなかった。……今度は、シナリオ・ライターとぼくが相談して決める。片貝君はアイデア豊富な男だが、癖が強すぎて、集団の仕事には向かない。なにしろ、記者会見の会場から出て行ってしまうのだから」

「あれは笑えました」

「大西君がさえぎってくれて、なんとか恰好がついた。助けられたよ」

「彼女、ひょうきんマジですからね」

利奈はシャンペンを一口飲む。

「ああいう道化劇はもう沢山だ。実は、次の映画のアイデアを新幹線の中で考えてきた」

(また、仕事の話か)

と、利奈は呆れた。

(すばらしい夜景に見とれるとかしないんだろうか、この人?)

「どう?　ききたくない?」

氷川は気持ち良さそうに言う。この男の自己陶酔は仕事に逆戻りしてゆくらしい。

「ききたいです」

そう答えて、利奈は神戸の夜景に眼を向ける。

「キャビアでも貰おう」

氷川はボーイにキャビアを注文して、

「『危険を買う娘』はサスペンスがあって、ちょっと知的なコメディだった。つまり、完全なフィクションだ。次はちがう方法でやりたい。朝倉利奈とは、こんな女の子ではないか、と観客に錯覚を抱かせるようなシンデレラ物語だ」

「シンデレラ、ですか」

利奈は微妙な表情になる。

「ごく平凡な女子大生——短大生でもいい。母親の手ひとつで育てられて、家は借金に苦しんでいる。いまどき、こういう古風な設定は珍しいから、かえって新鮮に見える。夏休みに、原宿の竹下通りでカンカン帽を売るアルバイトから始まるのだ」

深夜にテレビでやる昔々の日本映画みたいだ、と利奈は思った。

「タレント・スカウトが彼女をひろいあげる。彼女は借金を返すために、歌手になることを承諾する——というのが発端だ。ところが、入ったプロダクションはタコ部屋みたいなところで、眠る時間もないほど、スケジュールを入れてしまう。有名にはなったものの、へとへとになった彼女は、マネージャーの眼を逃れて、脱出する。——夜の街をほっつき歩いているうちに、若いチャーミングな青年と知り合う……」

「その青年が、実は芸能記者とかいうんじゃないですか」

氷川は、む、と詰まって、

「わかるかい？」

と言った。

「いえ、たまたま……」

利奈はごまかしたが、いくらなんでも、原型が見えすいた。ビートルズの初期の映画と「ローマの休日」と「或る夜の出来事」を混ぜて、シェーカーで振ったような話である。

「いろいろあって、結局、彼女は歌手として成功する。そこまでのプロセスは脚本家の考えることだ」

と氷川は強引につづける。

「とにかく、きみの歌をたくさん入れる。そうして、重要なのは、クライマックスを上海での公演に設定することだ。ということは、じっさいに上海できみのコンサートをおこない、撮影をする。ストーリーの上だけではなく、中国でのコンサートを成功させるのが、ぼくの狙いだ」

「えー、なぜ上海なんですかあ」

利奈は不審そうに言う。

「どうせフィクションなら、ニューヨークを舞台にして、アポロ劇場で成功するとかしたほうが、恰好いいのに……」

「昔の映画でよくあったな。日本の青年が、ドロップアウトした黒人のトランペッターに心ひかれて、親友になる、というパターン。現在だと、青年と黒人がハーレムへ行って、アポロ劇場か、再建されたコットン・クラブに出演して、黒人たちの喝采を浴びる、なんてストーリーになるだろう。だけど、ニューヨークってのは、もう古いんだよ。はっきりいって、時代遅れさ」

「そんなあ……」

「いや、ニューヨークを舞台にして、イヴェントを仕掛けるのが古いという意味だ。——だって、若い人の興味は、とっくに、タイやバリ島に向かっているじゃないか。エスニックと言い替えてるけど、要するに、東南アジアのブームなんだよ」

「それは、わかってます」

「アイドル歌手が、よく香港でコンサートをやるだろ。あの裏の意味が読めるかい」

氷川は皮肉な目つきをする。

「受け入れられ易いからじゃないですか」

「たしかに、そうだ。ニューヨークだったら、相手にもされないが、香港だったら、けっこう騒いでくれる。だけど、それだけじゃない。香港は、あくまで布石にすぎない。本当の狙いは……わからないか？」

利奈は首をかしげた。

「中国だよ」

氷川は、ずばり、と言った。

「どこのプロダクションでも夢想しているのは中国のマーケットなんだ。十億以上の人口を抱えて、しかも山口百恵のテレビ番組や歌が人気がある国。すぐとなりにあるのに、日中戦争後はアメリカよりも遠くなっていた国。……レコード会社もプロダクションも公然とは口にしないが、向こうに受け入れ態勢ができさえすれば、すぐにでもタレントを送り込みたいんだ。日本の十倍の人口というのは、夢みたいなマーケットなんだから。――上海でのきみのコンサートを成功させたいのは、一つの足がかりを作るためだ。やり方しだいでは、きみは、日本だけではなく、東洋のアイドルになれる」

3

キャビアがきたが、利奈はあまり嬉しくなかった。なんたって、〈東洋のアイドル〉という表現が安っぽい。いんちきくさい感じがするし、そんなものになってもしょうがない気がする。

「あのぅ……」

と、利奈はためらいがちに、

「気を悪くされると困るのですけど――初めから、それが目的だったのじゃないですか」

「勘がいいね……」

キャンドル・ライトに照らされた氷川の眼がかすかにわらっている。

「それだけが目的ってわけじゃない。しかし、ぼくの野心の重要な部分ではある」

「でも、わたし、中国の人たちの好みに合わないんじゃないかな」

「そこらは調べてある。きみのブロマイドを北京と上海で、中国の若い人に見せた。反応は非常にいい。香港の映画会社の東京支社長にも見せた」

仕事、仕事、仕事。この人はわたしを商品としか見ていない。

「一度、訊きたいと思ってたのですが……」

利奈は口ごもる。

「なんだい？」

「わたしがニューヨークに行かされたのは、氷川さんにとって面白い賭けだったのでしょう。もっといえば、ゲームですよね。でも、わたし、生身《なまみ》の人間なんです」

「わかっている」

「じゃ、どうして、初めから、本当のことを言ってくれなかったのですか。すごい侮辱だわ」

「その件については、以前、話し合ったじゃないか。失業中のきみに、タレントにならないか、なんて声をかければ、断られるに決まっていた」

「どうしてですか？　断らなかったかも知れませんよ」

「おいおい……」

氷川は眉をひそめた。

「現在《いま》になって、そんなこと言うなよ。きみは、ぜったい、断ったよ」

「なぜ、そんな風に決められるのですか？」

利奈の口調は詰問に近かった。

「なぜ、って――」

と、氷川は辟易《へきえき》する。

「わたしがいやなのは、わたしの意志が、まったく無視されていることです。ひょっとしたら、断ったかも知れません。でも、断らなかったかも知れないじゃないですか。わたしは生きた人間で、ゲームの駒じゃないんです」

「きみがそう言いたい気持ちはわかる。つまり、成功したからだ。そういう言葉をタレントにぶつけられるのは、今夜が初めてじゃない」

「でも、わたしは初めてなんです」

利奈はゆずらない。

「ま、ゆっくり話そう」

キャビアにレモンを滴《したた》らせながら、氷川は利奈に言った。

「きみも、食べないか」

「口の中が真っ黒になるのが、いやなんです」

「あれはキャビアもどきだ。これは本物だよ」

氷川は小さなスプーンでキャビアを口に運ぶ。

「いいかい。——失業中のきみをつかまえて、アメリカへ行く気がないか、と、ぼくが言ったとしよう。そんな甘い話を、きみは信用するか」

「すぐには信用しなかったと思います」

「だろ。それがふつうだよ」

「だからといって、勝手にいろんな計画を立てられても困るんです……」

「わかった。きみは、上海でのコンサートのことを言ってるんだな」

やっと気がついた、と、利奈は思った。

「……悪かった。浮かれすぎて、頭の中にしまっておくべきことを、つい口走ってしまった。動転しているんだ」

氷川は珍しく詫びた。

「映画のストーリーも、思いつきだ。第二作については、きみを入れて、もっとディスカッションをする必要がある」

「でも……」

「なんだ。まだ、言いたりないのか」

「どうしても、わからないんです」

「なにが？」

「アメリカ行きのことです。あんなに手のかかることをする必要があったのでしょうか。わたし、莫迦《ばか》で頑固かも知れないけど、ちゃんと説得されれば、理解できたはずです。

そこらが、どうも、不明朗な気がするんです」

「その点についても、きみに説明したはずだ。なにしろ、日数がなかった。だからといって、君を騙《だま》していいはずはないのだが、ほかにしようがなかった」

「日数がないから説得できなかった、というのは、おかしいです。説得なんて、徹夜したって、できるんですから」

利奈の言葉は鋭かった。ずっと考えつづけていたらしい利奈の気配に、氷川は沈黙する。

「要するに――氷川さんの理論を実験したかっただけじゃないんですか？」

「そう考えてもいいぜ」

氷川は開きなおった。

利奈の眼をまっすぐに見つめて、

「たんなる実験かも知れない。……だが、朝倉利奈に固執したのは、ぼくだ。どうしても、きみでなければならなかった」

「なぜ？」

「西田君が撮った写真やビデオを見て、心を惹かれたから。きみの生活状態をきかされて、とにかく、助けたくなった。ああいう形でしか、ぼくは好意を示せないんだ」

利奈は驚いた。助けたくなった、などという言葉を氷川の口からきくとは思わなかったのである。

「わたしを助ける、なんて……氷川さんらしくない」

「そう言うだろうと思った。だから、まちがっても、口にしたくなかったんだ。しつこく訊いたのは、きみだ」

相手はつぶやくように言う。いつもの傲慢《ごうまん》さは影をひそめている。

「でも……助けるつもりでも、ふつう、説得とかするんじゃないですかあ」

「だろうね、ふつうは……」

と、氷川は逆らわない。

「若いころは、そんな役ばかりやっていた。瀬木さんの下で働いていた時だ。……考えてみれば、ずいぶん長いあいだ、新人を口説いたり、丹念に説得したりすることをしていない。本当は、それが必要だったんだが……」

「下の人にやらせるとかすれば……」

「部下に任せられないんだ、ぼくは。幸い、そういうやり方で通してきた。面と向かって批判したのは、きみが最初だ」

「すいません、お世話になりながら」

利奈は顔をあからめた。

「結果的に、きみのプラスになったからいいだろうと考えてた。本当は、そういうものじゃないと思うんだが、癖になっている。反省しなきゃいけない」

「やだ、反省なんて」

利奈は笑いだした。

「反省しちゃ駄目ですよ。氷川さんらしくもない」

「きみは、さっきから、ずいぶん、ひどいことを言ってるんだぜ」

氷川も仕方なく笑った。

「氷川さんらしくないと、二度、言った。そうすると——ぼくは、人を助けず、反省もしない人間、ということになる」

「そうですよ、イメージとしては」

利奈はからかった。

「人間性に欠けた仕事人間です。このイメージは破れないでしょう」

「ひでえ話だな」

氷川はシャンペン・グラスを手にして、

「じゃ、ぼくは、きみを助けられなかったか」

「冗談ですよ。『ピーピング』の時のことは、あとで、比呂にきかされました」

「口止めしたのに」

「そう言ってました。あぶない橋を渡ってる人なんだね、って」

「たんにセンチメンタルなだけさ」と氷川は答える。「だれも信じないどころか、わらうにちがいないけど、センチメンタルなのが、ぼくの弱点なんだ。いや、欠点というべきかも知れない」

センチメンタルという、氷川の自己批判を、利奈は笑わなかった。

それどころか、今までの疑問が、いっきに氷解した思いだった。

　利奈をニューヨークに送るまでの手続きのややこしさ、さらにニューヨークに着いてからの複雑さ、それらがどうしても納得できなかったのだ。

　ひどく感傷的でいながら、表面は逆にふるまわざるをえない立場の男が、ひとりの娘を〈助け〉ようとしたら、心理的な手続きはひどく厄介なものになるのではなかろうか。そして、困ったことに、独裁的立場にいる氷川の場合、〈心理的な手続き＝羞恥心〉のややこしさが、そのまま、〈物理的な手続き〉のややこしさになってしまう。ニューヨーク行きにまつわる不透明さは、そういうものではなかったか。

　氷川がセンチメンタルな人間と見られるのを恐れているのは、社会的立場のある男性だからである。男性は、センチメンタルと見られるのを、ひどく恥じるようだ。べつに、恥ずかしいことなんかないのに。

「センチメンタルなのが、ぼくの弱点なんだ」などと言ってしまったのは、シャンペンのせいなのだろうけれども、けっこう、勇気が要ったにちがいない。利奈が滑稽に思うのは、その部分だけである。

　神戸の灯がこころもち少なくなったころ、二人はレストランを出て、エレベーターに乗った。

　人工の島のシンボルとして建設された市民広場には、もう人影がない。暗い石だたみを歩く二人の足音が、円柱の多い回廊の天井にひびくだけだった。

「サンマルコ広場なら、夜中だって、鳩がいるのに」

　氷川秋彦が言った。

「鳩は眠るんじゃないですか」

　利奈は訊いた。

「あ、そうか。無数の鳩を見たのは夜明けだ。羽音がこわいほどだった」

　氷川はぼんやりと答える。

「熱いエスプレッソが飲みたかったが、どの店も開《あ》いていなかった。こんな風に、石だたみの上を歩いて……あれは、いつだろう。十五年、いや、もっと前だ」

「ヴェニスに行きたいな」

「大したことはない。ゴンドラを漕ぐのは、みんな、老人だし……」

氷川の言葉は利奈の憧れに水をさす。

「でも、行くなら早いほうがいい。ヴェニスは年々沈んでいるはずだ」

「来年、行きます」

「死ぬ寸前の街だ。惜しまれて死ぬのは、幸福じゃないか」

広場からホテルに入るには、外側の階段を上らなければならない。

一階上ると、回廊のはしに出て、そこに入り口のドアがある。

もう少し、というところで、利奈のヒールが滑った。夜空がもろに見えた瞬間、あっ、と叫んだ。だが——夜空はそのままで、氷川の顔が大きく現れた。

（また、助けられたんだ）

氷川に支えられていることはわかった。というより、抱かれているのだ。

腕に力がこめられた。暗いので表情は見えなかったが、氷川の顔が近づいてきた。利奈は混乱し、怯《おび》えた。男の顔は利奈と触れあう寸前でとまり、重苦しい沈黙のなかでためらっていた。

やがて、意を決したように、男は利奈をゆっくりと離し、階段に立たせた。

「大丈夫か」

わざとぶっきらぼうに訊く。

「あ、なんとか」

利奈の声は虚《うつ》ろである。

「部屋の前まで送ろう。部屋の中で倒れるのは、ぼくの責任じゃない」

そのころ、遠い土地で異変が起こっていた。

ウクライナ共和国の首都であり、ソ連で三番目の都市であるキエフ市では、メーデーにそなえて、人々が赤旗の飾りつけに忙しかった。翌日はサッカーの試合があり、数日後には大規模な国際カー・レースが迫っている。

キエフから百三十キロほど北の町チェルノブイリでは、危機が迫っていた。チェルノブイリ原子力発電所の四号基——もっとも新しい原子炉が、制御不能におちいっていた。「ニューズウィーク」によれば、ソ連以外の国が〈事故の兆候〉に気づいたのは、二日後の四月二十八日（月曜日）である。二十八日の早朝、スウェーデンのフォルスマルク原発の職員が放射能探知器のそばを通ると、警報が鳴り、靴のカバーから放射能が検出された。

アメリカの専門家が、チェルノブイリ原発で事故が起きたと考え始めたのは、二十八日の午後（ワシントン時間）だった。

その夜の九時二分、ソ連国営テレビのニュース番組が、ようやく事故を認めた。

翌日の午前六時、ポーランド政府は、緊急対策委員会を設置した。放射能防護中央研究所所長は「敵は核兵器ではない、死の灰だ」と語った。放射能値が急上昇したので、政府は十六歳未満の子供にヨウ素剤を配布した。

キエフ市民の生活は変わらなかった。人々は水を飲み、水浴びをしていた。

第十二章　事故

1

「コーヒーでも飲まないか」

皇居のお濠に面したＦＭ局の明るいロビーで、片貝米比古が大西比呂に声をかけた。

「わたし、付いていないと……」

比呂は利奈に気をつかう。

なにしろ、利奈のラジオ番組の第一回の録音《とり》の日である。付き人としては、ガラス越しに利奈の言葉づかいをチェックしたいのだ。

「心配かよ？」

片貝はつまらなそうに訊く。

「フリー・トークは、初めてですからね」

「平気だって。うちの連中がついてるんだ」

〈うちの連中〉とは、片貝の弟子たちである。

「なんなら、利奈にひとこと言っとけよ。ちょっと出てくるからって」

「でも……」

「おまえ、なあ」と片貝はあかくなった。「おれは、コーヒーが飲みたいんじゃないの。デートに誘ってるんだぜ。どんな大組織から会ってくれとたのまれても、容易にはOKしないこのおれが、だ。お仕事が——なんざ、かわいくないぜ」

「困ったなあ」

「困ることなんかない。利奈の録音《とり》は、ま、三時間はかかる」

「あ、じゃ、ことわってきます」

比呂は走って行った。

片貝は無表情である。無表情ではあるが、肚《はら》の中では、(ったく、もう、ど素人が……)と、つぶやいている。(おれが、ちゃんと仕切ってるのに)

比呂はすぐに戻ってきた。

「大丈夫ですって」

(決まってるじゃねえか)と思いながら、片貝は歩き出す。

二人はベンツで九段方面に向かった。片貝は千鳥ヶ淵に新しい店を発見したらしい。

「ここだよ」

片貝は車を駐車場に入れる。

外見は、ほとんど小さなカフェテリアであった。豪華なレストランを期待していた比呂ははぐらかされ、とまどった。

「んー、軽いですねえ」

「ここの天丼は絶品といえる」

と、片貝は保証した。

「こういう一等地の店で、千円以下の天丼が食べられるなんて、信じられるかい。ふつう、安い天丼といえば、冷えてぐったりした天ぷらと相場が決まっている。しかし、この店の天ぷらはちがう。口に入れたとたんに、口の中で踊るのだ」

比呂はがっかりした。初めてのデートで、安い店に連れてこられると、自分まで安っぽく見られたような気がする。どうせなら、ぎんぎらぎんのフランス料理屋がいいのに。

「冴えない顔してるな」

車のドアをしめながら片貝が気にした。

「昼めしに天丼は重いかい」

「全然……。やー、でも、千円以下ってゆーのは」

大西比呂は髪をかきあげる。

「おいしいんでしょうか」

「おーっと……」

と、片貝は軽くよろけてみせて、

「〈アフリカの難民の苦しみを考えたら、ひとり千円以上のものは食べられないはずです〉と、ぼくに怒鳴ったのは、だれだっけ？」

仕事の場を離れたので、〈おれ〉が〈ぼく〉に戻っている。

「やめてくださいよー」

比呂は片手ではらって、

「やっぱ、もう、どーしよーもなく、中流になったんですね、わたし」

「そういうわけか」

なんともいえぬ目つきで、片貝は比呂を見る。

「ぼくは、いっしょうけんめい、千円以下の店を探したんだぜ」

そう言って、ドアをあけた。狭い店内には、カウンターの席とテーブルの席があるが、客の姿はない。

カウンターの中にいる中年男が鋭い眼で片貝を見た。

「ランチタイムは終わりましたよ、お客さん」

「そうらしいね」

片貝はおもむろに応じた。

「そこを、なんとか。……ぼくは片貝米比古だ」

「わかってるよ。このあいだ、変装してきてたじゃないか」

「そうか、バレてたか」

片貝はかすかに笑って、

「じゃ、話が早い。あの天丼、うまかったよ。ぜひ、こちらのお嬢さんに食べさせたいと思ってね」

「あら、あたくし、ぜひとも、食べてみたく思いますですわ」

わけのわからぬお嬢さん言葉で、比呂が相槌《あいづち》を打つ。

「口の中で踊る天ぷらなんて、夢のようですこと」

「天ぷらが踊るって——けっ」

中年男は片貝を睨んで、

「あんたの面《つら》は、写真で見ただけで、胸が悪くなるんだ。だいたい、天ぷらにしろ、ウナギにしろ、食べる時の体調や気分で味が変わるんだよ。季節や天気によっても、ちがわあな。それを、自分《てめえ》ひとりで採点するなんざ、天をおそれぬ所業《しょぎょう》だぜ。かりにも客に向かって言う台詞《せりふ》じゃねえが、帰ってもらいましょう。あんたに出す天ぷらは、うちにゃねえんだ」

蒼白な表情のまま、片貝は動かなかった。

店主らしい中年男は、黙って、あたりを片づけ始めた。

「ご主人の気持ちはわかる。言いわけをするわけじゃないが、ぼくはつねに体調をベストの状態に保つように努力している。そのぼくからみても、おたくの天丼は星五つだ」

と、片貝は粘る。

「どうしても、あの天丼を食べたいんだ」

「帰ってくれ」

相手はにべもない。

「塩を撒《ま》くぜ。……あんたは、嫌われ者なんだよ」

「残念だな」

片貝はつぶやいた。

「今日は、このまま、帰るが、近いうちに、また、変装してくる。ぜったいにバレないようにな」

中年男は答えない。

つと、眼を上げると、

「雨だ……」

と言った。

片貝と比呂は窓の外を見る。舗道が濡れ始めている。

「チェルノブイリからくる死の灰に気をつけろ、と予報が出ている……」

男はしずかに言った。

「雨の中に出て行け、と、お嬢さんには言えねえ。……よし、お嬢さんのために、天丼を一つだけ作りましょう」

「まあ、すてきですこと！」と比呂。

「一つってのは、ないだろう。どうせ、作るなら、二つたのむよ」

「甘えるな」

男は片貝をたしなめて、

「あんたは胡瓜《きゅうり》でもかじってな」

「キリギリスじゃないんだ」と片貝は悲鳴をあげる。「洒落《しゃれ》になんないよ、それじゃ」

「あいにく、漬物は胡瓜しか残ってないんだ。あんたの天丼は絶対に作らんぞ」

「じゃ、胡瓜にビールをください」

男はグラス二つとビールを持ってきた。

「いや、なかなか、面白い主人だ。人情もわきまえている」

片貝は小声で言った。

「将来、友達になれそうだ」

比呂には、そうは思えなかった。初めてのデートなのに、ロマンティックな気分が、見事に、ない。

「『ブレードランナー』で降ってたみたいな雨かな」

片貝は窓の外を見る。

「そういえば、ママにきいたことがある。ぼくが生まれる前に、死の灰を含んだ雨が降って、大騒ぎになったんだって。そういう雨に濡れると、頭が禿げるとかで、日本中がパニックになった、と言ってた」


〈極東エージェンシー〉一階の広いロビーは閑散としていた。

ロビーの中央には人工の泉があり、水の中に立った天使が地球儀を支えている。誰やらの作ときかされたことがあるが、氷川は趣味の悪い代物だと思っている。

受付の脇に貼られた大きなポスターの朝倉利奈に気づいた。フィガロ化粧品の新しいポスターだ。氷川が知っている二十一歳の娘とは別人のような大人びた微笑を浮かべている。

(ポートアイランドでの夜は楽しかった)

と、氷川は思った。

あの夜いらい、利奈には会っていない。

というより、意識的に、会う機会を避けているのだった。

自分の気持ちを制御できる自信が氷川にはない。

肩を叩かれた。

白髪頭《しらが》を短く刈った伊吹兵助が立っていた。

「お時間、ありますか？」

同格になっているのに、伊吹は氷川に対して目下のようにふるまう。

「昼めしを食いそびれてね」

氷川は答えた。

「丁度《ちょうど》いいです。私も、めしを食いにゆくところで……ごいっしょさせてください」

ていねいではあるが、伊吹の態度には有無を言わせぬものがあった。

「この近所には、ぱっとした店がない。それに、雨が降り始めたので、考えているんだ」

「タクシーで行けば、いいじゃないですか。なんなら、ハイヤーを用意させます。……氷川さん、なにが食べたいですか」

「軽いものだな。そばとか」

「じゃ、神田へ行きましょう。神田なら、良いそば屋が二軒あります」

「混んでないかな」

「昼食時間を過ぎましたから、大丈夫でしょう。ほんとに、このごろは、ばかな奴らがガイドブック片手に列を作るので、たまりませんわ。並木のやぶ（浅草のそば屋）なんか、昔の外食券食堂みたいです」

外食券食堂とは、古いたとえである。

「片貝米比古とか、ああいうガキどもが、グルメぶった本を出すおかげで、大迷惑です。われわれの穴場が、素人に荒らされて」

「そういう時代さ」

氷川はつぶやき、玄関に向かった。タクシーが次々に発着している。

「氷川さん、片貝と親しいんでしょう。がーん、と言ってやってくださいよ」

「そんなことをしたら、こっちの仕事が停滞する。片貝には片貝の考えがあるだろうし」

「そういうもんですかね」

と、伊吹は不満そうに言い、

「ああいう連中には、一度、軍隊生活を経験させてやりたいものです」

神田の有名なそば屋は空《す》いていた。

小柄で怒り肩の伊吹は、座敷に入ると、どっかり腰をおろす。そういう姿が似合っている。その点、足の長い氷川は、似合うというわけにはいかない。

「ビール――少しなら、いいでしょう」

伊吹は勝手に決めて、せいいろと天種《てんだね》を注文した。

「氷川さんがあのポスターを見つめていた気持ち、わかりますよ」

氷川のグラスにビールを注《つ》ぎながら伊吹はうなずく。

「感無量でしょうな。朝倉利奈があそこまで伸びるとは、私は思っていませんでした。不明を恥じるのみです」

「まぐれ当たりさ」

「乾杯しましょう。朝倉利奈に乾杯！」

照れる様子のない伊吹に、氷川は調子を合わせ、グラスをあげる。

「まあ、口さがない連中は、氷川さんが朝倉利奈に惚《ほ》れたからだ、なんて言うんですが、私は怒鳴りつけてやりました。本気で、タレントに惚れ込めないようじゃ、一人前の仕事はできないぞ、と……」

氷川に好意的なようでいて、毒のある言葉である。

「言わせておけばいい」と氷川は吐き出すように言う。

「慣れてるよ」

「でも――朝倉利奈売り出しの、ほんのお手伝いをつとめた私としては、むっとしました。正直なところ、私も、なぜ、あんなにややこしいことをするのか、と思っていたのですが」

氷川は答えない。

（この男は、なにか、たのみたいことがあるのだ。早く言えばいいのに）

心の中で、そうつぶやいている。

「映画もよかったです。飯野監督の指導もあるんでしょうが、実にチャーミングでしたな。若さがはじけるようで。それから、ＣＦの歌もよかった」

「利奈がきいたら喜ぶだろう。ＬＰを作るんで、死ぬ思いをしている」

「あの素人っぽさが、かえって、いいのです。アマチュアリズムのプラス面てやつです」

「そう伝えておくよ」

「私のまわりにも、急に、彼女のファンが増えました。どうですか、レコード大賞の新人賞を仕掛けてみたら」

伊吹はコワいことを言う。

「ま、駄目だろう」

「惜しいですな」

「できないことをしても、仕方がない」

はっきり言いきって、氷川は沈黙した。これだけお世辞をならべるからには、魂胆《こんたん》があるはずだ。

しばらく、箸で天種をつついていた伊吹は、

「氷川さんにお願いがあるんです」

と言った。

「なんだい」

氷川は顔をあげる。

「朝倉利奈を貸してもらえませんか」

伊吹兵助の眼が真正面から、射るように、氷川を見つめている。

「ぜひとも、お願いしたいのです」

氷川は答えない。

伊吹兵助がどういう男か、だいたいの見当はついている。一見、常識的にみえるが、いざとなると、大胆なことをやりかねない男である。

「朝倉利奈は、いまがいちばん大切な時期だ」

と、氷川はつぶやくように言う。

「映画、ＣＦは、いちおう、成功した。むずかしいのは、これからだ。映画の第二作が失敗すれば、大衆は、さっと退《ひ》いていく。年内は、ほかの仕事をさせたくない」

「露出をすくなくするわけですな」

「雑誌その他の取材には応じるが、安っぽい出し方は避けたい。これは、黄金時代の日本映画のスターの育て方だ。うまくいくかどうかは別として、私はこれをやってみたい。ＣＦも、一流のイメージのものだけにする」

「そう言われると、私としては、あとが言い出しにくくなるのですがねえ」

と、伊吹は苦笑してみせる。

「アナクロニズムと言われるかも知れないが、私はオーソドックスなスター作りをやってみたいのだ。つまり、今のアイドルの売り方の正反対だ。——このごろのアイドルときたら、喋れば下品、不良っぽくふるまうほうが人気が出る、と信じ込んでいる。あるいは、そういう演出で動かされている。……それはそれでいい。しかし、大衆は、もう、飽きてきたと思う。スターは高嶺《たかね》の花であって欲しい、と願う時代が、もうすぐ、くる」

「氷川さんの読みは、いつも、当たってきましたからねえ」

伊吹はうなずいて、

「ポリシーとしては正しいと思います」

「これが私の答えだ」

氷川は言いきった。

「ようく、わかります。私が無理を申しあげているのは、承知の上です。しかし、ごもっともと引き下がったのでは、仕事にならないわけで」

氷川は黙って伊吹を観察している。食らいついたら、スッポンのように離れない男である。だから、部下としては、まことに有能だったのだが。

「そこを曲げてお願いしたいのです。〈極東エージェンシー〉のためにも、プラスになる仕事です」

伊吹の論は〈会社のため〉という方向に曲がってきた。

2

氷川は依然として答えない。

相手が伊吹兵助でなければ、話はこれでおしまいである。

しかしながら、伊吹はごく最近まで氷川の片腕であったし、かつ、〈オフィス・グリフィン〉の株主の一人でもある。他の者に対するようなわけにはいかない。

「なんとか面倒をみてくださいませんか、氷川さん」

「朝倉利奈を、何に使うんだ？」

氷川はいぶかしげにたずねる。

「ちょっとしたパンフレットとポスターです。パンフレットは五十万部つくりますから、彼女のＰＲになるはずです」

伊吹は落ちついた口調で説明した。

氷川は黙っている。いつもなら、いいだろうという気持ちになるのだが、いまひとつ、気乗りがしない。

「どういうパンフレット？」

「それが、その……」と伊吹は言いにくそうに、「〈わが国の原子力発電は安全です〉というもので」

残っていたビールを氷川は一息に飲んだ。只事《ただごと》ではない。クライアント（スポンサー）の目星がついた。

「ずいぶん、手まわしがいいな」

氷川は評した。

「七年前のスリーマイル島の原発事故のときは、情報が溢れ過ぎました。日本でも反対運動が盛り上がって、大変でした」

伊吹はそば湯をすすって、

「チェルノブイリの事故の大きさは、スリーマイル島の比ではありません。放っておくと、どんな反対運動が出てくるかわかりません。ここだけの話ですが、関係官庁と電力業界は、反対運動を防ぐために、できる限りの手を打つつもりです」

氷川は冷ややかにきいていた。

生来、政治的なことには興味がない男である。米国のスリーマイル島事故のときでも、さして深刻には受けとめなかったのだ。

だが、チェルノブイリの事故では、氷川は大きなショックを受けていた。もはや対岸の火事ではない。あの事故はソ連の原子炉固有のものだ、という政府側の説明では納得できなかった。

さらに、氷川は、さまざまな情報を耳にしている。

事故の第一報が日本の新聞に報じられたのは、四月二十九日朝である。その朝、天皇在位記念式典のために通産省から出たバスの中で、通産省職員は業界幹部に、ソ連の原子炉の特徴についての資料を配布したという。

また、資源エネルギー庁幹部が、各電力会社に主要テレビ局の事故報道をビデオにとるように割りふったとも伝えられている。どのような事故報道がされるかということに、極度に神経をたてていたらしい。

「しかし……」

氷川は言葉をえらびながら言う。

「原発安全キャンペーンとは、容易ならざることだ。きみは、本気で、原発が安全だと言いきれるのか」

「お言葉ですが」と伊吹は唇をかすかに歪《ゆが》めて、「風邪グスリの広告を作ったからといって、そのクスリで風邪が絶対に治ると、われわれ、信じているわけではないでしょう。原発も同じことで……」

「軽い風邪と原発事故をいっしょに論じられてはたまらない」

「クライアントの要望に忠実という点では、同じことです。クライアントが必要としているキャンペーンをおこなうのが、われわれの仕事でしょう。安全かどうかなんて、考える必要はないわけで」

主要な広告代理店には、政府・官公庁関係を担当している局が、必ず、存在している。それは〈会社が一流であることを示す看板〉なのだ。〈極東エージェンシー〉では、営業局がその方面を引き受けている。

(利奈の勘は鋭かった……)

と、氷川は思った。

(去年の暮れに、この男の消息をおれにたずねた。なにかしら、神経にひっかかるものがあったのだろう)

「ずいぶん、難題をもちかけてくれたものだな」

氷川は苦笑した。

「きみの思いつきかね」

「発案者は、営業局《うち》の局長です。さわやか、清潔、というイメージとなると、朝倉利奈しか思いつかなくて……」

「ありがたいような、困るような話だ。まあ、考えてみるよ。当人の意向というものもあるしな」

「よろしくお願いします」

伊吹は自信ありげに頭をさげる。

「ソ連の原発と日本のでは、まず、構造がちがいます。それに、チェルノブイリの場合、運転員がおそまつだったようですな。日本では、ああいうことはないです」

「そう決めつけていいかね。日本でも小規模な事故は、何度も、起こっているだろ」

「じゃ、これからのエネルギーをどうするのですか」

伊吹は腕時計を見ながら言った。

「アメリカなら、石油や石炭がありますが、ご存じのように、日本には資源がないんです。原子力発電なしでは、われわれの消費生活は成立しませんよ」

そう言われてしまうと、氷川は反論できない。相手は、キャンペーンのマニュアルを諳《そら》んじているのだから、反論するためには、氷川にも知識が必要である。

「利奈が、なんというか」

氷川は浮かぬ顔をする。厄介なことを持ち込まれた、というのが実感である。


そば屋を出たとき、雨は上がっていた。

社に戻る伊吹と別れて、氷川は歩きだした。

古風な橋を渡ると、すぐに秋葉原の商店街が見えてくる。かつては、ごちゃごちゃしたバラックばかりだったが、今では立派なビルが立ちならんでいる。では、すっきりと垢抜けたかというと、そうではない。立派なビルが多くても、看板やネオンや貼り紙のせいで、依然として、東洋的混沌《カオス》の世界である。

——おれ、雨に濡れちゃったよ。やべえ、やべえ！

高校生の一団が氷川を追い抜いていった。どうやら、修学旅行の生徒らしい。

（もう、五月か……）

氷川は感慨に耽った。

ふたむかしほどまえ、祖父に、〈秋葉原〉は、アキバハラなのか、アキハバラなのか、と訊いたことを想いだした。どちらもまちがいで、アキバノハラが正しい、と言い張った祖父は、とっくに他界している。

高校生たちと外国からきた人々の姿が目立つ雑踏を抜け

たあたりに、白いビルがある。一階から九階までが電気器具関係のショウ・ルームになっているという珍しい建物である。

「書斎の照明具は、何階ですか」

と、受付の女性にたずねる。

「どういった品物ですか」

「デスクにねじで取りつけるライトです。町で売っているのは、すぐ、こわれそうなので」

「六階に、いろいろ、ございます」

どうも、と言って、氷川はエスカレーターに乗った。

エスカレーターは氷川に見知らぬ世界を見せてくれる。文房具のフロア、輸入品のフロア――エスカレーターから見えるのは、ほんの一部であるが、氷川にとっては、ディズニーランドよりも興味深い。

六階でおりた氷川は、照明具のコーナーを探した。

途中に、これから流行するといわれている大型テレビ受像機のコーナーがあった。大衆が自宅でビデオを見るために、受像機は大型化する傾向にある。

商売がら、つい、立ちどまって、眺めてしまう。

「こっちの方が鮮明だな」と、氷川の背後にいる客が案内をする店員に言った。

「はい、あまり大型になると、どうしても、画像がぼやけてしまいます」

「そのうちに、さらに改良された品物が売り出され、みんなに買わせる、というわけだろう。だが、この大きさのなら、ニューヨークで、もっと安く買える」

氷川は、はっとした。

さりげなく振りかえると、白い口ひげをはやした背の高い老人、瀬木直樹が、店員と向かい合っていた。

(まずいな……)

と氷川は思った。

(いつ、帰国したのだろう)

氷川にとって苦手な人物といえば、瀬木直樹にとどめをさす。

瀬木が氷川によってプロダクションを乗っ取られたと信じ込み、恨んでいることを、氷川は熟知している。瀬木の古い経営法では時代に合わなくなり、氷川や羽賀が新しい路線を打ち出したとき、瀬木は怒り狂った。恩知らず、とか、泥棒猫、といった罵声を氷川に浴びせながら、グループ・サウンズ路線に固執した。ロカビリーで当てた夢が忘れられぬ瀬木としては、当然かも知れない。

だが、氷川はグループ・サウンズの熱狂を一過性のものと見ていた。新しいグループを発掘しようとする瀬木と真正面から対立し、結果として、瀬木と袂《たもと》を分かつことになった。その後の流れをみれば、氷川の読みが正しかったのは明瞭である。

にもかかわらず、氷川は瀬木が苦手であった。それは論理以前の、なにかである。世話になった、ということとも少しちがう。

（ひきかえそう）

足を踏み出そうとしたとき、

「氷川君じゃないか」と、瀬木の声がした。

「人ちがいだったら、ごめんなさいよ」

「あ……」

氷川は、初めて気づいたふりをした。

「これは……」

「テレビの画面に、うつったのだ。一目でわかったよ」

瀬木はこわばった笑みをみせる。

また、くるから、と店員に声をかけて、

「元気なようで、なによりだ」

「い、いつ、お帰りになったのですか」

氷川の声音《こわね》は不自然だった。

「おとついだ。新宿のホテルに泊まっている」

瀬木はアメリカ資本のホテルの名をあげた。

「浦島太郎も同然だよ。ホテル一つ、えらぶのも、人任せさ」

「私でできることがあれば……」

「なに、商用というか、野暮《やぼ》用の滞在だ。ジュークボックスの古いのが、大量に出てね。買いつけにきたのだ」

「はあ……」

氷川にはよくわからない。日本まで買いつけにきて、引き合うのだろうか、という気がする。

「とりあえず、おめでとう、と申しあげておこう」

瀬木は白い歯を見せた。

「は?」

「怪訝な顔をしなさんな。朝倉利奈のことだ。……あの子からは、時々、手紙がくる。大成功というべきじゃないか」

「大先輩にそう言われるのは光栄ですが……」

氷川は居心地悪そうに言う。

「そうなれば、なったで、いろいろと莫迦《ばか》げたトラブルがありまして」

先刻《さつき》の伊吹の言葉へのこだわりが出た。

「世の中、そんなものさ」

瀬木は笑って、

「きみも忙しいだろうが、一つ、たのみがある。きいてもらいたい」

「なんでしょうか?」

「朝倉利奈に会いたいのだ。日本に帰ったら、ぜひ、そうしたいと願っていたが、連絡のとりようがなかった」

「あの娘《こ》は、今夜、スケジュールが入っていないはずです。問い合わせた上で、私が一席もうけます」

氷川は、ほっとする。もっと、むずかしい申し出ではないのかと思ったのだ。


〈極東エージェンシー〉本社の一室では、二人の男が密談をしていた。

目つきが鋭く、隙のない、小肥りの男が、営業局局長の松岡《まつおか》である。松岡の前にいる、毛髪の薄い、だが、服装に気を使った男が総合事業局局長の久松《ひさまつ》である。いずれも五十代、日本の高度成長を支えてきた世代といえよう。

「うちの伊吹が氷川君にたのんだのだが、どうも返事が渋いらしい」

松岡は日本茶を一口のんで、

「氷川君が朝倉利奈を独占したい気持ちは、わからんでもない。しかし、これは、クライアントの意志なのだ」

「へえ」

久松は初耳である。

「私は、なにもきいておりません」

「伊吹の動き方にも問題はある。氷川君の上司であるあなたを無視した感がないでもない」

言葉はていねいであるが、営業局の立場の強さが、おのずと滲《にじ》み出る。

「悪く解釈しないで欲しい。伊吹とすれば、長年、氷川君の下にいたので、甘えが出たのだと思う。クライアントの意志として、まず、あなたを通すべきだった」

久松はすぐには答えない。松岡も伊吹も勝手なことを言っている、と心の中で思うが、自分の立場がまず大事である。

「わかりました……」

と、久松は溜息をついて、

「しかし、朝倉利奈を引っぱりだすのは、なかなか、むずかしいと思いますが」

「それは百も承知だ。……厄介なのは、急を要することだよ。氷川君にはっきり言えるのは、直接の上司であるあなただけだ。氷川君を口説いて、朝倉利奈を使えるようにしてもらいたい。氷川君が首をたてに振れば、すべて、うまくゆく……」

私が宿泊しているホテルのコーヒーショップにきてもらえれば、と瀬木は軽く言ったが、氷川にすれば、そうもいかなかった。瀬木直樹の久々の帰国にふさわしい歓迎の席が必要だったし、朝倉利奈を、人目の多いホテルに送り込むのも避けたい。

氷川は赤坂二丁目の料亭を、急遽《きゅうきょ》、予約した。彼個人としては、最上級の接待場所である。新宿のホテルには迎えのハイヤーを出すことにした。

夕方になると、氷川は社に別のハイヤーを呼んで、利奈のマンションに向かった。アルコールが入るはずなので、自分の車は使えない。

西麻布のマンションに着くと、ハイヤーを待たせて、エレベーターで七階に上る。利奈の部屋のドア・チャイムを鳴らすと、黒いTシャツを着た大西比呂が顔をのぞかせ、チェーン・ロックを外した。

「利奈はお化粧をしてます」

「きみは、また、絵を描き始めたのか」

　ドアの内側に貼られた、セクシーな、半裸の少女のイラストを氷川は眺める。

「女性がこういうイラストを描くのが、はやりみたいだね」

（はやりとか、そういう見方をするから、困っちゃう）と、比呂は心の中で嘆く。（セックスっつーのは、食べることへの興味と同じ次元のもんなのに……）

　片貝米比古が自分に興味を持つのは、色っぽいイラストを描くからだ、と、比呂は認識している。比呂自身への興味よりも、イラストの女性への興味のほうが強いようである。

　――きみの描く女の子を見ていると、ぼくの男性が回復してくる。

　と、片貝は告白したことがある。

　かなり、アブナい発言であるにもかかわらず、比呂は、自分のイラストのうまさへの称賛と、広い心で受けとめることにした。このように、ものごとを、明るい形で見るのが、大西比呂の性格の良さである。そうした〈良さ〉に、屈折してはいるが育ちのよさを失っていない片貝は惹かれているらしい。

「うん、色っぽい。このイラストは売れるな」

　氷川の感心の仕方が比呂には気に入らない。思わず、むっとしたところに、利奈がとび出してきた。

「びっくりしましたよ。瀬木さんが帰ってきたなんて」

「私もびっくりしたさ。一週間ぐらい滞在すると言っておられた」

「ずいぶん、短いんですねえ」

「商用だそうだ。あの人も、そうとう、老けたな」

　利奈が靴をえらぶのを待ちながら、氷川はつけ加えた。

「もう一つ、車の中で話したいことがある」

3

ハイヤーが動き出すと、氷川はいきなり、伊吹の申し出を利奈に話した。

「……ふつうだったら、ばっさり切ってしまう話だ。いちいち、きみに報告するまでもない。しかし、この件に関しては、断るにしろ、きみの意志を確認しておかないと、まずい気がする。こちら側の態度を統一しておく必要がある」

利奈は黙っている。

「こちら側というのは、まず、私だ。私の考えはいうまでもないだろう。――それから、きみ。それと、〈オフィス・グリフィン〉代表の堀江君だ」

六本木交差点が近くなると、ハイヤーはほとんど動かなくなった。もともと渋滞のはげしい場所だが、今夜は、とくにひどい。

「堀江さんはどういうお考えですか」

と、利奈が訊く。

「さっき、電話で話した。堀江君は断乎反対と言っている」

「でしょうね……」

当然のように利奈が言う。

「きみは、どうなんだ?」

氷川は低くたずねる。

「原発問題って、正直なところ、わかんないんです。でも、そういうポスターって、アイドルのやることじゃないと思います」

「私もそう思っている」

「というのは、わたし、職業としてアイドルやってるわけですよね。つまり、一人でも多くの人に好かれなきゃならないんです。わたしのエゴで言っちゃいますけど、ああいう大事故のあとで、原発大好き、みたいなキャンペーンを手伝っちゃうと、原発反対の人たちを敵にまわすことになります。そういうのって、アイドルのやることじゃないですね」

「わかった。いちおう、訊いておきたかっただけだ」

前方を眺めて、苛々しながら、氷川はうなずいた。

「これで決まった。スケジュールがきつくて、物理的に不可能ということにしよう。そうすれば、角が立たない」

そうだろうか、と利奈は思った。なんだか、このままでは終わらない気がする。

「伊吹さんが納得するかしら」

「させるしかないね。向こうだって、無理を承知で言ってるんだから」

交差点をすぎると、道は急に空いた。溜池《ためいけ》方面におりる坂の途中を左に曲がる。

六本木の近くで、こんな……と思うような、暗い、せまい道がつづく。こういう所にふつうの人が住んでいるのか、と利奈は怪しむほどである。草深いとさえ感じさせる一角の闇の中に明かりが見えてくる。

それが料亭の入り口であるのに気づくのに、時間はかからなかった。

ハイヤーをおりた利奈は、和服姿の女性が数人、三つ指をついて迎えるのを見て、うろたえた。たいがいの席には馴れたけれど、こういうのは初めてである。

「道が混んでいて、遅くなった。もう、見えてる？」

靴を脱ぎながら氷川が訊く。

「ほんの一足《ひとあし》、早く、お見えです」

と、和服姿の一人が答える。

どきどきしながら、利奈は、氷川のあとから階段を上る。迷路みたいな廊下を歩いて、奥まった部屋に通された。入って右手に屏風があり、さらに奥の、床の間を背にして、瀬木があぐらをかいていた。

「おお！」

利奈を見るなり、瀬木は立ち上がり、日焼けした片手をさしだした。

「どーも」

利奈は照れて、小さく言い、老人のかたい掌《て》を握った。

涙がこぼれそうになる。

「何カ月ぶりかなあ！」

瀬木は座布団に腰をおろしながら微笑んだ。

「不思議なものだ。ほんらいならば、私は、氷川君と同席するような関係ではない。正直にいえば、こだわりも消えてはおらんのだ。……それが、こんな風になってしまった。利奈さん、あなたのためだよ」

「ま、そんな話は……」

氷川は閉口した様子で、仲居《なかい》にビールをたのんだ。

瀬木に対する形で、利奈は氷川の横にすわった。華やかな雰囲気にアガってしまいそうで、落ちつかない。瀬木さんも、やはり、イースト・ビレッジのほうが似合う、と、利奈は心の底で思っている。

やがて、ビールがきて、日本酒がきて、女将《おかみ》が挨拶に現れると、瀬木の存在感が大きくなり、座敷の空気に馴染《なじ》むどころか、貫禄充分になった。

「社長さん、ほんと、おなつかしくて」と、女将は、芝居ではない涙を浮かべ、瀬木は「社長と呼ぶのはやめてくれないか、尻がむずむずする」と笑っている。ありきたりのやりとりだが、年季が入っている、と利奈はみた。

「〈オーラ〉が、いよいよ、増したな」

瀬木は利奈を愛《いと》しげに眺めながら、

「アイドルの居心地は、どうかね」

「んー、忍耐力が養えます」

利奈は小声で答え、瀬木の杯に酒を注《つ》いだ。

「これは、ご挨拶だな」

「決して悪くはないです。みんなが優しくしてくれるんで」

「人気があるうちは、そういうものだ」

「ジュークボックスのお店は、いかがですか」

利奈は話題を変えた。

「ぼつぼつ、だよ」と瀬木は答える。「ああいうものは、爆発的に売れるものではない。だが、需要がなくなることもない。ジュークボックス・フリークというのは、潜在的に存在するから」

倉庫のような殺風景な店を利奈は想いだした。

いまとなっては、なにもかも、懐かしい。あの店に連れていってくれた木村章はどうしただろうか？

「日本にきたのも、そのためだ。東京の近くで、古いジュークボックスが五十近く発見された。ゆうべ、見てきたが、埃だらけの故障品だ。しかし、アメリカに運んで、昔の技師が直せば、一つが八千ドルから九千ドルで売れる。物によっては、一万ドルを超すかも知れない」

「いい商売ですね」

氷川は感心してみせる。

「趣味でやっている店にしては、実益が上がっている。野球やミュージカルをみて、たまにアトランティック・シティヘギャンブルをやりに行く、といった生活なら、これで充分だ」

木村の優しさが利奈は忘れられない。ケネディ空港での別れぎわに、もう少し、あの人と話をすべきだった、と後悔している。

「木村さん、お店に行きますか」

唐突に、利奈がたずねた。

瀬木は、一瞬、当惑めいた顔をして、

「いや」

と首を横にふる。

「あれいらい、こなくなった。……噂では、会社をやめたとかだが……氷川君のほうが詳しいんじゃないか」

利奈は氷川の横顔を見る。

氷川も困ったような顔で、

「やめたのは事実です」

と言った。

「その後の消息は不明ですが……」

「しばらく、ニューヨークにおった。劇場のロビーで、一、二度、見かけたよ。氷川君、本当に知らんのか？」

「辞表を出して、やめたのです。そう報告を受けております。それ以上は、私どもの関知したことではないのです……」

「そういうものかな」

空気が白けた。

（やっぱり、やめたんだ。ああいう仕事に向いてない人だ

ったんだ）と利奈は思った。（それで、消えちゃったのか）
料理が運ばれてきた。
瀬木の表情が明るいので、利奈は（よかった）と思う。
だが、自分は食欲を失っていた。

翌朝、出社した氷川は久松に呼ばれた。

「なにか？」

「二人きりで話したいことがある」

と、総合事業局局長は言った。

「空《あ》いてる部屋で話そう」

久松は先に立って廊下に出る。

「第二会議室が空いている」

ドアをあけて中に入る。久松はドアをロックした。

二人で話し合うには、広すぎる部屋である。久松がすわるのを待って、氷川は長いテーブルの向かい側にすわった。

「コーヒーでも貰おうか」

とってつけたように久松が言う。

「いえ、けっこうです」

氷川は椅子にすわり直した。

久松は煙草をくわえ、左手で灰皿を近寄せた。

「体調はどうかね？　こないだうちは顔色が悪かったが」

「大丈夫です」

「気候がよくなったからかな」

久松は煙草に火をつける。

「企画も万事順調のようだね」

「いえ、不調です。毎日、胃が痛くなるようなことばかりで」

氷川は本音を吐いている。

「はための《め》には、そうは見えない。ま、だれしも、そんなものかも知れないが」

用心深そうな久松は、小声で、つけ加えた。

「朝倉利奈に関するプロジェクトは、成功したといっていいだろう。ええ？」

「一つぐらいは、うまくいってくれないと……」

「謙遜《けんそん》するじゃないか、ずいぶん」

久松は、けむりを輪に吐いて、

「きのう、伊吹が無神経な言い方をして、きみを不愉快にさせたときいたが」

やはり、あの件か、と氷川は思った。

「べつに、不愉快に思ってなんかいませんよ」

久松は答えない。じっと、氷川の眼の動きを見つめている。

「いっしょに、そばを食べに行ったのですから……。などやかに別れましたよ」

「松岡さんは、そう思ってはいないようだ」

不意に、営業局局長の名が出た。

「松岡さんは、伊吹の態度が悪くて、きみを怒らせたと思っているらしい。困ったことになった、と私にコボした。原発安全キャンペーンのポスター作りには、どうしても、利奈ちゃんが欲しいというのだ」

五十を半ばすぎた男が、利奈ちゃんというのは、不自然で、不気味でさえある。

「ことわっておくが、これは伊吹個人の思いつきではない。〈極東エージェンシー〉営業局の意向なのだ」

「私は、怒りも、ことわりもしていません」

と、氷川は、とぼける。

「ただ、当惑しただけです。……おわかりいただけるでしょう。大事に育ててきたアイドルを、突然、原発関係のキャンペーンに貸せといわれれば……」

「ま、そうだな」

久松はあいまいに相槌をうつ。

「その気持ちは、わからんでもない」

「伊吹君は〈ちょっとしたパンフレットとポスター〉といってましたが、五十万部刷るパンフレットが〈ちょっとした〉ものとは思えません。利奈のPRになる、ともいっていましたが、これも、とんでもないことです。とてもPRになるとは思えません」

「まあ、な」

久松は苦笑を浮かべた。

「このさい、伊吹の言い方にはこだわらないで欲しい。あいつは、莫迦《ばか》だ」

とうとう〈莫迦〉にされてしまった。

おそらく、伊吹が接触したのだろう、と氷川は推理した。きのう、さんざん、片貝の悪口を言っていたが、じつは組んでいるのだ。

「営業局としては、モデルが朝倉利奈、コピーが片貝、というベスト・メンバーを想定して、仕事をすすめている。パンフレットの文章も、片貝米比古が面倒を見てくれるらしい」

包囲されたぞ、と氷川は思った。否応なしに、やらざるをえない方向に、すべてが押し流されつつある。

「片貝君が何をやろうと、彼の自由ですが、朝倉利奈はおろしてください」

「そうもいかんのだ」

久松はきびしい表情になる。

「これはクライアントの要望だ。クライアントの声は神の声だからな」

「伊吹君には、当人の考えを訊いてみる、と答えておいたのです。利奈は二十一歳ですし、当人の判断が大切だと私は考えました」

「うむ」

「ゆうべ、訊いてみたのですが、答えはノーでした。アイドルがそういうポスターに顔を出すのはおかしい、という考えなのです。〈オフィス・グリフィン〉の代表も同じ意見でした」

「困ったな」

と、久松は、やたらに、けむりを吐く。

「私がきみだとしても、同じ答えを出しただろうと思う。……きみの気持ちは、よくわかるのだ。しかし、営業局はもう動き出しているぞ。原発安全のコピーは、片貝米比古がひきうけているし」

「片貝君が？」

氷川は驚いた。

「本当、ですか」

「ああ」

4

態度をはっきりさせなければ、と氷川は思った。

朝倉利奈を出し渋っているのは、氷川自身が原発安全キャンペーンに、ムード的に賛成しかねるからである。

だが、クライアントの要望とあれば、それではすまされない。利奈が嫌がろうと、強引に仕事をさせる必要も考えられる。

氷川は銀座の大きな書店へ行って、原発関係の本を三冊買い、早めにマンションに戻って、読み終えた。

そのうち、二冊は〈専門書〉であり、氷川にはむずかし過ぎた。もう一冊は読み易く、明確に原発反対の立場から書かれたもので、〈日本全土の原子力発電所を封鎖しても、停電などしない〉と記してあった。

氷川はさまざまな情報ルートを持っている。十一時をまわっていたが、知人である工業新聞の記者の家に電話をしてみた。受話器をとったのは夫人で、いまお風呂に入っております、と言った。

十一時半に、もう一度、かけてみた。相手は、すぐに、出た。

――こんな時間に申しわけない。ちょっと、訊きたいことがあって……。

――なんですか、あらたまって。

記者は不審そうであった。

――驚かないでくれ。このおれが、原発の本を読んでいる。

そう前置きして、氷川は端的に、原発が本当に〈安全かどうか〉をたずねた。

――福井県の原発群を統括する現地事務所の代表は、チェルノブイリの事故のあとで、「〈絶対に安全〉と外部に向かって言うな」と部下に語っています。その方が現地では説得力があるからです。中央では認識にずれがありますから、「絶対安全」なんて言いきれるんです。人為ミスがないなんて、とても言えませんよ。

相手は冷静に答えた。

――対策もいちおう考えられてはいます。島根県の、松江の北十キロほどのところにある原発では、事故のさい、四十キロまでの避難が必要と、何年も前から考えているんです。国や県は八キロから十キロぐらいの範囲の防災計画しか持っていないのですがね。でも、チェルノブイリの事故で、四十キロでも不十分だとわかったので、関係者は悩んでいます。

「お疲れさま」

松岡は杯を眼の高さにあげた。

赤坂のホテルの中にある日本料理屋の個室である。なんのために呼び出されたかは、氷川にとって明らかであった。

一晩、慎重に考えた結果、氷川は久松に「利奈を積極的に参加させたいとは思わない」と答えた。久松は黙ってうなずいただけであった。

おそらく、久松と松岡のあいだで局長同士の話し合いが持たれたのであろう。さしで話したい、と松岡から電話がきた。氷川はことわれる立場ではなかった。

「きみが羨《うらや》ましいよ」

小肥りの身体を丸めるようにして、松岡は明るく言った。

「自在にふるまって、企画をすべてヒットさせてゆく。その点、ぼくなんざ、不自由なものだ。局長になど、なるもんじゃない」

「いや……」

「本音だよ。面白いことなんか、ありゃしない」

溜息をついた。

油断のできない相手だ、と氷川は思った。いきなり、「羨しい」などという人間は信用できない。

「時間ばかりかかる会議の連続だ。きみも知っての通り、会議の前は、根回しにつぐ根回しだろう。こんなことのために生きてきたのかと情けなくなる」

徳利を手にした氷川は相手の杯に酒を注《つ》ぐ。

「日本人の会議が時間がかかるのは、多数決で決めないからだ。一人でも反対意見があると、その人物が納得するまで、何度でも会議を開く。ものごとを決めるためではなく、全員の合意がいかにしたら得られるかの相談になってしまう。欧米型の多数決でやれば、時間も短縮できる……」

おれのことを言っているようだ、と氷川は警戒する。〈反対意見の一人〉とは、おれを指しているのではないか。

「ぼくも、としだからな。夜の宴席がきつくなっている。――いや、今夜は別だ。こういうくつろぎ方ができない宴会のことだよ。右肩は痛むし、ぎっくり腰のあとが治っていないし、痛風が出た。少し前なら、停年で、盆栽いじりをしてる年齢だからな」

松岡は徳利をとりあげて、酌をする。

「きみが相手だと、元気になる。四十代とは思えんほど、きみは若い。肉体的にも若いが、精神が若いのに、ぼくは敬服している」

「そんな……」

「いや、若い。ぼくが言うのはともかく、社の女の子たちが噂している。なにを食べたら、ああなれるのか、と」

時と場合に応じて、幾つもの顔をもつ松岡は、磊落《らいらく》さを装っている。とはいえ、眼つきの鋭さまではカバーできない。

「ぼくとしては、きみの若さ、その感覚に学びたいと思っている。これはお世辞ではないよ」

念を押して、は、は、と笑ってみせた。

「ところで、きみは左翼なのか？」

意外な質問であった。保守的とか体制的と組合に批判されつづけてきた氷川は、きょとんとして、

「どうしてですか」

と、訊きかえした。

「そんなことを言われたのは初めてです」

「わかっとるよ。社員の思想傾向ぐらい、すべて、把握しておる」

シソーケイコーとは懐かしい言葉である。一九五〇年代のものではあるまいか。

「かつて左翼だった連中ほど、扱い易いものはない。ナショナル・イヴェントにも進んで協力してくれる。自分の志と正反対のイヴェントに協力することに、倒錯的な喜びを

見出しているのではないかと思われるほどだ」

　松岡はじゅんさいを箸でつまんで、

「ところが、きみは左翼でもなんでもない。学生のころから、ポップス・コンサートを催したり、ま、ノンポリだな。その後も、政治的行動は、いっさい、していない。そういう人間が、いまごろになって、なぜ、かたくなな態度をとるのだ。きみはえらく損をしているのだぞ」

「そうなりますか」

　氷川の頬がこわばる。

「なるとも」

　松岡は強調して、

「考えてみなさい。前途洋々たるきみが、こんなつまらんことで意地を張る手はないよ。将来にさしさわるぜ」

「つまらないことでしょうか」

「言葉尻にこだわらんでくれ。伊吹や久松君はどう話したか知らんが、ぼくはきみの将来を考えている。世の中、少し身を引くことで得をする場合もあるのだ。……まあ、営業局の出方に、きみの気にいらん部分があったかも知れないが、大目に見てやって欲しい。そういった部分は、すべて、ぼくの責任で……」

「そうおっしゃられては困ります」

「ま、ききなさい。——どうかね。松岡個人の面子《メンツ》を立てる気になってはくれまいか？　このぼくとの付き合いの延長線上で、朝倉利奈を貸す気になってくれないかね。彼女がいやと言っても、きみが仕切ってくれればいいのだ。……ここらで、ぼくに貸しを作っておいても、いいのではないか」

　あの手この手の熱弁は、久松とは段がちがう。必要とあらば、涙の一つもこぼしかねぬ勢いである。

　ここで、利奈の気持ちを改めて説明しておく必要がある、と氷川は判断した。

「きょうび、二十一になる娘《こ》を仕切るのは容易ではないですよ」

「そうかね？」

「朝倉利奈は、頭のいい娘《こ》です。いや、頭はそれほどでもないけど、勘がいいのかな。——つまり、アイドルである以上、大衆を敵にまわしたくない、というのが基本的な考えです」

「どういうことかな」

座椅子にもたれて、松岡は眼を細める。

「彼女が原発安全ポスターのモデルになったと、仮定します。そうすると、チェルノブイリ事故のあとで、原発に不安を抱いている大衆は、この娘、なんなんだ、と思うでしょう。原発反対を叫んでいる人たちは、当然、彼女に反感をもちます。アイドルとして、これはまずい、と、あの娘《こ》は考えているのです」

「ほう……」

松岡の細い眼が笑う。

「なかなか利口だな。自分で考えたものかね？」

氷川は怒りを抑えた。氷川が逃げ口上を教えたといわんばかりの言い方である。

「皆さんが考えるほど、莫迦《ばか》じゃありませんよ。この問題に関しては、態度をはっきりさせています」

と、氷川はつけ加えた。


利奈の言葉が、一種の建て前であるのを、氷川は感じていた。

瀬木を接待した帰りの車の中で、利奈は、チェルノブイリ事故について日本のテレビ報道に危機感がすくないのが不思議だと語った。ジェット気流に乗って、放射能は、一週間で、日本までできたのに……。

——つっ込みが浅いですよねー、特別番組にしても。

「彼女を説得することは、不可能に近いです。僭越《せんえつ》ですが、引き受けるアイドルは、いくらでもいると思います……」

「そりゃ、いるさ。なみのアイドルでよければ」と、松岡は苦い表情をして、「でも、にっこり笑っているだけじゃ、このポスター、パンフレットは意味がない。なんせ、〈わが国の原子力発電は安全です〉と言いきってしまうのだからな。きみらがいうとった〈知的アイドル〉、これでなければいかん。〈知的アイドル〉だからこそ、説得力があるというわけだ」

氷川は黙っている。

「もっとも、片貝米比古は、コピーを変えてしまった。

〈だって――日本の原子力発電は安全なんだもん〉というのだ。〈だって――〉が効いているな。女の子の言葉にしたのは、朝倉利奈を意識してのことだ。お膳立《ぜんだ》ては出来上がっているのだよ、きみ」

たしかに、そうだ、と氷川は思った。お膳立ては出来上がっている。

「片貝君がよく引き受けましたね」

「オフィスを通して申し入れたら、二つ返事で引き受けてくれた。非常にビジネスライクだった」

松岡は満足そうである。

料理は、すずきの洗いが運ばれてきた。

「新人類というのかね。あの年代の連中は協力的だ」

「初めから、マスコミにとり込まれたくて、うずうずしているのですよ。片貝君は偏屈なほうです」

「らしいな。そのわりには、気持ちよく手伝ってくれる。……いちばん、いかんのは、四十代から五十代初めの連中だ。いまだに反体制の姿勢が恰好いいと思っている。業界のシーラカンスだ」

「そう、はっきり言わないでください」

「きみのことではない」と松岡は、わざとらしく念を押して、「その点、新人類はいい。さわやかだ。核に対するアレルギーがないのが、なにより気持ちがいい。仕事もやり易い」

「そうですか」

「ところで、朝倉利奈の件だが……」

話は出発点に戻った。

「久松君はきみを説得できなかったと、ぼくに言った。そこで、ぼくが出てきたのだが、子供の使いじゃあるまいし、駄目ですといわれて、手ぶらでは帰れない。……どうかね、パンフレットに限って引き受けるというのでは？　パンフレットなら、ポスターよりは、人目につかない。そんなところで、妥協できないか」

「なるほど……」

そう答えざるをえなかった。

「わかりました。私だけで決めるわけにはいかないので、利奈と話し合います」

「よろしい」

松岡はうなずいたが、不満げであった。

「返事は、明日じゅうに欲しい。とにかく、急ぎの仕事なのだ」

「努力してみます」

「努力だけでは駄目だ」と、松岡は、ゆっくり、力を込めて「やるんだ」

「はい」

「ぼくを追いつめないでくれ」

松岡は被害者のように言う。

「ぼくだって、きみに頭をさげたりする真似をしたいわけじゃない。あ、それから……」

「は？」

「今後のきみの出方によっては、しかるべき手をうたざるをえなくなる。それは、わかってるね？」

相手は氷川を凝視した。

〈しかるべき手〉か……。


利奈のマンションの階段を上りながら、氷川はつぶやいた。

運動不足なのは確かなので、なるべく、エレベーターを使わないようにしている。

チャイムを鳴らすと、大西比呂がドアをあけた。

「いま、瀬木さんが見えてます」

まずいな、と氷川は思った。瀬木と顔を合わせるのがまずいのではない。利奈を連れ出して、密談するのが、やりにくくなったのである。

「突然、見えたんです。わたしのイラストを二枚買ってくれました」

「そりゃ、よかった」

氷川は靴を脱いだ。瀬木の靴は氷川のよりやや大きい。

「こないだは、ご馳走になった……」

瀬木直樹は籐椅子から立ちあがる。

「どうぞ、そのままで」

氷川は一礼して、

「いかがですか、ホテルは？」

「となりの部屋の音がうるさいな。それから、食べ物が不当に高い」

「仕方がないですよ、それは」

と、氷川はうつろに笑った。

「アメリカからきた人は、みんな、高いとコボします。ローレン・バコールも、いつか、そう言ってた」

「うむ、そういえば、ニューヨークのテレビに、なんとかフォックスという、小柄な役者が出て、東京のホテルのコーヒーが高いと言うとった」

「マイケル・J・フォックスでしょう」と利奈が言う。

「どうしたんだ、氷川君、顔色がよくないぞ」

瀬木がからかうように、

「交通違反でもしたのか」

「そんなことで、ダウンする人じゃないですよ」

比呂がまぜかえした。

「氷川さんは鉄人です」

「それは、私が、いちばんよく知っておる」

瀬木の口調にはかすかな毒があった。


「失礼。ほんの五分ほど、利奈と話をしたいのですが……」

具合悪そうに氷川が切りだした。

「五分か十分ですみます」

「おいしい話らしい。利奈さん、行っておあげ」

「はーい」

利奈は立ち上がった。話をするといっても、孤立しているのは寝室しかないのだ。

5

新橋にあるフィガロ化粧品の本社で、秋のキャンペーンの打ち合わせがおこなわれたのは、翌々日の午後である。遅れてきた片貝は、会釈して、氷川のとなりの椅子にすわった。

十数名の会議は二時間半かかり、五時すぎに終わった。

「お急ぎですか」

ラフな服装の片貝は、会議室を出るとき、氷川を横目で見た。

　パンフレットの件について、氷川はそ知らぬ顔をしている。片貝がビジネスとして引き受けた仕事に容喙《ようかい》するのは筋違いであろう。こだわりは大いにあるが、口に出すのは氷川の美学に反する。

「会社に戻るけど、三十分ぐらいなら、時間がある」

「丁度いいです。ぼくも、テレビ局へ行く予定があるもので……」

　落ちついて話せるような場所が、とっさには思いつかない。

　二人は、近くのビルの地下にある大きな喫茶店に入った。広くて、椅子がゆったりしているのだけが取《と》り柄《え》の店内は、紫煙がむせかえるほどで、オフィスを抜け出したサラリーマンやセールスマンが休んでいる。椅子の背にもたれて眠っている姿も見られた。テーブルの上には、スポーツ紙や競馬新聞が散乱し、氷川は珍しいものでも眺めるように立ちつくす。

「凄いでしょう。昔の『スーダラ節』の世界ですよ」と、片貝は評した。「ああいう、明るい破滅型サラリーマンの歌を、もう一度つくるべきかも知れませんね」

　氷川は黙って椅子に腰をおろした。

　アイスコーヒーを注文してから、

「なにか用かい」

と言う。

　片貝は乗り出して、

「朝倉利奈のこと、きのう、断ったんですって？」

「早いな。伊吹情報か」

「ぼくは伊吹なんか相手にしませんよ。松岡さんから、直接、きいたのです」

「それなら、確かだ」と氷川は笑った。「断ったよ」

「それは、ないですよ。氷川さん、とんでもない誤解を受けています」

「誤解の余地もないさ。もし、私が拒否したら、〈しかるべき手をうつ〉と言われている。承知の上で、断ったのだ」

片貝は呆然《ぼうぜん》とした。

「〈クライアントの声は神の声だ〉とも言われた。神様に逆らったとすれば、そうとうな処罰があるだろう。私にはわかっている」

「どうかしたんですか」

片貝は不審そうである。

「およそ、氷川さんらしくないなあ」

氷川は答えない。つまらなそうに、となりのテーブルのスポーツ紙の見出しを眺めている。

「いいですか。タレントは消耗品だというのが、氷川さんの持論じゃないですか」と片貝は熱っぽくつづける。「たしかに、一人のタレントに入れ込むときの氷川さんの情熱は異常です。でも、捨てるとき、というか、見切りをつける早さも、異常ですよ。朝倉利奈だって、そういう風に考えてらっしゃるとばかり思ってたのです」

「そうか」

「利奈の人気は、まだ、上り坂です。大事に扱うべきです。——だからといって、利奈のために、今の地位を失う手はないですよ。彼女だって、氷川さんが危い立場にあることを知れば、了解して、協力するはずです。だって、今のところ、原発に代わるエネルギーは考えられないんだから」

「さあ？　その論じたいが怪しい気がするが……」

「ご存じでしょうけど、きのうの返事をきいて、松岡さんは久松さんと話し合ったようです。どうやら、問題は臨時役員会で討議されることになりそうですよ」

氷川は初耳であった。松岡の脅しは明らかに本気だったが、手の打ち方が、思ったよりも早い。

「こんなことで、左遷されたら、洒落《しゃれ》にもなりませんよ」

他人の身におこることには興味をもたない片貝にしては、珍しく、執拗に言った。

「だいたい、あんなパンフレットとかポスターを作ろうということじたい、一種の事故ですよ。軽い事故に遭ったと思って、適当に対処するしかありません。それだけのことじゃないですか」

じっときいていた氷川は、嘲《あざけ》るように、言いかえした。

「失礼だが、きみには、これが自尊心の問題だということがわかっていないようだ」

「自尊心？」

「そう。――どんなことがあろうと、これまで、私は、タレント風情《ふぜい》に頭をさげることなどなかった。そういう、みっともない真似をしないで、今日まで、やってきた。私にとって大切なのは自分なのだ」

「なんか、ハードボイルド小説の主人公の台詞《せりふ》みたいだな」

片貝はかすかな苦笑を眼に浮かべて、

「頭をさげる必要なんてないですよ。いつもの通り、命令すればいいんです。利奈に命令して、〈オフィス・グリフイン〉にも命令するんです」

「それも、ことと次第によるさ」

氷川は冷笑する。

「利奈の性格を、きみは知っているはずじゃないか。あんなことを命令すれば、彼女は私を軽蔑するだろう」

「こういうことでは、どうでしょうか」

片貝は冷静な口調に戻って、

「この件に関しては、すべて、ぼくのオフィスで仕切るというのは？　利奈の説得は、ぼくがやります。うまくいけば、氷川さんのキャリアに傷がつかずにすみますし……」

「それはきみの自由だ。利奈が、やってもいい、と思うことを、私は止めはしない。ただ、利奈の意志はかたいぜ」

「ともかく、訊いてみます。ぼくとしては、氷川さんが妙な立場になると困るんです」

ゆっくり立ち上がりながら、片貝は念を押した。

「慎重にふるまってくださいよ。氷川さんがいなくなると、安心する社員が多いでしょうから」

「下の連中か」と、コーヒーに手をつけずに、氷川も立ち上がる。

「上の方の人も、そうかも知れませんよ。男の嫉妬ぐらいこわいものはないですから」

「嫉妬、か」

二人は地上に出た。

「氷川さんには、凡庸な人間をおびやかすなにかがあるんです」

「片貝米比古にそう言われるとは、光栄だ」

「じゃ、また……」

「ちょっと、待って」

氷川は片貝をひきとめて、

「このキャンペーンの発案者はだれだ？」

「ご存じなかったのですか」

片貝は驚いたようである。

「ああ」

「地獄耳のくせに、社内のことには、まるで疎いのですね。言い出したのは、伊吹です。氷川さんが断るのを承知で、朝倉利奈の名前を出したわけです。はっきりいえば、氷川さんを追いつめるのが狙いです」

「だろうと思っていた」

静かに答えたが、氷川の頸部の血管は怒りでふくれ上がった。

「凡庸な人間の嫉妬ほどこわい、と言ったのは、その意味です。——じゃ」


片貝は走ってくるタクシーに手をあげた。


その夜、遅くに帰宅した氷川は、夜の街を眺めながら、身のふり方を考えた。

片貝は〈左遷〉と言っていたが、おそらく、それではすまない、と氷川は読んでいた。

（自分で会社を作るしかあるまい）

そうすれば、朝倉利奈を自分で完全に管理することができる。どんなに小さくても、自分が自由に働ける会社を作れば、それなりの発言権は得ることができよう。

（結局、昔のおれに戻るわけだ。芸能プロダクションの経営者に戻る……）

氷川はテレビのスイッチを入れた。最終ニュースがチェルノブイリ原発四号炉の惨状を写真で伝えていた。

あくる日、氷川は二泊の予定で香港に飛んだ。

この時期に東京を離れたくはなかったのだが、前からの予定なので仕方がなかった。

主たる目的は、秋に東京でおこなわれる香港映画祭の根回しである。香港映画の中には、意欲的な芸術作品と爆笑ホラー映画があり、一人の監督が両極端の作品を作ったりしている。創作エネルギーが煮えたぎっているのだ。

ひそかな目的としては、朝倉利奈の正月映画に香港の人気男優を出演させる交渉があった。氷川の立場がどうなろうとも、この企画は進行するので、承諾するか否かを確認しておかねばならない。

定宿であるマンダリン・ホテルの一室に入ったとき、これが私的な旅だったら、どんなにたのしいだろうかと思った。会社と〈オフィス・グリフィン〉に国際電話を入れたが、これという用事はなかった。利奈のマンションに電話を入れると、留守番電話が、夜に戻ります、と大西比呂の声で告げた。

映画祭関係の中国人にあうまでに、一時間ほど、あいてしまった。氷川は軽装に着がえて、マンダリン・ホテルから通り一つへだてたコンノート・センターへ出向き、三十五階にある香港観光協会本部を表敬訪問した。本部代表である英国紳士は、にこやかな笑みを浮かべながら、「われわれのお茶の時間が終わるのも、秒読み段階に入りました」と言った。一九九七年に香港が中国に返還されることを指しているのである。

やがて、ホテルに戻る。中国人はすでにラウンジにいた。すぐに仕事の話になり、映画祭の件は一時間で片づいた。香港映画の日本での公開は作品傾向が片寄っており、イヴェントそのものに、先方が反対する理由はなかった。

翌日の撮影所見学を約束して、氷川は部屋に戻った。少し早いが、と思いながら、利奈のマンションに電話を入れる。大西比呂が出て、利奈に代わった。

――パンフレットの件で、片貝さんに会いました。あれは、終わった話じゃないんですか？

――スポンサーがきみに執着しているんだ。で、どう答えた？

――ことわっちゃったんです。片貝さん、気を悪くしているでしょうか。

――そうでもないだろう。

氷川は、やや、ほっとする。

——片貝君は、きみの意志を、直接、訊きたかったのだよ。じゃ、お休み。

二日後、成田空港に戻った氷川は、ハイヤーで会社に向かった。

映画祭はなんの障害もなかったし、人気男優は基本的には出演を承諾した。後者は、まだ煮つめるべき点が残っているが、氷川にとっては大きな収穫であった。

天使が地球儀を支えている人工の泉の脇を抜けて、エレベーターに乗ろうとすると、おりてくる久松と顔を合わせた。

「早かったな」

お洒落な久松は、趣味の良いネクタイをしている。忙しい身でありながら、代官山辺りで、輸入品を絶えず、チェックしているという噂だ。

「うまくいったようだね」

「と思います」

「あとで、ゆっくり、きこう。二時間ばかり出てくる」

久松は足早に去った。エレベーターの一つのドアがあき、氷川は乗り込む。

自分のデスクに戻ると、メッセージのメモが山をなしている。いずれも緊急の用件なので片っぱしから電話をかける。

気がついたときは、一時間半たっていた。冷めたインスタント・コーヒーで、のどを潤す間もなく、デスクの電話が鳴り響いた。

電話は、総合事業局担当重役の島田《しまだ》からであった。部屋にきてくれないか、というのだ。

香《かんば》しい知らせでないのは確かだった。氷川は受話器を置き、平静を装っていた。

「三十分ほどで戻る」

そう言い残して、部屋を出る。エレベーターに乗り、三階上のボタンを押した。

ドアをノックして、重役室に入る。

窓を背にして、小柄な島田がデスクに向かっていた。老眼鏡を外すと、こちらにきなさい、と言う。氷川は肘掛け椅子に腰をおろした。

「香港の方はうまくいったらしいな」

相手は久松と似た言葉を発した。

「はあ……」

「けっこうなことだ」

ライターの火をつけたり、消したりしている。

どう切り出すか、考えている様子だったが、やがて、思いきったように、

「いやな役をおおせつかってね……」

と、言った。

「きみの留守中に、臨時役員会がひらかれた。そこで、例の原発キャンペーンの件が問題になったのだ」

氷川はうなずいた。

「きみに同情する声もなかったわけではない。……結局、断を下したのは、社長だ。クライアントの意向に逆らう者は、社をやめても仕方がない、ということだ。私個人は遺憾に思っておるのだが……」

6

予期していたことなのに、氷川の受けたショックは大きかった。

一カ月の猶予期間があり、その間、きみは〈極東エージェンシー〉の部長なのだから、と重役は、くりかえしたが、氷川の慰めにはならなかった。会社、組織がどういうものか、知り抜いているつもりだったが、いざ、事態に直面すると、たじろいだ。

その夜は、予定がなかったが、まっすぐ、マンションに帰る気持ちにはなれなかった。

行きつけのバーに入れば、顔色が良くないですね、と言われそうだし、若者の多いバーのたぐいはうっとうしい。中年の独身男性が身を置く場所が無に等しいことに、氷川は改めて気づいた。

(だれにも会いたくない……)

知人と顔を合わせそうな場所は、すべて、避けたかった。

九段に近い小さなホテルの玄関で、タクシーをおりた。小さいが高級、という都内では珍しいホテルで、氷川はたった一度、若い政治家につれてこられたことがある。ホテルの暗いバーは、その時と少しも変わっていなかった。

ストゥールに腰かけた氷川の顔を、バーテンは覚えていたようである。だが、覚えていないような表情をしている。

「バーボン」

と、氷川は言った。

マンションに帰りついたのは、二時すぎだった。

キッチンで水を飲み、上着を脱ぎすてると、電話が鳴った。氷川はキッチンの受話器を外して、耳にあてた。

——もしもし……。

きいたような声である。

——だれだ?

——片貝です。

——きみの勝ちだ。……私のことは、きいただろう。

——ええ。でも、それどころじゃないんです。ずっと、十五分置きに、かけてたんですよ。

頭の中の酔いが薄められた。片貝の語調は、ただごとではない。

——利奈に断られて、かっとなったのか。

——ちがいます。あれはあれで、ぼくは了承したつもりです。利奈の言葉は、筋が通っていましたからね。

——じゃ、問題はないじゃないか。私の身を案じているのか?

——いえ……。

片貝米比古は切迫した口調で言った。

——ぼくの知らないところで、利奈が例のプロジェクトに参加することが決められています。契約書を見た者がいるんです!

——契約書って、何の?

氷川は、とっさには、相手の言う意味が把握できなかった。意識に靄《もや》がかかっているせいもある。

——酔ってるんですか、氷川さん。

片貝の声は訝《いぶか》しげである。

——朝倉利奈が例のキャンペーンのモデルをつとめるという契約書ですよ。

——きみこそ、酔ってるんじゃないか。

と、氷川は、ほとんど怒鳴りかえした。

——そんなものは在り得ない。私が同意していないのだから。

——それは百も承知しています。でも、ある男が見たっていうのですから。

——幻覚じゃないかね？

——幻覚で契約書を見る奴はいないでしょう。

片貝は苛々したように言いかえす。

——たしかに見たんです。

——きみが見たわけではないのだね。

氷川は念を押した。

——ええ……。

——じゃ、そういう噂がある、ということを頭に入れておこう。きみが自分の眼で見たというのなら、話は別だが……。

——そうですか。

——きみも変わった男だな。自分では原発安全キャンペーンを手伝っていながら、利奈のかかわり方を気にしているとは。

——ぼくは全方位外交ですもの。主義だの、ポリシーだのと、能書きはならべません。前後左右を問わず、才能を売ります。

——事務所を維持するためにか。

——なんとでも言ってください。でも、いやだといっている女の子を強引に縛りつけるような真似はしません。だからこそ、気にしているのです。

——ご親切に、というべきかね。

——お節介といわれても平気ですよ。これだけマスコミで叩かれてりゃ、いやでも打たれ強くなります。

——気を悪くしないでくれ。きみの好意が身にしみてきた。おれ、調子がおかしくなってるんだ。

――そうでしょうね。あんなことで、氷川秋彦をくびにする手はないと、業界では噂してますもの。

片貝はしんみりした口調になる。

――みんな、同情しています。遅かれ早かれ、どこかの代理店が、氷川さんを迎え入れますよ。では……。

電話は切れた。

リヴィング・ルームに入った氷川は、ソファーに腰をおろした。

（契約書――そんなことがあるだろうか）

考えつづけようとしたが、疲労と酔いのために持続できなかった。ソファーに倒れて、そのまま、眠った。


翌朝、出社する前に、氷川は星条旗通りの〈オフィス・グリフィン〉に立ち寄った。

ビデオテープを整理していた女子社員が、緊張した顔つきになる。

「堀江君はまだか？」

応接用の椅子にかけた氷川は、性急に問いかける。

「もうすぐ、見えると思います」

氷川はうなずいた。

「あの……コーヒーがよろしいでしょうか？」

「日本茶をくれ」

そう言って、氷川は新聞を読み始めた。

四種類の新聞とスポーツ紙を読み終えたとき、堀江が静かに入ってきた。

「お早うございます」

「今朝、きみの家に電話を入れた」と、氷川は、いきなり言った。「ずっと、お話し中だった」

「女房がＰＴＡのことで、やたら、電話をかけまくりまして」

堀江は恐縮する。

「きみに訊きたいことがある」

「は？」

「できれば、二人だけで話したいのだが……」

「はい」

堀江は心得た様子で、女子社員に買い物をたのんだ。

彼女が出て行くのを見送ってから、

「これで、三十分は大丈夫です」

「実は、信用できる人間から、〈オフィス・グリフィン〉が〈極東エージェンシー〉営業局と契約書を交わした、ときいた。利奈のポスターの件でだ」

堀江の眼を見つめながら、氷川は、ゆっくりと言った。

「本当かね？」

堀江の眼に狼狽《ろうばい》の色はなかった。とうとうきたか、という余裕さえ浮かべ、悪びれる様子がない。

「はい」

「ほう。では、見せてもらおうか」

「よろしゅうございます」

堀江はキャビネットから契約書を出した。

読むまでもなかった。斜めに見るだけで、原発安全キャンペーンに利奈が全面的に協力しなければならないことがわかった。オフィスの代表権が堀江にある以上、契約書は有効であった。

「今さら言うのもなんだが、きみは反対していたのではなかったのか」

氷川の声には力がない。

「はい。あの時はそうでした」

「じゃ、気が変わったのだな」

「状勢が変わったのです。こんな小さなオフィスが、〈極東エージェンシー〉営業局と喧嘩できるはずはありません」

（裏をかかれた……）と、氷川は感じた。

自分が窮地に立っていたのを堀江は知っていた。おそらく、そのころから、契約は準備されていたのだ。そして、氷川の去就がはっきりしたとたんに、契約書が交わされた……。

「しかし、私に相談があってしかるべきだろう」

「それはそうです。筋が違うといわれれば、それまでです。でも――反対されるに決まっているじゃありませんか」

堀江はかすかに笑う。

「あなたは〈極東エージェンシー〉をやめても、やっていける人です。でも、私はちがいます。妻子を養わなければならないし、オフィスだって、もう少し、広い所に入りたい。密談のたびに、女子社員を戸外に出すなんて、みじめ過ぎます」

「私は新しい会社を作って、きみといっしょにやる気だった」

「私は〈オフィス・グリフィン〉で充分です。これからは、伊吹さんと私で朝倉利奈を動かしていきます。――伊吹さんが連絡すると思いますが、あなた以外の六人の株が三分の二をこえました。臨時総会のあとは、伊吹さんが、すべてを仕切ると思います」

「なるほど、そういう筋書きになっていたのか」

氷川はかすかにわらった。自分の読みの甘さに対する嗤《わら》いだった。

「筋書きといわれると困ります。なにも、好きこのんで、こんなことをやるわけもないので……」

堀江の眼には、今までにない自信が漲《みなぎ》っている。もう、おたくに、あれこれ、命令されるいわれはない、といわんばかりだ。

「この歳になって、他人を信用しきっていたぼくが、莫迦《ばか》なのだろう。……でも、まさか、きみに裏切られるとは思わなかったよ」

みっともない、と氷川は自分でも思う。愚痴《ぐち》を言うなど、ストイシズムに反する。

「裏切る、なんて言わないでください。人聞きが悪い。……そうじゃないんです。私のように弱い人間には、それなりの生き方があるということです。あなたは強い人だから、そういう生き方が理解できない」

「どこが〈弱い〉のかね？」

皮肉な口調で氷川が訊く。

「〈オフィス・グリフィン〉と朝倉利奈を自分のものにして、〈弱い〉はないだろう」

「それは、あくまでも、結果です。凡人が、こつこつ努力してきて、得たものです」

堀江は人生訓めいた言い方をする。

いかに、へりくだってみせても、立場の強さはゆるがない。氷川に怒鳴りつけられても、びくともしない、という気力があらわれている。

氷川はその足で出社する気にはなれなかった。

やりかけの仕事や、片づけねばならぬ雑用が溜っていたが、もう、どうでもよかった。自分の立場は、おそらく、すでに、皆が知っているはずだが、それもどうでもよい。

朝倉利奈から切り離されたショックが氷川を打ちのめしていた。職を失ったショックよりも、その方が大きかった。

彼は皇居に近いホテルに寄り、十七階のティー・ラウンジに上った。

いつか、「ピーピング」の記者たちに一泡《ひとあわ》ふかせるのに使ったホテルである。

(あのころは楽しかった……)

有楽町の劇場街から、皇居の濠端、はるか遠くの高層ビル群まで見渡せる窓ぎわの席で、彼は感傷的な気分にひたった。

(客観的にみれば、危機の連続だったが、おれは、楽しんでいた。あれから、映画が封切られるまでの、一瞬の油断もできない日々が、おれの〈黄金の時〉だった……)

顔見知りのボーイが近づいてきて、お早いですね、と挨拶した。

「いつもので、よろしいですか」

「いや……レモン・ティーにして」

そう答えた氷川は、ふたたび、物思いに沈んだ。

(このいきさつを、利奈にどう説明したらよいのだろう? 説明しようがないじゃないか)

オフィスの印鑑をあずけていた男に裏切られて……というのは、自分の無能を告白するに等しかった。だが、本当のことを打ち明けるしかあるまい。

氷川にとって堪えがたいのは、そこから先のことであった。利奈が、伊吹たちの思うがままにいじられてゆく。どんな風に使われるか、見当もつかない。

原発安全キャンペーンに関していえば、契約書が存在する限り、利奈は拘束される。逆らうことはできない。氷川を馘首《かくしゅ》してまで貫かれたクライアントの意志である。

(終わりだな、おれも……)

濠端をマラソンの一団が走っていた。自動車は派手に渋滞して、めげる気配がない。日本人は病的なほど健康だ。

（利奈を汚したくはない。あの娘《こ》だけは……）

だが、もう救《たす》け出す方法はなかった。

（おれが間違っていた。彼女をこんな世界に入れたのがいけなかったのだ。放っておくべきだった）

人の足音でふり向いた。例のボーイだった。

「お電話です。片貝さんとおっしゃる方からで」

なぜ、ここがわかったのだろう、と首をひねりながら、氷川は立ち上がった。

細長いラウンジを歩いて、入り口脇のレジの受話器を手にした。

――よく、ここにいるとわかったね。

――氷川さんの行きつけの場所に、手分けしてかけさせたのです。

電話のベルの音、応対する複数の女性の声が、きこえてくる。片貝はオフィスからかけているに違いない。

――それでも、二十数カ所、かけましたよ。


私立探偵のような調査力だ、と氷川は思った。

――ゆうべは、ありがとう。

――あ、わかりましたか。

――夜明け前に、眼がさめて、考えた。契約書があるとすれば、〈オフィス・グリフィン〉代表の判が押されているということだ。それができるのは、堀江だけだ。奴は株を持っていないが、代表権を持っている。問いつめてみたら、そうだ、と答えた。もう、私など怖くない、というのだろう。

片貝は黙っている。

――奴は伊吹と組んだのだ。それだけの話さ。

――よくあることですが、アンフェアですな。

と、片貝は感想を述べる。

――いかにビジネスの付き合いとはいえ、ぼくは伊吹さんがいやになりました。

――私の方の事情はそういうわけだ。

――では、こちらの用件を言います。瀬木という人が、氷川さんに会いたがっています。

——まだ、日本にいたのか？

氷川は驚いた。

——大西君にたのまれたのですが、ヒルトン・ホテルの瀬木さんに、至急、連絡してくださいませんか。ぼくは、これから、〈極東エージェンシー〉へ行くのですが。

——わかった。重ねがさね、ありがとう。

受話器を一度置いて、氷川は新宿のヒルトン・ホテルに電話する。なんだろう、と思いめぐらす暇《いとま》もなく、すぐに瀬木の部屋につながった。

——お帰りになったものとばかり思って、失礼いたしました。

氷川は、いきなり、詫びた。

——気がかりなことがあったので、帰りを延ばした。

相手は咳払いをして、

——どうかね？　きみも忙しいとは思うが、時間を割《さ》いてくれんか。話したいことがある。

——はっ、いつでも。

——これから、すぐでも、いいかな？

——けっこうです。私がそちらにうかがいます。

——うむ。できれば、部屋の中で話したい。

7

日比谷から新宿西口まで、高速道路を使えば、さほど時間はかからない。

駐車場に車を入れた氷川は、エレベーターで三十七階に上った。掃除用具が置かれた廊下を抜けて、瀬木の部屋のドアをノックする。

ドアがあけられた。ダブルベッドの向こうに、二人がけの椅子があるのが見え、狭いところで、とガウン姿の瀬木直樹が言った。

ベッド・カバーや壁はヒルトン調の派手な色彩だが、窓の内側には障子がはまっている。カーテン代わりに襖《ふすま》があり、その部分は和風である。

「まあ、すわってくれ。広い椅子のほうが楽だろう」

氷川は二人がけの椅子に腰をおろした。テーブルをはさんで、瀬木は長い足をもてあますように腰かける。

こんな部屋で、こんな風に相対《あいたい》したことが、かつて、あった、と氷川は想い出す。……あれは、現在、キャピトル東急と呼ばれている赤坂のホテルが、ヒルトン・ホテルだったころだ。その一室で……。氷川は愕然《がくぜん》とした。記憶の中の光景は、彼が瀬木を辞任に追い込んだ瞬間だったのである。

(あの時のこの人と、いまのおれは同じ立場にある！……)

「わざわざ足を運ばせて、すまなかった。電話では、控え目に、気がかりと言ったが、実は、眠れないほど心配していた」

瀬木はひとりごとのようにつづける。

「きみが会社を辞めさせられたことは、ゆうべのうちに耳にした。大西という娘さんがボーイフレンドから教えられたらしい。大西さんは、昨夜、きみをつかまえようとして果たせなかった」

氷川が、朝、確認した留守番電話には大西比呂の声も入っていた。

「きみが家に帰りたくなかった気持ちはわかる。それだけなら、そう心配することはない。男の世界ではよくあることだから」

「皮肉ですか、それは？」

氷川は呻《うめ》くように言う。

「皮肉だ」

瀬木は当然のように、うなずいた。

「それだけなら、私は正午の便でニューヨークへ発っていた。アルカ・セルツァーでも飲んだように、すっとした気分でな。私の怨みは、少々のご馳走ぐらいで消えはしないが、きみがくびになったとなれば別だ」

氷川は返事のしようもない。

「気がかりなのは、もう一つのことだ。利奈さんはやりたくない仕事を押しつけられるのではないか、と怯《おび》えていた。それがきみのくびと関係があることは、大西さんからの報告でわかっておる。……いったい、利奈さんの仕事の方は、どうなっているのかね？」

「それが問題なんです……」と氷川は答えた。

「問題？　問題とは何だ？」

瀬木は咳こむように問いかける。

「原発安全キャンペーンのこと、おききになりましたか」

「きいておる」

「今のままだと、利奈はキャンペーン用のモデルとして使われることになるでしょう。私には、いかんともしがたいことです」

「これも大西さんから仕込んだ知識だが、〈オフィス・グリフィン〉との契約に、利奈さんは縛られておると……」

「そういうわけです」

「きみともあろうものが、ずさん過ぎるじゃないか」

瀬木は腹立たしげに椅子の肘掛けを叩いて、

「きみは、社での部下である伊吹という男を〈オフィス・グリフィン〉に関係させていた。それは、まあ、いい。しかし、伊吹が他の局に異動になったとき、〈オフィス・グリフィン〉から切り離してしまうべきだった。そうしておけば、こんなごたごたは起こらなかった……」

「私も痛感しております。ただ、映画の準備などで奔走していまして、つい、つい……」

「つい、とか、うっかり、では、この世界はやっていけまい。堀江という男を信用したのも、まずかった」

「はっ」

「すんだことは仕方がない。ところで、利奈さんをどうする」

「手の打ちようがないので、悩んでおります」と、氷川は本音を吐いた。

「甘い！　甘いぞ！」

瀬木はテーブルを激しく叩いた。

「しかも、悩むとは、なにごとだ。きみは自己本位の幼稚なナルシストだ。もっと、はっきりいえば、単なる愚か者にすぎん！」

「でも……」

「きみは眼が見えなくなっている。その理由は私にはわかっとる。きみにもわかっとるはずだ。きみは、決して、愚か者ではないからな」

「は？」

「とぼけるな！」と、瀬木は往年の威厳をもって、氷川を見おろした。

「利奈さんはこの仕事をやりたくない、と言うとるのだろ。それなら、やらせなければよい。その方法、わからぬか」

「どうも、混乱しておりまして……」

「しっかりせんか、氷川！　ごく初歩のテクニックではないか。こんなとき、どうふるまったらよいか、私はＡＢＣからおまえに教えたはずだ」

「それが、どうも……」

「痴れ者《しれもの》めが」

瀬木の顔があからんだ。

「大企業におって、安定ぼけしたのか。ごく簡単なことではないか」

「安定ぼけとは思いませんが、疲労が重なって……」

氷川はあくまで低姿勢である。瀬木の大時代な言葉の数々に圧倒された感じもあった。

「タレントがやりたくないと言い出した時、われわれは、どうしたか？　瀬木プロの方針に背いたタレントを、われわれは、どのように処分したか？」

「……あのころは、消してしまいました」

「そう、消した」

瀬木は、うなずいて、

「どうやって、消した？」

「スキャンダルです。それまで揉み消していたスキャンダルを公《おおやけ》にして……」

「やっと思い出したようだな。瀬木プロのタレントのスキャンダルをスポーツ紙にリークするのは、きみの役目だった」

〈おまえ〉が〈きみ〉に戻った。

瀬木は声を低めて、

「スキャンダルさえ出れば、利奈さんも同じことになる」

氷川は顔をあげた。

「まさか……そんなことを、利奈にするなんて……」

「そうすれば、彼女は原発ＰＲの仕事から解放される。――ほかに、なにか、良い方法があるかね？」

「いえ……べつにないのですが……でも、利奈には、そういう相手もおりませんので」

「でっち上げればよい」と、瀬木は当然のように言った。

「昔だったら、そんな真似はできなかった。芸能記者は、いろいろなスキャンダルを握っていても、温情で発表しなかった。プロダクションが合意しても、ためらったほどだ。……久しぶりに日本に帰ってきたら、ひどいものだな。『ピーピング』だの『チャンス』だの、妙な写真週刊誌がはびこっておる」

「はあ……」

「きみが『ピーピング』と戦った話も、利奈さんからきいた。しかし、ああいう低級なものも、使いようだ。毒をもって毒を制するという言葉がある」

意味ありげに言うと、瀬木は立ち上がった。その動きを氷川は眼で追う。

「ところで、きみはもう、次の仕事を見つけたかね」

「いえ、まだです」

「よろしい。では、利奈さんのために犠牲になってもらう。それなら、きみも、本望だろうが……」

「どういうことですか」

「利奈さんときみがホテルの廊下に出たところを、写真週刊誌に撮らせる。その瞬間、清純な〈知的アイドル〉も、〈極東エージェンシー〉の名も、泥水をひっかぶる。原発安全キャンペーンのモデルの話は、一瞬にして、消滅する……」

氷川は唖然《あぜん》とした。

「どうした？　驚いたのか？」

瀬木はダブルベッドに腰かけて、身体を弾ませている。

「驚くほどのことでもないだろうが」

「いえ、呆《あき》れました」

ようやく、声を出せた。

「よく考えつきましたね」

「どうってことはない。『ピーピング』や『チャンス』への密告《たれこみ》は私が引き受ける」

「しかし……」

氷川は重苦しい口調で、

「利奈が承知するかどうか。彼女の気持ちを確かめてみませんと……」

「私が確かめもせずに、きみに話すと思うのか」

瀬木は毅然たる態度で言った。

「実は、利奈さんには念を押してある。すべてを失って、もとの生活に戻ってもいいか、と」

「なんと答えました」

「改めて言うまでもあるまい。――問題は、きみだ。きみは、とりかえしのつかぬダメージを被《こうむ》る。社会的に葬られると考えておくべきだろう」

「なるほど」

氷川は小声で答える。

「うまく考えましたね」

「きみが私の復讐心を想像しているなら、見当ちがいだ。私の気持ちは、きみがくびになったときかされた段階で、平静に戻っておる。さっきも言ったように、私は利奈さんを救い出す方法しか考えていない。――スキャンダルの相手役は私がつとめてもいいのだ。だが、私では説得力に欠ける。まず信用されまい……」

「私しかいないわけですね」

「不謹慎な言い方だが、良い役だ。惚れた女のために犠牲になるなんて、ディケンズの『二都物語』だぜ、まるで」

「惚れてなんかいませんよ」

「また、恰好をつける。それが、きみの欠点だ」

瀬木は立ち上がって、

「どうするね？」

「やむをえません、このさい」

「よろしい」

瀬木は指を鳴らした。

コネクティング・ルームと呼ばれるたぐいの部屋らしく、隣室とのあいだにドアがある。そのドアがあき、朝倉利奈が入ってきた。寝不足のせいか、眼が赤くなっている。

「氷川君には申しわけないが、今までの会話は、テーブルの下のマイクで、隣室《となり》の利奈さんにきこえていたのだ」と、瀬木は言った。「私はここらで退場しよう。となりの部屋の電話を使って、密告《たれこみ》を開始する……」

隣室へのドアがしまると、氷川はテーブルの下の小型マイクをつまみあげ、スイッチを切った。

「すわれよ」

と、ばつが悪そうに、利奈に言い、足を組んだ。利奈は肘掛け椅子に腰をおろす。

「本当に、なにもかも投げすてて、悔いはないのか？」

「ええ」

利奈はうなずく。

「だけど、〈もとの生活〉ってのも大変だぞ」

「伊吹さんに、あれこれ命令されるよりは、ましだと思います。伊吹さんて、一目見た時から、やな感じでした。わたしの、そういう勘て、当たるんです。伊吹さんにわたしのスケジュールを仕切られたら、残りすくない青春が、めちゃめちゃになってしまいます」

二十一歳で、〈残りすくない青春〉なんて言えるのが、氷川は羨しかった。そういう発想こそ、青春の特権ではないか。

「それにしても、だ。古狸――いや、瀬木さんが考えたやり方でいいのか？」

「知らないんですか」と利奈は諦めたように言う。「例のポスターの撮影、今夜なんです」

「そういうタイム・リミットがあったのか」

「ええ。だから、もう、なんでもいいんです」

（なんでもいい、はないだろうが……）

氷川は心の中でつぶやく。

「ごめんなさい。言葉が乱暴で……」

利奈は俯きかげんになる。

「わたし、氷川さんが好きです。尊敬しています。……でも、その〈好き〉っていうのが、微妙なんです。……言っていいかどうか、ためらっていたんですけど、なんか、父親みたいな感じなんです。といっても、わたし、父親がどんなものか、よく知らないんですけど。……たとえば、わたしの欲しいものを、すべて、あたえてくれるとか……」

「父親みたいって、おれは、そんなとしじゃないぜ」

「でも……氷川さんの生年を、まえに、片貝さんに教えられたんです。間違いありません。うちの父は、早婚なんで、生きていれば、やっぱり、四十五になるんです」

いきなり、冷水を浴びせられたようだった。年齢を意識することなく生きてきた氷川は、眼の前に鏡をつきつけられたように感じた。

「あの……気を悪くしないでください」

「気なんか悪くしていない。きみは、いつも、本当のことだけを言う」

と、氷川は感傷的につぶやいた。

「こんなことになって残念だ。秋には、いっしょにヴェニスへ行くつもりだったのに」

三十分とたたぬうちに電話がけたたましく鳴った。

氷川は受話器をたぐり寄せて、

——はい……。

——やっぱり、あんたか！

伊吹の声だった。


——じゃ、さっきの密告《たれこみ》は本当だったのだな。

——なにを騒いでるんだ。

——「ピーピング」のデスクから電話があった。あんたと朝倉利奈がホテルのこの部屋にいるという密告《たれこみ》が入ったんだ。

——ホテルで、めしぐらい食うさ。

——そこは客室じゃないか。利奈もいるのだろう。

——必要なら、代わろうか。

——もう、いい！「ピーピング」のカメラマンがそっちに向かっている。まったく、汚い奴だ。自分の会社の名誉というものを考えないのか！

——用事がないのなら、切る。

氷川は低い声で告げる。

——待て。片貝米比古の件も、あんたの策謀だな。まったく、どこまでも汚い奴だ。

——片貝？

なんのことか、氷川にはわからない。

——とぼけるな。片貝に手を引くように命じただろう。

思い当たるふしがなかった。そもそも、氷川と片貝は独立した個人であり、命令したり、されたり、という間柄ではない。そうした発想が理解できず、人間関係をすべて上下で決めてしまうのは、伊吹という人間の品性を語るものでしかなかった。

――片貝が、どうかしたのか？

――またまた、しらばっくれる。今度のプロジェクトから、引きずりおろしたくせに。

――きみが追い出したのだろう。

わからぬままに、氷川は探りを入れる。

――そんな風にきいているぞ。

――莫迦《ばか》な！　われわれは片貝を最上級の扱いで遇していた。失礼な真似をするはずがない。

――なにか、言ったのだろう？

――失礼なことなど、言うわけがない。たったいま終わったばかりの会議で、局長がこう語った。日本人の原発アレルギーは、時のたつままに薄らいでゆくだろう、と。そうしたら、片貝は蒼白になって、おろしてもらいます、と叫んで、会議室をとび出して行った。

（時のたつままが禁句だと説明しても、こいつには、わからんだろう）

氷川は苦笑を浮かべる。

――それは、やはり、追い出したことになるのだ。今度ばかりは、きみも、うまくいかなかったようだな。

――負け犬が、なにをぬかす。二度と、広告業界には戻れんぞ。わかっているんだろうな。

がちゃん、と電話が切れた。

「どうか、したんですか」

利奈が訊く。

「なに、伊吹からだ」

そう言いながらも、氷川は情報がかけめぐる早さに驚いていた。

総合事業局企画部長のスキャンダル写真を、〈極東エージェンシー〉は押さえられるだろうか、と、ちらりと考えた。十中九までは、不可能だろう。

（伊吹は伊吹なりに考えてふるまっているのだろうが、おれの悪い面ばかりを真似るようになった。凡庸な人間にできるのは、才能のある先輩のマイナス面を容易に真似ることとだけだ。とはいっても、派手に動き過ぎたおれにも、責任の一端はある……）

氷川が瀬木を超えようとしたように、伊吹は氷川を超えようとして足掻《あが》いた——その結果がこれだ。

また、電話が鳴った。

——片貝です。成り行きは大西君からききました。

伊吹とは対照的に落ちついた口調だった。

——荒っぽいやり方ですが、このさい、仕方がないでしょう。

——きみも、おりたそうだね。

氷川は親愛の情をこめた声を出す。

——もう、ご存じですか！　油断も隙もならないな。

——仕方がない。おれは天下の晒し者になるよ。

——あとは、恰好ですよ。いかに恰好よく撮られるか、です。

と片貝らしいことを言い出した。

——サングラスをお持ちですか？　あ、じゃ、かけるべきです。いいですか。二（枚目）の線を崩しちゃ駄目です。そうですね、ポール・ニューマン風がいいな。「暴力脱獄」のときの、逆光を浴びるポール・ニューマンの線で頑張ってみてください。じゃあ、また……。

氷川が受話器を置くと同時に、電話が鳴った。

——こんな時に、やたら、お話し中なのは、どういうことだ？

瀬木は憤懣やる方ない口調で、

——いま、一階のフロントの脇にいる。カメラを持った連中が、続々、エレベーターに乗っとるよ。なにしろ、六社に連絡したからな。

——で、どうしますか？

氷川はうんざりした声で答える。

——そろそろ、廊下に出なさい。奴ら、もう、待ちかまえているはずだ。

受話器を置いた氷川は、利奈を見つめた。

「さあ、いこうか。禿げ鷹の餌食になりに……」

利奈はぎごちなく立ち上がる。

氷川は利奈の左手を握った。初めて利奈の手に触れたのが、こんな状況下とは、皮肉であった。

終章　青山通り

青山通りのクリスマスは、文房具屋のショウ・ウィンドウから始まる。

おそらくは、来年度の手帖や日記帖を売りつけようという魂胆《こんたん》からであろう。ショウ・ウィンドウの中には、いち早く、綿の雪がつもり、サンタ・クロースの大きな人形がキャンドルを振っている。季節の変化にうといビジネスマンたちは、文房具を買いにきて、初めて歳末が近いことを知る。

文房具屋の左どなりは電気器具店で、舗道に突き出た小さな看板は、模造の白い柊《ひいらぎ》の葉の群れでおおわれている。ショウ・ウィンドウの中には、発表されたばかりのハイファイ・ビデオや、CDプレイヤーが、人目を惹《ひ》くようにディスプレイされている。

それらの中でもとくに目立つ大型テレビをウィンドウ越しに眺めている娘がいた。茶色い地味なコートを着て、眼鏡をかけているが、かりに眼鏡を外していたとしても、通行人は興味を示さないだろう。

大型テレビの画面では、バスケットボールの中継がつづいている。黒人選手のアップが中断され、CMになった。アイドル歌手主演の正月映画のスポットCMである。

眼鏡をかけた娘は溜息をついた。順当にいっていれば、彼女の主演第二作が封切られるころなのである。

朝倉利奈はゆっくりと舗道を歩き出した。

本格的なクリスマス・ツリーは、しゃれたケーキ屋の前に立っていた。さらに、小電球が点滅するネオンの大きなクリスマス・ツリーが、ニューヨークに本店がある洋服屋の外壁を飾っている。

あたりは暗くなり、風が冷たくなる。目的を持たない利奈は、ポケットに手を入れて、ぼんやり歩くだけだった。

現在は、ベルコモンズのすぐ裏の日当たりの悪いマンションに住んでいるので、この辺りは、いわば町内である。もっとも、マンションの主人は利奈ではない。イラストレーターとして、夏ごろから急速に売れ出した大西比呂が主《ぬし》であり、利奈は一間を借りている身だ。

比呂が描く色っぽい当世風の娘たちは、週刊誌の表紙を飾り、カレンダーにもなって、来年は〈大西比呂の年〉とまで言われている。比呂の行動をプロデュースしているのは、片貝米比古の事務所だから、こわいものなしである。

大西比呂の成功の原因は、彼女が〈お嬢さま〉である点を強調したことに尽きる。

つけ加えておくと、この物語の背景になっている一九八五年、八六年には、〈お嬢さまブーム〉というものが存在した。日本人全体がにわか成金になり、だれでも温泉に行け、一夜づけの知識で〈グルメ〉にもなれると信じる風潮の中で、唯一、なれないものがあった。それは〈生まれながらのお嬢さま〉である。

成り上がり者が〈お嬢さま〉に憧れるとは、あまりにも型通りであるが、当時の大衆の〈知的水準〉は、この程度であり、テレビ・週刊誌に〈あなたもお嬢さまになれる〉といった企画が氾濫した。（笑わないで欲しい。これは遠い昔の物語なのだから）

片貝米比古が、こうしたムードを見逃すはずはない。大西比呂が物語に闖入《ちんにゅう》してきたときに作者《わたくし》が述べたように、彼女は良家の娘であり、中学・高校時代は、まぎれもない〈お嬢さま〉であった。私立の美術大学に入ったころから、〈お嬢さま〉としてのキャリアは怪しくなるが、生まれと育ちはあらそえず、おっとりしたところがある。

これだけ材料があれば、片貝としては楽なものだ。髪をストレートヘアにし、スタイリストをつけて、見るからに上品な〈お嬢さま〉を作り上げた。言葉も、人前では、「どひー」などと言わせないようにし、ずっと休んでいた大学へも行かせる手筈をととのえた。

〈お嬢さま〉と〈とんでもないイラスト〉——この極端なぶつかり合いが、いわゆる〈売り〉であり、女性誌と男性誌のひっぱりだこになっている。

もともとは、上品な言葉をつかっていた娘だから、初めこそ、「ちなみに、さあ」などと言っていたが、インタビュー・取材の場数《ばかず》を踏むうちに、「ちなみに申しあげますが……」という風になり、〈エッチなイラストを描くお嬢さま〉なる片貝のコンセプトを見事に実現させた。

今ではアシスタント二人をひきいて、キラー通りにオフィスをかまえている。マンションは、まったく寝に帰るだけで、利奈は留守番・兼・居候というところである。

朝倉利奈は完全に忘れ去られた。わずか七カ月で、と思うのだが、事実である。夏ごろは執念深い「ピーピング」のカメラに追いまわされたが、今では、それもない。そして、チェルノブイリの大事故も、大半の日本人に忘れ去られていた。

氷川秋彦の消息も不明だった。メキシコのなんとかいう村で見かけたとか、アンカレッジの山の中で会ったとか、上海でオフィスを開こうとしている、といった噂が、ときどき、利奈の耳に入ってくるのだが、信憑性《しんぴようせい》はうすい。ニューヨークの瀬木直樹も氷川の行方を気にしているらしいが、やはり、わからない、とエアメイルをよこした。

氷川の行方不明は自分のせいだ、と利奈は思っている。

（クリスマスったって、わたしには関係ないもん）

夕闇の中で、利奈はつぶやいた。

（それに、二十二にはなるし……）

面白いことは、なにひとつ、ない。とにかく、仕事を探さなければならないのだが。

——焦ることないって。

と、比呂は、いつも言う。

——ずいぶん長く、利奈ちゃんのおかげで食べさせて貰ったんだから、今度は、とうぶん、わたしが養うよ。仕事を見つけるったって、利奈ちゃんの場合、むずかしいもん。

それはそうなのである。利奈は、なんでもやる気でいるのだが、だれも、まともには取り合ってくれない。

――しばらく、じっとしてたほうがいい。

と、片貝は助言してくれる。

――どうしても、というのなら、ぼくの事務所にきてもいいけど、ほかの連中がやりにくいんじゃないかな。そのうち、ぼくが探してあげるよ。でも、利奈は水商売、嫌いなんだよな。

(とにかく、自分で、なにか、やるっきゃない……)

利奈は表参道の方角に歩く。

映画を撮っているころでも、利奈は街頭で目立つほうではなかった。封切前のキャンペーンで、札幌、横浜、名古屋、大阪、神戸、福岡と移動しても、空港、駅頭、新幹線の中などで、ほとんど人に気づかれない。眼鏡をかけ、地味な恰好をしていれば、サイン責めに遭うおそれはなかった。

だから、今の利奈に通行人が気づくはずはないのだが――。

(それにしても……)

と、利奈はひそかに思う。

(少しは、気づいてくれてもいいんじゃないかな)

要するに、創り上げられたアイドルの宿命なのだろう。その点、技術をもっている比呂は強い。ストーリー性のあるまんがや、キャラクターをアニメにしたいという依頼もあるようだ。

(いっそ、旅に出たいんだけど、そのお金もないし……)

利奈は青山通りを渡って、南青山側の横町に入った。エスニック料理屋が雑居しているビルがあり、一階のバーで、比呂と落ち合う約束なのである。

フランツ・カフカの肖像画が壁にかかっている時代遅れのカフェバーには、雲形定規みたいな形のテーブルがある。この種の店に、利奈は食傷気味である。

約束の時刻より三十分早かった。しかし、とても空腹である。朝からカップ焼きそば一つしか食べていないのだから、当然だが。

いちどは腰かけたものの、利奈はすぐに高い椅子からおりて、電話機のそばへ行った。バーテンは、どこかで見た娘だな、といった顔つきで利奈を眺めている。

比呂のオフィスに電話すると、アシスタントの坊やが出て、すぐ比呂に代わった。

——あ、わたし。……おなか空《す》いて、ぶっ倒れそうなのよ。

——じゃ、先に食べてて。

比呂は事務的な口調で応じる。

——どこが、いいの？　ヴェトナム料理とか、インドネシア料理とか、いろいろあるよ、ここは。

——ひどく空いてんだったら、焼き肉、どう？　地下の韓国料理屋は、けっこう、いけるね。

と、比呂は食通風に答える。

——じゃ、そうする。比呂もさあ、忙しいだろうけど、早くきて。ひとりで食べるの、つまんないもん。

——どうして、そんなに、おなか空いてんのかなあ？

——買い置きのカップ焼きそばしか食べてないの。

——えー、それはひどい。お金、あるでしょうが。

——あるけどさ。比呂の稼いだお金じゃん。やっぱ、遠慮するって。

——それはないよ。水くさ過ぎる。

——そーゆーものよ。

——ほいじゃ、ま、わたしも、すぐに行くから。

比呂は電話を切った。

ごめんなさい、とバーテンに挨拶して、利奈は店を出る。地下への階段を下ると、ドアは右手で、満席に近い状態なのが一目でわかった。

どうぞ、奥へ、と、ボーイは強引に言う。利奈は戻ろうとしたが、奥の席が空《あ》いています、と言われて、もう逃げられない。

「何人さんですか？」

「二人。あとから、一人くるの」

「じゃ、大丈夫です。どうぞ、こちらへ」

白タイルの壁が、およそ、韓国料理屋らしくなかった。煙がテーブルの下に吸収されてしまうので、店内が煙ったりしないのが、救いである。

どのテーブルも若い男女で賑わっていた。場所としては目立たないのだが、片貝米比古があちこちの雑誌で味を誉めまくったので混むようになった、と利奈はきかされている。

「とりあえず、合い席になりますが、すぐに空きますから……」

詐欺みたいなことをいって、ボーイは去ってゆく。

しぶしぶ椅子に腰かけた利奈は、テーブルの向かい側を見て、あっ、と言った。眼を伏せた木村章が、ビールを飲んでいるのだった。

(人ちがいでは……)と利奈は、一瞬、思った。

だが、色の白さ、ひたいにたれる髪の形は、たしかに木村である。

「あの、失礼ですが……」

利奈が言いかけると、相手は、ゆっくりと眼を上げた。

「きみが入ってくるのを見ていた」

まちがいなかった。木村の眼の下があかくなっている。

「声をかけてくれればいいのに……」

と利奈は不満そうに言う。

「ぼくの前にすわると思ってた。ほかに、空席はないもの」

利奈は答えない。胸をどきどきさせながら、あいかわらず、愛想のない人だと思う。

「きみが元気そうでよかった。どうしたのかと心配してたんだ」

「やっと、生きてるだけです」

それだけ、言えた。

「きみは強いんだな」

と、つぶやいて、木村はビールを一息で飲んだ。

「ぼくだったら、とっくに潰《つぶ》れている。立ちなおれない」

(あ、あのことか)と利奈は気づいて、息がつまりそうになった。

「ご存じでしたか」

「ご存じも、なにも、ぼくは、あの写真週刊誌が発売された日に、日本に帰ってきたんだ」

ボーイがお絞りを持ってきた。利奈はビールとオイキムチとカルビを注文する。

「びっくりしたでしょう?」

「あたりまえじゃないか」

木村は前髪をかき上げて、

「ショックを受けたよ」

「でも、あれは違うんです。氷川さんとわたしは、なんの関係もなくて……」

利奈はむきになる。木村にだけは真実を話しておきたかった。

「そうらしいな。他人のことはわからないけど、〈極東エージェンシー〉にいる元の同僚が、内幕を話してくれた」

「あの筋書きを書いたのは瀬木さんです。凄い人ですね」

「瀬木さんか」

木村は利奈を見つめた。

「あの人は怖いな。氷川さんを吹っ飛ばしてしまったじゃないか」

「でも、それは、納得ずくです」

「そりゃそうだろうけどさ。でも、あの人は氷川さんを絶対に許しはしなかったろう。蛇みたいに執念深い人だ」

「さあ……」

「きみには、わからないだろう。わからなくて、いいんだよ。二十歳《はたち》の女の子なんだから……」

「わたし、二十二になります。それはともかく、氷川さんは、どうしていますか」

「〈極東エージェンシー〉にいる友人と食事をしたとき、その話が出た」

運ばれてきたビールを木村は利奈のグラスに注《つ》いだ。

「つい二週間くらい前だ。マラケシというところで見かけたという噂があると、友人は言った。マラケシって知ってる?」

「いえ」

「カサブランカの近くの町だ」

「じゃ、アフリカじゃないですか」

「うん、北アフリカだな」

「そんなところで、なにをしてるのかしら」

「わからない。でも、ただ、旅をしているだけではないらしい。ビジネス――情報産業の一種だろう、と友人は言った」

「それだけですか」

利奈は拍子抜けする。

「それだけ。あくまでも噂だよ」

木村は自分のグラスにもビールを注《つ》いで、

「氷川さんには申しわけないが、ぼくたちの出会いと健康を祝おう」

二人はグラスを合わせた。

「お互いに苦労したね」

「木村さんは、なにをしてたんですか」

利奈はようやく核心に触れる。

「暗中模索してた、ひとことでいえば」

「へえ」

「ニューヨークでＭＴＶの会社をやろうとしたり、日本のテレビ局から注文を受けてアメリカで取材する小さな会社を作ろうとしたりした。――でも、そういう会社は、すでにあるわけだ」

利奈は黙ってビールを飲んでいる。

「だから、あきらめて、極東の島国に戻ってきた。三十にして、再出発ってわけだ」

「なにをやるんですか」

「あるレコード会社が出版部を作るんだ。当然、歌手のエッセイとかを出すわけだけど、それだけでは、点数が足りない。そこで、ぼくが企画に加わるんだ」

「あー、出版社ですか」

利奈はがっかりした。出版の世界は退屈で夢がない、と信じ込んでいる。

「けっこう、暇だったんじゃないスか」

「暇じゃない」

「わたしに電話をくれれば、よかったのに」

「だ、だって、きみはスターだし、どこにいるかもわからないじゃないか」

「その気で探せば、わかりますよ。〈極東エージェンシー〉がらみで調べれば……」

「だけど、失業中に等しいぼくが、朝倉利奈さんを探すなんて……」

「わたしだって、失業中だもん。スターでも、アイドルでもないもん。カップ焼きそば一個だもーん！」

利奈は大きな声を出した。

木村は黙って、溜息をつく。少々、閉口の体《てい》である。若い男女の邂逅《かいこう》の場として、焼き肉屋ほど、ふさわしからぬ場所はあるまい。ここは、どうあっても、西麻布か広尾の地中海料理屋、代官山のフランス家庭料理屋でありたいところだし、四谷の欧風料理屋なんてのも、悪くない。

しかし、作者《わたくし》の一存で、場所を変えてしまうわけにもいかない。それに、もう、カルビの皿が運ばれてきて、利奈は肉を焼き始めている。

（……どうして、焼き肉屋で出会うんだろう？　わたし、それほど、焼き肉屋に入るわけでもないのに。……いつか、コロンバス・アベニューの焼き肉屋で出会ったのは、まあ、偶然とはいえ、納得できたのだけど……）

利奈は考えている。

木村も考え、かつまた、発言しようとして、戸惑っている。

フランス料理屋であれば、つと、ナイフの動きを止めて語りかける、というシチュエーションになるわけだが、焼き肉屋ではそうはいかない。薄い肉は遠慮会釈なく、次々に焼けてしまうし、焦げないうちに口に運ばれるから、向かい側にいる木村としては、発言のタイミングがはかれない。

「失業中ってことは、わかっている」

木村はなんとか声を発した。

「どうするつもりなの、これから？……」

「どうって言われても……」

利奈はそれ以上は答えられない。

「むずかしいことは、わかってるさ。でも、だいたいの方向があるじゃないか。こういう譬《たと》えは失礼かも知れないけど、人気が衰えた歌手が作曲家になる線とか」

「わたしの場合、すべて、いきがかりですもん。演技や歌の勉強したわけじゃないし、はっきりしいって、なんもないんだから」

「そう言いきっては、おしまいだ」

「おしまいなんですよ、もう。アイドルでも、根性のある人なら、立ち直ってると思うけど……」

話はしめっぽくなる一方である。

「お待たせ！」

大西比呂の声がした。

利奈と木村は顔をあげる。

スエットパーカー、パンツ、ハイソックスを黒で統一し、ウエストにグレイのマフラーを巻いた比呂と、黒のベルベット・ジャケットの片貝米比古が立っていた。

「田舎者が集まるクリスマス・パーティーがあるもので、こういう恰好をしている」

片貝はつまらなそうに言いわけをした。

「われわれ東京の人間は、奴らにつき合ってやらなければならない。明治いらいのつまらない習慣だがね」

利奈は立ち上がって、二人に木村を紹介した。お噂はうかがっておりました、と、比呂は上品に笑う。

挨拶がすむと、比呂は木村のとなりに、片貝は利奈のとなりに腰をおろした。

「偶然てのは、あるもんだな」

片貝はさして気にもとめぬ様子で、

「利奈、そのカルビは〈並〉だろう」

と鋭く言った。

「うん」

「正解だ。この店のカルビは、なぜか、〈上〉よりも〈並〉のほうがうまいんだ。……パーティーへ行ったところで、どうせ、ろくなものは食えないんだから、ここで食べておこう」

支配人が走ってくる。南青山界隈《かいわい》では片貝は顔であった。

「片貝さま、お久しぶりです」

「まず、あちらの注文をきいて」

片貝は比呂を指さして、

「……ぼくは、だな。いつものユッケにしよう。肉を一・五倍の量にして、黄味を二つのせてもらう。それから、メニューにないものを注文する。サラダ菜はブルーチーズをかけて欲しい。それから、キムチを細かく刻んだ焼き飯。それだけ」

「あの……お飲み物は？」

「そうそう、ボージョレー・ヌーボーだな。表通りの酒屋へ行けば売っている」

思いきり、わがままな客である。値段の高い特上骨付きカルビや特上ロースを注文しないし、人使いもあらい。

「木村さん、お仕事は？」

比呂の質問に、木村は利奈にしたのと同じ説明をくりかえした。

「そのレコード会社はＢＢＳでしょう」

片貝の細い眼が木村を見つめる。

「よく、ご存じですね」

木村は少々おどろく。

「出版に乗り出すって噂は、前からありましたよ。では、あなたも、これから、ぼくたちと同じ業界人というわけだ」

「よろしく、お願いします」


木村は頭をさげた。

やがて、ボージョレー・ヌーボーがきた。

「では……」と片貝はあらたまって、「木村さんと利奈ちゃんの再会を祝って、乾杯！」

四人はグラスを合わせる。

「もう一度、乾杯をしたいのだけど」

片貝は急に、そわそわする。

「えっ、なに、なに？」と利奈。

「ぼくは人生でもっとも愚劣と笑われるおそれのある決断をした。氷川さんがそばにいれば、やめろ、と言うに決まっていることとさ。すなわち、大西比呂との婚約だ」

「ずるっ」

利奈はテーブルに倒れる恰好をした。

「笑いたい奴は笑うがいい。婚約なんて、いつだって解消できるんだし……」

片貝の強がりに、利奈は思わず、拍手をした。つられて、木村も拍手をする。

比呂は顔をあからめた。

「やー、全然、気がつかなかった」

　利奈は焼き肉の火を消して、

「なんとなく、ずっと、つき合っていくのかと思ってた」

「そんなつもりでいたんだ」と比呂はワインを飲む。「わたしは寝る間もないぐらいだし、この人は、二十四時間営業でしょう。プライベート・タイムなんてないもの」

「こういう状態がノーマルだとは思っていない」

　片貝は三人の顔を見て、

「ぼくも、やがて、三十だ。三十過ぎて、『ちゃんと寝てるかい』なんて挨拶を人とかわすのは、垢抜けない」

「とかいってるけど、要するに、ドクター・ストップがかかったのよ」

　と、比呂が説明する。

「肝臓が悪いんだって。年が明けると、人間ドックに入るの。心細くなってるのよ」

「片貝さんは、美食で過労気味で運動不足でしょうから、検査をすると、いろいろ出てくるんじゃないですか」

　木村はあくまでも真面目である。

「意外に、神経質ですからね。神経性の胃炎もあるみたい」

　比呂の言葉に、片貝は苦笑を浮かべて、

「意外に、は、ないだろうが……」

「おめでたい話だわ。記者会見とか、アリでしょうね」

　利奈は陽気になる。

「病院側が許してくれれば、検査の途中でやりたいんだ。上半身はだかで心電図をとっているとこなんか、絵になるんじゃないかね」

　片貝は上機嫌である。

「もしくは、少人数でパーティーをやっているところで、取材を受ける。雪の軽井沢ではありきたりだから、北海道の山奥とか、ハワイ島の溶岩流をバックにするとかね」

「わたしたちは、こんな風だけど、利奈ちゃんもなにか、やらなきゃね」と比呂が言いだした。「利奈ちゃんの面倒を見るのは、簡単だけどさ。それじゃ、利奈ちゃんが落ち込んでゆくばかりみたい。集中できる仕事をしなけりゃ駄目になっちゃうよ」

「そーゆー仕事が、あればね」

利奈はかすかな声で答えた。

「木村さん、もう、編集者になったのですか?」

比呂は、不意に、木村にたずねる。

「ええ……すみません、いま、名刺を出します」

木村は内ポケットから名刺入れを出して、三人に名刺を渡した。

「で、もう、仕事をやってらっしゃるのですか」

「いや、まだです。どうも、馴れない世界なもので」

「どういう傾向のものをお出しになるのですか」

比呂の口調は落ちついている。

「さあ。まだ、始まったばかりでして」

木村は頭をかいて、

「毎日、会議をやっているのですが、路線が決まらなくて、困ってます」

「BBSレコードの出版部は五人ぐらいでしょう」と片貝が言う。

「はい」


「それで、会議をやってるようじゃ駄目だ。書店を歩いてごらんなさい。書店の店員の声をきいてごらんなさい」

「それは営業がやることで」

「わかりきったことを言うなよ」と、片貝は苛々する。

「編集者が歩きまわって、自分の眼で見るのが大切なんだ。ぼくなんか、レストラン・ガイドの本を出したあと、必ず、自分で、大きな書店をチェックしますからね。レコードでも、映画でも、自分の眼で、客の反応をチェックしなければ、現代では、やっていけません」

「はあ……」

「書店の棚をよく調べた上で、この企画はいける、と思ったら、強引に押し通すことです。それと、良い意味でのプロデューサー意識が必要ですな」

「いま、売れるのはノンフィクションじゃないかしら」

比呂は片貝に訊いた。

「もちろん、そうさ」

「そしたら、涙ものの企画があるわ。木村さん、あなたは、この場に居合わせて、幸せ者、果報者よ」

極端な比呂の言葉に、片貝は憮然とする。

「初対面の方に、そういう口のきき方をして、いいのかい」

「このさい、口のきき方とか、かまっちゃいられないの！」

比呂は一喝して、

「木村さん、あなたの前に、女性のノンフィクション・ライターがいるのよ。この人を逃したら、あとで後悔するわよ」

（ええ？　わたしが？）

利奈はうろたえた。比呂の口調は冗談とは思えない。

「というと、朝倉利奈さんが、ノンフィクションを書くのですか」

木村はにわかに信じられない口調である。

「そう。この人がどんな体験をしたか、木村さん、ご存じでしょう」

「想像はついてますが……」

「利奈ちゃんは、〈知的アイドル〉とかになり、映画作りにまき込まれたり、化粧品キャンペーンの重労働をやらされたりした体験を、ノートにつけてあるの。わたし、ちらっと見せてもらったけど、けっこう、観察が鋭くて、面白いのよ」

利奈は、ようやく、比呂の言わんとしていることがわかった。欲求不満の捌《は》け口《ぐち》として、ときには涙をこらえて記してきたノートが、役に立つ時がきたのだ。

「そんなものがあったのか」

態度は抑制されているが、片貝の眼つきが変わった。

「すると、話はまるで違ってくる」

「本当なの？」

木村はためらいがちに利奈にたずねる。

「え、まあ、いちおうは書いてあるんですけど……」

一編のノンフィクションにまとめられるかどうか、利奈は自信がもてない。

「いけますよ」

と、比呂は謎めいた笑みを浮かべる。

「利奈ちゃんは、もともと、フリー・ライター志望なんだし、筆が立ちます。木村さんが乗り気でないのなら、他の出版社に話をしますよ」

「そんな……待ってください。利奈さんの本がまとめられるのなら、ぼくがやりたいです。精神的な借りが、まだ、ありますから……」

「とにかく、この件に関しては、わたしが仕切ります」

比呂は重々しく宣言した。

「いや、この仕切りは、ぼくでなければできまい」

と、片貝がおもむろに口を開いた。

「えっ、どうしてえ？」

「きみたちの会話をきいていると、子供同然だ。……だいいち、朝倉利奈の名前で本を買う人間が何人いると思う。利奈は汚名を着せられたままなんだぞ」

「そうですね……」

と、木村は溜息をつく。

「もちろん、利奈には三百枚ほど原稿を書いてもらう。そのうち、例の汚名の部分——あの写真報道の裏側の真実は、先に、週刊誌に発表する。むろん、ぼくの深夜放送では、がんがん、ＰＲするよ。——さらに、だ。レコードでいえばジャケットにあたる装幀を、比呂、おまえがやるんだ。得意のイラストを、思いっきり、入れる」

「さすがですな」と木村は感心する。

「これで、商品としては、八十パーセントの出来です。フリー・ライター、朝倉利奈の再出発となれば、昔のＬＰを、もう一度、ＢＢＳレコードから出して、本のキャンペーンにすることも可能でしょう。〈仕切る〉ってのは、これらを全部、自分で実行することです」

「わたし、書いてみます。面白いものができると思います！」

利奈は眼を輝かせて叫んだ。

「それから……本の題名も、もう、考えついている」

自信に溢れたその言葉に、利奈たちは息をのんで、片貝の蒼白い顔を見つめる。

「ありふれたものではない。ぼくらしく、ちょっと捻《ひね》って——『極東セレナーデ』。……どう？　きみたち、なにか、文句があるかね？」

「朝日新聞」一九八六年一月二十日〜一九八七年一月十七日に連載

あとがきに代えて

小林信彦

新聞小説を書くのは初めてだったので、とまどいがなかったといえば、うそになる。それどころか、一日分が原稿用紙三枚という制約に大いにとまどった。約束事みたいなこともわからないので、ひとつひとつ訊《き》いて、おぼえた。

依頼を受けて連載を始めるまで、時間がかなりあった。当時は「ぼくたちの好きな戦争」を書いており、これが心理的手続きの上で、かなり、ややこしい小説だったので、新聞小説では〈物語の語り手のプロ〉としての自分を解放しようと思った。新聞小説の読者は、最初の一週間で、読みつづけるかどうかを決める、と教えられたので、読み始めたらやめられなくなるように作ってやろう、とぼくは意地になった。

テレビはおろか、民放ラジオもないころ、「青い山脈」や「自由学校」といった新聞小説を、毎日、夢中で読んだたのしい記憶がぼくにはある。小説とは、そういうものだと思う。小説の歴史が新聞・週刊誌の発達と重なっていることは、欧米文学史をひもとけば、すぐわかることだ。

小説は、決して〈上品な〉ジャンルではない。美術工芸品でも重要文化財でもない。二十世紀になって、小説がむずかしくなったのは、それなりの理由があるが、もはや、〈難解さ〉を尊《とうと》ぶ時代ではない。日本以外の国では、先端の作家は、十九世紀の小説のような形さえおそれていない。

古典的新聞小説にとっては、さし絵が重要である。連載のとき、絵は峰岸達《みねぎしとおる》さんが引き受けてくれたのだが、映画的なカット割りという当方の意図を実現してくれ、絵につられて、読み始めたという若い女性が多かったのをあとで知った。

もっとも、〈古典的〉というのは、ぼくが、そう思っているだけで、大半の読者にとっては〈新しい〉のだ、と、これも、あとでわかった。

ぼくは、酒がのめず、煙草はやめてしまい、ベッドの中で、人物の性格設定と物語の構想を練るのが趣味になっているから、打ち合わせの前に、A・B、二つの物語を考えた。どちらも、二十《はたち》ぐらいの娘がヒロインである。最初の連載というぼくの側の事情からえらばれたのがB案、すなわち「極東セレナーデ」であった。

とりかかってみると、気になったのは、一日三枚という制約よりも、若い女性の話し言葉である。〈日本語の乱れ〉として、しばしば有識者を嘆かせている若い女性の話し言葉をいかに抑制した形でとり入れるかが、問題の一つであったが、ノートをとっているうちに、ぼくは、もっと大きな問題にぶつかった。〈えっとね〉とか〈むかつく〉といった言葉は、まだ小説の中では、あまりお目にかからないが、まんがの中では普通である。これは、一種の言文一致ではないか、と考えたのが、発端であった。

言文一致運動は、慶応二年に始まり、昭和二十一年に終わった、と「日本近代文学大事典」にある。明治初期の言文一致実行のサンプルの一つが円朝の「怪談牡丹灯籠」の速記本であったこともよく知られている。

この運動の終わりについては諸説あろうが、ずっとのち、いわゆる高度成長期の後に（つまり、一九七〇年代に）、若い女性の話し言葉が〈荒っぽい〉ものになった。それは〈流行語〉ではなく、もう定着したと、ぼくは見ている。高度成長によって、日本人の生活や感覚が大きく変化し、言葉も変化した。その変化に即応していったのが、まんがの中の言葉である。

現在、小説が読まれなくなりつつある根底には、活字の世界が時代から遅れすぎてしまった事情があると思う。言文一致の条件の中には〈現代語の尊重〉という項目があるが、これ一つとっても、多くの小説が口語文体と程遠くなっていることがわかる。小説も評論も、旧言文一致運動の完成の上に安んじて、そのまま古びつつあるのではないだろうか。

そうしたことを意識しながら、ぼくは「極東セレナーデ」を書いた。要するに、読者の呼吸している空気と小説の中の空気がつながっていなければならない、というのがぼくの考えであった。

（初出・朝日新聞社版単行本）

著者インタビュー　by 朝倉利奈

利奈　ごぶさたしてます。インタビューなんですけど、こーゆーの、初めてなんで、よろしく。

小林　久しぶりだね。

利奈　（ノートを見ながら）いろんな質問があるんですけど、どっから、とっかかったらいいか……。あっ、そうだ。新聞小説を書くのは初めてだったんですよね。

小林　初めてよ。

利奈　どーでしたか？

小林　一回が原稿用紙三枚で終わっちゃうんで、最初は非常にとまどった。馴れてしまえば、どうってことないんだけど。

利奈　新聞小説って、ふつうの小説とちがうんですか。

小林　ひとことでいえば、読者がちがうの。つまり、百人の読者のうち、九十九人は、ぼくの名前も作品も知らない、と考えるべきでしょう。でも、ぼくは、そういうの、好きだから。新聞小説なんて、盲腸みたいな〈あってもなくってもいいもの〉という今の読者の考えをひっくりかえしたかった。それから、ストーリー・テリングによって、〈自分の言いたいこと〉を、きちんと言うってことね。

利奈　ジャーナリズム批判とか、原発問題とかですか？

小林　そう。こういうのは、ぼくみたいな軟派がやると、かえって効果があると思う。原発反対の主婦の方に手紙で指摘されたつめの甘さは本にする時に直した。連載が終わって四日後、一月二十一日の朝日新聞に〈「原発神話」崩れる〉っていう大きな記事が出てた。つまり、新原発の発電コストは石炭・石油を上まわるってことが、明らかになったわけだ。

利奈　原発問題だけじゃなくて、写真週刊誌のこととか、スピルバーグの狙いとか、けっこう、現実と並行したり交差してるんですよね。

小林　それが困っちゃうんだ。ぼくは〈小説が新聞にのる日よりも〉一カ月早く、原稿を渡していたの。〈スピルバーグが〉アカデミー賞の監督賞が欲しいんじゃないですか〉ときみがしゃべる部分を渡して、間もなく、担当者から、似たような外電が入りました、と電話で伝えられ、がっかりした。フィクションのはずだった〈原発安全〉のキャンペーンも、のちに現実化しちゃったしね。ちゃんと、女性タレントをポスターに使ってた。

利奈　もうひとつ、気になったのは、あたし、自分を〈わたし〉とは言わないんですよねー。あれ、どうしてですか？

小林　きみの〈内的独白〉と〈目上の人との会話の時の一人称〉を書きわけるのが、わずらわしかったから。あたし、わたくし、という風に、きみだって、使いわけるだろ。

利奈　はー、いちおう。

小林　それらを〈わたし〉で統一しちゃったんだ。

利奈　えっと、それから……失礼になるかも知れませんが……。

小林　ならない、って。なんたって、きみを創り出したのは、ぼくなんだから。

利奈　そーですか。じゃ、言っちゃいますけど、片貝米比古さんは小林さんの分身じゃないですか。

小林　え、どこが？

利奈　んでもって、これも言っちゃいますけど、氷川さんも、意外にとゆーべきか、作者の分身とちがいますか？

小林　それは、とても、オーソドックスな（小説の）読み方だな。正解ですね。

利奈　もっと言えば、あたし――朝倉利奈も、作者の分身では？

小林　むむっ、鋭い……。

利奈　まだ、いろいろ、あるんですけど、あたし、次の仕事があるもんで。……あの、この応接間のスピーカーから流れてるトランペットは誰のですか。ちょっと、あざといとゆー感じもしますけど。

小林　ハリー・ジェームスです。

利奈　知らない名前だな。でも、書いとこう。BGMは、ハリー・ジェームスでした、と。

（初出・朝日新聞社版単行本）

約三十年後の短いあとがき

この小説は一九八六年一月二〇日から一九八七年一月一七日にかけて朝日新聞の夕刊に連載されたものです。

いま読みかえしてみて、内容はそうズレてはいないつもりです。私自身（〈あとがきに代えて〉に記しているように）、獅子文六の「自由学校」のような自由な、ユーモア小説を考えていたので、峰岸達氏の絵入りで、しかも毎日、高校生ぐらいのひとに（明日はどうなる？）という興味で読んでもらうのを意図していました。

途中で、ある女子高校生が母親に大変なことになったと報告していたと聞いたので、それを待っていたのだ、と心の中で呟きました。ニューヨークも神戸も、私はよく行っていたので、書くのには困りませんでした。

この小説は関西テレビ制作で「ウーマンドリーム」という、かなり内容のちがうテレビドラマになり、裕木奈江さんの主演で話題になりました。

クライマックスが〈反原発〉になっているのは私の本心ですが、これが現在の日本で問題になっているのは、書いているときは予想だにしなかったことです。

こういう遊びの多い新聞小説を書くことはもうないでしょう。

小林信彦

二〇一六年二月

バブルとバブル後を先取りした物語

斎藤美奈子

何のコネもツテもない二〇歳の平凡な女の子が、歌や踊りの厳しいレッスンもライバルとの激しい競争も経験することなく、ニューヨークで箔をつけて芸能界のスターになる。『極東セレナーデ』は、一九八〇年代の「業界＝ギョーカイ」を舞台にしたシンデレラ・ストーリーです。

ギョーカイとは、マスコミ、広告、映像、音楽、芸能、ファッションなど「ちょっと派手めの職業」を総称する八〇年代の流行語ですが、表面的な華やかさとは裏腹に、その内実はたぶんに「ブラック企業」に近かった。いかにもバブリーな表層と、その裏でうごめく業界人らの思惑を描いた『極東セレナーデ』は、たいへん八〇年代的な小説といえましょう。

とはいえ誤解のないようにいうと、『極東セレナーデ』はバブル期の物語ではありません。いわゆるバブル景気は一九八六年の末頃から九一年初頭までの異常な好景気を指しますが、『極東セレナーデ』の物語は八五年八月にはじまり、八六年一二月で終わっています（書誌に即していうと、初出は八六年一月〜八七年一月の朝日新聞。八七年四月に朝日新聞社から上下二巻の形で書籍化。八九年一一月に新潮文庫に収録）。やっと入ったあやしげな出版社をリストラされた主人公の朝倉利奈も、キャリアウーマンになり損ねたような上野直美も就職難の時代の落とし子です（ついでにいえば、二人は男女雇用機会均等法が施行された一九八六年以前の就職組ですから、企業における大卒女子の扱いもひどいものでした）。にもかかわらずバブリーな雰囲気が漂っているのは、なぜなのか。

第一の理由は、『極東セレナーデ』がいろんな意味で時代を先取りする小説だったことです。

極東エージェンシーなる広告会社の企画部長と、タレント事務所の経営者を兼務する氷川秋彦。カメラマン志望といいつつも、実態は氷川の使いっ走りに近い西田実。ニューヨーク支店に勤務する商社マンを装うも、じつは極東エージェンシーの現地社員である木村章。氷川との抗争に敗れた末、タレント事務所を畳んでNYで隠遁生活をおくる瀬木老人。放送作家で作詞家でDJでグルメ評論家でもあるという「新人類」の片貝米比古……。ここには有象無象のあやしげな人物が登場します。いずれもデフォルメされた人物像ですし、一介の新米女子編集者がNYで箔をつけて日本でスターになるなど、八〇年代の前半までは考えられないことだった。しかし、やがて訪れたバブル期には、日本の不動産会社がNYのロックフェラー・センターを買収したり、保険会社がゴッホの「ひまわり」を五三億円で落札するなど、信じられないことが実際に起こります。潤沢な資金を元に、企業や広告会社がビジネスとしてのアイドル誕生プロジェクトを仕掛けておかしくないような雰囲気が、バブル期にはたしかにあったのです。

第二には、しかし右のようなシンデレラ・ストーリーが、邯鄲《かんたん》の夢のごとく、最後にはもののみごとに消えてしまうことです。主人公の朝倉利奈にかけられた魔法は解け、彼女は「もとの生活」に戻ってしまう。これこそバブル（泡）の先取りではありませんか。

注意すべきは、魔法が消えた原因が、利奈自身の選択によるものだったことでしょう。あまり「ネタバラシ」はしたくないのですが、ここはハッキリさせておきたい。『極東セレナーデ』の新聞連載がはじまってまもなく起きた一九八六年四月のチェルノブイリ原発事故。利奈が将来を棒にふるのは、原発の広告塔になるのを拒否したためでした。二〇一一年三月一一日に東京電力福島第一原発の事故を経験した私たちにとって、彼女のこの選択はとりわけ意味があるように思われます。

「チェルノブイリの事故の大きさは、スリーマイル島の比ではありません。放っておくと、どんな反対運動が出てくるかわかりません。ここだけの話ですが、関係官庁と電力業界は、反対運動を防ぐために、できる限りの手を打つつもりです」と語る伊吹。「にっこり笑っているだけじゃ、このポスター、パンフレットは意味がない。なんせ、〈わが国の原子力発電は安全です〉と言いきってしまうのだからな。きみらがいうとった〈知的アイドル〉、これでなければいかん。〈知的アイドル〉だからこそ、説得力があるというわけだ」と氷川の説得にかかる極東エージェンシーの松岡営業局局長。

日本の原発安全キャンペーンは、スリーマイル島の原発事故（一九七九年）を受けた八〇年代初頭に始動します。が、メディア戦略が巧妙化するのは九〇年代からでした。そこではまさに、伊吹が宣言（予言?)したように関係官庁と電力業界が手を結び、松岡局長が指摘した通り「知的なタレント」が起用されます。原発神話の醸成に広告会社と新聞雑誌が果たした役割は大きかった。『極東セレナーデ』自体、九〇年代には新聞に連載できたかどうかわかりません。そう考えると、利奈と氷川が文字通り身を挺して最後に下した判断が、いかに重要な岐路だったかわかるはず。

八〇年代の文学は、一九八三年の島田雅彦『優しいサヨクのための嬉遊曲』(あるいは八〇年の田中康夫『なんとなく、クリスタル』)で幕を開け、一九九〇年の筒井康隆『文学部唯野教授』で幕を閉じたといってもいいほどで、パロディという手法が開花した時代でした。非文学ジャンルでも、ホイチョイ・プロダクション『見栄講座——ミーハーのための その戦略と展開』(八三年)や、渡辺和博とタラコプロダクション『金魂巻——現代人気職業三十一の金持ビンボー人の表層と力と構造』(八四年)など、オシャレな(とされる)若者風俗や職業を茶化した本が話題になりました。

そして八〇年代、このような文化の中心にいたのが小林信彦でした。『唐獅子源氏物語』(八二年)では任侠社会を、W・C・フラナガン著、小林信彦訳というフレコミの『ちはやふる奥の細道』(八三年)や『素晴らしい日本野球』(八四年)では日本の伝統文化を、『ぼくたちの好きな戦争』(八六年)では先の戦争を徹底的にからかい、皮肉り、笑いのめす。笑いを一段低い文化とみなしてきた日本の文学界において、小林信彦が果たした役割は絶大でした。

『極東セレナーデ』にも、虚飾に満ちたギョーカイを相対化する(茶化す、揶揄する)視点が多分に含まれています。結果的にこの小説が、バブルとバブル崩壊後を予見することになったのは、本質を鋭く見抜く作家の批評精神ゆえといっていいでしょう。一九六四年一二月生まれの朝倉利奈は、二〇一一年三月には四六歳になっていたはずです。3・11を彼女はどんな風に迎えたのか。ちょっと知りたい気がします。

（文芸評論家）

NOBUHIKO KOBAYASHI COLLECTION

小《こ》林《ばやし》信《のぶ》彦《ひこ》

昭和7年東京生
主著　「虚栄の市」
「オヨヨ大統領シリーズ」
「唐獅子株式会社」
「夢の砦」
「日本の喜劇人」他多数

〔極東セレナーデ〕

2016年3月10日印刷　2016年3月30日発行
著　　者　小林信彦
発行者　吉田　保
印刷・製本　株式会社シナノ

発行所　株式会社フリースタイル
東京都世田谷区北沢2ノ5ノ10
電話　東京5432局7358（大代表）
振替　東京・00150-0-181077

〔定価はカヴァーに表記してあります。乱丁・落丁本は本社またはお買求めの書店にてお取替えいたします。〕

ISBN978-4-939138-79-9

◇都筑道夫の本

黄色い部屋はいかに改装されたか？［増補版］

本格ミステリの「おもしろさ」とはなにか？　ミステリ界のみならず各界のクリエイターに多大な影響を与えた画期的名著の大幅増補版！
解説＝法月綸太郎　編集＝小森収

都筑道夫　ポケミス全解説

都筑道夫がハヤカワ・ミステリ通称《ポケミス》に書いた解説を集成。EQMM 連載の〈ぺいぱあ・ないふ〉をも収録した都筑評論の精髄であり，海外ミステリ受容史。

推理作家の出来るまで

「ミステリ・マガジン」誌上で，十三年間にわたって連載された，推理作家・都筑道夫の自伝的エッセー。上下巻。

第54回推理作家協会賞（評論・その他）受賞

◇フリースタイルのミステリ

山上たつひこ『枕の千両』

架空の街を舞台に，「枕」の主人公 (!?) が，連続レイプ魔を追いつめる。隅々にまで山上漫画のエッセンスが詰まった，笑いとサスペンスが結合した傑作ハードボイルド。

小森収『土曜日の子ども』

土曜日にしかやって来ない幼い兄妹，本を入れ替える高校生たち，どしゃ降りの中なぜ男は傘を使わなかったのか？「街」が崩れゆく姿を描く連作ミステリ。皆川博子，法月綸太郎激賞！

堀燐太郎『ジグソー失踪パズル』

ジグソーパズルに残されたメッセージ，「家の中の家」で死んでいた女性，占領下につくられたブリキ製のジープが守ろうとしたものは !?

おもちゃ探偵・物集修が出会った五つの事件。